Du entkommst mir nicht!

W0343778

Die Geschehnisse, sämtliche Handlungen und Charaktere sind frei erfunden.

FSC
www.fsc.org
MIX
Papier aus verantwortungsvollen Quellen
FSC® C104608

Bibliografische Information der Deutschen Nationalbibliothek
Die Deutsche Nationalbibliothek verzeichnet diese Publikation in der Deutschen Nationalbibliografie; detaillierte bibliografische Daten sind im Internet abrufbar über http://dnb.ddb.de

© 2019 CW Niemeyer Buchverlage GmbH, Hameln
www.niemeyer-buch.de
Alle Rechte vorbehalten
Umschlaggestaltung: C. Riethmüller
Der Umschlag verwendet Motiv(e) von 123rf.com
Druck und Bindung: Nørhaven, Viborg
Printed in Denmark
ISBN 978-3-8271-9548-7

Gaby Kaden

KüstenNetz

CW Niemeyer

Ostfriesland!

Sonne, Wind und Wellen,
Sturm, der „Blanke Hans“.
Meeresbrise, weites Land.

Danke Ostfriesland!

Vorwort

Ja, ist denn schon wieder …?

Liebe Krimifreunde, liebe Krimifreundinnen!

Tatsächlich, ein Jahr ist vorüber und ihr haltet meinen 7. Fall um Tomke und Co. sowie Oma und Tant' Fienchen „KÜSTENNETZ“ in den Händen. Geschrieben für euch – wie immer mit Liebe, Herz, Spannung und vor allem Lokalkolorit.

Seit vielen Jahren schenkt ihr mir nun die Treue, ganz herzlichen Dank dafür.

Und mein Dank setzt sich fort – auch in „KÜSTENNETZ“ durfte ich wieder einige Protagonisten mit wirklichem Namen erwähnen:

Ulrike vom Puppen-Café, die dem Täter diesmal gefährlich nah kommt, Inga Mennen vom Anzeiger für Harlingerland.

Ralf Eumann begibt sich in Gefahr, ob er darin umkommt?

Christian aus dem Hafenblick findet Erwähnung, ebenso Ziad von der Pizzeria Palermo in Wittmund.

Weitere Menschen aus Carolinensiel, von der Insel Spiekeroog oder woher auch immer. Ich danke euch dafür.

Danke auch diesmal wieder an: Kerstin für konstruktive und hilfreiche Kritik, an Irina für die „kriminalfachliche" Beratung.

An das wunderbare Team des CW Niemeyer Verlages, so auch Carsten Riethmüller für das geniale Cover.

Danke an all die vielen Teilnehmer/innen meiner Lesungen – es ist mir immer wieder eine Freude.

Danke an die Buchhandlungen und Geschäfte, in denen meine Bücher angeboten werden.

Danke an Werner, meinen Mann, für die tatkräftige Unterstützung, an meine ganze Familie, danke für „Leah-Sophie", die Bereicherung unseres Lebens.

Natürlich ist in diesem Buch wieder alles meiner Fantasie entsprungen und nichts zur Nachahmung empfohlen, obwohl so manchmal …

Das eine oder andere bitte ich wie immer mit einem Augenzwinkern zu verstehen und nicht für bare Münze zu nehmen.

Und an die „Spinnenphobiker": „Keine Angst, es sieht schlimmer aus, als es ist!"

Und nun? Weitere tolle Projekte mit dem CW Niemeyer Verlag stehen an. Besonders freue ich mich auf die Zusammenarbeit mit meiner Freundin Sabine Stenzel …. lasst euch überraschen!

Tiefschwarze Nacht

Der Himmel hing tiefschwarz über der Nordsee, über dem sanften Flüsschen, das zur Küste führte, und über dem kleinen Küstenort. Zwar war der Museumshafen samt der Plattbodenschiffe wie immer heimelig beleuchtet, aber je weiter sie den Ort entlang der Promenade verließen, umso dunkler wurde die Nacht. Beängstigend dunkel. Thies und Tina wagten den Weg trotzdem. Das junge Paar hielt sich bei den Händen, krallte die Finger ineinander, mehr und mehr, je weiter sie liefen. Bei Vollmond den Strand nicht zu besuchen, war keine Option. Dort hatten sie sich im letzten Sommer kennengelernt und versprochen, bei jedem Vollmond wiederzukommen.

Die Lampen entlang der Promenade schienen auf Sparflamme geschaltet, gaben kaum Licht. Kein einziger Stern war zu sehen, wie vom nachtschwarzen Himmel verschluckt. Nur der große goldene Vollmond lugte ab und an durch das Schwarz.

Es herrschte eine sonderbare, fast beängstigende Atmosphäre auf dem Weg. Kündigte diese Stimmung an, was ihnen gleich widerfahren würde? War sie ein Vorzeichen? Thies und Tina ahnten davon nichts – und das war auch gut so.

Toter Mann

Kurze, flinke Schritte; heftiges, keuchendes Atmen, mehr war nicht zu hören. Die Kapuzen ihrer Shirts tief ins Gesicht gezogen, arbeiteten sie schnell und fast geräuschlos. Jeder Handgriff saß, alles schien perfekt aufeinander abgestimmt. Die Verständigung der beiden wortlosen Gestalten fand nur über die Augen statt. Ein Blick, ein Augenaufschlag, höchstens mal ein kurzes Kopfnicken, kein Wort. Manchmal angestrengtes Stöhnen, aber kein Wort.

Dann war es geschafft. Ein letzter Handgriff noch im gelben Licht des Vollmondes, schon zog sich die Schlinge um den Hals des Mannes, und er fiel stumm über das Brückengeländer. Bruchteile von Sekunden später wurde der Fall mit einem kurzen, knackenden Geräusch gestoppt. Ein Geräusch, welches entstand, wenn das menschliche Genick brach? Oder kam es vom abrupten Stopp des Seiles? Das gleichzeitige „Ratsch“ wurde ganz sicher vom Seil verursacht, an dem der Mann nun baumelte. Es war ein bizarrer Anblick, durch den Fußgängertunnel hindurch den Körper hängen zu sehen, im Hintergrund für kurze Zeit der grelle Lichtschein des Vollmondes, davor der Erhängte.

Dann wurde die Stille der Nacht von einem lang gezogenen Schrei unterbrochen, nicht enden wollend, laut und entsetzt.

Von dem Mann am Seil stammte er nicht, der konnte nicht mehr schreien, hing leblos am Strick. Danach waren auf der Brücke wieder gedämpfte Schritte zu hören. Kein Wort! Nur Schritte!

Kurz darauf wurde mehrmals versucht, einen Wagen zu starten, doch es gelang nicht. Eine Wagentür schlug leise zu, wieder Schritte, eine zweite Tür klappte und nochmals Schritte, die sich dann in der Dunkelheit verloren.

Romantik Interrupts

Thies und Tine waren auf dem Weg zum Strand, wollten bei Vollmond einen romantischen Spaziergang zur Küste unternehmen, um auf dem Rückweg im Hafen auf ein Bier einzukehren. So, wie sie es sich dort im vergangenen Sommer, ihrem ersten Kennenlernen in einer Vollmondnacht, versprochen hatten. Das war der Plan, doch es sollte ganz anders kommen. Jetzt endlich zeigte er sich, dieser romantische Vollmond, wenn auch nur flüchtig. Als sie vorhin den Ort verlassen hatten, war der Mond noch unter einer schwarzen Decke versteckt.

Kurz bevor die beiden den dunklen Fußgängertunnel neben dem kleinen Flüsschen Harle betraten, glaubte Thies auf der Brücke über sich ein Geräusch gehört zu haben, was an sich nichts Besonderes gewesen wäre. Er dachte gar nicht daran, nachzuschauen. Fußgänger wie Autofahrer passierten immer mal wieder diese Stelle. Doch dann, sie hatten noch nicht einmal die Mitte des Tunnels erreicht, war von oben ein kurzes Stöhnen zu vernehmen. Auch Tine hörte es, griff fest nach der Hand ihres Freundes. Es war stockfinster an diesem Ort, nur da, wo der Tunnel endete, erhellte der Lichtschein des goldenen Vollmondes die Gegend und schluckte die düstere Straßenbeleuchtung. Tine hielt mit ihrer Hand noch immer eisern die ihres Freundes umklammert. Diese Passage durch den schmalen Fußgängertunnel fand sie bei Nacht schon immer unheimlich, doch jetzt bei Vollmond ... Gut, dass Thies an ihrer Seite war. Gespannt lauschten er und Tine, doch nun war es wieder still um sie herum. Dann aber geschah etwas, was sich vor ein paar Minuten auf ihrem Weg bereits angekündigt hatte; Unglaubliches, das den beiden tief durch Mark und Bein fuhr. Am Ende des Tunnels, genau vor ihren Augen, fiel etwas von oben. Vor ihnen baumelte plötzlich ein Mensch. Das Geräusch, welches dabei entstanden war, hörte sich an, als sei ein Ast gebrochen. Doch es war anders, ganz anders. Entsetzt stellten sie fest, hier schwang ein Körper im Mondlicht hin und her. Direkt vor ihren Augen.

Tines Aufschrei war bis weit hinaus an die Küste zu hören – und, wie Thies vermutete –, auch in die andere Richtung, nämlich zurück in den Museumshafen. Die Röhre des Tunnels verstärkte den Schrei, ließ ihn noch unheimlicher daherkommen. Tines Stimme überschlug sich: „Thiiies! Neeeiiin! Was ...?", schlug sie die Hände vors Gesicht, um dann wieder gellend zu schreien.

Obwohl auch Thies fast zu Tode erschrocken war, trotz des Entsetzens, das den jungen Mann erfasst hatte, versuchte er seine Freundin zu besänftigen. Er zog sie zu sich heran und schüttelte sie. „Hör auf, Tine, hör auf, sei still!"

Aber Tine konnte sich nicht beruhigen, sie zitterte am ganzen Körper. Thies gab ihr eine schallende Ohrfeige. „Es ist gut, es ist gut, hör auf", brüllte er sie an. Doch der junge Mann wusste, nichts ist gut. Hier, vor ihren Augen, war gerade etwas Schreckliches passiert, und es würde nie wieder gut sein. Und noch etwas wusste er: Der Abend war gelaufen!

Tine war einfach nicht zur Ruhe zu bringen, mit weit aufgerissenen Augen riss sie sich los und lief schreiend davon. Thies wusste nicht, sollte er ihr nach – schließlich war es mitten in der Nacht, und Tine in Panik – oder sich um das, was direkt vor ihnen passiert war, kümmern? Die Frage erübrigte sich schnell, denn die junge Frau war in der dunklen Nacht verschwunden. Die wenigen Lampen entlang der Harle waren zu duster, um zu sehen, wohin. Auch der Vollmond half da nicht. Das, was vor ihm von der Brücke der Friedrichsschleuse am Ende des Fußgängertunnels hing, konnte er jedoch im Licht des Mondes sehr gut erkennen. Zweifelsfrei! An einem Seil hing ein Mensch. Schwang hin und her, bis er sich endlich nicht mehr bewegte. Nun traute Thies sich vorsichtig näher heran. Ob Mann oder Frau, konnte er nicht erkennen, er musste sich noch ein paar Schritte näher an den Körper heranwagen.

Vorsichtig zog er sein Smartphone hervor und schaltete die Taschenlampe ein. Der helle Lichtschein ließ ihn erkennen, dass die Gestalt vor ihm ein Mann war. Ein toter Mann. Der angestrahlte Körper versetzte dem jungen Mann den nächsten Schock. Im grellen Licht der Lampe zeigte sich ihm ein fahles Gesicht mit weit aufgerissenen, toten Augen. Der Kopf hing etwas nach links geneigt, um den Hals sah er einen Strick, der sich weiter nach oben fortsetzte. Thies ging vorsichtig um den Mann herum und leuchtete am Strick entlang nach oben. Das Ende war am Brückengeländer über ihm befestigt. Dann zuckte Thies erneut zusammen. Auf der Straße versuchte jemand, einen Motor zu starten. Dumpfes Motorengeräusch war zu hören, das auch gleich wieder erstarb. Ein Diesel, vermutete er. Leise machte Thies ein paar Schritte in den Tunnel zurück. Wer war da oben? Wieder wurde versucht, das Fahrzeug zu starten. Mehrmals jaulte der Motor auf und verstummte ein weiteres Mal. Sollte über ihm etwa derjenige sein, der diesen Mann hier …? Wer sonst?

Thies zog sich weiter in den dunklen Tunnel zurück, schaltete die Taschenlampe aus und wählte die 110.

Mit dem Rücken gegen die Tunnelwand gelehnt, wartete er, was nun geschehen würde. Kam Tine zurück? Sollte er sie doch suchen? Aber wo? Kam die Polizei, bevor die Täter ihn hier unten ausfindig machen würden? Hatte man ihn etwa schon entdeckt? Thies lauschte in die Nacht. Schritte waren nun zu vernehmen. Schritte, die leiser wurden und verschwanden. Thies atmete auf.

Langweilige Recherche

Tomke und ihre Ermittlerkollegen erlebten gerade schwierige Monate. Da sie in ihrem Einzugsgebiet in und um Wittmund, des Weiteren in einem großen Teil der ostfriesischen Küste wie auch den dazugehörigen Inseln, für so gut wie alles zuständig waren, landeten bei ihnen auch quasi alle Straftaten, die von den uniformierten Kollegen und den Sachabteilungen nicht alleine bearbeitet werden konnten. Für Tomke waren es stets profane Geschichten wie zum Beispiel Einbrüche, die sie unendlich langweilten. Bis jedoch über Silvester in ihr Haus in Harlesiel eingebrochen worden war. Ihr Heiligtum, das Erbe ihres Großvaters, das Haus, das sie noch immer renovierten, um dann irgendwann einmal dort zu leben. Direkt vorne an der Küste. Und nun das. Die Ermittlerin konnte jetzt nachempfinden, wie es anderen Betroffenen ging, die sich dadurch in ihren eigenen vier Wänden nicht mehr wohlfühlten. Das alte Kapitänshaus war zwar noch nicht fertig, dementsprechend auch noch nicht eingerichtet, zu stehlen gab es dort also nichts. Aber in einem der beiden Klappbetten, die sie und Hajo dort aufgestellt hatten, um nach anstrengenden Renovierungsstunden nicht mehr zurück nach Wittmund zu müssen, hatte doch wahrhaftig jemand geschlafen. Alleine der Gedanke daran ließ sie erschaudern und verursachte ihr ein Ekelgefühl.

Auch, so stellten sie fest, den alten Herd in der Küche hatte der Einbrecher noch obendrein eingeheizt. All das musste in der Zeit um Weihnachten und den Jahreswechsel geschehen sein, als sie intensiv mit zwei Morden beschäftigt gewesen waren und keine Zeit für das Häuschen in Harlesiel hatten. Im Übrigen war es in dieser Zeit auch schietig kalt gewesen.

Diese Unverfrorenheit des Eindringlings ließ selbst Tomke verstummen. Außerdem hing an diesem alten Küchenherd eine ganz besondere Erinnerung. Dort hatten sie ihren toten Großvater damals gefunden, und das zu einer Zeit, als sie noch gar nicht wusste, dass der alte Hermi Holzschuh ihr wirklicher Großvater war. Tot im Schaukelstuhl vor dem bollernden Herd. „Opa Holzschuh!", seufzte sie. Aber das war eine andere Geschichte.

„Sicher ein betrunkener Tourist, der auf dem Rückweg vom Silvesterfeuerwerk im Museumshafen den Weg nicht mehr gefunden hat", versuchte Oma Jettchen ihre Enkelin damals abzulenken. „Ich putze euch da mal durch, beziehe die Betten neu und all' gut!", hatte sie noch gemeint.

Aber Tomke nahm es nicht so leicht.

„Ach ja?", fauchte sie. „Und weil er so gefroren hat, der arme Betrunkene, hat er den Ofen angemacht! Sich vielleicht sogar in den Schaukelstuhl von Opa Holzschuh gelegt? So ein Quatsch."

Tomke war kaum zu beruhigen gewesen. Andererseits war da Hajo, der ihr immer wieder klarzumachen versuchte, dass es zu viel der Mühe sei, nach dem Einbrecher zu suchen. „Schließlich ist nicht wirklich etwas passiert,

Tomke!", beschwichtigte er damals seine Lebensgefährtin und Kollegin.

Als dann weitere Einbrüche gemeldet wurden, diesmal in mehreren, nicht belegten Ferienwohnungen in Carolinensiel und auch Harlesiel, meinte Oma nur: „Kiek!"

Es dauerte eine ganze Weile, bis Tomke und Hajo mit den Renovierungsarbeiten fortfahren und das Ganze zur Seite schieben konnten.

Bis auf diesen eigenen Fall versuchte Tomke alles, was nicht direkt in die Mordkommission gehörte, an ihre beiden Kollegen abzuschieben. Hajo Mertens und Carsten Schmied waren dementsprechend begeistert. Aber es half nichts. Tomke war die Chefin. Sie meinte, sie müsse sich vorrangig um die Dinge kümmern, die in den letzten Monaten passiert und noch immer nicht aufgeklärt worden waren.

Am meisten beschäftigte sie der Fall Stolle aus dem Herbst des vergangenen Jahres.

Henry Stolle war gebürtiger Ostfriese, der aber schon seit Jahrzehnten in den USA lebte. Er hatte nach ihrer Auffassung zwei Menschen getötet, war in die Wittmunder Peldemühle eingebrochen und, wie sie glaubte, auch in das Haus daneben. Warum, war nicht nachzuvollziehen. Später hatte er auf dem Flugplatz in Harlesiel ein Kleinflugzeug gestohlen, mit dem er über der Nordsee nahe Spiekeroog abgestürzt war. Das Flugzeug hatten sie im Watt gefunden, auch Gegenstände, die dem Mann gehörten, aber von Stolle war nichts zu entdecken gewesen.

Gerdes, ihr Chef, hatte die Ermittlungen um den alten Fall zwar schon vor einiger Zeit für abgeschlossen erklärt, aber Tomke wollte es nicht wahrhaben.

Sie wussten am Ende fast alles. Wer der Mann war, auch warum er hier so unbarmherzig gemordet hatte. Wussten, dass er das Flugzeug gestohlen und damit östlich der Insel Spiekeroog ins Meer gestürzt war. Tomke war sich sicher, dass er selbst seine Schwester getötet hatte. Aber warum, das war nicht zu klären – bisher. Und wo Henry Stolle nach dem Absturz abgeblieben war, konnten sie ebenfalls nicht recherchieren.

„Die Nordsee hat ihn sich geholt!", behauptete Gerdes vehement. „Akzeptieren Sie doch endlich, dass der Mann tot ist, Tomke!", hatte er sie bei ihrem letzten Telefongespräch angefahren. Ein wenig verstand sie ihn ja. Der Fall Stolle war Gerdes' letzter Fall, so glaubten sie zumindest, bevor er sich demnächst in den Ruhestand verabschieden wollte, und der sollte nun mal nicht unaufgeklärt in den Akten landen.

Aber konnte sie darauf Rücksicht nehmen? Nein, nicht Tomke!

Seit Ende Oktober waren sie nun zugange, und Tomke recherchierte immer wieder in der alten Sache, ließ sich von Gerdes nicht abhalten. Inzwischen war es Ende März. So vieles, was sie bis zu dem Flugzeugabsturz noch nicht wussten, hatte sich geklärt. Nur nicht, ob Stolle wirklich bei dem Absturz ums Leben gekommen war. Tomke musste sichergehen. Den Vorgang einfach zur Seite zu legen, kam für sie nicht infrage. Unaufgeklärte Fälle akzeptierte die Ermittlerin nicht.

Informationen ihres alten Kollegen Claude, der schon seit Jahren in den Staaten lebte und dort bei einer ihr nicht bekannten, sehr geheimen amerikanischen Behörde beschäftigt war, hatten so manches in ihr ausgelöst.

„Es würde mich nicht wundern, wenn die Katze auch diesmal wieder auf den Füßen gelandet ist", hatte Claude sie gewarnt. Und bei einem weiteren Gespräch, kurz darauf, gemeint: „Wenn Pussy den Absturz überlebt hat, kommt er davon, glaube mir. Pass auf dich auf! Ein Typ seiner Sorte kapituliert nicht und wird sich an jedem rächen, der sich ihm in den Weg stellt. Diese Armee-G.I.s sind darauf programmiert, die können nicht anders. Für mich ist Stolle eine wandelnde Zeitbombe."

Tomke allerdings tat die Warnung in ihrer unnachahmlichen Art ab.

„Quatsch, wenn der davongekommen ist, dann bleibt er doch nicht hier, das wäre dumm!", hatte sie Claudes Mahnung zur Seite geschoben und zu ihren Kollegen gemeint: „Wenn er überlebt hat, ist er schon wieder in Amerika und auf Nimmerwiedersehen verschwunden. Dort ist er sicher, dort hat er Schutz von seiner Behörde."

Das war ihre nach außen getragene Meinung. Ganz tief in ihrem Inneren jedoch spürte sie doch immer wieder einen Restzweifel. Das Kribbeln, das sie während der Ermittlungen regelmäßig gefühlt hatte, ließ die Kommissarin auch jetzt nicht los. Ferner wussten sie inzwischen, dass Stolle ein sehr infames Spiel, ja fast ein Katz-und-Maus-Spiel mit ihnen getrieben hatte.

Und auch Carsten und Hajo ließ der Fall keine Ruhe, wenn auch anders als bei Tomke. Sie nahmen Claudes

Hinweise ernst, glaubten, dass Tomke in Gefahr war falls der Mann noch lebte. Diese ließ das aber nicht gelten.

Der Kleinkram, wie sie es nannten, der inzwischen auf ihren Tischen lagerte, brachte zwar Ablenkung, aber ganz konnten auch die beiden diesen Fall nicht vergessen.

Tomke war frustriert, denn da gab es auch noch die zwei männlichen Leichen, die sie und ihre beiden Kollegen an einem Adventswochenende im schwimmenden Weihnachtsbaum in der Harle gefunden hatten. Eigentlich nicht wirklich dort oben, denn als sie den ersten Toten damals gefunden hatten, war er gerade aus dem riesigen schwimmenden Weihnachtsbaum in die Harle geklatscht. Die Ermittlungen hierzu gestalteten sich ebenso schwierig wie der Fall Stolle, und sie waren auch in dieser Angelegenheit keinen Millimeter weitergekommen. Eigenartig, ohne relevante Hinweise für die Ermittler, und Tomke fragte sich manchmal, ob Stolle etwas damit zu tun haben konnte.

Das war natürlich Quatsch. Stolle war, wie Tomke vermutete, über alle Berge.

Nachdem sie den Mann aus dem Baum identifiziert hatten, konnten sie feststellen, dass er niemals mit Stolle oder seinem Umfeld in Verbindung stand. Auch nicht mit Carolinensiel oder, wie dieser Henry Stolle, der Wittmunder Peldemühle, leider. Vielleicht hätte das die Sache etwas vereinfacht. Wimmer, wie der Tote hieß, kam aus dem „Alten Land" und hatte viele Feinde. Es gab etliche Menschen, die er mit Spekulationsgeschäften um ihr Erspartes gebracht hatte, aber einen Bezug zu seinem Fundort in Carolinensiel gab es nicht. Die einzige Besonderheit bestand darin, dass dem Mann ein Finger abgetrennt worden war, aber selbst das half ihnen nicht weiter. Selbst wo man ihn getötet hatte, konnten die Ermittler bisher nicht herausfinden. Es war wie verhext. Gab es ihn etwa wirklich, den perfekten Mord? Zwar hatten Kriminaltechnik und Rechtsmedizin weibliche DNA sichern können, aber sie hegten große Zweifel, ob eine Frau diesen Mann getötet, ihm einen Finger abgetrennt und ihn dann oben in der riesigen Tanne befestigt haben könnte. Viel wahrscheinlicher waren alte Anhaftungen, die mit dem Mord in keinem Zusammenhang standen. Tomke raufte sich die Haare. Sie kannten den Namen des Toten, hatten sein Umfeld durchleuchtet, aber nichts rein gar nichts, war da zum Vorschein gekommen, was sie weitergebracht hätte.

Und dann geschah das Unglaubliche. Als Anfang des neuen Jahres der schwimmende Weihnachtsbaum abgebaut wurde, fand man doch tatsächlich eine weitere männliche Leiche zwischen den Ästen. Sicher festgestellt wurde damals nur, dass der Mann nachträglich dort aufgehängt worden war, denn die Spurensicherung hatte im Baum und zwischen den Ästen zuvor jeden Millimeter abgesucht.

Dass diese beiden Fälle miteinander zu tun haben könnten, war sehr wahrscheinlich, aber bis heute nicht bewiesen. Einzig wussten die Ermittler, dass die beiden Männer aus der gleichen Branche kamen und beide in Spekulationsgeschäfte verwickelt waren. Tomke war davon überzeugt, dass sich da jemand gerächt hatte, den die Männer um sein Erspartes gebracht hatten. Beweisen konnten sie jedoch nichts. Sie suchten zwar nach Unterlagen, suchten nach Geschädigten, aber alles an Papieren in den jeweiligen Büros der beiden war verschwunden, die Aktenschränke leer. Entweder die Täter hatten dort Spuren vernichtet, oder aber es gab noch eine dritte Person, die Beweismittel von Betrügereien und schmutzigen Geschäften entsorgt hatte.

Es war zum Haareraufen.

Kopfschüttelnd ließ die Ermittlerin die Geschichte immer wieder Revue passieren. Offene Fälle machten sie rasend. Sie schob die Akten zur Seite. Okay, die Baumleichen waren Carstens Sache, damit befasste er sich. Sie wollte ihm da nicht in die Quere kommen. Ihre Gedanken schweiften wieder zu Henry Stolle.

Hajo erledigte den Papierkram einer Massenschlägerei im Nachbarort, kümmerte sich um diverse Einbrüche, um einen blutigen Familienstreit und darum, dass der Mann, der in der Kreisstadt in den letzten Wochen immer wieder Gegenstände aus dem Fenster seiner Wohnung auf die Straße geworfen hatte, endlich seine Anklage bekam. Er nahm damit seinen Kollegen das Tagesgeschäft ab. Solange es gegenwärtig keinen neuen Fall gab, konnten sie Altes aufarbeiten.

Als das Telefon klingelte, hob Tomke als Einzige den Kopf, ihre Kollegen waren in ihre Arbeit vertieft.

Sie schaute hinüber zu Carsten und Hajo. Keiner rührte sich. Mit einem genervten Stöhnen nahm sie das Gespräch an. Es war Harry, der heute am Empfang saß und auch die Telefonzentrale bediente.

„Was gibt's?“, wollte sie wissen.

„Hier wird gerade ein Paket für dich abgegeben. Soll ich das annehmen?"

„Kostet es was?", war Tomkes launische Antwort.

„Nein, das nicht, aber … Na, so was, jetzt ist er weg."

„Wer?"

„Der Bote! Hatte es ganz schön eilig."

„Na dann, wenn's nichts kostet, her damit. Von wem ist es denn?"

„Steht nix drauf, und ich musste noch nicht mal unterschreiben."

„Bring's rauf, oder nein. Ich komme. Muss mich mal bewegen."

Tomke beendete das Gespräch und stand auf.

„Ich bin grad mal …!", sie brach ab. Carsten und Hajo reagierten nicht, also verließ sie das Büro.

Carsten forschte weiter intensiv nach dem Hintergrund des Mordes an den Männern aus dem Weihnachtsbaum. Er hatte schon den ersten Fall zu *seinem* Fall erklärt, schließlich war er es, der den Sturz des Toten aus dem schwimmenden Weihnachtsbaum in die Harle beobachtet hatte. Ach, was war das damals für ein Aufsehen gewesen, als Tant' Fienchen einen Finger im Prüllker* fand und gleichzeitig die Leiche im Wasser aufschlug. Marie, Carstens Tochter, bestand bis heute darauf, schon vorher gewusst zu haben, dass da mit dem Baum etwas nicht stimmte. Dann kam Anfang des neuen Jahres der zweite

---

* Ostfriesisches Hefegebäck mit Rosinen

Tote dazu und machte die ganze Geschichte noch skurriler.

Carsten konnte sich ein Grinsen nicht verkneifen. Irgendwie war es ja auch lustig gewesen. Klar, für die beiden Toten nicht, rief er sich schnell zur Räson.

Als Tomke schimpfend zurück in das Büro kam, fragte Hajo:

„Wo warst du?"

„Mich verarschen lassen."

„Hä?" Nun blickte auch Carsten auf.

„Unten wurde ein leeres Paket für mich abgegeben. Das heißt, es war nur mit zerknülltem Papier gefüllt."

„Absender?", wollte Carsten wissen.

Tomke schüttelte den Kopf.

„Nun, einer hat sich doch gefreut, nämlich Harry vom Empfang, der sammelt bekanntermaßen im Magazin leere Kartons, wofür auch immer."

Die Ermittlerin klappte mit einem Seufzer ihren Laptop zu, massierte sich mit der linken Hand den Nacken und rief: „Also, ich weiß ja nicht, was ihr beiden noch vorhabt, aber ich würde jetzt gerne Feierabend machen. Es ist zwar gerade erst nach 15 Uhr, aber Freitag, und ich will heim. Unsere Überstundenkonten freuen sich, wenn sie etwas abgebaut werden. Was meint ihr?" Und Richtung Hajo rief sie: „Schatz, was gibt es denn heute noch zu essen?"

„Luft und Liebe, und sag nicht immer *Schatz* zu mir!", ging Hajo auf das bekannte Wortspiel ein.

„Okay! Dusche, Massage, Sex! In dieser Reihenfolge?"

„Und dann die Pizza danach?“, grinste Hajo. „Aber ich brauche noch eine Stunde“, er zeigte auf einen Aktenberg vor sich. „Danach bin ich zu allen Schandtaten bereit.“

Carsten, der sich mit gespieltem Entsetzen die Ohren zugehalten hatte, stand nun lachend auf.

„Okay, ihr dürft noch ein wenig am Schreibtisch schwitzen, aber ich bin dann mal weg. Nicht, dass ihr hier im Büro schon übereinander herfallt. Will ja nicht im Wege stehen, und zuschauen schon gar nicht.“

„Blödmann!“, kam es nun von Tomke.

„Das ist doch eigentlich das Lieblingsschimpfwort für deinen Schatz, Tomke. Womit hab’ ich das verdient?“

„Verschwinde, Blödmann! Feiere wenigstens du endlich deine Überstunden ab.“ Tomke hob belustigt einen Locher an und tat, als wolle sie werfen, meinte dann aber: „Grüß Michaela und deine Rabauken.“

„Mach ich und denkt daran, ich bin morgen nicht da. Marie und ich fahren nachher noch nach Oldenburg. Heute Abend ist dort ihr Lesewettbewerb und sie will unbedingt, dass wir anschließend in einem Hotel übernachten. Vater-Tochter-Wochenende, das hat sie sich ausdrücklich gewünscht, wenn sie diese Ausscheidung in Oldenburg erreicht.“

„Viel Erfolg für Marie und viel Spaß euch beiden.“ Tomke winkte ihm zu.

Carsten warf ihr eine Kusshand, seinem Kollegen ein Nicken zu und verließ pfeifend das Büro.

Für den Feierabend war es tatsächlich noch zu früh, so beugten sich die beiden Kommissare nochmals über ihre

Akten. Tomke war das mehr als lästig, brummte ständig etwas vor sich hin. Irgendwann wurde es Hajo zu viel.

„Jetzt ist es aber gut, Chefin. Wenn du nicht zu Einsätzen auf die Straße kannst, bist du unausstehlich. Dann machen wir jetzt Schluss, ich kann es nicht mehr hören."

Tomke hatte schnell ihre Tasche gepackt und sich die Steppjacke übergeworfen.

An der Zentrale wurde sie vom diensthabenden Kollegen Harry aufgehalten. „Danke für den Karton, der hat genau die richtige Größe."

„Wofür?", wollte Tomke wissen.

„Geschenke für die Enkelkinder, die in ganz Deutschland verteilt sind!", stöhnte er.

„Wirklich Pizza aus dem Froster?", maulte Tomke auf dem Weg zum Auto. Hajo zog die Schultern hoch. „Hast du eine andere Idee?"

„Ja, denn gegen ‚Italienisch' hab ich nix, aber lass uns doch ins Palermo zu Ziad gehen."

„Wie du meinst, Schatz. Keine Frosterpizza, keine Pizza to go, sondern gemütlich essen gehen, jow, das gefällt mir auch besser."

Vor dem Haus pfiff ihnen ein strenger Wind entgegen. Es war bitterlich kalt. Tomke zog den Reißverschluss ihrer Jacke hoch, trotzdem spürte sie den eisigen Wind durch und durch. Ein Frühjahrssturm war im Anmarsch, manchmal ließ er den Mond durch die Wolkendecke blinzeln. Außerdem umfing sie auch wieder das fröstelnde Gefühl, das hin und wieder ihren Nacken hochkroch und erst ganz oben auf der Schädeldecke endete. Kurz hielt sie inne und schaute sich um, dann lief sie hinter Hajo her zum Wagen.

Die beiden Ermittler kannten sich aus in der gemütlichen Pizzeria. Wenn möglich, bekamen sie immer den gleichen Tisch. Sie änderten ihren ursprünglichen Plan, bestellten sich doch keine Pizza, sondern zwei leckere Nudelgerichte und gemeinsam einen großen italienischen Salat. Der Wirt hatte sie mit einem Marsala begrüßt, kredenzte ihnen zwischendurch noch einen zweiten, und der schwere Rotwein, den sie sich ausgesucht hatten, tat das Seine. Eine Flasche Mineralwasser stand auch auf dem Tisch. Sie waren inzwischen total entspannt, die Arbeit in weite Ferne gerückt. Endlich! Der Wirt kam immer wieder zu den beiden an den Tisch, machte seine Witze, unterhielt sich mit ihnen. Tomke und Hajo waren dort gern gesehene Gäste.

Es war ein ausgelassener Abend. Zwischendurch hatte sich noch eine alte Schulfreundin Tomkes kurz zu ihnen gesellt und Hajo stellte fest, dass es schon nach einundzwanzig Uhr war, als sie um die Rechnung baten.

Ziad, der Wirt, kam mit einem Tablett in der Hand und breitem Grinsen im Gesicht an den Tisch und reichte sie ihnen. Zwei weitere Gläser mit Marsala hatte er auch dabei. Nun lächelte er geheimnisvoll. „Noch ein Likör!“ Tomke stöhnte leise auf. Danach würden sie wohl das Auto stehen lassen müssen. „Was ist los, Ziad? Was gibt es zu grinsen?“, wollte Hajo wissen. Der Gefragte deutete auf eine Serviette, unter der etwas versteckt schien.

„Ich soll euch liebe Grüße von einem guten Freund ausrichten“, flüsterte Ziad noch geheimnisvoller. „Er wollte euch Turteltäubchen nicht stören und hat ein Geschenk hinterlassen."

„Ein Freund?" Hajo schaute durch den Raum.

„Nein, ist schon wieder weg, der gute Mann."

„Hat er seinen Namen gesagt?", Tomke konnte sich nicht vorstellen, wer gemeint war.

„Nein, hat er nicht!", erklärte Ziad weiter, „aber er hat etwas für euch dagelassen und gesagt, dann wüsstet ihr schon und würdet euch sicher ärgern, ihn nicht persönlich getroffen zu haben. Aber leider müsse er weg."

Grinsend zog er die Serviette vom Tablett und zeigte auf das, was darunter verborgen war.

Tomke und Hajo schauten sich verwundert an. Es handelte sich um ein kleines Stoffsäckchen, in dem wohl etwas steckte. Tomke hatte keine Ahnung, was das war, und vor allem, von wem? Stirnrunzelnd öffnete sie das Geschenk, kippte den Inhalt auf das Tablett und sah Hajo entsetzt an. Was sollte das? Doch dann reagierte die Ermittlerin blitzschnell. Sie griff nach dem glänzenden Gegenstand auf dem Tablett, warf ihn mit einem Lachen hoch und fing ihn wieder auf.

„Klar, das war sicher Bernd, ein alter Kollege. Warum ist er denn nicht an unseren Tisch gekommen? Na, dem werde ich etwas erzählen!"

Hajo verstand. Er zahlte schnell die Rechnung und beide verließen das Restaurant. Den Likör tranken sie nicht mehr. Ihnen war der Appetit vergangen.

Vor dem Haus lehnte sich Tomke an die Hauswand und atmete schwer. Vorsichtig öffnete sie ihre Hand und zeigte Hajo die Patrone.

„Bernd? Dein Kollege aus der Zeit in NRW? Nein!", murmelte Hajo kopfschüttelnd.

„Nein!", meinte auch Tomke. „Das war er! Stolle!", flüsterte sie bestürzt. „Er ist noch da. Claude hat recht, er will sich rächen." Entsetzt schaute sie sich um. Die Straße war menschenleer, niemand zu sehen, aber das bekannte Gefühl, das Tomke ab und an beschlich, wieder da. Gänsehaut pur!

Hajo nahm sie in den Arm, drückte ihren Kopf gegen seine Brust, versuchte sie zu beruhigen. „Stolle? Wie kommst du darauf. Das ist sehr weit hergeholt."

„Hajo, wer sonst?"

„Kann sein, muss aber nicht. Dieses Geschenk kann uns jeder gemacht haben. Selbst irgendein Kollege, der uns …"

„Quatsch, das glaubst du doch wohl nicht."

„Du meinst wirklich, dieser Stolle …?"

„Wer sonst? Ich sage dir, Stolle lebt! Kennst du jemanden, der …?"

„Nein, du hast ja recht." Wieder streichelte er ihr über den Kopf. Doch Tomke ließ es nicht noch einmal geschehen, sie schob seine Hand weg. Gepackt von einer erbärmlichen Wut riss sie sich von Hajo los und schrie durch die menschenleere Fußgängerzone des kleinen Städtchens: „Komm her, du Arsch! Zeige dich! Wen willst du noch umbringen? Mich? Das schaffst du nicht!"

Ihre Stimme prallte von den Häusern ab und kam zurück. Es hörte sich gespenstisch an. Hajo beschwichtigte sie mit den Worten: „Hör auf, lass uns von hier verschwinden, das bringt doch nichts, Schatz!"

Das regte Tomke noch mehr auf. „Verschwinden? Verstecken? Von wegen! Und sag verdammt noch mal nicht *Schatz* zu mir!“

Hajo musste trotz des Schocks grinsen. Tomke wieder.

Die fühlte sich in diesem Moment wieder stocknüchtern. Dennoch ließen sie ihren Wagen auf dem Parkplatz des Restaurants stehen und liefen das kurze Stück nach Hause. Rotwein und Marsala waren zum Fahren zu viel, das wollten die beiden nicht riskieren. Außerdem war es für Tomke die Möglichkeit, sich abzureagieren.

„Scheiße!“, murmelte Hajo, ausgerechnet heute hätte er sich im Auto sicherer gefühlt. Sie hätten auch einen Streifenwagen bestellen können, um einen gefahrloseren Heimweg zu garantieren, aber das lehnte Tomke kategorisch ab. Sie lief neben Hajo im Sturmschritt durch die Stadt, schimpfte noch eine Weile vor sich hin, um nach ein paar Minuten wieder die alte Tomke zu sein. Ganz konzentriert, professionell, so wie Hajo sie kannte.

„Wir müssen die Kollegen informieren!“, befand Hajo.

„Welche Kollegen, bitte schön? Uns? Wir sind doch schon da!“

Der Sarkasmus, den Tomke an den Tag legte, war nicht zu überhören. Und sie hatte ja recht. Es war ihr Fall, wen außer Carsten sollten sie informieren? Doch der war mit Marie bis morgen in Oldenburg. Die Kollegen der KTU würden an der Patrone und dem Stoffsäckchen bestimmt nichts finden und die Beschreibung des Mannes, die der Wirt ihnen zum Schluss noch gegeben hatte, war so, dass sie zu jedem Mann im Kapuzenshirt passen konnte. Außerdem würden sie die nicht brauchen. Schließlich war es im Grunde klar, wer sie beschenkt hatte. Stolle! Wenn die Drohung mit der Patrone wirklich von Stolle kam, überlegte Tomke, könnte es ja sein, dass die Patrone zu denen passte, die man bei Janke Jansen und Stolles Schwester gefunden hatte. Nun, das würde die KTU sicher herausfinden.

„Lass uns drüber schlafen, Hajo", unterbrach Tomke ihre Gedanken, „und morgen die Sache angehen. Ach nein, vorher informiere ich schnell noch Inga, damit sie das Bild von Stolle nochmals im *Anzeiger* einsetzt, sie hat es von der Suche im letzten Jahr sicher noch vorliegen. Zeitlich müsste das noch passen", hoffte sie mit Blick auf ihre Uhr. „Redaktionsschluss ist erst in einer Stunde."

Tomke zückte ihr Handy und wählte die Nummer ihrer Freundin Inga, die Redakteurin der örtlichen Tageszeitung war.

Sie hatte das Gespräch gerade beendet, als sie zu Hause ankamen. Auf dem Heimweg ging der Blick der beiden Ermittler immer wieder zurück, fühlten sie sich doch nicht wohl in ihrer Haut, und Tomke spürte nun nicht mehr dieses Kribbeln im Nacken, sondern eher eine kalte Hand, die nach ihr griff. Leise gestand sie:

„Eigentlich will ich jetzt nur noch ein Bier und dann ins Bett gehen. Schlafen, schlafen, schlafen. Vergessen, wenn das überhaupt möglich ist. Der Appetit auf Sex ist mir vergangen."

Doch es kam alles ganz anders.

*

Tomke schob die Eingangstür fest ins Schloss und drehte den Schlüssel zweimal um. Auf dem Weg nach oben hauchte sie Hajo einen Kuss auf die Stirn. „Holst du uns zwei Bier aus dem Keller, Liebster? Danach können wir vielleicht besser schlafen", bat sie. Der machte mit einem Seufzer auf dem Absatz kehrt und verschwand in Richtung Keller. Tomke nahm mit schnellen Schritten die letzten Stufen nach oben bis zu ihrer Wohnungstür. Mit dem Schlüssel in der Hand hielt sie jedoch inne. Am Knauf der Wohnungstür baumelte eine Plastiktüte. Einer der Nachbarn hatte ihnen wohl etwas an die Tür gehängt, aber wer und was? Tomke nahm sie verwundert ab, schaute sich um und öffnete sie. Beim Blick hinein entfuhr ihr ein gurgelnder Laut und danach ein erstickter Schrei.

Hajo, der gerade im Keller angekommen war, hörte, kurz bevor er die Kellertür erreichte, Tomkes Schrei und dann ihren Ruf: „Hajo! Hajo, komm schnell!"

Was war denn nun los? Sollte er nicht Bier holen?

Licht am Ende des Tunnels

Wie lange war es jetzt her, dass er den Notruf gewählt hatte? Wieder und wieder schaute Thies auf die Uhr seines Handys. Minuten wurden zu Stunden. Rundherum herrschte nun Stille. Totenstille! War es tatsächlich der Mörder oder nur ein Zufall, dass genau über ihm Motorengeräusche zu hören gewesen waren? Nach ein paar weiteren Versuchen hatte die Person es jedenfalls aufgegeben. Thies hatte alles gehört. Das leise Klacken der Autotür wie auch die leichten Schritte, die sich dann entfernten. War es eine Person oder mehrere? Gesprochen wurde zwar nicht, nur ein paar unverständliche Laute glaubte er gehört zu haben, ein Murmeln, mehr nicht. Keine Worte, keine Stimmen. Dann klappte eine zweite Wagentür dumpf zu.

Das ist kein Pkw!, wusste Thies sofort, das muss ein größerer Wagen sein. Transporter oder so.

Aber nachschauen wollte er nicht. Wie festgewurzelt stand er an die kalte Wand des Tunnels gelehnt. Wieder warf er einen Blick auf die Uhr. Sie stand, oder verging die Zeit wirklich so langsam? Seinem Gefühl nach wartete er nun schon eine Ewigkeit. In Wirklichkeit waren seit seinem Anruf allerdings erst vier Minuten vergangen. Wo Tine wohl war?

Über ihm war es still. Totenstille. Doch dann … Thies lauschte. Konnte er nicht doch Schritte vernehmen und einen Lichtschein sehen? Ganz am Ende des Tunnels? Kam da jemand die Stufen des Deichs herunter? Direkt auf ihn zu? Oder täuschte er sich? Seine Gedanken überschlugen sich, dann wurde es zur Gewissheit. Er hörte eine Stimme. Weinerlich, ja wehleidig und jammernd:

„Bist du da? Hilf mir bitte, ich kann nicht, Thiiies!“ Der junge Mann lauschte in die Nacht. Hatte er seinen Namen gehört? Dann war nur noch unverständliches Gemurmel zu hören – und plötzlich noch eine weitere Stimme.

Tine? Klar, das war Tine! War sie da draußen? Was passierte mit ihr? Vorsichtig machte er ein paar Schritte auf das Tunnelende zu.

„Tine“, rief er leise. „Bist du das?“ Nun war aber nichts mehr zu hören. Thies ging vorsichtig weiter, schob sich an der Leiche vorbei.

Inzwischen hatten sich seine Augen so an die Dunkelheit gewöhnt, dass er viel mehr sehen konnte.

Angespannt schaute er um die Ecke und erkannte im Licht des Mondes Tine, ganz klar Tine. Sie saß, nein, sie lag fast auf einer der Treppenstufen, den Oberkörper zur Seite geneigt, eine kräftige Gestalt beugte sich über sie.

„Nein!“, schrie er auf, „Tine“, und sprang mit langen Schritten den Deich hinauf. Die Leiche am Strick und alle Angst waren vergessen.

Ein neuer Fall

Hajo kam aufgeregt die Treppe hochgesprungen.

„Was ist denn los?", wollte er wissen. Noch während Tomke ihm den Fund von der Wohnungstür entgegenstreckte, klingelte ihr Handy.

Schnell schloss sie die Tür auf, schlüpfte hindurch und zog Hajo hinter sich her. Der griff in die Plastiktüte, zog das kleine Säckchen hervor, kippte entsetzt dessen Inhalt in seine Handfläche, kreidebleich und wortlos. Eigentlich hätte er es gar nicht öffnen müssen, nach dem was kurz zuvor in der Pizzeria geschehen war.

Tomke nahm das Gespräch an, die Augen fest auf das gerichtet, was Hajo in der Handfläche hielt. Das übliche „Tomke hier, was gibt's!" kam heute deutlich leiser als sonst und mit gebrochener Stimme.

Natürlich hatte sie die Nummer auf dem Display erkannt, räusperte sich und wollte nochmals mit rauer Stimme wissen: „Was ist denn los um diese Zeit?" Der Kollege fragte erstaunt: „Was ist bei dir los? Hast du etwa schon geschlafen? Wach schnell auf, ihr habt 'ne Leiche in Carolinensiel, nix mit Schlafen! Raus in die kalte Nacht!" Tomke räusperte sich erneut und fragte dann wie in Trance: „Was, wo, wer?"

„Wie ich schon sagte. Leiche in Carolinensiel, hängt von der Brücke bei der Friedrichsschleuse. Einsatzfahrzeuge habe ich schon losgeschickt. Spusi und Rechtsmedizin benachrichtigt der Kollege gerade, Nummer drei habe ich bisher noch nicht erreicht. Also, raus aus den Federn, rein in die Galoschen."

„Halt doch einfach die Klappe!", konnte sich Tomke nicht verkneifen und drückte das Gespräch weg.

Nummer drei, damit meinte er wohl Carsten. Scheiße, heute kam aber auch alles zusammen. Na ja, schlafen konnte sie jetzt sowieso nicht.

Die Ermittlerin steckte ihr Handy weg, drückte den Rücken durch und wandte sich zu Hajo um. Der stand noch immer mit dem Inhalt des Säckchens in der Hand da und betrachtete den Gegenstand.

„Er war hier!", flüsterte er. „Hier bei uns an der Wohnung. Das darf doch nicht …"

Tomke nahm ihm den Fund ab, steckte ihn zurück in den Stoffsack. Dann zog sie zwei Tüten zur Sicherung von Beweismitteln aus ihrer Jackentasche und packte beide Säckchen, auch das aus der Pizzeria, hinein. „Das hätte ich schon vorhin tun müssen", wusste sie und legte kurz die Stirn in Falten. Dann schob sie die Tüten in ihre Jackentasche zurück. Tomke wandte sich zu Hajo.

„Dafür haben wir jetzt keine Zeit. Wir müssen nach Carolinensiel, dort hängt 'ne Leiche von der Brücke."

„Was?"

„Ja, genau!"

„Wo?"

„Beim Fußgängertunnel an der Friedrichsschleuse."

„Und wie sollen wir dort hinkommen? Wir haben getrunken, und das Auto steht bei der Pizzeria."

„Der Dienstwagen steht dort, Hajo, unser Auto auf dem Parkplatz vorm Haus, also komm."

„Aber ..."

„Nix aber. Ich rufe keinen Streifenwagen und bis Clinsiel laufen will ich auch nicht. Was ich getrunken habe, ist mir schietegal. Den Weg raus schaffe ich auch mit zwei Glas Rotwein und zwei Marsala. Außerdem bin ich nach diesem Schock total nüchtern. Wir können ja später bei Oma und Tant' Fienchen nächtigen, damit wir uns den Rückweg sparen. Ich ruf von unterwegs an, und jetzt komm!"

„Und das hier?" Hajo zeigte auf Tomkes Jackentasche, in der sich die Geschenke befanden. „Die beiden Geschenke? Darum kümmern wir uns morgen." Tomke schien wieder ganz die Alte.

Die Ermittlerin hatte beschlossen, die Sache nicht zu sehr an sich heranzulassen. Auch wenn es sie selbst und natürlich auch Hajo betraf, musste die Angelegenheit mit höchster Professionalität angegangen werden. Morgen würden sie gemeinsam mit Carsten beschließen, wie weiter zu verfahren war. Ja, genau so würden sie es machen.

Sie griff sich den Schlüssel ihres privaten Pkw vom Haken, warf sich einen Kaugummi in den Mund und erklärte Carsten: „Ich fahre. Meine Entscheidung, mein Risiko. Los jetzt!"

Die Fahrt hinaus nach Carolinensiel verlief schweigend. Die beiden Ermittler waren tief in ihre Gedanken versunken. Keiner der beiden schien in der Lage, etwas zu sagen. Beim Einsteigen in den Wagen hatte Tomke gebeten, dass Hajo doch bitte bei Oma und Tant' Fienchen anrufen solle, um sie beide für die Nacht anzumelden. „Wenn wir das nicht tun, schlafen sie schon, bis wir in Clinsiel fertig sind", hatte sie noch gemeint. Hajo tat wie ihm geheißen.

Oma versprach, das Zimmer vorzubereiten, sie und Fienchen allerdings lägen dann sicher schon im Bett. „Macht nix, wir haben ja einen Schlüssel. Schlaft schön, wir sind auch ganz leise!", beendete Hajo das Gespräch. Omas Frage: „Habt ihr denn auch etwas gegessen?", hörte er nicht mehr.

Danach herrschte wieder Funkstille im Wagen, bis sie am Ort des Geschehens ankamen.

Die Gegend um die Friedrichsschleuse war schon hell erleuchtet, der Tatort für die beiden Ermittler schnell zu finden. Tomke fuhr über einen schmalen Fußweg, vorbei an einem weißen Kastenwagen, der auf dem kleinen Parkplatz direkt neben der Brücke parkte, und stellte ihr Fahrzeug beim Bestattungsinstitut Albrecht ab. Wie passend, stellte sie fest.

Ein Stück abseits stand ein Rettungswagen, in dem reges Treiben herrschte. Den Gedanken daran, dass sie vielleicht umsonst gerufen worden waren, schob sie gleich wieder zur Seite. „Leiche hängt an der Brücke!", hatte der Kollege von der Zentrale gesagt.

„Vielleicht", überlegte Tomke, „ist ja irgendeine arme Sau Zigaretten holen gegangen, hat sich nicht mehr zurückgetraut und den Strick genommen, weil zu Hause die Olle … Schluss damit, Frau Kommissarin!", rief sie sich zur Ordnung.

Tomke parkte hinter einem Streifenwagen und öffnete müde die Tür. Im Licht der Innenraumbeleuchtung konnte Hajo erkennen, dass sie nicht so tough und abgebrüht war, wie sie gerne tat. Wie auch, das Ganze nahm inzwischen gefährliche Ausmaße an. Jetzt allerdings mussten sie sich um den neuen Fall kümmern.

„Eine Leiche hängt an der Brücke?", überlegte auch Hajo. Waren das wirklich Tomkes Worte?

Als sie über die Stufen des Deiches hinunterliefen, hatte man den Toten schon auf den Boden gelegt. Allerdings zeigte der Strick um den Hals des Mannes, dass er wohl tatsächlich aufgehängt worden war. „Irre!", entfuhr es Hajo, was ihm einen strafenden Blick von Tomke einbrachte.

„Was denn?", konterte er.

Hajo Manninga, der Chef der Rechtsmedizin, war schon vor Ort, kniete auf dem Boden, tief über die Leiche gebeugt. Die beiden Ermittler schoben sich an der Absperrung, die von den Kollegen aufgebaut worden war, und zwei uniformierten Polizisten vorbei auf den Rechtsmediziner zu. Der untersuchte gerade den Hals des Toten, war dabei, den Strick zu lösen, als sein Blick auf zwei Paar Schuhspitzen fiel.

„Ach, das Liebespaar der Wittmunder Kripo ist auch schon da. Ausgeschlafen?" Tomke reagierte auf die Anspielung nicht und wollte wissen: „Wie kommt es eigentlich, dass du schon da bist? Und warum habt ihr den Toten schon abgeschnitten, wir hätten uns gerne ein Bild von der

Situation gemacht." Ohne aufzublicken, antwortete Manninga: „Ich bin eben ein flinkes Kerlchen und habe eine schnelle Truppe. Während ihr noch ein Nümmerchen geschoben habt, war ich schon unterwegs. Bevor wir ihn auf den Boden gelegt haben, wurden natürlich ausreichend Bilder gemacht." Er deutete auf einen Fotoapparat.

„Na dann, und übrigens, nur kein Neid!", hielt Tomke dagegen und fügte leise murmelnd hinzu: „Hat dir eigentlich schon mal jemand gesagt, dass du langsam zum Arschloch mutierst?"

„Das habe ich gehört!", kam es von unten.

„Auch gut, dann weißt du es jetzt! So kommt deine Ina nie zurück." Tomke wandte sich ab. Solche Sprüche hatten ihr gerade noch gefehlt. Ausgerechnet heute. Manninga wurde immer verschrobener.

„Hättest du nicht deinen Kollegen Rikus schicken können?", setzte sie nach. „Dann wäre der Abend trotz Leiche, Kälte und anderen Widrigkeiten wesentlich erträglicher!"

Manninga merkte wohl, dass er zu weit gegangen war, und stand stöhnend auf. „Scheiß Knochen!", grummelte er mit schmerzverzerrtem Gesicht.

„Is' aber nicht meine Schuld!", konnte sich Tomke nicht verkneifen.

„Jetzt gebt endlich Ruhe!", schaltete sich Hajo ein, und zu Manninga gewandt erklärte er:

„Solche Sprüche kannst du dir gerne verkneifen. Beim nächsten Mal landest du in der Harle, ehe du dich versiehst."

„Was haben wir?", wollte Tomke nun wissen und brachte das Thema wieder auf den Fall.

„Leiche, männlich. Tod durch Strangulieren, auf den ersten Blick jedenfalls. Kann auch ein Genickbruch gewesen sein. Habe den Hals noch nicht endgültig untersucht. Auch muss ich ihm tiefer in die Augen schauen, um zu sehen, ob der Mann durch Strangulation gestorben ist. Das weiß ich erst, wenn ich ihn auf dem Tisch habe. Genaueres kann ich euch erst …"

„… nach der Obduktion sagen, ich weiß."

Manningas Spitze „Was fragst du dann?" brachte ihm erneut einen bösen Blick von Tomke ein.

„Kannst du etwas zu den Strangulationsmerkmalen sagen?"

„Na ja, Seil um den Hals eben, zugezogen, tot. Oder was meinst du?"

„War es Mord oder Selbstmord? Aus welcher Höhe wurde oder hat sich der Mann erhängt? War er bereits tot, oder ist er durch den Fall ins Seil getötet worden? Ist er gesprungen und, und, und."

„Was ausscheidet, ist, dass der Mann tot, mit dem Seil um den Hals, von der Brücke gesprungen ist. Das wäre unlogisch. Einen umgekippten Stuhl, wie das in Filmen bei Erhängen dargestellt wird, sehe ich auch nicht. Also, wie gehabt, alles andere, oder das meiste davon, kann ich dir erst …"

„… nach der Obduktion sagen", beendete Tomke erneut Manningas Satz. „Auch, ob er schon tot war, als er hier aufgehängt wurde?"

„Könnte sein, aber wie gesagt, das klärt sich auf meinem Tisch. Du weißt: Hätte, könnte, wenn und aber gibt es bei mir nicht, warte es ab. In der Regel werden dir, wenn man dich erhängen will, die Hände gefesselt. Auf dem Rücken oder auch vorn. Irgendwelche Verletzungen wie Schläge, die ihn bewusstlos gemacht hätten oder Ähnliches, kann ich auf den ersten Blick auch nicht sehen. All das haben wir hier nicht. Kann heißen, dass der Mann schon tot oder eben betäubt war, was ich im Moment nicht erkennen kann. Noch nicht! Ich schau mal nach weiteren äußeren Merkmalen, Einstichstellen oder so. Falls man ihn durch Medikamente narkotisiert hat, sehe ich das erst später. Zufrieden mit der ersten Auskunft?"

Das Wortgeplänkel zwischen Tomke und Manninga ging noch etwas weiter, Hajo drehte sich genervt ab.

„Ist wohl ein Sensibelchen, unser Hajo Nummer zwo!", frotzelte Manninga. Er konnte es einfach nicht lassen. Tomke drohte ihm mit erhobenem Finger.

Hajo Mertens ging auf einen uniformierten Kollegen zu. „Wer hat den Mann denn gefunden? Gibt es Zeugen?", wollte er vom Kollegen wissen. Der deutete wortlos nach oben zum Rettungswagen.

„Ohnmächtig geworden? Kollabiert? Oder was?" Hajo schaute den Mann fragend an. Der zog die Schultern hoch und meinte: „Nein, der nicht, aber seine Freundin ist wohl verletzt, und ein anderer Typ auch. Die Sanis sind da oben schwer beschäftigt. Hat wohl Zoff gegeben zwischen den dreien. Kollege Dirk ist dabei und passt auf."

„Na, das schau ich mir mal an." Hajo umging die Treppe und versuchte den Deich hochzulaufen, was sich aber als Fehler erwies. Das Gras war nass, mit seinen glatten Ledersohlen rutschte er immer wieder aus, sodass er schlussendlich auf allen vieren und fluchend den Deich nach oben kletterte.

Im und um den Rettungswagen ging es lebhaft zu. Erst als sich Hajo bemerkbar machte, ließ die aufgeregte Stimmung etwas nach.

„Darf ich erfahren, was hier los ist?“, fragte er in die Runde.

Ein Mann mit Platzwunde an der Stirn und beginnendem Veilchen am rechten Auge saß auf der Behandlungsliege und wurde gerade verarztet. Eine junge Frau mit bandagiertem linkem Knöchel kauerte heulend auf dem Trittbrett des Rettungswagens. Direkt daneben regte sich ein junger Mann lautstark auf.

„Hallo!“, wurde Hajo nun auch laut, „was ist hier los?“ Er zeigte seinen Dienstausweis.

Zu dem jungen uniformierten Kollegen Dirk gewandt, meinte er dann: „Kannst du mir etwas sagen?“

Dirk lenkte seinen Blick auf den jungen Mann und berichtete im Stenografiestil:

„Der hat die Leiche gefunden!“ Dann nickte er zu der Frau hin: „Die war dabei, ist aber schreiend weggelaufen und hat sich den Knöchel verletzt.“ Mit Blick auf den Mann mit der Platzwunde erklärte er: „Der wollte ihr helfen und ist dafür von ihm“, er zeigte nun wieder auf den ersten, „verprügelt worden!“

Hajo schaute den uniformierten Kollegen ungläubig an. Was sollte er denn mit diesem Bericht anfangen? Der und der mit ihr und ihm? Trotzdem musste er grinsen. „Okay, wir haben alle mal angefangen, aber nun aufs Neue in ordentlichen Sätzen. Wer hat wen und warum verprügelt.“

So erfuhr der Ermittler dann, dass Thies Rammler – Hajo hatte sich den Ausweis des Mannes zeigen lassen, der hieß tatsächlich so – gemeinsam mit seiner Freundin Tine Snijder die Leiche gefunden hatte. Sie sei schreiend davongelaufen, allerdings in die falsche Richtung. Auf dem Weg zurück habe sie sich dann den Knöchel verletzt, als sie an einer dunklen Stelle des Fußweges stolperte. Der Mann mit der Platzwunde – sein Name war Ralf Eumann – wollte der jungen Frau eigentlich nur helfen, was von ihrem Freund falsch verstanden worden sei.

Jetzt schaltete sich Eumann ein und deutete auf seinen lädierten Kopf: „Das hat man davon, wenn man helfen will!“ Hajo atmete tief durch und hoffte, dass er nun alles in der richtigen Reihenfolge abgespeichert hatte. Kollege Dirk jedoch musste an seiner Berichterstattung noch arbeiten. Thies Rammler hatte dann noch kurz erzählt, dass er einen Wagen gehört habe, dessen Motor nicht angesprungen sei. Er habe ziemliche Angst gehabt, dass es der Mörder hätte sein können. Gesehen habe er aber niemanden. „Irgendwann war es dann still über mir“, berichtete er noch. Hajo gab den dreien seine Visitenkarte und bat darum, dass sie doch bitte am nächsten Morgen pünktlich um zehn Uhr auf dem Revier in Wittmund erscheinen sollten. Die junge Frau mit dem verletzten Knöchel war nicht ansprechbar. Sie saß noch immer auf dem Trittbrett des Rettungswagens, inzwischen stumm weinend.

Hajo hatte genug. Morgen würden die drei sich sicher etwas beruhigt haben.

Den Rückweg zu Tomke, Manninga und der Leiche nahm Hajo dann doch über die Treppe, noch mal wollte er nicht über das nasse Gras schlittern.

„Was meinst du, war das unser Mann?“, begrüßte Tomke ihren Kollegen und Lebensgefährten.

„Stolle? Du meinst, das war Stolle? Quatsch, warum sollte er. Außerdem, wenn die beiden Patronen von Stolle sind, kann er wohl das hier nur schwerlich gewesen sein.“

„Du hast recht, wahrscheinlich leide ich unter Verfolgungswahn.“

Tomke stöhnte genervt auf.

„Ich werde heute Nacht Kontakt mit Claude in Amerika aufnehmen, eventuell kann er mir was zu Stolle sagen. Vielleicht ist der Typ ja schon längst wieder drüben, und die Liebespost, die wir heute erhalten haben, kommt doch von einem ganz anderen Verehrer.“

„Na, da ist ja wohl der Wunsch der Vater des Gedankens!“, zweifelte Hajo. „Aber mach mal. Wenn es dich beruhigt und Claude dir frohe Botschaft bringt. Deshalb haben wir allerdings das Problem mit dem Absender der Geschenke nicht gelöst.“

„Ist mir klar, aber einen Versuch ist es wert. Hoffentlich erreiche ich ihn! So, nun aber zu unserem Toten hier. Hast du etwas in Erfahrung bringen können?“ Tomke deutete Richtung Rettungswagen.

„Nicht wirklich. Ein junges Paar hat den Mann gefunden. Er fiel ihnen wohl genau vor die Nase, als sie den Tunnel passieren wollten.“

„Und was war das für ein Gezeter dort oben? Ich habe ja bis hierhin gehört, dass es Ärger gab.“

„Nix Dramatisches, erzähle ich dir später. Was sagt unser Leichenfledderer?"

„Nun, nachdem er ständig seinen üblichen Satz ‚Erst nach der Obduktion' wiederholt hatte, ist ihm doch noch etwas aufgefallen. Wie es ausschaut, ist der Mann aus großer Höhe in die Schlinge des Galgenstrickes gefallen. Das zeigen wohl Abschürfungen am Hals des Toten. Wäre er nur von einem Hocker gesprungen, hätte es wesentlich weniger Abschürfungen auf der Haut gegeben, meinte Manninga. Zudem, einen Hocker oder Stuhl haben wir nicht gefunden."

„Das heißt aber doch!", resümierte Hajo, „dass wir noch immer nicht wissen, ob wir es hier mit einem Mord oder einer Selbsttötung zu tun haben. Der Mann kann ja auch von der Brücke gesprungen sein."

„Stimmt, könnte er! Stimmt aber wiederum nur bedingt, denn unter den Drosselungsmerkmalen am Hals hat Manninga eine kleine Einstichstelle gefunden. Kann sein, dass der Mann betäubt und dann erhängt wurde. Kann sein, muss aber nicht. Vielleicht war es ja auch nur ein Mückenstich. Lassen wir ihn also zuerst seine Arbeit machen. Die Auffindesituation ist nicht eindeutig. – Wo bleibt eigentlich Carsten? Der Diensthabende auf dem Revier hat doch gesagt, dass er den dritten Mann auch benachrichtigen wollte. Ich sehe ihn hier aber nirgendwo."

„Oldenburg, Tomke. Oldenburg, Lesewettbewerb … Du erinnerst dich?"

„Ach, verdammt, stimmt!" Sie schlug sich mit der flachen Hand gegen die Stirn.

„Stimmt, da war doch was. Er ist mit Marie zu diesem Lesewettbewerb nach Oldenburg gefahren. Hatte ich total vergessen. Die beiden kommen erst morgen wieder zurück. Nun, die Nacht überstehen wir auch ohne ihn."

Sie standen nun etwas abseits, denn Manninga war noch immer am Fundort zugange, herrschte seine Mitarbeiter in alter Manier an, die Leiche doch gefälligst im Ganzen zu verpacken, zerteilen würde er sie schon selbst.

„Immer das Gleiche!", stöhnte Tomke. Die Kollegen der Spusi waren gerade dabei, das Brückengeländer und den Platz drumherum zu untersuchen. Eingepackt in weiße Overalls, sahen sie im Dunkeln aus wie Aliens.

„Was ist das für ein Fahrzeug?", wollte Hajo wissen und zeigte zur Straße.

„Welches? Meinst du den weißen Transporter dort?" Tomke nickte nach oben.

„Ja. Weißt du, zu wem der gehört?"

„Nein, keine Ahnung. Die olle Kiste stand schon, als wir angekommen sind. Warum?"

„Weil der Rammler von Motorengeräuschen eines Transporters gesprochen hat."

„Wer bitte?" Tomke fuhr entsetzt herum.

„Thies Rammler, der junge Mann, der die Leiche gefunden hat. Sorry, er heißt tatsächlich so." Tomke musste lachen, fuhr dann aber fort:

„Das hilft aber nicht, schließlich steht der Wagen noch an seinem Platz."

„Ja, genau. Rammler, ich meine Thies Rammler, hat von Motorengeräuschen gesprochen, die abgestorben sind. Er erzählte von mehreren Startversuchen des Fahrers, irgendwann sei es dann still über ihm gewesen. Ich denke, der hatte ziemlich die Hosen voll und war nicht in der Lage nachzusehen. Wir sollten uns den Wagen anschauen. Den Zeugen habe ich für morgen einbestellt, dann befrage ich ihn nochmals genauer."

„Du hast recht, die Spusi soll sich den Wagen mal ansehen!", bestimmte Tomke. „Man weiß ja nie!"

„Einfach so? Wenn wir die Kiste ohne Beschluss öffnen, fliegt uns die Aktion vielleicht irgendwann um die Ohren. Du weißt, was Anwälte daraus machen können."

„Stimmt!" Tomke überlegte kurz und meinte dann: „Gefahr im Verzug, der Zeuge hat von einem Transporter gesprochen, also?"

Hajo musste grinsen. „Okay, ich sage Rikus Bescheid."

„Rikus? Ist der auch da? Ich dachte, er sei krank?"

„Ja, ist er auch. Aber du kennst ihn ja. Der lässt seine Leute nicht bei Nacht und Nebel alleine arbeiten. Da muss er schon ans Bett gefesselt sein. Vor ein paar Minuten ist er doch noch, und zwar mit triefender Nase, eingetroffen."

Einige Minuten später folgte Tomke ihrem Kollegen nach oben zur Brücke und beschloss: „Lass uns für heute Schluss machen. Wir stehen hier nur rum und frieren uns den Arsch ab. Morgen früh gibt es von Rikus und Manninga sicher schon erste Berichte, dann wissen wir mehr. Außerdem bin ich todmüde." Hajo nickte. Ihm war es ganz recht und auch, dass sie den Weg zurück nach Wittmund nicht nehmen mussten. Es war eine gute Idee, bei Oma und Tant' Fienchen zu übernachten.

„Rikus", bat Hajo noch, „schaut euch den Lieferwagen, ich meine den weißen Transporter dort oben, bitte genau an. Kann sein, dass wir uns irren, aber der ist uns nicht geheuer. Ein Zeuge hat missglückte Startversuche gehört, die zu dem Wagen passen könnten."

„Ist aber abgeschlossen, ich war schon mal dran und habe am Türgriff gezogen", krächzte der Chef der Spurensicherung heiser.

„Macht nichts", schaltete sich nun Tomke ein, „dann brecht ihn eben auf. Die olle Karre wird davon auch nicht hässlicher. Wir verschwinden. Bekomme ich morgen früh einen kurzen ersten Überblick von dir? Wäre sehr hilfreich, denn sonst haben wir rein gar nichts." Rikus Stevenson zeigte ihr einen erhobenen Daumen und widmete sich wieder seiner Arbeit.

„Feierabend, die Zweite!", stöhnte Tomke, als sie den Wagen startete.

Den kurzen Weg zum Haus ihrer Großmutter nahm Tomke wieder sehr schweigsam. Zu viel schwirrte ihr durch den Kopf. In der Bahnhofstraße fuhr sie mit Schwung die Deichauffahrt vor Omas Haus hoch und parkte vor der Eingangstür. Das Haus lag dunkel und verlassen auf dem Deich. Oma und Tant' Fienchen schliefen wohl schon.

Tomke zog ihren Schlüssel hervor und schloss die Haustür leise auf. Schließlich hatte Hajo versprochen, die beiden nicht zu wecken. Sie schaltete die Deckenbeleuchtung im kleinen Vorflur an und erschrak zutiefst. Auf dem Fußboden vor ihr waren große rote Flecke zu sehen. Auch unter ihren Füßen, wie sie feststellen musste. Sie stand wohl mittendrin. Erschrocken wich sie zurück und prallte gegen Hajo. Die Spuren führten von der Küchentür zum Badezimmer von Oma und Tant' Fienchen. Große rote Flecke. War das etwa Blut?

Tomke griff Halt suchend nach Hajos Arm, öffnete vorsichtig die Tür zum Badezimmer, der Türgriff schien ebenfalls blutverschmiert. Mit klopfendem Herzen schaltete sie auch hier das Licht an und glaubte auf ein Schlachtfeld zu schauen. Die weißen Badezimmerfliesen, das Waschbecken sowie auch der Rand der Dusche waren blutbefleckt. Mehrere Handtücher hingen blutgetränkt über dem Rand des Waschbeckens. Auf einer Ablage seitlich lag ein großes, langes Küchenmesser, auch das war voll Blut.

Tomke und Hajo sprachen nicht. Sie blickten sich nur entsetzt an. Was war hier passiert?

Die Ermittlerin machte auf dem Absatz kehrt, schob sich an Hajo vorbei. Vorsichtig, um nicht nochmals in die rote Spur zu treten, durchquerte sie den Flur Richtung Küche. Inzwischen war zu erkennen, dass auch der Türgriff der Küchentür und die Tür selbst ebenfalls blutbesudelt waren. Tomke war schlagartig speiübel. „Was um Gottes willen ist hier passiert?", flüsterte sie. Hajo stand inzwischen hinter ihr und hatte seine Hand auf ihre Schulter gelegt. „Ich wage gar nicht, diese Tür zu öffnen!", raunte sie ihm leise zu. „Im Haus ist es so totenstill!"

Lesemarathon mit Überraschung

Marie platzte fast vor Anspannung. Zum einen, weil sie sehr aufgeregt war, vor den vielen Menschen zu lesen, aber auch, weil sie nicht wusste, wie ihr Vater die Überraschung aufnehmen würde, die sie sich für ihn ausgedacht hatte.

Begonnen hatte alles damit, dass Marie in der letzten Zeit einige Lesewettbewerbe ihrer Schule gewonnen hatte und nun für die Endausscheidung in Berlin nominiert war. Carsten und Michaela waren mächtig stolz auf ihre Tochter. Die heutige Veranstaltung in Oldenburg allerdings hatte einen ganz anderen Hintergrund, von dem Carsten nichts wusste.

Während der Vorentscheidungen des Lesewettbewerbs durften sich die Teilnehmer Texte nach Belieben aussuchen, die sie vortrugen. Damit war allerdings gemeint, dass die Schülerinnen und Schüler aus bereits veröffentlichten Büchern lasen. Marie jedoch gab bei der letzten Ausscheidungsrunde kurzerhand eine selbstverfasste Geschichte zum Besten. Die Jury war nicht nur von ihrer Leseart begeistert, sondern auch und besonders vom Text. Eines der Jurymitglieder schlug darum vor, dass das Mädchen an einem anderen Wettbewerb teilnehmen solle, nämlich einem Wettbewerb für Kinderautoren. Diese Jungen und Mädchen durften eigene Kurzgeschichten erfinden und vortragen. Maries Lehrerin hatte sich deshalb mit Michaela in Verbindung gesetzt, und alles nahm seinen Lauf. Das Mädchen war natürlich begeistert und überaus stolz, wie auch ihre Eltern.

Die Frage, wer sie denn nach Oldenburg begleiten solle, wurde von Marie sofort entschieden. „Papa muss mit", hatte sie bestimmt. Lediglich das Hotelzimmer in Oldenburg durfte Michaela für ihre Tochter und ihren Mann buchen, um den Rest wollte Marie sich alleine kümmern. Carsten war noch immer der Meinung, dass es hier um einen weiteren Test für Berlin ginge. Michaela hatte augenzwinkernd zugestimmt, dass Marie ihren Vater im Ungewissen lassen und ihn überraschen wollte.

Und so kam es, dass Marie dort eine selbst geschriebene Geschichte las. Eine Geschichte, die Carsten sehr erstaunte.

Es war nicht nur die Tatsache, dass sich Maries schriftstellerische Ambitionen an diesem frühen Abend offenbarten, nein, was ihn ebenso verblüffte, war der Inhalt der Geschichte, die Marie sich ausgedacht hatte …

Seine Tochter kam als sechstes Kind an die Reihe.

Sie saß an einem kleinen Tisch auf einer riesigen Bühne, die das Mädchen fast verschluckte. Vor Marie lag ihr Manuskript, davor stand ein Mikrofon, seitlich davon eine Leselampe.

Das Publikum war zwar im Dunkeln kaum zu erkennen, aber ihren Vater konnte Marie in der ersten Reihe sitzen sehen und lächelte ihm verschmitzt zu.

„Der Mann im Weihnachtsbaum!", begann sie mit fester Stimme, warf einen kurzen Blick auf Carsten und fuhr fort: *„...eine wahre Geschichte von Marie Schmied!"*

Carsten war völlig sprachlos. Was las seine Tochter da? Marie hatte aus einem Kriminalfall, dem sie kurzzeitig beigewohnt hatte, eine Geschichte gemacht. Das, was sie da vortrug, war nichts aus einem veröffentlichten Buch, sondern Tatsache. Sie erzählte von einem Besuch auf dem Weihnachtsmarkt zu Hause in Carolinensiel. Von ihrem Lieblingsgericht, welches sie sich bei Adys Fischbude geholt hatte. Berichtete über die entsetzlich langweiligen Erwachsenen, die immer nur rumstanden, quatschten und Glühwein tranken, aber dann, wenn es wirklich spannend wurde, gar nichts mitbekamen. Auch nicht, als sie, Marie, schon lange bemerkt hatte, dass ganz oben in dem schwimmenden Weihnachtsbaum etwas sehr komisch war. „Da kann man sie warnen und mit der Nase draufstoßen", erzählte sie hitzig und schlug zwischendurch mit der flachen Hand auf den Tisch. „Aber die merken nix. Bis eine Leiche aus dem Baum fällt, ja, dann ist das Geschrei groß." Durch das Publikum ging ein Lachen, aber gleich darauf ein kurzes Raunen. Sprach das Kind wirklich von einer Leiche? Sofort war es wieder mucksmäuschenstill. Als sie dann noch verkündete, dass ihre Tante in einem Prüllker einen abgeschnittenen Finger gefunden habe, der zu der aus dem Baum gestürzten Leiche gehörte, hätte man im Zuschauerraum eine Stecknadel fallen hören können. Sehr ausführlich, mit ihren eigenen Worten, witzig und kurzweilig, hatte sie aus einer wahren Begebenheit einen fesselnden Kurzroman geschrieben.

Nachdem Marie geendet hatte, war es für ein paar Sekunden still im Zuschauerraum, doch dann tobte ein Beifallssturm los. Das Publikum stand auf, klatschte stehend Applaus, die Jury steckte die Köpfe zusammen und Carsten wusste nicht, wie er reagieren sollte.

Da hatte Marie doch tatsächlich einen Mordfall, der sich Ende des vergangenen Jahres in Carolinensiel auf dem Weihnachtsmarkt ereignet hatte, zur Grundlage ihrer Geschichte genommen. Natürlich kannte sie keine Hintergründe und Ermittlungsergebnisse, aber das, was sie zu der spannenden Geschichte zusammengefasst hatte, war so abwechslungsreich und humorvoll, dass er überwältigt war. Dazu kam dann noch, in welcher Art und Weise das Mädchen gelesen hatte. Carsten konnte es nicht fassen. Noch völlig in seine Gedanken versunken, mit Tränen in den Augen, bemerkte er plötzlich, dass ihn jemand an seiner Jacke zog. Er schaute nach unten und sah in strahlende Kinderaugen.

„Und?“, wollte Marie wissen, „was sagst du jetzt? Glaubst du mir, dass ich Schriftstellerin und gleichzeitig Kriminalkommissarin werden will?“ Carsten konnte nur nicken.

Eines der Jurymitglieder kam auf die beiden zu. Gratulierte Marie und auch ihrem Vater zu der gelungenen Vorstellung. „Mit diesem Kind werden sie noch viel Spaß haben!“, meinte der Mann schmunzelnd.

„Haben wir schon, haben wir schon!“, konnte Carsten nur stottern.

Marie war glücklich, ihre Geschichte gut angekommen, Carsten überrascht. So hatte sie sich das vorgestellt.

„So, und nun gehen wir essen, du hast es versprochen!", beharrte Marie, als sie den Theatersaal verließen. Voller Stolz trug sie in der einen Hand den Pokal, in der anderen den Preis, den sie gewonnen hatte. Ein tolles Buchpaket. Mehr Freude hätte man ihr nicht machen können.

„Endlich Lesenachschub", hatte sie sich bei der Jury bedankt.

„Natürlich gehen wir jetzt zusammen essen", bestätigte Carsten. „Das hast du dir mehr als verdient, Marie. Und du weißt, versprochen ist versprochen!"

Als sie eine Weile später neben ihrem Vater im Hotelbett lag, dauerte es nicht lange, bis Maries Plappermäulchen still stand und sie eingeschlafen war.

Carsten lag noch wach, dachte über den Abend und darüber nach, welchen Verlauf sein Leben genommen hatte, und schämte sich fast ein wenig, wie überaus glücklich er war. Der Tod seiner ersten Frau und der gemeinsamen Tochter bei einem Attentat, das eigentlich ihm gegolten hatte, war in so weite Ferne gerückt, dass er manchmal ein schlechtes Gewissen bekam. Nie hätte er damals geglaubt, jemals wieder vom Glück begünstigt zu werden.

Doch dann kam die Versetzung nach Ostfriesland, er lernte Michaela, die ihren Mann auf See verloren hatte, und deren Tochter Marie kennen. Das Mädchen hatte schnell beschlossen, dass er ihr neuer Vater sein müsse, und er und Michaela hatten sich tatsächlich ineinander verliebt. „Etwas anderes hätte Marie auch gar nicht zugelassen", überlegte er lächelnd und schloss die Augen.

Samstag

Beim Frühstück im Hotel am nächsten Morgen fragte Marie mit einem verschmitzten Lächeln. „Du, Papa, weißt du eigentlich, welche Geschichte ich damals in der Schule gelesen habe?"

„Nein", stöhnte Carsten leise auf, „aber du wirst es mir sicher gleich erzählen."

Marie griente spitzbübisch. „Na die mit der Haarspange!", und lachte laut auf.

„Marie, Marie, wie kannst du mich nur so blamieren. Ein Kriminalkommissar, der Angst vor einer Spinne hat, das geht ja gar nicht. Was sollen die Verbrecher nur von mir denken?" Carsten gab sich sehr wehleidig.

„Aber das war doch wirklich lustig, wie du mit deinem Hausschuh auf meine Haarspange eingehauen hast, weil du glaubtest, es sei eine dicke fette Spinne." Wieder musste sie laut lachen und hielt sich sofort die Hand vor den Mund. Die anderen Gäste im Frühstücksraum schauten ganz kniepig*.

„Ach, mach dir nix draus", fuhr sie dann altklug fort, „auch die stärksten Männer haben ihre Schwächen!", versuchte sie ihn zu trösten.

---

* komisch

Carsten verschluckte sich derart heftig an seinem Brötchen, sodass ihm Marie fest auf den Rücken klopfen musste.

„Woher, bitte schön, hast du diesen Spruch?", fragte er, noch immer keuchend. „Ich bin Schriftstellerin, Papa, hast du das vergessen?"

Nein, Carsten hatte es nicht vergessen und stellte sich innerlich darauf ein, dass da noch einiges auf ihn zukommen würde. Im Grunde aber war er saumäßig stolz auf Marie.

Auch Marie war stolz. Klar, weil das mit ihrer eigenen Kurzgeschichte so gut geklappt und sie ein Bücherpaket gewonnen hatte, aber auch, weil sie mit Carsten ganz alleine unterwegs war. Diesen Moment genoss das Mädchen sehr. Zu Hause war da nämlich noch Felix, ihr kleiner Bruder, den sie zwar heiß und innig liebte, aber der einfach zu viel Aufmerksamkeit von Carsten forderte.

Auf dem Nachhauseweg machten sie noch eine Pause bei dem großen M und Carsten löste, wenn auch widerwillig, ein weiteres Versprechen ein. „Musst ja nix dort essen!", war Maries lakonischer Kommentar. „Aber versprochen ist versprochen!" Carsten und Michaela erlaubten ihrer Tochter nur zu besonderen Gelegenheiten, in dem Fast-Food-Restaurant zu essen. Heute war solch ein Tag. Hier erlebte Carsten eine weitere Überraschung.

Klar und willensstark wie Marie nun mal war, hatte sie den Verkäufer beim großen M davon überzeugt, dass die vielen Umverpackungen schädlich für die Umwelt seien. Er solle ihr doch bitte die Cola in ihren eigenen, mitgebrachten Becher und den Veggie-Burger in ihre kleine Kunststoffbox einpacken, und augenblicklich kramte sie beides aus ihrem Rucksack.

„Wahnsinn, dieses Kind verblüfft mich immer wieder!", dachte er, als sie das Restaurant verließen.

Carsten freute sich auf das restliche Wochenende mit seiner Familie. Was er aber nicht wusste …, schon bald würde ihn sein Handy in den kriminellen Alltag zurückholen.

*

Tomke, noch immer unter einem gehörigen Schock stehend ob der vergangenen Nacht, war es, die ihn kurze Zeit später bat, so schnell wie möglich nach Wittmund ins Kommissariat zu kommen.

Aber zuerst zurück zum Vorabend und zu der Blutspur im Haus von Oma und Tant' Fienchen …

Blutspuren

Das blutige Messer, das viele Blut im Bad und die Blutspur auf dem Fußboden verhießen nichts Gutes. Tomke malte sich die schlimmsten aller Szenarien aus. Sie sah vor ihrem inneren Auge Oma und auch Tant' Fienchen blutüberströmt in der Küche, vielleicht auch in ihren Betten liegen. Tot! War hier vielleicht jemand eingedrungen, der die beiden bestehlen wollte? Hatte etwa Stolle ...? Nein, diesen Gedanken verwarf sie sofort wieder. Sie erinnerte sich an den „Fliegenden Holländer", den ihre beiden Alten vor einiger Zeit als Betrüger entlarvt und in der Wohnung festgesetzt hatten. Eine sehr riskante Angelegenheit damals. Hatten sie hier vielleicht einen ähnlichen Versuch unternommen und waren überwältigt, verletzt, vielleicht sogar getötet worden? Tomke musste schlucken. Schnell schob sie all diese Gedanken zur Seite und rief sich zur Ordnung. Mit einem kurzen Blick über die Schulter auf Hajo öffnete sie vorsichtig die Küchentür. Hier war es stockfinster. Die Kommissarin griff nach rechts, dort wusste sie den Lichtschalter und legte ihn um. Es dauerte einen Sekundenbruchteil, bis sich ihre Augen an das aufblendende Licht gewöhnt hatten. Tomke erkannte, dass jemand über den Tisch gebeugt lag, den Kopf auf den Armen abgelegt. „Oma!", durchfuhr es sie.

Vorsichtig ging sie auf die alte Frau zu, Hajo folgte dicht hinter ihr.

„Oma?“, rief Tomke leise, und als keine Reaktion kam, noch mal etwas lauter: „Oma! Sag doch was!“ Inzwischen stand sie neben ihr und sah, dass unter Omas Brustkorb ein blutgetränktes Tuch hervorschaute.

„Um Gottes willen, sie ist tot, Hajo, schau nur das viele Blut hier!“ Vorsichtig griff sie nach Omas Handgelenk, um ihren Puls zu fühlen.

„Wer ist tot?“, kam dann eine wohlbekannte Stimme von unten.

Tomke fuhr zusammen, schrie kurz auf und ließ sich auf die Eckbank neben ihre Großmutter fallen.

„Du lebst? Mein Gott, Oma, was ist passiert? Das viele Blut, ich dachte, du bist tot!“

„Wer ist tot?“, war nun die keifende Stimme von Tant’ Fienchen aus dem Hintergrund zu hören. Als Tomke und Hajo aufschauten, sahen sie Omas Schwester in der Tür stehen, einen Besen hocherhoben in den Händen haltend. Mit den Worten: „Ach, ihr seid das, wie könnt ihr mich nur so erschrecken?“, ließ sie den Besen wieder sinken. Dann bemerkte sie jedoch, dass sich durch die Küche eine Blutspur gezogen hatte, und Fienchen stieß einen lang gezogenen Schrei aus. „Schwester, bist du tot?“

„Nein, hast mich noch ’ne Weile am Hals“, kam es vom Küchentisch.

„Nee, nee, nee, was hast du jetzt schon wieder gemacht?“, wollte Fienchen entsetzt wissen. „Warum hast du mich nicht geweckt?“

„Nix hab ich gemacht.“

Nun schaltete sich Tomke wieder ein.

„Was ist geschehen, woher kommt denn nun das Blut? Ich dachte, ihr seid beide tot."

„Ich auch!", kam es nun von Hajo, der sich, noch immer kreidebleich, neben Fienchen gestellt hatte.

„Nix hab ich gemacht, Schwester!", beteuerte Oma Jettchen nochmals. „Brot hab ich geschnitten. Wollte den Kindern noch schnell ein paar Brote schmieren, wusste ja nicht, ob sie heute schon etwas gegessen haben. Aber dann …"

„Oma!" Tomke schlug die Hände vors Gesicht und konnte sich nun vorstellen, was sich abgespielt hatte. Wie oft hatte sie ihre Großmutter schon gewarnt, die dicken runden Brote nicht immer vor der Brust zu schneiden. Irgendwann würde sie abrutschen und das Messer im Brustkorb haben.

„Zeig mal her, was passiert ist!", forderte sie dann ärgerlich, aber doch erleichtert.

„Nein!"

„Was heißt denn Nein? Das muss verarztet werden. Du scheinst eine große Menge an Blut verloren zu haben. Oder hast du etwa noch ein Schwein geschlachtet?"

„Nein heißt: du nicht und meine Schwester auch nicht, auch wenn sie mal Krankenschwester war. Hol mir Michaela rüber, bitte. Du gehst mir nicht an die Brust, und schon gar nicht, wenn ein Mann dabei ist." Oma nickte zu Hajo hinüber.

„Oh, mein Gott, nun das schon wieder. Er kann ja kurz die Küche verlassen, ich will mir die Verletzung erst mal ansehen. Am Ende müssen wir einen Arzt rufen.

Michaela schläft sicher schon. Hast du mal auf die Uhr geschaut?"

Hajo winkte ab. „Lass mal, Tomke. Ich gehe hinüber zu Michaela. Vielleicht erreiche ich sie noch. Falls ich Licht sehe, klingele ich. Bei der Blutspur, die Oma hinterlassen hat, ist fachmännische Hilfe sicher angebracht."

„Nein, das, ach ja, gut!", gab Tomke seufzend nach.

„Das wäre auch gar nicht recht, sich zu entblößen, wenn ein Mann dabei ist!", kam es nun von der Tür. Dort stand Fienchen wie festgewachsen. Es war ein sehr skurriles Bild: Fienchen im wollenen, bis zum Hals geschlossenen Nachthemd, darüber ein gelbes Bettjäckchen – und noch immer mit dem Besen in der Hand.

Tomke deutete auf Fienchens „Waffe" und meinte: „Den kannst du nun wegstellen, der Feind hat die Küche verlassen!"

Leise schimpfend drehte Fienchen sich um und stellte den Besen in die Ecke. „Nee, nee, nee, die jungen Deerns sind aber auch zu offenherzig. Kann man doch nicht machen, ausziehen, wenn ein Mann dabei ist. Nee, nee, nee, alles, was recht ist", brummte sie kopfschüttelnd.

„So, und nun weg mit den Plünnen." Tomke griff energisch nach Omas Hand, doch die schrie vor Schmerzen auf.

Tomke fuhr zurück. „Wie, die Hand auch?"

„Ja", kam es nun kleinlaut, „der Daumen. Damit hat es ja angefangen. Zuerst habe ich mir in den Finger geschnitten, dann bin ich vor lauter Schreck abgerutscht und mit dem Messer in die, na ja, in die Brust."

Nun liefen der alten Frau die Tränen über die blassen Wangen. Tomke schaute sie intensiv an und hoffte, dass sie vor lauter Blutverlust und vor allem vor Schreck nicht auch noch umkippte. Ja, es war sicher vernünftig, zuerst Michaela zu rufen.

Michaela, die Frau ihres Kollegen Carsten, war, wie Fienchen auch, ausgebildete Krankenschwester und arbeitete inzwischen als Leiterin eines Pflegeheimes. Die beiden wohnten mit ihren Kindern Haus an Haus mit Oma und Tant' Fienchen und waren inzwischen zu guten Freunden der beiden alten Damen geworden. Michaela würde hier sicher helfen können. „Hoffentlich", murmelte Tomke, „hoffentlich ist der Schnitt nicht zu tief." Fienchen hatte es gehört und giftete: „Mich lässt sie ja nicht ran!" Tomke und auch Jettchen reagierten nicht darauf. Nochmals forderte sie ihre Großmutter auf: „Nun zeig mir doch wenigstens deinen Finger, Oma." Die allerdings wehrte sich heftig.

„Nein!", schrie sie erneut energisch auf. „Du rührst mir da nix an. Wir warten auf Michaela. Basta!"

Dann klopfte es an der Tür und die Gerufene trat mit besorgtem Gesicht ein.

„Jettchen!", seufzte sie und konnte sich jedoch ein Grinsen nicht verkneifen. „Was habt ihr denn schon wieder gemacht?"

Fienchen rief mit greller Stimme von der Tür: „Ihr? Ich bestehe darauf, dass ich an diesem Massaker nicht beteiligt war. Das hier", sie deutete in die Runde, „hat ausschließlich meine Schwester verursacht."

Tomke stand auf und machte Michaela Platz, damit sie sich Omas Verletzung ansehen konnte. „Wo ist Hajo?", wollte sie noch wissen.

„Der passt drüben auf Felix auf. Carsten ist ja mit Marie unterwegs."

„Stimmt! Die beiden sind in Oldenburg. Haben sie sich schon gemeldet? Wie hat Marie denn abgeschnitten?"

Michaela nickte freudig. „Jetzt kann ich es euch ja sagen. Marie war nicht nur zum Lesewettbewerb, sondern hat dort eine selbst geschriebene Geschichte vorgetragen. Alles ist gut gegangen, das Kind glücklich und der Vater, nun, wie soll ich sagen, überrascht. Mehr dazu soll Carsten dir selbst erzählen. Aber jetzt erst mal zu Jettchen und ihrer Verletzung." Sie beugte sich zu ihr hinüber, zeigte dann auf den Fußboden und das blutige Handtuch, das über der Lehne eines Küchenstuhles hing. „Wo sind denn die weiteren Verletzten? Hier sieht es ja aus wie auf einem Schlachtfeld", frotzelte sie und nahm das blutgetränkte Tuch von Jettchens Brust. Die warf ihr einen bösen, aber auch schmerzvollen Blick zu.

„Schon gut, schon gut. Dann wollen wir dich mal verarzten."

Nachdem Oma endlich zugelassen hatte, dass Michaela ihr den dicken Verband aus Tüchern von der Hand nahm, stieß diese einen entsetzten Pfiff aus.

„Ach, du Grundgütiger! Jettchen!"

Auch Tomke war bestürzt, und Fienchen rief mit keifender Stimme: „Schwester! Der ist ja fast ab. Du musst ins Krankenhaus!"

„Das sehe ich auch so, Jettchen. Der Daumen ist fast durch, man kann das Grundglied sehen. Hier kann ich nichts machen, nur Erste Hilfe leisten und einen Notverband anlegen. Du musst ins Krankenhaus."

Omas Gezeter und Fienchen, die in das Geschrei einfiel, veranlassten Tomke und Michaela, sich die Ohren zuzuhalten.

„Schluss!", wurde Tomke laut. „Kein Ton mehr, wir bringen dich ins Krankenhaus. Michaela, schaust du dir auch noch die Verletzung an der Brust an?"

Nachdem sie Omas Daumen fachmännisch verbunden hatte, löste Michaela nun auch das Tuch, das Oma sich unter ihr Nachthemd gepackt hatte, um sich den Schnitt anzusehen.

„Na ja, das ist nicht ganz so schlimm, ich reinige die Wunde, den Rest muss der Arzt im Krankenhaus entscheiden. Ich denke, da sind zwei Stiche nötig."

Tomke stand kopfschüttelnd daneben und sinnierte, wie das wohl weitergehen würde mit ihren beiden Alten.

Fienchen hatte inzwischen Omas Anziehsachen geholt. Mit den Worten: „Hier sind deine Plünnen. Im Nachthemd wirst du ja wohl kaum auf die Straße gehen wollen", hielt sie ihr die Klamotten hin.

Kurz darauf saß Oma neben Tomke im Auto und sie fuhren Richtung Wittmund in die Notaufnahme des Krankenhauses.

Hajo war bei Fienchen geblieben, der die Aufregung, auch wenn sie es nicht zugeben wollte, sichtlich in die Glieder gefahren war.

„Ich bleibe nicht dort!", verkündete Oma auf dem Weg in die Klinik. „Ich bleibe nicht im Krankenhaus, dort sterben die meisten Leute. Wenn das genäht ist", sie deutete auf ihren Daumen, „will ich wieder nach Hause, und wenn ich laufe."

Tomke antwortete nicht. Was auch. Jedes Wort wäre hier zu viel gewesen.

Im Krankenhaus gestaltete es sich dann doch anders als von Oma Jettchen gedacht. Der diensthabende Arzt hatte mit ihren Verletzungen einiges zu tun. Einfach nur nähen, war nicht. Jedenfalls saß Oma drei Stunden später mit ihrer versorgten Hand, die in einer Schiene steckte, und einem dicken Pflasterverband auf der Brust in einem Krankenhausbett auf Station. Man hatte ihr einen Tropf angehängt, um sie ein wenig zu stabilisieren. Der Arzt hatte darauf bestanden, dass sie die Nacht stationär bleiben müsse. Oma quittierte es mit einem: „Aber vor dem Frühstück bin ich wieder weg!"

Tomke überlegte, ob sie nun zurück nach Carolinensiel fahren oder doch in der eigenen Wohnung übernachten solle. Sie entschied sich dafür zu bleiben. Schnell schickte sie Hajo eine Nachricht und unterrichtete ihn, wie es gelaufen war und dass sie ihn morgen früh abholen wolle.

„Feierabend, die Letzte! Hoffentlich!", flüsterte sie auf dem Heimweg.

Samstag II

Es war eine kurze Nacht und Tomke schon früh wach. Sie rekelte sich noch eine Weile im warmen Bett, dachte über die Vorfälle des vergangenen Tages nach. Viel, zu viel war innerhalb weniger Stunden auf sie eingestürzt, und Tomke wunderte sich, dass sie in der Nacht überhaupt in den Schlaf gefunden hatte. Dass dieser Henry, oder wer auch immer, an ihrer Wohnungstür gewesen war, ließ sie erneut erschaudern.

Zehn Minuten vor sieben klingelte ihr Handy. Das Display zeigte eine fremde Nummer an, und Tomke stöhnte genervt auf. Was war denn nun schon wieder? Sie kam gar nicht dazu, sich zu melden, da klang es schon aus dem Apparat: „Ich bin fertig, du kannst mich abholen."

Es war Oma.

„Jetzt schon?"

„Ja, ich will hier weg. Gewaschen bin ich, gefrühstückt wird zu Hause!"

„Was ist das denn für eine Nummer, von wo, ich meine, von welchem Gerät rufst du an?", wollte sie noch wissen, aber da war das Gespräch schon wieder unterbrochen.

Tomke hatte keine Chance, der Stationsarzt der Klinik auch nicht. Er war, wie er Tomke später mitteilte, von

Oma Jettchen energisch herbeizitiert worden. Sie habe darauf bestanden, dass ihre Papiere umgehend fertiggemacht würden. Ob es Omas Tonlage oder einfach nur der Respekt des Arztes vor der alten Frau war, konnte er selbst nicht erklären. Jedenfalls lag ein Umschlag für den Hausarzt auf Omas Bett.

„Ihre Großmutter ist voll bei Sinnen, ein mündiger Mensch, da kann ich nichts machen. Und irgendwie kann ich sie ja auch verstehen“, hatte er versucht, Tomke zu beruhigen, der es jedoch lieber gewesen wäre, Jettchen hätte den Tag noch in der Klinik verbracht.

„Von wegen! Mündiger Mensch und voll bei Sinnen, manchmal bezweifle ich das sehr!“, hatte sie dem Arzt zugeraunt, bevor sie ihre Großmutter untergehakt und mit ihr gegangen war.

Sie hielten unterwegs beim Bäcker, Tomke besorgte Brötchen, Hajo hatte sich inzwischen gemeldet und versprochen, Kaffee und Tee vorzubereiten.

Der Weg zurück nach Clinsiel verlief ziemlich schweigsam. Oma hielt ihren geschienten Arm, der wohl stark schmerzte. Nur einmal begehrte sie auf: „Warum der Arzt mir die Hand samt Unterarm eingebunden hat, ist mir schleierhaft, ich hab doch nur was am Daumen. Sicher ist der noch Anfänger.“

„Ach lass mal, Oma!“, versuchte Tomke sie zu beschwichtigen, „der schien mir sehr kompetent zu sein. Das hat sicher seine Richtigkeit.“ Dann schweiften ihre Gedanken wieder ab. Der Fall der vergangenen Nacht machte ihr Kopfzerbrechen, die beiden Patronensäckchen allerdings machten ihr Angst. Und Oma und Tant' Fienchen? Wie es mit ihnen wohl weitergehen würde?

Natürlich war es Fienchen, die für Tee und auch Kaffee gesorgt hatte. Einen Mann in der Küche hantieren zu lassen, widerstrebte der alten Ostfriesin gewaltig.

„Nee, nee, nee, mir küt keen Kerl an't Oven!", hatte sie Hajo aus der Küche gescheucht.

Das Frühstück war nach einem gewaltigen Begrüßungshallo dann doch sehr ruhig ausgefallen. Oma schien starke Schmerzen zu haben, außerdem saß allen noch der Schreck in den Gliedern.

Küche, Flur und auch Bad hatte Fienchen noch in der Nacht geputzt. Alles glänzte, und von der blutigen Nacht war nichts mehr zu sehen. Nachdem Hajo und Tomke ihr Brötchen gegessen und sich jeder ein zweites zum Mitnehmen bereitet hatten, verabschiedeten sie sich.

„Und bitte, macht mir keinen Blödsinn!", bat Tomke flehentlich.

Spurensuche – Samstag

„Hast du Claude heute Nacht noch erreicht?“, wollte Hajo wissen, als sie das alte Kapitänshaus von Oma und Tant’ Fienchen verlassen hatten und auf Tomkes Wagen zugingen.

„Nein, ich habe ihm eine kurze Nachricht geschickt, hoffentlich antwortet er. Drüben ist es jetzt mitten in der Nacht, ich hoffe, dass er sich gleich meldet, wenn er wach ist.“ Sie schaute auf die Uhr, „Das kann aber noch ein paar Stunden dauern.“ Tomke fröstelte und schloss den Reißverschluss ihrer Jacke. Dann meldete ihr Handy eine eingehende Nachricht.

Beim Blick auf das Display entfuhr ihr ein leichter Seufzer. „Claude! Es ist Claude!“, murmelte sie und las die Nachricht. „Okay, er hat mir eine verschlüsselte Nummer geschickt, kannst du bitte mal mitschreiben?“

„Ja, klar!“ Hajo zückte sein Notizbuch. „Du kannst loslegen“, erklärte er dann und schaute über Tomkes Schulter auf ihr Handy.

„Also, null – eins – vier – sechs – zwei …“, begann sie, wurde dann aber von Hajo unterbrochen.

„Was erzählst du? Die Nummer beginnt null – neun …“

„Ja!“, lachte Tomke, „das meinst du. Allerdings kennst du unsere Geheimsprache nicht. Claude gibt mir die Ziffern seiner Telefonnummer manchmal chiffriert durch. Bin mal gespannt, ob du draufkommst. Sollte drüben vom Geheimdienst jemand sein Handy ausspionieren, wird man eine falsche Nummer lesen und vielleicht anrufen. Anschließend vernichtet er die SIM-Karte." Tomke lachte. „Schwer ist es nicht, unseren Code zu knacken. Aber wer kommt schon auf solch einfache Lösungen?" Sie gab ihm noch die letzten vier Ziffern durch und erkundigte sich: „Hast du alles?"

„Ja, aber wie passt das? Lass mich bitte nicht dumm sterben."

„Ich verrate es nicht. Du bist doch ein schlaues Kerlchen, sicher kommst du selbst drauf."*

Tomke griff sich Hajos Notizbuch und begann zu wählen. „Null, eins, vier, sechs, zwei", begann sie und murmelte die letzten Zahlen leise und unverständlich vor sich hin. Dann lauschte sie auf das Freizeichen.

Hajo war inzwischen um den Wagen herumgegangen und öffnete die Fahrertür. Als er einstieg, hörte er, dass Tomke sprach, sie hatte Claude erreicht.

Es dauerte knapp zwei Minuten, dann war das Gespräch zwischen den beiden beendet und Tomke stieg zu Hajo in den Wagen.

Die Ermittlerin war kreidebleich. „Was ist los?", wollte Hajo wissen, „das war ein kurzes Gespräch mit Amerika."

---

*Sie auch, liebe Leserinnen und Leser? Wer kann den Code knacken und mir die fünf Zahlen nennen, die Claude durchgegeben hat?

„Du weißt doch, Claude darf eigentlich gar nicht mit mir sprechen. Deshalb benutzt er immer eine andere SIM-Karte, wir sprechen höchstens zwei Minuten, und ich bekomme, wie zum Beispiel heute, für die Kontaktaufnahme eine verschlüsselte Handynummer. Für ihn ist es sehr gefährlich, direkt hier bei mir anzurufen, also wählen wir den geheimen Weg."

„Meine Güte, bei welchem Geheimbund arbeitet er denn nur?" Hajo bekundete seine Worte mit einem Kopfschütteln.

„So genau will ich das gar nicht wissen, du auch nicht. Glaube mir, ist besser so. Big Brother is watching you."

„Was hat er dir denn nun über Stolle berichten können?"

„Stolle ist wohl nicht in Amerika angekommen. Entweder, so vermutet Claude, ist er tatsächlich tot. Oder …" Tomke brach ab.

„Oder?", hakte Hajo nach.

„Oder er ist noch hier und sinnt nach Rache, welcher Art auch immer und warum auch immer."

„Warum auch immer, kann ich dir sagen", erklärte Hajo, „wir sind ihm, oder du bist ihm, sehr nahegekommen. Zu nahe offensichtlich. Aber wenn er es ist, warum reagiert er jetzt? Wir hatten ihn doch verloren. Im Grunde müsste Stolle doch nur verschwinden. Jetzt hetzt er uns auf seine Spur. Das ist doch schizophren."

Tomke reagierte nicht. Sie hatte sich inzwischen auf den Beifahrersitz fallen lassen. Kurze Zeit hingen die beiden ihren Gedanken nach, dann fuhr Tomke fort:

„Claude hat da noch eine andere Vermutung." Wieder entstand eine Pause, bis Hajo drängte: „Rück raus damit, was ist los?"

„Nun, er hat da was in Erfahrung gebracht, womit er zuerst nicht viel anfangen konnte. Inzwischen meint er aber, es könne sein, dass Stolles ehemalige vorgesetzte Dienststelle ihn loswerden wolle. Die haben wohl mitbekommen, was er hier bei uns getrieben hat, und zwei Leute auf ihn angesetzt."

„Killer?", stieß Hajo aus. „Oder will man ihn zurückholen?"

„Nee, zurückholen wohl eher nicht, ich denke, die wollen ihn wirklich loswerden. Also, Claude denkt das."

„Moment, damit ich das richtig einordnen kann. Dein Freund Claude glaubt, dass hier bei uns zwei Typen vom amerikanischen Geheimdienst hinter Stolle her sind, um ihn kaltzustellen?"

„Eiskalt! Jow. Und jetzt fahr los, mir ist es auch kalt, eiskalt!"

„Heilige Scheiße!" Hajo atmete heftig aus. „Hoffentlich finden sie ihn bald."

„Hajo!", Tomke tat entsetzt.

„Na, besser die ihn, als er dich oder uns!"

„Auch wahr, und jetzt fahr endlich. Ich will noch mal zum Tatort."

Hajo startete den Wagen und fuhr rückwärts die Deichauffahrt hinunter. Kurz darauf erreichten sie den Kreisel beim großen Scheidemann*, und Hajo steuerte auf die zweite Ausfahrt zu.

„Halt, stopp!", schrie Tomke auf. „Wir wollen doch zur Friedrichsschleuse, du hättest die erste Ausfahrt …"

---

* So nennt man in Carolinensiel den Supermarkt.

„Holde Frau, siehst du die Absperrung da vorne? Die haben die *Gerhard-Tjarks-Straße* gesperrt. Da sind Bauarbeiten. Ich muss über die *Cliner Straat* und zurück durch das Dorf."

Tomke murmelte etwas Unverständliches und blieb sonst ruhig. Leise vor sich hin brummend zückte sie dann erneut ihr Handy und tippte eine Kurzwahl ein.

„Rikus", hörte Hajo, „habt ihr etwas für mich?" Es war eine Weile still, Tomke lauschte dem Bericht des Chefs der Spusi und wollte dann wissen: „Und das Auto? Ich meine den weißen Kastenwagen. Was ist damit?" Wieder war es eine Weile still.

„Hammer!", rief die Ermittlerin dann aus. „Da hatten wir den richtigen Riecher. Gib mir die Adresse, wir sind jetzt auf dem Weg zum Tatort, danach fahren wir sofort hin. Danke. Gibt es noch weitere Spuren, die ihr …?" Tomke wurde wohl unterbrochen und meinte dann: „Ist gut, ihr sucht weiter, brav. Danke vorab, ihr seid die Besten."

„Was gibt es?", wollte Hajo mit einem Seitenblick auf Tomke wissen.

„Die haben Spuren des Toten im Kastenwagen gefunden. Unser erhängter Mann wurde also darin transportiert. Rikus hat den Halter ermittelt, ich habe die Adresse." Sie tippte auf ihr Notizbuch.

„Und, wer ist es?", hakte Hajo nach.

„Gleich, ich muss zuerst noch Manninga erreichen. Der hatte gestern die Vermutung, dass der Mann schon tot war, bevor man ihn ..."

Sie brach ab und schaltete den Lautsprecher ihres Handys ein, denn Manninga meldete sich. Sofort begann der Rechtsmediziner zu berichten.

„Ja, meine erste Vermutung war richtig, der Tote war schon tot, bevor man ihn erhängt hat. Die Einstichstelle am Hals stammt tatsächlich von einer Spritze, und ich habe in seinem Körper Rohypnol gefunden. Das ist ein Betäubungsmittel aus der Gruppe der Benzodiazepine. Je nach Dosierung verwendet man es als Schlaf- oder Narkosemittel. Kann da gute Dienste leisten. Alles eine Sache der Dosis, wie gesagt. Bei unserer Leiche war die Dosierung mehr als zu hoch. Willst du noch mehr wissen?“

„Nein dazu nicht, dein Fachvortrag reicht mir. Und das Zeug kenne ich, haben wir nicht zum ersten Mal. Aber noch mal bitte: War er wirklich schon tot oder nur betäubt, als man ihn erhängte?“

„Toter als tot, wie die Obduktion ergeben hat. Toter als tot, meine liebe Tomke. Hier hat man einen Toten erhängt. Ob das eine Bedeutung hat? Nun, Schlussfolgerungen überlasse ich dir.“

Tomke beendete das Gespräch, wischte mit dem Ärmel über ihr Handy und steckte es weg. Inzwischen hatten sie zwar den Tatort erreicht, doch die Kommissarin stieg nicht aus. Hajo erkannte mit einem Seitenblick, dass sie tief in Gedanken versunken war. Sollte er sie da herausholen? Meist kamen nach solchen Sendepausen, wie er Tomkes Versunkenheit nannte, neue und interessante Gedankengänge zum Vorschein. Ob das auch heute so war? Hajo schloss die Augen und wartete noch einen Moment ab. Er verhielt sich ganz ruhig auf dem Fahrersitz.

„Schläfst du?“, kam es plötzlich von rechts.

„Nein, ich warte auf deine Eingebung. Kommt da was aus deinen oberen Eingeweiden?“

„Wo bitte?“

„Na, aus deinen Gedankengängen, Hirnwindungen, meine ich.“

Hajo richtete sich in seinem Sitz auf und schaute Tomke fest an. Die schüttelte den Kopf.

„Du wieder.“ Tomke öffnete die Beifahrertür, stieg aber nicht aus.

„Ich weiß nicht“, begann sie, „aber irgendwie habe ich da einen Gedanken, den ich nicht wirklich einordnen kann. Ist zu blöd, aber …“

„Was meinst du denn? Sprich, Frau, sprich!“

Tomke stöhnte auf. Hajo mit seinen dummen Sprüchen immer.

„Dieser erhängte Mann an der Brücke …“, sie stockte wieder kurz. „Das erinnert mich irgendwie an den Toten im schwimmenden Weihnachtsbaum, oder? Den mit dem fehlenden Finger. Und nicht nur an den. Es gab ja noch einen zweiten, wie du weißt.“

„Warum?“, wollte Hajo wissen.

„Na, weil der neue Tote ebenso theatralisch drapiert wurde. Und Manninga hat auch von einer ‚Bedeutung‘ gesprochen.“

Tomke schob die Wagentür weiter auf, stieg aus und wurde plötzlich hektisch.

„Natürlich, da besteht ein Zusammenhang, mein Bauchgefühl sagt mir das ganz deutlich. Und weißt du was? So etwas machen nur Frauen.“

„Na, das hätte ich mal sagen sollen. Du hättest mich doch an den Haaren aufgehängt, und das ohne mit der Wimper zu zucken."

„Welche Haare?", hakte Tomke augenzwinkernd nach und deutete auf Hajos raspelkurzen Haarschnitt.

„Nein, im Ernst", fuhr sie fort, „siehst du da keinen Zusammenhang? Wenigstens ein klein wenig? Da wollte vielleicht jemand ein Exempel statuieren. Eine Trophäe zeigen. Verstehst du?"

„Na ja, annähernd. Aber lass uns doch noch einmal zum Tatort gehen. Bei Tageslicht hat man einen ganz anderen Eindruck."

„Auch wieder wahr. Aber warte, ich rufe Carsten an. Oder nein, geh du schon mal vor. Wenn ich Carsten das Wochenende versaut habe, komme ich nach."

Hajo trug noch immer die Schuhe vom Vorabend, was er wohl vergessen hatte. Den Weg über den Grasdeich hinunter zum Fundort rutschte er wieder auf dem Hosenboden. Fluchend wischte er sich die Hose ab und schaute sich um. Viel Verkehr war nicht auf der Straße und auf der Brücke über ihm. Ein Auto holperte darüber, von der anderen Seite kam ein Fahrradfahrer und zwei Frauen liefen auf der gegenüberliegenden Seite. Irgendwie kamen sie ihm bekannt vor. Aber woher? Egal, das war jetzt nicht wichtig. Er wollte nochmals genau den Fund- oder auch Tatort inspizieren, jetzt, bei Tageslicht, und weil er ihn gerade für sich alleine hatte, ohne Rikus und seine Truppe und vor allem ohne den mürrischen Leichenfledderer Manninga.

Tomke erreichte Carsten im Auto. Sie versuchte ihm mit wenigen Worten zu erklären, was am Vorabend und in der Nacht passiert war. Doch sie wurde unterbrochen. Denn Marie saß im Fond des Wagens, tief in eines der am Vorabend gewonnenen Bücher versunken, ihre „Bitte-nicht-stören"-Kopfhörer neben sich. Als sie jedoch Tomkes Stimme vernahm, warf sie ihr Buch zur Seite. Flink schnallte sie den Sicherheitsgurt ab, kletterte zwischen Fahrer- und Beifahrersitz durch und schnallte sich auf dem Vordersitz wieder an. Carsten war so sprachlos, dass er außer: „Da sprechen wir noch drüber", nichts sagen konnte.

„Tomke, Tomke", sprudelte das Mädchen los, „das war sooooo cool in Oldenburg, und als Nächstes muss ich nach Berlin, auch vorlesen. Ich werde Schriftstellerin, aber das weißt du ja schon, und dann muss ich überall hinfahren und vorlesen. Papa sagt, die Schule muss trotzdem sein. Finde ich ja blöd, aber wahrscheinlich hat er recht. Ach Tomke, ich erzähle dir das alles genau. Du musst bald mal kommen, aber bring auch Hajo mit." Ihre Stimme überschlug sich zwischendurch immer, sodass Tomke nicht alles verstehen konnte.

Dann schnallte sich Marie wieder ab und kletterte zurück auf die Rückbank des Wagens. Nun aber wurde Carsten laut.

„Bist du denn von allen guten Geistern verlassen? Ich fahre gleich auf den nächsten Parkplatz und setze dich aus." Marie aber hatte sich schon im Nullkommanichts ihr Buch geschnappt, die Kopfhörer aufgesetzt und bekam nichts mehr mit. Oder doch? Sie wagte einen vorsichtigen Blick aus den Augenwinkeln zu ihrem Vater – wohl wissend, dass das, was sie gerade getan hatte, eigentlich ein „No-Go" war.

Carsten schaute noch kurz in den Rückspiegel, fing Maries Blick auf und fuhr kopfschüttelnd weiter.

„Ist bei euch alles okay? Seid ihr noch auf der Bahn oder schon im Straßengraben gelandet? Was ist denn los?"

„Nichts, Tomke, alles gut. Aber bei euch? Mord und Totschlag in Clinsiel und auch im Hause Evers? Ich habe gehört, dort hat es ein Schlachtfeld gegeben. Kann man euch denn nicht alleine lassen?"

Dann begann Tomke in kurzen Sätzen zu erzählen, was in den letzten Stunden passiert war, wurde aber von Carsten unterbrochen.

„Moment, Tomke, ich schalte mein Handy auf Kopfhörer, nicht dass Marie aus dem Fall ihren nächsten Krimi macht."

Er kramte im Handschuhfach nach dem dünnen Kabel, steckte sich den Knopf ins Ohr und erklärte: „So, jetzt kannst du loslegen."

Nun berichtete sie ihrem Kollegen über die Vorfälle der letzten Nacht, die Leiche von der Brücke und die Liebesgeschenke, die sie erhalten hatten.

„Carsten, wir brauchen dich, so leid es mir tut, aber deine Familie muss dieses Wochenende auf dich verzichten. Ich will, dass du dich hinter die Sache mit den geschenkten Patronen klemmst. Intensiv. Ich bin, nein Hajo und ich sind zu sehr betroffen und befangen. Der Alte würde uns sowieso davon abziehen. Also kommen wir ihm zuvor."

Auch wenn er sich so sehr auf seine Rasselbande gefreut hatte, diese Vorfälle hatten Vorrang, das war Carsten klar.

„Wir verlassen gerade die A 29, ich bin in einer knappen halben Stunde zu Hause, Tomke. Gib mir dann bitte eine gute Stunde, danach stehe ich euch zur Verfügung."

„Danke, Carsten, du hast was gut bei mir!"

„Das hoffe ich. Ach, sag mal, wie ist das eigentlich mit Oma Jettchen ausgegangen? Lebt sie noch? Ich habe gehört, sie hat sich selbst tranchiert?"

Tomke musste lachen. „Nein, alles gut. Finger wieder dran, die Brust auch noch. Sie wird in den nächsten Wochen mit ihrem Verband nur ein wenig lädiert sein. Aber woher …?"

„Ich habe doch heute früh schon mit Michaela telefoniert. Sie erzählte mir von dem Schlachtfeld in Küche, Flur und Bad. Zum Glück hat Marie nichts davon mitbekommen, sie hätte …"

„Wovon habe ich nichts mitbekommen?", kam es von der Rückbank.

Carsten stöhnte auf. „Ende und aus, Tomke. Alles andere im Büro."

Die letzten Kilometer bis zu ihrem Zuhause in Carolinensiel schwieg Carsten. Auch von Marie kam nichts mehr. Sie war wieder tief in ihr Buch versunken.

Vorbei an der Tankstelle und dem Ortsschild kam er in die Bahnhofstraße und ging vom Gas. Wenn schon alle anderen hier rasten, wollte er als Anwohner sich wenigstens an die Geschwindigkeitsbegrenzung halten. Oma und Tant' Fienchen würden ihm die Hölle heißmachen, wenn er hier einen Strafzettel wegen zu schnellen Fahrens bekäme. Und die beiden, das wusste er, erfuhren alles, was in und um die Bahnhofstraße geschah.

Weitere Spurensuche

Tomke beendete das Gespräch mit Carsten, wischte das Display des Handys an ihrer Hose ab und steckte es in die Jackentasche.

„Okay!", beschloss sie mit einem Blick auf ihre Uhr. Zuerst zum Fundort, dann zur Adresse der Fahrzeuginhaberin und zurück ins Büro. Hajos bestellte Zeugen würden da sicher bald eintreffen. Gedankenversunken nahm sie die kurzen Stufen, die in den Gründeich geschlagen waren.

Ob Hajo ihren Gedanken wohl folgen konnte? So agieren, so töten, so rächen sich nur Frauen, da war sich die Kommissarin sicher.

Als sie ihn vor dem kleinen Tunnel, dem Fundort des Toten, stehen sah, musste Tomke grinsen.

„Na", rief sie glucksend, „hast dich wieder auf dem Mors fortbewegt?" Hajo winkte ab. War ja klar, dass ihr sein nasser Hosenboden auffallen würde.

„Zwei Fragen habe ich, holde Chefin. Wem gehört denn nun der Kastenwagen, den Rikus untersucht hat, und wie hat sich die Gedankenspirale in deinem Kopf weitergedreht? Ach, und noch etwas, was hat Carsten gesagt?"

Tomke ging nicht auf seine Fragen ein. Sie schaute sich um.

„Ist dir noch irgendetwas aufgefallen? Haben unsere Spezialisten was übersehen?"

„Nein, das wäre aber auch ein Ding. Die haben doch alles unter die Lupe genommen, was sollen wir da noch finden?“

„Hätte ja sein können, jetzt, da es hell ist. Die Hoffnung stirbt zuletzt!“

Tomke atmete schwer aus.

„Wer macht so was?“, fragte sie laut, und ihre Stimme hallte durch den kleinen Tunnel. „Wer tötet einen Menschen und hängt ihn an ein Brückengeländer?“

„Eine Frau, ganz klar. Das hast du doch schon festgestellt!“

Hajos Stimme triefte vor Sarkasmus. Eine Frau, wie Tomke nur auf diese Idee kam … Die beiden Frauen, die vor ein paar Minuten über die Brücke gelaufen waren, fielen ihm ein. Zwei unscheinbare Frauen. Jemand wie diese beiden sollte …? Unmöglich.

Und wieder tat sich da ganz kurz ein Puzzlestück an Erinnerung auf, das aber sofort wieder verschwand. Er schüttelte ungläubig den Kopf.

„Ja!“, schallte es durch den Tunnel. „Warum denn nicht? Und deinen Spott kannst du übrigens behalten.“ Tomke stöhnte auf. Er nun wieder. Dass Hajo ihren Gedankengängen aber auch nie folgen konnte. Männer eben.

„Komm mal mit, Hajo!“ Tomke zog Hajo am Arm aus dem Tunnel. Sie kletterte auf allen vieren seitlich des Tunnels zur Straße hoch. Hajo folgte ihr maulend, rief: „Das ginge auch einfacher, meinst du nicht?“ Ein Lkw donnerte gerade über die Brücke und schluckte Tomkes Antwort. In einiger Entfernung liefen zwei Personen entlang der Harle Richtung Norden. Eine der beiden drehte sich um. Tomke sah kurz in ihr Gesicht und, was war das? Winkte ihr die Person etwa zu? Weder an der Figur noch an der Kleidung konnte sie erkennen, ob es sich um eine Frau oder einen Mann und schon gar nicht, um wen es sich handelte. Sie hielt den Blick für einen Moment auf die beiden. „Doch zwei Frauen", murmelte sie dann. Hajo hatte mit seinen rutschigen Schuhen weitaus größere Probleme, den Hang zu erklimmen, und stand nun schnaufend neben ihr.

Nun waren sie auf der Brücke angelangt, Tomke kletterte über einen kleinen Zaun und betrachtete das Geländer genau, betrachtete auch die Markierung, welche die Kollegen der Spusi angebracht hatten, die die Stelle zeigte, an der das Seil befestigt gewesen war.

„Nun mal ehrlich, Hajo. Das macht doch wirklich keinen Sinn. Wenn ich jemanden töten will, ihn vergifte und erhänge, das ist schon eine Sache für sich. Aber warum veranstalte ich diesen unglaublichen Aufwand, ihn hierher zu transportieren, über den Zaun zum Brückengeländer zu schaffen und an dieser Stelle aufzuhängen? Wenn ich mir so viel Mühe gebe, will ich doch etwas zeigen, beweisen, ein Exempel statuieren. Was sonst?"

„Ja, stimmt! Du erwähntest es schon. Aber eine Frau?"

„Dann eben *zwei* Frauen!" Ihr Blick suchte über den Fußweg entlang der Harle, über den die beiden Personen gerade verschwunden waren, doch man konnte sie nicht mehr sehen.

„Okay, zwei Frauen. Tomke, du spinnst!"

„Hallo? Du sprichst mit deiner Chefin, vergiss das nicht!"

„Jow, Chefin!" Er blickte auf die Uhr.

„Wir müssen los. In einer halben Stunde kommen die Zeugen, die ich gestern Abend einbestellt habe."

„Aber zuerst besuchen wir noch die Halterin des Transporters."

„Halterin? Weißt du mehr als ich?"

„Klar, dafür bin ich Chefin!"

Tomke knuffte ihn in die Seite.

„Komm, der Besuch liegt auf den Weg."

Hajo drehte sich um, kletterte zurück über den Zaun und machte sich auf den Weg zum Auto. „Ach, deshalb zwei Frauen", verstand er nun.

Als sich Tomke neben ihm auf den Beifahrersitz fallen ließ, schaute er sie gespannt an.

„Was?" Sie verstand sein fragendes Gesicht nicht.

„Adresse? Die Halterin des Fahrzeuges? Wohin muss ich fahren? Und, was hatte Rikus zu berichten?"

„Ach so, ja. Dreh um und fahre Richtung Wittmund. Ich sage dir dann, wo du abbiegen musst. Ja, Rikus! Der hat Fingerabdrücke der Leiche im Kastenwagen gefunden. Darum fahren wir jetzt zur Halterin."

Tomke fasste sich in den Nacken. Da war es wieder, dieses Gefühl der Kälte, das langsam über den Nacken bis zur Schädeldecke stieg.

Hajo wendete das Fahrzeug, fuhr über die Brücke und dann nach rechts Richtung Süden.

Aus der Ferne wurden sie von einem Augenpaar verfolgt. Der Rettungsschuppen auf dem Weg zum Strand bot dem Beobachter guten Schutz. Weder Tomke noch Hajo bemerkten es. Nur spüren konnte Tomke etwas – etwas, das nicht einzuschätzen, nicht greifbar war.

Als sie den letzten Kreisel des kleinen Küstenortes verlassen hatten, gab Hajo Gas. Er fragte nicht mehr nach dem Weg, Tomke würde ihm schon sagen, wo es langging. Er musste grinsen. Das war hier und heute, unterwegs, wie auch im Beruf und im Privatleben so. Das war eben Tomke. „Ich lasse sie in diesem Glauben", lächelte er in sich hinein. „Ich liebe diese Frau, so wie sie ist."

Tomke war mit ihren Gedanken wieder tief in dem Fall, aber auch Stolle ging ihr nicht aus dem Kopf. Sie wandte sich kurz zu Hajo, sah das Lächeln, das über sein Gesicht huschte. Tomke verstand nicht.

„Was hast du? Warum …?"

Zu mehr kam sie nicht. Es gab einen heftigen Knall, der Wagen schlingerte, bewegte sich wie ein Karussell. Tomke stieß einen Schrei aus. „Hajo!", rief sie, versuchte, sich am Armaturenbrett festzuhalten. Alles Weitere geschah in Bruchteilen von Sekunden, fühlte sich für die beiden aber an, als würde das Karussell nie aufhören wollen, sich zu drehen. Der Wagen schleuderte, schlingerte weiter und weiter. Es schien unendlich, wollte nicht aufhören. „Hajo!", schrie sie noch mal, hörte noch einen weiteren Schlag, dann wurde es dunkel um sie herum.

Zu Hause, aber nur kurz

Als der Wagen die Deichauffahrt zu dem Doppelhaus hochfuhr, wurden sie schon erwartet. Michaela stand mit Felix am Fenster. Als der Junge das Auto seines Vaters erkannte, sprang er vor Freude und Aufregung fast von der Fensterbank.

„Papa, Auto, Mahiiii! Papa, Mahiiii!" Er klatschte vor Freude in seine kleinen Händchen, und wenn Michaela ihn nicht festgehalten hätte, wäre er tatsächlich heruntergesprungen. Zur Sicherheit nahm sie ihn, setzte den kleinen Mann auf den Boden, und der lief los zur Haustür.

„Papaaaa, Mahiiii, bielen …!"

Felix war ein kleines Plappermaul, redete und redete, kannte schon viele Wörter, nur mit der Aussprache haperte es. Somit war seine große Schwester bei ihm *Mahiiii* und spielen bei ihm *bielen*.

Michaela konnte ihn kaum bändigen. Er patschte gegen die Haustür, trat mit den Füßen dagegen, konnte nicht erwarten, bis man sie ihm endlich öffnete. Sie hob ihn auf den Arm, schloss die Tür auf und schaute nach, ob Carstens Wagen zum Stillstand gekommen war. Ungestüm, wie sie ihren Sohn kannte, wäre er seinem Vater prompt vor das Fahrzeug gelaufen.

Als Carsten die Wagentür öffnete, ließ sie Felix wieder herunter, und der stürmte los, direkt in die Arme seines Vaters.

„Papa, bielen, Auto fahren! Mahiii auch!“ Felix überschlug sich fast vor Freude.

Marie, die inzwischen auch ausgestiegen war, lief um den Wagen herum und wurde nun in gleicher Weise heftig begrüßt. Natürlich war das Mädchen genauso aufgeregt, musste sie doch bei ihrer Mutter loswerden, was sich am Vorabend alles zugetragen hatte. Nachdem alle wieder im Haus waren, Felix auf dem Arm seines Vaters, saßen die vier am Küchentisch und Marie berichtete ausführlich.

An Michaelas Blick konnte Carsten erkennen, dass sie schon darüber informiert worden war, dass er bald wieder losmusste.

„Willst du vorher noch duschen und etwas essen?“

„Nein, geduscht habe ich im Hotel, aber von dem Kuchen“, er deutete auf die Anrichte in der Küche, „würde ich gerne etwas mitnehmen.“

Michaela grinste.

„Das dachte ich mir. Hab schon etwas für dich und deine beiden Kollegen eingepackt. Ich weiß zwar nicht, was passiert ist, aber Tomkes Andeutungen lassen Schlimmes erahnen. Wie ich euch kenne, strapaziert ihr Swantje drei nachher im Büro gewaltig, da soll es nicht an Kuchen fehlen.“

Carsten stand auf, gab seiner Frau einen Kuss.

„Du bist und bleibst die Beste.“ Mit Blick auf Marie meinte er dann: „Aber wir beide haben noch etwas zu besprechen!“

„Ja, ja, ich weiß, Papa. Ich mach's auch nie wieder!“

„Was denn?“, wollte Michaela wissen und blickte von einem zum anderen.

„Lass das mal unser Geheimnis sein. Mütter müssen auch nicht alles wissen. Gibt nur Ärger!“, kam es altklug von dem Mädchen.

Carsten konnte sich ein Lachen nur schwer verkneifen, Michaela schaute noch fragender.

„Okay, unser Ding. Aber es bleibt einmalig. Versprochen?“

„Versprochen, Papa. Aber es ist halt sehr aufregend, wenn man Schriftstellerin ist, das musst du auch verstehen.“

„Kein Wort mehr. Es gibt dafür keine Entschuldigung. Einmalig?“, hakte er nach.

„Einmalig!“, kam es nun zerknirscht von Marie.

„Ich gehe davon aus, dass ich nicht erfahre, worum es geht?“, wollte Michaela wissen.

„Genau!“, antworteten Carsten und Marie wie aus einem Munde.

„Nun muss ich aber los!“, Carsten griff nach seiner Jacke, was der kleine Felix mit jämmerlichem Weinen quittierte.

Marie war wieder ganz Marie und meinte gönnerhaft: „Geh nur, Papa. Die Mörder wollen schließlich gefasst werden. Ich kümmere mich um Felix.“

Carsten und Michaela tauschten sprachlos ein paar Blicke, Marie nahm ihren Bruder an die Hand, was der freudig geschehen ließ. Der Junge liebte seine große Schwester heiß und innig.

Ein Unfall, oder …?

Als Tomke zu sich kam, lag etwas Weißes auf ihrem Gesicht. Mit einem Stöhnen griff sie danach und schob es zur Seite. Sie wusste nicht, was es war, auch nicht, wo sie sich befand, und was geschehen war. Dass es sich um den erschlafften Airbag handelte, registrierte sie erst später. Sie tastete vorsichtig nach vorn. Doch wo war vorne? Wo war oben, wo unten? Neben sich spürte sie Bewegung, fühlte nach links, spürte eine Hand.

„Hajo!“, flüsterte sie.

„Ja!“

„Lebst du noch?“

„Ja! Du auch?“

„Ja!“

„Bei dir alles okay?“

„Weiß nicht, hab noch nicht nachgeschaut. Was ist denn passiert?“

„Keine Ahnung!“, krächzte er. „Ein Reifenplatzer vielleicht. Wir müssen hier raus. Kannst du dich bewegen?“

Tomke antwortete nicht gleich, horchte in ihren Körper, versuchte, Arme und Beine zu bewegen.

„Scheint so – und du?“

„Ich auch. Aber ich komme nicht an den verdammten Sicherheitsgurt, um mich …“ Es klackte und Hajo fiel zu

Boden. Nein, eher auf den Himmel des Fahrzeuges, denn dieses lag kopfüber im Straßengraben.

„Aua. Danke."

„Nich dafür!" Tomke war es, die mit der linken Hand den Verschluss seines Sicherheitsgurtes geöffnet hatte.

„Und jetzt du bei mir. Versuche es", forderte sie ihn auf.

Einige Momente später purzelte auch sie aus dem Gurt und lag mit den Beinen nach oben im Wagendach. Wie lange waren sie hier schon gefangen? Beide hatten jegliches Zeitgefühl verloren.

Von außen wurde nun an der Tür gerüttelt.

„Moment!", hörten sie, „wir müssen das Auto etwas auf die Seite legen, sonst geht die Tür nicht auf." Eine weitere Stimme war zu hören und Rufe.

„Wir müssen den Wagen bewegen, ist das dadrin für euch okay?", rief jemand.

„Ja!", kam es aus dem Wageninneren.

„Kommt hier runter und helft uns, das Fahrzeug zu drehen, kommt schon. Da liegen zwei Verletzte drin."

Der PKW schaukelte hin und her, vor und zurück.

Tomke fühlte sich wie in einer Sardinenbüchse, die kräftig durchgeschüttelt wurde. Eine Person machte sich dann an der Fahrertür zu schaffen. Kurz darauf gelang es, sie zu öffnen, ein Mann schaute von oben herein.

„Moin zusammen. Jemand verletzt? Nein? Na, den Knoten werden wir schon gelöst bekommen."

„Witzbold!", stöhnte Tomke. Aber der Helfer hatte nicht so unrecht. Nachdem sie die Gurte geöffnet hatten, lagen sie und Hajo halb über, halb untereinander. Tolle Stellung, dachte sie, sagte es aber nicht.

Außerhalb des Fahrzeugs waren nun weitere Stimmen zu hören. Dann ein lautes Kommando: „Auf drei! Eins, zwei, drei." Der Wagen wurde nochmals hin- und hergeschaukelt, und plötzlich hatten die beiden Kommissare wieder Orientierung. Ein paar starke Menschen hatten das Fahrzeug wohl in die Waagerechte gebracht. Wieder wurde an der Beifahrertür gezogen, diesmal ging auch die rechte Seite auf. Zwei muskulöse Arme fassten Tomke mit geübtem Griff unter die Achseln und zogen sie aus dem Fahrzeug. Das Gleiche geschah vermutlich auch auf Hajos Seite. Man half Tomke noch auf die Beine, die ihr kurz wegknickten, doch dann stand sie, wenn auch wackelig, am Straßenrand, Hajo auf der anderen Seite.

„Heilige Scheiße!", entfuhr es ihr, als sie den ramponierten Wagen sah. „Der ist Schrott!"

„Willkommen im Leben, Frau Kommissarin". Tomke blickte sich um. Wer …? Auf der Straße stand ein Rettungswagen, ein Sanitäter war es anscheinend, der sie aus dem Fahrzeug geholt hatte.

Klar, sie kannte ihn von einigen Einsätzen. Sein Name fiel ihr allerdings nicht ein.

„Wo kommt ihr denn so schnell her, oder haben wir hier so lange gelegen?" Sie schaute über den Wagen zu Hajo, der aber zog fragend die Schultern hoch. Keine Ahnung, sollte das sicherlich heißen.

„Wir waren in einiger Entfernung hinter euch und haben den Abflug gesehen. Der doppelte Rittberger der Eiskunstläufer ist ein Scheißdreck gegen das, was ihr gezeigt habt. Nein, Spaß! Aber ihr seid schon heftig abgehoben, quer über die Fahrbahn in den Graben, genau zwischen zwei Bäume hindurch, und dann hat der Wagen drei Runden gedreht. Mike hier“, er deutete auf seinen Kollegen, „wäre vor Schreck fast hinterhergeflogen. Aber ich habe ja einen Profifahrer an meiner Seite.“

„Einfach so?“, fragte Tomke ungläubig und hielt sich den Kopf.

„Einfach so. Kein Mensch und keine Maus befanden sich auf der Straße, nachdem, was wir erkennen konnten. Wir waren allerdings gute einhundert Meter entfernt. Aber jetzt wollen wir doch mal nachsehen, ob tatsächlich noch alles dran ist, Frau Kommissarin. Mike, kümmerst du dich um ihn?“ Er zeigte auf Hajo. Mike nickte zustimmend.

Tomkes Protest, dass nichts wäre und sie nur einen Brummschädel habe, ließ der Sanitäter nicht gelten. Die Kommissare wurden zum Rettungswagen geführt, um eventuelle Verletzungen vorab auszuschließen.

Menschen, die am Unfallort standen und geholfen hatten, wandten sich erleichtert ab. Tomke hob kurz die Hand, um sich zu bedanken. Zu mehr war sie im Moment nicht fähig. Ein paar Gaffer, die ihre Handys hochhielten, gab es auch. Tomke bemerkte sie, war aber auch hier nicht in der Lage zu reagieren.

„Wo kommt ihr eigentlich her mit eurem leeren Wagen, hattet ihr einen Einsatz?“, wollte sie von ihrem Retter wissen, dessen Gesicht sie zwar kannte, aber dessen Name ihr partout noch immer nicht einfiel.

„Einsatz? Ja, aber leider erfolglos. Bekanntlich dürfen wir keine Leiche transportieren, deshalb sind wir leer unterwegs. Aber alles hat sein Gutes. So konnten wir euch direkt helfen.“

Nachdem man bei beiden Augenreaktionen, Puls und Blutdruck geprüft hatte, die Extremitäten abgetastet und keine Knochenbrüche feststellen konnte und auch sonst alles glimpflich ausgegangen zu sein schien, meinte Mike: „Glück im Unglück, kann ich nur sagen. Schlage euch aber vor, im Krankenhaus eine kurze Inspektion durchführen zu lassen. Besser ist besser."

Tomke schüttelte abwehrend den Kopf. „Inspektion!" Sie musste lachen und stellte dabei fest, dass ihr der Brustkorb wehtat. Sie griff sich an die Rippen.

„Sag ich doch!", bekräftigte Mike und nickte ihr zu. „Eine Prellung oder ein Rippenbruch? Beides schmerzhaft. Wie gesagt: Besser ist besser."

Nun meldete sich auch Hajo zu Wort. Er klopfte auf seine Uhr. „Ich habe seit einer halben Stunde einen Termin im Kommissariat. Also, wir müssen hier weg, und das Auto sollte abgeschleppt werden. Ich rufe die …"

„Was ist denn hier los?" Carsten schaute um die Tür des Rettungswagens. „Ich sag's ja, man kann euch nicht alleine lassen! Hat unsere Rennfahrerin mal wieder übertrieben?"

„Ich bin da ganz unschuldig. Ach, Carsten, dich schickt der Himmel!" Tomke fiel ihrem Kollegen um den Hals und stieß gleichzeitig einen kurzen Fluch aus. „Aua, das tut weh!", stöhnte sie und erklärte mit gepresster Stimme: „Du musst uns mitnehmen. Und – Hajo, bestellst du bitte den Abschleppwagen für das Auto?" Der nickte nur und hielt sein Telefon hoch.

Sobald die Unfallstelle um das Fahrzeug abgesperrt und der Abschleppwagen bestellt war, stiegen die beiden Kommissare zu ihrem Kollegen in den Wagen. Noch immer aschfahl im Gesicht, Tomke mit zwei Pflastern, eines auf der Stirn, ein anderes am Kinn, saßen sie im Fond von Carstens Wagen. Der Sani hatte Hajo am rechten Handgelenk eine Bandage angebracht. Es war wohl verstaucht. Mehr schien zum Glück nicht passiert zu sein.

Sie schickten den Rettungswagen fort und beschlossen, hier auf den Abschleppdienst zu warten. Tomke wollte das Auto trotz Absperrband nicht so verwaist im Straßengraben liegen lassen. Dann endlich konnten sie los.

Auf dem Weg weiter nach Wittmund fing Tomke plötzlich an zu schnuppern.

„Sag mal", wollte sie wissen, „nach was riecht es denn hier?"

„Michaela hat Butterkuchen gebacken, ganz frisch. Den sollen wir uns mit Kaffee von Swantje schmecken lassen."

Tomke beugte sich zum Vordersitz.

„Hmmm, darf ich schon mal?" Sie suchte Augenkontakt mit Carsten. „Den habe ich mir doch verdient, nach diesem Überschlag."

„Okay. Ein Stück vorab für jeden", gab Carsten nach und erkundigte sich anschließend: „Wer von euch beiden Hübschen ist denn gefahren?"

„Ich!", meldete sich Hajo kauend.

„Diesen Crash hätte ich eher Tomke zugetraut – bei ihren wilden Fahrkünsten."

„Also, hör mal!", maulte diese nun, ebenfalls kauend.

Carsten ließ nicht locker. „Was genau ist denn passiert?", hakte er nach.

„Wenn ich das wüsste!“ Hajo steckte sich das letzte Stückchen Butterkuchen in den Mund. „Es gab einen Knall, und wir sind abgeflogen. Ich konnte nichts machen. Eine Reifenpanne wahrscheinlich.“

„Komisch, wenn du einen Platten hast, hebst du doch nicht ab.“

„Nein, es hörte sich eher nach einem Reifenplatzer an. Einen schleichenden Platten hätte ich doch auch bemerkt.“

Tomke hörte ihren Kollegen schweigend zu und stibitzte sich ein weiteres Kuchenstück aus der Kunststoffbox.

Plötzlich hörte sie auf zu kauen, begann zu husten und konnte sich kaum beruhigen.

„Sagt mal, Leute, kann es sein, dass da jemand nachgeholfen hat?“, keuchte sie und schnappte nach Luft. Das Wenige an Farbe, das ihr Gesicht zurückgewonnen hatte, war schlagartig wieder verschwunden. Die Kollegen antworteten nicht. Auch der Rest des Weges bis zum Kommissariat verlief merkwürdig schweigend. Mit spitzen Fingern tastete sie zwischendurch nach den beiden Patronen in ihrer Tasche. Ein beklemmender Verdacht keimte in ihr auf.

„Ah, da sind ja unsere Bruchpiloten“, wurden sie vom Diensthabenden am Empfang begrüßt. Tomke ging nicht darauf ein und wies ihn an, das Abschleppunternehmen zu beauftragen, ihren demolierten Wagen nicht in eine Werkstatt, sondern zur KTU zu bringen. „Und sag den Kollegen von der Kriminaltechnik, sie sollen das Fahrzeug behandeln wie ein rohes Ei. Auf Fremdkörper untersuchen und vor allem nach den Reifen schauen. Das ist wichtig. Verstanden?" Remo, der heute am Empfang saß, nickte nur und griff zum Telefonhörer.

„Ach, und da hat 'ne Frau angerufen, die meldet sich noch mal. Wollte unbedingt die Chefin sprechen." Aber das hörte Tomke schon nicht mehr.

Die Treppenstufen hinauf in die erste Etage bereiteten der Ermittlerin Schmerzen. Immer wieder griff sie sich an die Rippen, was Hajo mit prüfendem Blick zur Kenntnis nahm.

„Soll ich die drei Zeugen, die hier schon über eine Stunde sitzen, nach Hause schicken?", wurde Hajo vor der Bürotür begrüßt.

„Ach, Mann, ja, die Zeugen. Nein, natürlich nicht, wenn sie schon mal da sind."

Ralf Eumann wie auch das Pärchen Tine und Thies saßen einträchtig, jeder mit einem Kaffeebecher in der Hand, auf den Besucherstühlen vor dem Büro der Kommissare. Die Streitigkeiten vom Vorabend schienen vergessen.

„Moin zusammen!", begrüßte Hajo das Trio. „Es tut mir sehr leid, dass Sie warten mussten. Aber wir hatten einen kleinen Unfall auf dem Weg hierher. Wenn ich Ihnen noch einen Kaffee spendiere, darf ich dann darum bitten, dass Sie mir noch eine Viertelstunde geben? Ich muss mich erst mal wieder geraderücken."

Hajo griff sich mit schmerzverzerrtem Gesicht an sein Hinterteil.

Eumann stand auf. „Eigentlich muss ich schnellstens zurück in meinen Laden, aber bei einem Unfall kann man ja nicht Nein sagen. Oder was meint ihr?" Er blickte fragend zu Tine und Thies. Die nickten und hielten Hajo ihre Kaffeebecher hin.

„Das macht der Kollege. Wenn ich bitten darf?“ Er zeigte den Flur entlang und rief: „Jan! Jan, kümmere dich doch bitte für eine Viertelstunde um die Herrschaften und versorge sie mit frischem Kaffee.“

Mit einem erleichterten Seufzer öffnete er die Bürotür. Ein wunderbarer Kaffeegeruch kam ihm von dort entgegen. Swantje drei war schon voll in Aktion.

„Das hast du gut gemacht!“, begrüßte ihn Tomke und reichte ihm eine Tasse. „Ich muss erst einmal durchatmen. Und Carsten muss ja auch über den Stand der Ermittlung informiert werden.“

Dazu kam sie aber zunächst nicht, denn Tomkes Telefon klingelte hartnäckig.

Eine Frau Hollerbaum meldete ihren Mann als vermisst. Deren grelle Stimme ließ in Tomke kurz den Gedanken aufblitzen, dass der Mann deshalb wohl das Weite gesucht haben könnte. Schnell rief sie sich wieder zur Ordnung.

„Bitte langsam und noch mal von vorne“, bat die Ermittlerin. „Wiederholen Sie doch bitte zuerst ihren Namen und den ihres Mannes.“

„Hollerbaum, Regine Hollerbaum heiße ich, und mein Mann ist der Sören, auch Hollerbaum.“

Tomke überlegte, ob der Tote von der Friedrichsschleuse vielleicht Hollerbaum sein könnte.

„Frau Hollerbaum, seit wann ist Ihr Mann denn verschwunden“, wollte deshalb die Kommissarin wissen.

„Na, seit Ende Dezember!“

Also doch nicht unser Mann, entschied Tomke enttäuscht. Wäre auch zu schön gewesen, fuhr dann aber auf:

„Wie bitte? Seit Ende letzten Jahres – und da melden Sie sich erst jetzt?"

„Na ja, das war bisher ja auch nicht wirklich schlimm. Aber nun beginnt das Frühjahr und ich habe keine Lust, die ganze Arbeit mit den Gästen alleine zu bewältigen. Außerdem rufen dauernd Kunden für ihn an. Das ist seine Sache und nicht meine."

Tomke atmete schwer, bevor sie weitersprach.

„Und vorher haben Sie ihn nicht vermisst?"

„Nein, ich war froh, dass ich meine Ruhe hatte; dachte, er ist zur Akquise unterwegs."

„Zu welcher Akquise?"

„Versicherung, Geldanlage, Vermögensberatung und so weiter. Dabei hat er unterwegs immer so seine Affären, bei denen er hängen bleibt, aber langsam ist es gut, finde ich." Tomke atmete erneut laut durch, und die Frau fuhr fort.

„Silvester war ich alleine, Fasching auch, damit hatte ich kein Problem, aber nun ist es gut, und der Kerl könnte endlich auftauchen. Also bitte, setzen Sie ihn auf Ihre Fahndungsliste, oder wie das heißt, und bringen Sie ihn mir zurück."

„Haben Sie schon einmal daran gedacht, Frau Hollermann, dass Ihrem Mann etwas zugestoßen sein könnte?"

„Baum, Hollerbaum, heiße ich. Zugestoßen, dem? Nein, eher er bei diversen Frauen! Zugestoßen, meine ich", sie lachte laut auf, was ihre Stimme noch greller ertönen ließ. Tomke hielt den Hörer etwas vom Ohr weg. Ihre beiden Kollegen, die sich in der Besprechungsecke angeregt unterhielten, hoben verwundert die Köpfe, denn das Lachen war bis zu ihnen gedrungen.

Tomke erklärte der Frau, für eine Vermisstenmeldung sei sie eigentlich nicht zuständig und im Übrigen die Möglichkeit bestünde, dass ihr Sören vielleicht gar nicht nach Hause kommen wolle, doch die Hollerbaum schrie ins Telefon: „Wie bitte? Der Mann von der Zentrale hat gesagt, er verbindet mich mit der Chefin, und das sind Sie doch, oder? Also, ich bestehe darauf, dass Sie sich um den Fall kümmern, sorgen Sie gefälligst dafür, dass mein Kerl endlich wieder auftaucht, ob er will oder nicht. Ich bestehe darauf, meinen Mann hier und jetzt für vermisst zu erklären!" Tomke notierte sich Namen und Adresse wie auch die Telefonnummer der Frau und den Vornamen des vermissten Mannes. Außerdem erklärte sie der Anruferin, dass sie für eine Vermisstenmeldung persönlich vorbeikommen müsse und dass ein Foto des Mannes auch von Vorteil sei. „Aber, Frau Hollerbaum", schränkte Tomke ein, „so einfach ohne Grund nach Ihrem Mann suchen, das können wir nicht. Da muss der Verdacht eines Verbrechens vorliegen."

„Ist es kein Verbrechen, wenn er einfach abtaucht und mich mit der Arbeit alleine lässt? Also suchen Sie endlich nach ihm." Die Stimme der Frau überschlug sich und war kaum zu verstehen. Tomke beendete das Gespräch mit einem leichten Stöhnen. „Was war denn das für ein Auftritt?", fragte sie sich genervt.

Kopfschüttelnd legte die Kommissarin den Zettel mit den notierten Daten zur Seite. Später würde sie ihn an den Kollegen weiterreichen, in dessen Sachbereich eine

Vermisstenmeldung fiel. Aber tun konnten sie im Moment sowieso nichts. Da kein Verbrechen vorzuliegen schien, hatten sie keine große Möglichkeit einzugreifen. Na, überlegte sie, die Kollegen können die Meldung ja zu den Akten nehmen. Mal sehen, ob der Hollerbaum wohl auftaucht.

Dass er tatsächlich zum Vorschein kommen würde, und wie schnell, damit konnte Tomke nicht rechnen.

Bei Kaffee, Cappuccino und Michaelas selbst gebackenem Butterkuchen informierten sie Carsten über die Vorfälle der letzten Nacht, auch über die Anruferin von eben.

„Kann das unser Mann von der Brücke sein?", fragte Hajo zwischenzeitlich. Tomke schüttelte den Kopf.

„Eher nicht, der Hollermann, nein, Hollerbaum ist schon seit drei Monaten verschwunden."

„Wie?", wollten Hajo und Carsten entsetzt wissen.

„Vergesst es, die Alte hat einen Schuss! Halten wir uns damit nicht auf. Sie muss die Vermisstenmeldung erst hier vor Ort persönlich machen und ein Foto des Mannes bringen. Dann sehen wir, besser gesagt: die zuständigen Kollegen, weiter."

Carsten erfuhr nun weitere Details und konnte nicht fassen, was er da hörte. Tomke hatte ihn am Telefon zwar schon vorinformiert, aber jetzt, in aller Ausführlichkeit, machte es ihn völlig sprachlos.

„Und ihr seid euch sicher, dass es dieser Henry Stolle war, der die Liebesgaben in Form von Patronen geschickt hat?", fragte er zweifelnd.

Tomke zuckte mit den Schultern.

„So sicher man eben sein kann. Bauchgefühl. Du verstehst? Carsten“, schlug sie dann vor, „ich denke, es ist tatsächlich am besten, wenn du den Fall Evers/Mertens und die Liebesgrüße in Patronenform übernimmst. Ich will unserem Chef zuvorkommen. Wenn Gerdes uns den Fall abnimmt, sehen wir alt aus. Hajo und ich kümmern uns um die andere Aktualität. Ach, noch etwas. Ich benötige die Akte ‚Schwimmender Weihnachtsbaum‘.“

„Warum?“ Carsten verstand nicht.

„Weil unsere Chefin noch so ein Gefühl im Bauch hat“, warf Hajo ein und verdrehte die Augen.

„Aha!“ Mehr kam von Carsten nicht. Er stand auf, suchte die Akte auf seinem Schreibtisch und brachte sie Tomke.

„Was ich dazu noch auf dem Computer habe, ziehe ich dir auf einen Stick. Du wirst schon wissen, was du machst.“

„Siehste!“ Tomke schaute ihren Hajo triumphierend an.

„Okay, okay. Jetzt aber zu unseren Zeugen, denn wir haben sie lange genug warten lassen. Ich befrage sie getrennt, obwohl ich da nicht viel Hoffnung habe, etwas zu erfahren. Aber: Versuch macht kluch…“

„Aua!“ Tomke griff sich an den Kopf.

„Kopfschmerzen?“, wollte Hajo fürsorglich wissen.

„Nee, dumme Sprüche meines Mannes!“, kam es zurück.

„Und Tschüss. Ich gehe mit den Zeugen in den Vernehmungsraum“, beschloss Hajo.

Ohne Ergebnis

Wie Hajo vermutete, ergaben die Befragungen nichts. Genauso wenig wie am Vorabend. Thies und Tina berichteten nochmals, was ihnen aufgefallen war, das allerdings brachte keine neuen Erkenntnisse. Er schickte die beiden nach Hause, nicht ohne ihnen nahezulegen: „Falls euch noch irgendetwas einfällt, meldet euch. Klar?" Thies und Tina nickten und verließen den Vernehmungsraum.

Von Ralf Eumann kam noch weniger Erhellendes, schließlich hatte er von dem ganzen Vorfall gar nichts mitbekommen. Ihm war nur die aufgeregte Frau vor ihm auf dem Weg aufgefallen, die dann plötzlich mit einem Schmerzensschrei auf den Deichstufen zusammengebrochen war. Als er von Thies' Prügelattacke begann, unterbrach ihn Hajo. Dieses Missverständnis war inzwischen ja reichlich beleuchtet worden und geklärt.

Das war wohl ein Schuss in den Ofen, stellte Hajo fast entmutigt fest, obwohl ihm eigentlich schon vorher klar war, dass von den dreien nicht Neues zu erfahren war.

Auf dem Weg zurück ins Büro hörte er Tomke, die sich im Treppenhaus lautstark mit einer weiblichen Person unterhielt. Aus den Wortfetzen, die er aufschnappen konnte, war zu vernehmen, dass es sich um die Frau handelte, die kurz zuvor ihren Mann als vermisst gemeldet hatte.

„Auch wenn Sie laut werden, Frau Hollerbaum: Dafür bin ich nicht zuständig, das macht der Kollege Mike Kloppenberg. Er kümmert sich um Vermisstenmeldungen. Bitte gehen Sie zu ihm", hörte Hajo noch.

Das Büro war verwaist, Carsten auch nicht an seinem Platz. Hajo drückte bei Swantje drei nochmals die Taste Cappuccino und nahm sich ein Stück von Michaelas Butterkuchen aus der Box.

Er startete seinen Computer und beschloss: „Okay, fangen wir doch einmal an zu sortieren, was wir haben. Wenn Carsten und Tomke zurück sind, müssen wir uns eine Strategie zurechtlegen. Wer macht was?"

In seine Gedankengänge hinein platzte seine Chefin mit Carsten im Schlepptau.

Sie rückte ihren Schreibtischstuhl zurecht und forderte: „Es gibt viel zu tun. Als Nächstes müssen wir endlich zu der Halterin des weißen Transporters. Lasst uns eine Strategie zurechtlegen." Sie schaute sich um. „Wer macht was?"

Hajo musste laut lachen, Tomke und er wurden sich immer ähnlicher. Seine beiden Kollegen verstanden nicht.

„Was hat er denn?", fragte Tomkes Miene.

Doch dann fiel ihr Blick auf ihren Schreibtisch, und die Kommissarin erstarrte. Der Grund für Hajos Lachen war nicht mehr wichtig. Ihr Gesicht wurde aschfahl.

„Was …", stotterte sie leise.

Nun verstanden ihre beiden Kollegen nicht.

„Was hat sie denn?", wollte Hajo wissen und schaute Carsten an.

Tomke deutete mit dem Zeigefinger auf einen kleinen Gegenstand auf dem Schreibtisch. Weder Carsten noch Hajo konnten erkennen, was sie meinte.

„Wer hat das …?“, kam es leise. „Hajo, hast du?“ Sie schaute Hajo entsetzt an.

„Was denn? Was meinst du …?“ Das Wort Schatz vermied er wohlweislich beim Blick in Tomkes Gesicht.

Sie zog ein Papiertuch aus der Box auf dem Schreibtisch, griff vorsichtig nach dem kleinen Gegenstand vor sich und hielt ihn hoch.

„Ach du heilige Scheiße …!“, entfuhr es Hajo wieder einmal. Carsten blickte nur fragend von einem zum anderen.

„Ist es das, was ich denke, das es ist?“, wollte er wissen und zeigte auf den kleinen Zettel, auf dem der Gegenstand gelegen hatte. Darauf war zu lesen: *Mit besten Grüßen*, und wie es schien, darunter eine Unterschrift, die allerdings nicht zu entziffern war.

Bei Oma und Tant' Fienchen

„Das hat mir gerade noch gefehlt!" Oma Jettchen schlug mit der gesunden Hand auf den Tisch und betrachtete ärgerlich ihren geschienten Arm.

„Tut mir leid, Schwester, aber damit wirst du die nächste Zeit leben müssen." Fienchen fühlte sich gut. Endlich lief es hier im Haus mal nach ihren Bedingungen. Jettchen konnte dagegen nicht viel ausrichten.

„Ich mache, was im Haus nötig ist", bestimmte sie, „kümmere du dich lieber um das, was wir mit Hajo und Tomke vorhaben. Dat mut nu sin! Die Frau am Telefon hat gesagt, du sollst ihr so einen Luftpostbrief schicken. Dann hätte sie unsere Adresse komplett für die Unterlagen. Also, mach mal."

„Luftpostbrief! Hach!", brach es aus Oma Jettchen heraus. „Die will eine Mail von mir. Aber ich weiß doch gar nicht mehr, wie ich das Ding zum Laufen bringe. Mein Kurs an der Volkshochschule ist schon zwei Jahre her." Jettchen zeigte stirnrunzelnd auf den Laptop vor sich auf dem Tisch.

„Michaela hat dir angeboten zu helfen, schließlich ist es auch ihre Schreibmaschine."

„Schreibmaschine!", schnaubte Oma. „Das ist ein Laptop, ein Computer, keine Schreibmaschine."

„Kann man darauf nicht schreiben?“, wollte Fienchen wissen.

„Doch, aber …“

„Siehst du! Also doch ’ne Schreibmaschine, dat olle Ding.“

Oma gab auf. Fienchen wieder.

Es klopfte an der Küchentür. Noch bevor eine der beiden alten Damen „Herein!“ rufen konnte, stürmte Marie in die Küche, Felix auf kurzen Beinen direkt hinter ihr her.

„Ich bin wieder da! Was gibt es bei euch heute zu essen? Mama hat Wursteintopf gemacht, den mögen wir nicht, stimmt's, Felix? Wir essen keine toten Tiere mehr, stimmt's, Felix?“ Ihr Bruder war ziemlich außer Atem, für seine kleinen Füße war Marie einfach zu schnell unterwegs. Aber ein zustimmendes „Jaaaa!“ war möglich. Er kletterte auf die Küchenbank und setzte sich neben Oma, nickte und wiederholte: „Teine tote Tiehe!“ Was seine Schwester sagte, war für Felix immer richtig.

Fienchen, die am Herd stand, freute sich über den Besuch, auch wenn sie es nie wirklich zeigen konnte. „Ich hab heut Hüdel un Bern* gemacht“, erklärte sie. „Bin in zehn Minuten fertig.“

„Hüdel und Bern? Hmmm, könnte man wohl essen! Alles ist besser als Wursteintopf.“

„Jaaaa!“, stimmte auch Felix zu.

Oma saß vor dem alten Laptop von Michaela und musste schmunzeln. Marie nun wieder …

---

* Ostfriesisches Rezept: Hefekloß und Birnen

„Du, Marie", meinte sie dann. „Kennst du das Sprichwort: ‚Eine Hand wäscht die andere'?"

Marie verdrehte die Augen und stand auf.

„Ich gehe ja schon Hände waschen, und Felix' Hände wasche ich auch gleich mit."

Oma lachte.

„Das ist eine gute Idee, aber ich habe etwas ganz anderes sagen wollen."

„Wie, ich muss nicht Hände waschen?", wollte das Mädchen erstaunt wissen.

„Doch, aber das Sprichwort meint etwas anderes."

Marie ließ sich wieder auf den Stuhl fallen und schaute Oma Jettchen nachdenklich an.

„Es bedeutet, dass man etwas dafür tut, wenn man von einem anderen etwas bekommt."

Marie tippte sich mit dem Zeigefinger an die Stirn.

„Heißt das, dass ich was machen muss, wenn ich bei euch esse?"

„Kluges Kind!", kam es vom Herd.

„Und was?" Marie schaute fragend von Oma zu Tant' Fienchen, erkundigte sich dann weiter:

„Ich ahne Schlimmes! Muss ich nach dem Essen etwa abspülen?"

Oma schüttelte den Kopf.

„Abtrocknen?"

Wieder schüttelte Oma den Kopf.

„Obwohl, warum eigentlich nicht?", und hielt ihren geschienten Arm hoch.

„Lass das Kind doch nicht so leiden", schaltete sich Fienchen wieder ein. „Meine Schwester kennt sich mit der ollen Schreibmaschine nicht aus, sicher will sie, dass du ihr hilfst."

„Richtig. Aber noch mal, Schwester, das ist keine Schreibmaschine, sondern ein Computer, ein Laptop." Oma raufte sich mit der gesunden Hand die silbernen Haare.

„Das ist aber auch das Einzige, was du über diese Maschine weißt, Schwester!", kam es nun trocken vom Herd.

Marie wurde nun hellhörig.

„Soll ich was am Laptop machen?", freute sie sich.

„Wenn du das kannst, Marie. Wenn du mir wenigstens kurz hilfst, mein Computerkurs in der Volkshochschule ist schon wieder 'ne Weile her."

„Und ich bezweifle, dass da bei meiner lieben Schwester so viel hängen geblieben ist", kam es nun wieder vom Herd.

„Was willst du denn mit Mamas altem Laptop machen?" Marie zeigte auf das Gerät.

„Ich will, wie heißt das nun wieder …" Oma überlegte kurz.

„Sie will einen Brief schreiben, auf der … Maschine!"

„Ich will eine Mail schreiben", fiel es Oma dann wieder ein.

„Ach so, das ist doch einfach", Marie tat ganz erwachsen und wissend und setzte nach:

„Hast du eine Mailadresse?"

„Ja, hier!" Oma Jettchen gab dem Mädchen einen Zettel.

„Da habe ich sie aufgeschrieben." Sie reichte ihr einen handbeschriebenen Zettel und einen Flyer.

Marie betrachtete ihn erstaunt.

„Wollt ihr in den Urlaub fahren?"

„Nein, wir nicht, das ist ein Geschenk für …" Sie flüsterte Marie etwas ins Ohr.

„Musst nicht flüstern, Schwester, ich weiß doch Bescheid."

„Ach so, stimmt!", Oma winkte ab und erklärte dem Mädchen weiter: „Wir haben das ja schon telefonisch gemacht, aber ich glaube, die wollen noch eine schriftliche Nachricht von uns. Deshalb musst du den Urlaub in meinem Namen buchen, aber nichts verraten, versprochen?"

„Nein, kannst dich drauf verlassen. Schließlich bin ich jetzt Schriftstellerin, und da muss man auch seine Geheimnisse bewahren."

Marie betrachtete den Zettel mit den Angaben und gab ihn Oma Jettchen zurück. „Damit kann ich nichts anfangen. Das ist die Postanschrift, ich brauche die Mailadresse des Hotels."

„Ach ja, da war doch was!", erinnerte sich Oma an ihren Kurs.

Auf dem Flyer fand das Mädchen, was es suchte, und tippte die E-Mail-Adresse ein. „Hier", erklärte sie dann, „musst du nun reinschreiben, was du denen sagen willst, und dann nur noch auf *Senden* drücken."

„Kluges Kind!" Oma war zufrieden.

Als dann aber kurz darauf eine Antwort mit PDF-Anhang vom Hotel kam, konnte Marie doch nicht mehr helfen. Sie kannte sich mit ihren zehn Jahren zwar schon recht gut am Computer aus, aber am Ende mussten sie doch Michaela um Hilfe bitten. Auch die versprach: „Großes Ehrenwort, ich verrate nichts."

Marie strahlte: „Jetzt haben wir alle zusammen ein Geheimnis und verraten nichts, auch nicht Papa!"

Oma Jettchen hatte auch ihre Freude daran. Der erste Schritt war getan, nun musste nur Schritt zwei klappen, aber dafür war Hajo zuständig.

Inzwischen wurde Fienchen ungeduldig:

„Wie lange soll ich denn noch warten, bis ich das Essen auf den Tisch bringen kann? Runter mit der ollen Schreibmaschine, jetzt wird gegessen."

Wenige Minuten später saßen sie gemeinsam am Küchentisch und aßen Hüdel un Bern. Michaela blieb auch zum Essen.

„Ist doch genug da", freute sich Jettchen.

„Und den Wursteintopf bekommt Papa!", feixte Marie zu ihrem kleinen Bruder hinüber. Die Erwachsenen genossen das alte ostfriesische Gericht, wie das in Ostfriesland üblich ist, mit einer dicken Scheibe Bauchfleisch, Marie und Felix ohne.

„Wir essen keine toten Tiere, stimmt's, Felix?"

„Teine tote Tiehe!", bestätigte der kleine Mann nochmals.

Oma Jettchen und ihre Schwester schauten sich fragend an. „Seit wann denn das?", wollte Fienchen wissen und fügte, als Marie nicht antwortete, achselzuckend hinzu: „Naja, öfter mal was Neues!"

Ein weiteres Geschenk?

Es dauerte nur einen winzigen Moment, bis die drei Ermittler die Tatsache erfasst und den gefundenen Gegenstand eingeordnet hatten.

Sofort kam der Gedanke auf: *Stolle war hier!*

Tomke wollte kreidebleich wissen: „Wie kommt die Patrone hierher? Und vor allem, wie kommt dieser verdammte Henry Stolle in unser Büro?“ Bei den letzten beiden Worten versagte ihr fast die Stimme. Krächzend fuhr sie fort:

„Funktioniert hier in diesem Haus gar nichts? Was ist mit der Sicherheitsschleuse? Hat jemand die Hintertür offen gelassen? Wie, verflixt noch mal, kommt ein Fremder bis hier in unser Büro?“

Hajo reagierte als Erster rational.

„Lasst uns einmal überlegen. Wer war im Haus?“

„Eure Zeugen“, kam es prompt von Carsten.

„Stimmt, aber was haben die …, nein!“ Hajo konnte es nicht glauben.

„Wenn dem so wäre, dass einer der drei Zeugen diese Patrone hier abgelegt hätte, dann, dann …“, Tomke schüttelte den Kopf. „Das ist Quatsch, es gibt überhaupt keinen Bezug zu den dreien. Nein, das kann nicht sein.“

„Für mich ist die Aktion ausschließlich Stolle zuzuschreiben, wem sonst sollte …?“

„Kann sein, muss aber nicht!“ Carsten ließ sich wieder auf seinen Stuhl fallen. „Wobei auch ich es für sehr unwahrscheinlich halte, dass es einer von unseren Zeugen war.“

„Nein! Das ist wirklich Quatsch! Keiner der drei Zeugen hat damit etwas zu tun“, bestätigte nun auch Hajo.

„Denke ich auch, aber wir können die Möglichkeit trotzdem nicht außer Acht lassen.“ Carsten nahm Tomke die Patrone ab, steckte sie in eine kleine Plastiktüte und winkte einem uniformierten Kollegen zu, der gerade an ihrem Büro vorbeiging.

„Das muss sofort in die KTU und auf Spuren jeglicher Art untersucht werden. Sag Rikus, oder wen du auch antriffst, dass es sehr wichtig ist. Informationen dazu, direkt an …“, er blickte sich fragend um.

„An mich“, beschloss Tomke.

„Okay. Info direkt an die Chefin. Und zwar telefonisch, nicht per Mail oder auf sonstigem Weg. Verstanden?“

Nils, der junge uniformierte Kollege, nickte und verschwand.

„Okay!“, beschloss Tomke trotz inzwischen starker Kopfschmerzen, „bis das geklärt ist, machen wir weiter wie bisher. Carsten, du in Sachen Stolle und dieser Geschenke; Hajo, wir beide fahren wie geplant zur Adresse der Inhaberin des weißen Kastenwagens. Aber zuerst muss ich Kontakt mit Claude aufnehmen.“

„Jetzt? Direkt?“, wollte Hajo erstaunt wissen.

„Ja, es ist zu wichtig, dieses Risiko muss ich eingehen.“

Sie griff nach einem Prepaid-Handy in ihrer Schublade und wählte eine Nummer, ließ es dreimal klingeln und legte auf.

Carsten und Hajo wurde die geheime Verbindung zwischen Tomke und diesem Claude immer mysteriöser.

Tomke störte das nicht. „Es ist Wochenende, auch in Amerika. Wenn wir Glück haben, ist die Nummer noch aktuell, und er geht ran."

Und so war es. Kurz darauf meldete sich Claude. Tomke entschuldigte sich für diesen gefährlichen Weg, informierte ihren alten Freund über den neuesten Stand und ihre Vermutungen. Sie bat ihn, das bewusste Handy für die nächste Zeit an Carsten weitergeben zu dürfen.

„Claude, ich kann und darf in der Sache nicht weitermachen. Wenn unser Chef das bemerkt, bin ich den Fall komplett los. Also gebe ich diese Angelegenheit besser gleich an meinen Kollegen Carsten Schmied ab." Sie lauschte einen Moment, was Claude zu sagen hatte, und beteuerte mehrfach:

„Zweihundertprozentig, Claude, ich vertraue ihm zweihundertprozentig, also bitte!"

Wieder lauschte sie kurz und meinte dann: „Danke Claude, er ist es wert, glaube mir."

Tomke wischte das Handy an ihrer Hose ab und reichte es Carsten.

„Ich verkneife mir jegliche Sprüche in Sachen Vertrauen, ich vertraue einfach. Hier hast du ein Handy, das du nur für eventuelle, absolut diskrete Gespräche mit Claude nutzen darfst. Wir haben einen Erkennungscode für dringende Rückrufe. Das geht aber nur in wichtigen Ausnahmefällen. Wie das funktioniert, erkläre ich dir sofort."

Hajo und Carsten hatten die ganze Situation sprachlos verfolgt. Und auch jetzt schwiegen beide. Carsten hörte genau zu, wie er Kontakt mit Claude aufnehmen konnte. Anschließend ließ er das Gerät in seiner Hosentasche verschwinden.

„Los geht's", meinte Tomke dann in Richtung Hajo, der noch immer wortlos an seinem Schreibtisch stand. Erneut forderte sie ihn auf: „Komm, wir müssen los!"

Hajo und Tomke verließen das Büro. Carsten lehnte sich in seinem Stuhl zurück und wusste im Grunde nicht, wie und vor allem wo er beginnen sollte. Hatte Tomke recht? War es wirklich dieser Stolle, der hier sein Unwesen trieb? Auf ihn alleine durfte er sich allerdings nicht konzentrieren. Aber wo sollte er suchen?

Mit einem Seufzer stand er auf, schloss einen Rollschrank in der Ecke des Büros auf und zog einen Stapel Akten heraus. Sie waren mit einer dünnen Schnur zusammengebunden, obenauf lag ein Zettel mit dem Namen *Stolle.*

*

Welchen Wagen sollten sie nun nehmen? Ein Dienstfahrzeug stand noch immer bei der Pizzeria, ihr Auto lag mit

Totalschaden bei der KTU. Diese Frage allerdings erledigte sich von alleine. Remo von der Zentrale hielt stumm einen Autoschlüssel in der Hand, als die beiden Ermittler vorbeikamen. Tomke griff ihn wie selbstverständlich.

Auf dem Weg nach draußen wurden sie von Remo allerdings nochmals aufgehalten.

Er hielt ihnen eine Mappe entgegen.

„Hollerbaum!", meinte er nur. Die Kommissarin warf nur einen kurzen Blick auf das Deckblatt und wollte wissen: „War die Frau bei dir?"

Remo nickte. „Mike hatte gerade einen Einsatz, deshalb habe ich ihre Anzeige aufgenommen."

„Dann geht das jetzt seinen Weg. Gib die offizielle Vermisstenmeldung zu Mike, der ist schon informiert über das Verschwinden des Mannes. Aber machen kann er trotzdem nichts." Sie reichte ihm die Mappe zurück und verließ hinter Hajo das Gebäude. Der Fall interessierte sie nicht, schließlich hatten sie anderes zu tun.

Im Wagen zog sie ihr Notizbuch aus der Tasche und tippte eine Adresse in das Navi ein.

Die kleine Kreisstadt Wittmund lag verhältnismäßig ruhig im Samstagnachmittagsschlaf. Kaum Fahrzeuge auf der Straße. Wie üblich um diese Tages- und vor allem Jahreszeit. Tomke verließ den Kreisverkehr in nördlicher Richtung.

Nach anfänglichem Schweigen auf dem Weg aus Wittmund hinaus brach der ganze Ärger aus Tomke heraus.

„Das kann ich nicht nachvollziehen. Wie kann es geschehen, dass jemand unbemerkt bis zu unseren Schreibtischen gelangt? Hajo, das kann, das darf einfach nicht sein!"

„Warten wir's ab, es wird sich klären, da bin ich mir ganz sicher."

Tomke fuhr sehr unkonzentriert. Ihre Gedanken waren weit weg, außerdem tat ihr inzwischen alles weh. Es fühlte sich an wie ein Muskelkater im ganzen Körper, außerdem schmerzte ihr Kopf. Hajo auf dem Beifahrersitz ging es nicht anders. Er rieb sich gerade die Oberschenkel und stöhnte dabei leicht auf.

Tomke sah es aus den Augenwinkeln. „Wenn der Alte das erfährt, musst du zum Arzt."

„Ich? Wenn, dann, bitte schön, wir beide!", kam es von Hajo.

„Ich hab ja nichts!"

Hajo lachte laut auf, griff sich aber sofort an die Schulter. „Von wegen! Ich sehe doch, wie schwer dir jede Bewegung fällt. Wir haben beide zumindest einen gehörigen Muskelkater und einige Zerrungen."

Nicht ohne Sarkasmus wollte Tomke wissen: „Aber deiner Schulter geht es gut, oder?"

Sie atmete tief durch. „Du hast ja recht, dann sollten wir allerdings besser zum Knochenbrecher gehen, der rückt uns wieder zurecht."

Hajo wandte sich zur Seite. „Ich bin gespannt, Tomke, wie du unserem Boss den demolierten Privatwagen erklären willst."

„Darüber darf ich gar nicht nachdenken."

Tomke verringerte die Geschwindigkeit, setzte den Blinker und bog in einen schmalen Seitenweg ab.

Hajo schaute sich um. Die Gegend kam ihm bekannt vor und rief unliebsame Erinnerungen hoch.

„Wo fahren wir eigentlich hin, ich meine, wo ist das? Ein Hof?"

„Ja, ein Kartoffelhof. Einer der beiden Betreiberinnen gehört der weiße Kastenwagen von der Brücke."

„Bintje!", rief Hajo aus. „Ach du heilige Sch…" Dann unterbrach er den Fluch. Nicht schon wieder. Er fuhr sich über das Gesicht.

„Bintje? Eine Ex von dir?"

„Bintje und Linda!", kam es nun von Hajo.

„Oha, zweimal Ex?" Tomke gluckste.

„Quatsch!", konterte Hajo.

Der Weg wurde immer schlechter. In der Ferne war ein landwirtschaftliches Anwesen zu erkennen, auf der gegenüberliegenden Seite, weiter hinten, ein zweites.

„Sag, dass das nicht wahr ist!", entfuhr es Hajo nun. Seine Stimme klang fast verzweifelt.

„Warum, was gibt es hier? Hattest du was mit den beiden? Bintje und Linda … Moment, sind das nicht …?" Tomke musste sich auf die Fahrbahn konzentrieren. Der Asphalt der Straße war gebrochen, tiefe Schlaglöcher pflasterten die Strecke. Immer wieder schlug ein Reifen in eines der Löcher ein. Sie fluchte laut. Jedes Schlagloch spiegelte sich schmerzhaft in ihrem Körper wider.

„Scheißstraße. Ach!", stieß sie dann aus, „jetzt weiß ich, woran mich die beiden Namen erinnern. Sind das nicht Kartoffelsorten? Klar, das sind die Lieblingskartoffeln von Oma und Tant' Fienchen." Sie lachte laut auf, setzte aber ein „Aua!“ nach, denn sie hatte das nächste Schlagloch getroffen …

„Aber jetzt sag doch mal“, bohrte sie weiter, „was ist mit den beiden?“

Hajo antwortete nicht. Er wollte nicht. Mit beiden Händen hielt er sich am Armaturenbrett fest, der Weg war aber auch zu schlecht. Jetzt machte sich auch seine verstauchte Hand wieder schmerzhaft bemerkbar. Die Geschichte von damals tauchte vor seinem inneren Auge auf. Es war einfach zu widerwärtig gewesen, und im Grunde hatte er gehofft, den beiden Frauen niemals wieder begegnen zu müssen.

Aber wie es schien, war ihm das nicht vergönnt. Hajo schickte ein Stoßgebet los und bat:

„Hoffentlich geht das Theater nicht von vorne los.“

Endlich konnten sie die schmale Straße verlassen und bogen in eine Hofeinfahrt ein.

Keine Kartoffeln

Der Kartoffelhof lag verwaist. Hajo schaute sich prüfend um. Wie lange war es her, dass seine Kollegen und er an diesen Ort innerhalb von ein paar Jahren zu zwei Einsätzen gerufen worden waren? Im Jahre 2013, überlegte er. Oder schon 2012? Mein Gott, wie die Zeit verging. Die Erinnerung daran war plötzlich wieder sehr präsent. Er fühlte sich nicht wohl. Welche der beiden Frauen würde ihm hier zuerst begegnen? Grotesk und spooky war das damals, und bis heute unbegreiflich.

Man konnte sehen, dass hier auf dem Hof seit Längerem nicht mehr Hand angelegt worden war: Überall wuchsen wild die Büsche und Sträucher, Giersch hatte den Winter überlebt, zwischen den Steinen schossen Unkräuter hervor.

„Wildwuchs pur", stellte Tomke fest. „Wenn das Oma und Tant' Fienchen sehen könnten."

Sie gingen auf das Haus zu. Tomke suchte eine Türklingel; weil da aber keine zu sehen war, klopfte sie fest gegen die Eingangstür.

Hajo blieb vorerst im Hintergrund. Anscheinend war niemand zu Hause.

„Was ist los mit dir?", wollte Tomke wissen, denn Hajo hielt sich noch immer in einigen Metern Entfernung zum Gebäude.

„Beißen die hier auf dem Hof? Nun erzähl schon. Was war los?“

„Beißen? Nun, da liegst du nicht ganz falsch. Angefangen hat es mit dem Selbstmord des Vaters der beiden Frauen. Bintje und Linda sind nämlich Schwestern. Wie lange das her ist, kann ich nicht sagen, müsste nachschauen. Der Vater hing an einem Strick in der Scheune. Die Schwestern waren fix und fertig, die Mutter dagegen zeigte keinerlei Reaktionen, verbarg ihre Gefühle – obwohl, so ganz stimmt das nicht. Die Frau war einfach nur böse. Schimpfte über den ‚Alten‘, wie sie ihn nannte. An ihren Töchtern ließ sie ebenfalls kein gutes Haar.“ Hajo schaute sich um. „Dann sind wir ein knappes Jahr später wieder zu einem Einsatz auf den Hof gerufen worden. Das war 2013, glaube ich, weiß es aber nicht mehr so genau.“

Tomke unterbrach ihn. „Was war passiert? Ich überlege gerade, warum ich davon nichts weiß. Vielleicht fiel das in die Zeit meiner Profiler-Ausbildung. Egal, erzähle weiter“, forderte sie ihren Kollegen auf.

Hajo machte ein paar Schritte über den Hof Richtung Scheune. „Komm mit, ich zeige dir was.“ Sie liefen Richtung Scheune und schauten sich um. Hajo schob das Rolltor auf. Es dauerte einen Moment, bis die beiden Kommissare sich an die Dunkelheit gewöhnt hatten, dann deutete Hajo nach oben.

„Hier hing dann 2013, ich sehe das Bild noch genau vor mir, die Mutter der beiden. Ebenfalls an einem Strick.“

„Okay, hat sich die böse Frau also auch erhängt.“ Sie blickte ihn fragend an.

„Das ist es ja eben. So sah es aus, aber …“

„Aber was?“ Tomke wurde hellhörig, ging tiefer in die Scheune hinein. Sie fröstelte. Hajo sprach weiter, aber Tomke hörte nicht zu. Seine Stimme verschwand wie im Nebel. Von Weitem waren Autogeräusche zu hören. Ein eigenartiges Gefühl erfasste sie, außerdem ein eiskalter Schauer und Gänsehaut. Was war hier los? Irgendwann drang Hajos Stimme wieder an ihr Ohr, der Nebel lichtete sich, und sie hörte nur noch:

„Wie also ist die Frau an diesen Balken gekommen, an dem sie hing?“

„Was? Wie meinst du? Entschuldige, ich habe …“

Hajo hob die Hand.

„Genauso erging es uns damals auch. Diese Scheune hat ein sehr eigenartiges, wie soll ich sagen …? Die Atmosphäre hier ist befremdlich. Kalt, frostig, unheimlich, spooky. Oder?“

„Ja, gruselig, finde ich. Komm, lass uns gehen, wir haben hier eigentlich nichts verloren.“ Tomke wollte weg.

Draußen war inzwischen ein starker Wind aufgekommen, der Himmel verdunkelte sich schlagartig. Schnell schob sie das Rolltor wieder zu. Sicher würde es gleich anfangen zu regnen. Sie sollten schnellstens in ihr Fahrzeug steigen, bevor ein Unwetter losbrach.

„Aber jetzt noch mal“, rief Tomke gegen den Sturm an. „Hattet ihr damals Anlass zu der Vermutung, dass die Frau sich nicht selbst …?“ Hajo fiel ihr ins Wort. „Ja, genau. Eine maßgebliche Frage war, wie ist die Frau dort in luftiger Höhe an den Balken gekommen?“

„Konntet ihr es klären?“

„Nein! Weder wir noch die Kollegen vom Kriminaldauerdienst aus Wilhelmshaven, die damals den Fall übernommen hatten."

„Okay, das tangiert uns im Moment nicht, wir haben genug zu tun. Die Frage ist, wo sind die beiden Frauen?"

Hajo wollte die Frage nicht beantwortet wissen, denn er war froh, keiner der beiden Schwestern zu begegnen. Aber das behielt er lieber für sich. Tomke würde noch früh genug zu Ohren bekommen, was ihm hier widerfahren war.

„Komm mit!", meinte er dann.

„Warum? Ich will ins Auto. Schau dir den Himmel an, gleich schüttet es." Doch Hajo zog sie weiter. Aus der Ferne war Donnergrollen zu hören. „Sofort! Ich will dir noch etwas zeigen." Er führte sie zu einer weiteren Scheune, die im oberen Teil mit zwei kleinen Oberlichtern versehen war. Dann schob Hajo einen Riegel zurück und öffnete die Holztür, die in das große Scheunentor eingebaut war.

In der Scheune herrschte gähnende Leere.

„Was ist? Was willst du mir zeigen? Die Scheune ist leer, so wie die andere auch. Keine Kartoffeln, na und?"

„Ich meine nicht die fehlenden Kartoffeln, sondern das hier."

Hajo zeigte auf die rechte Wand, an der eine Menge an Stricken, Seilen und Tauen hing.

„Ach, kiek! Was haben wir denn da?" Sofort fiel ihr der erhängte Mann an der Brücke ein, aber auch die beiden Leichen im Weihnachtsbaum.

Ein Blitz leuchtete auf, erhellte die Scheune, Sekunden später donnerte es.

„Vielleicht hast du gar nicht so unrecht."

„Womit?“, wollte Tomke wissen.

„Alle erhängt. Der Vater, da war es eindeutig Selbstmord, das haben wir geklärt. Dann die Mutter – sehr fraglich, ob Selbstmord. Die Toten im schwimmenden Weihnachtsbaum und nun unser Mann am Brückengeländer. Dazu kommt der weiße Kastenwagen, der hier auf den Hof gehört.“

„Und die Spuren unserer neuesten Leiche in genau diesem Kastenwagen“, ergänzte Tomke. „Mein Bauchgefühl, ich sage es ja!“, triumphierte sie dann. „Frauen morden so. Und hier auf dem Hof leben zwei Frauen, alles passt, oder? Lass uns eines der Seile mitnehmen, die KTU soll sich das ansehen.“

Tomke griff nach einem Seil, zog daran und fuhr zusammen. Der nächste grelle Blitz erhellte die Scheune, der sofort darauffolgende Donner ließ die Erde erbeben. Die hölzerne Tür der Scheune knallte zu, dann war es plötzlich stockfinster. Regen prasselte auf das morsche Dach. Wieder blitzte es. Gleichzeitig klingelte Tomkes Handy. Sie gab Hajo ein Zeichen, die Tür zu öffnen, schrie gegen den Donner an: „Lass uns gehen, ich will weg. Wir haben kein Recht, hier zu sein. Außerdem ist es mir mehr als unheimlich.“ Dann meldete sie sich wie üblich: „Tomke hier, was gibt's?“

Es war Rikus, wie sie auf dem Display erkennen konnte, und Tomke setzte sofort nach: „Habt ihr etwas herausgefunden? Kannst du was zu der Patrone sagen?“

Nachdem sie kurz zugehört hatte, fragte die Kommissarin: „Und da bist du dir ganz sicher? Aber wie kommt sie dorthin?“

„Diese Frage müsst ihr klären. Ich jedenfalls habe mich sehr gewundert, als ich das Teil ein zweites Mal auf meinem Tisch hatte, konnte ja nicht wissen, wie hochbrisant es ist. Aber nun weißt du Bescheid. Ich behalte die Patrone jedenfalls hier, schaue sie mir von Neuem genau an."

„Eine Frage noch", blieb Tomke dran. „Habt ihr irgendetwas gefunden, in das sie eingepackt war? Ein Tuch, ein kleines Säckchen, was auch immer?"

„Nein, danach haben wir aber auch nicht gesucht. Jetzt sieht die Situation natürlich anders aus. Wir nehmen das Auto noch mal genau unter die Lupe."

„Ach, Rikus ...", Tomke druckste ein wenig herum. Sie wusste nicht, wie sie es ihm sagen sollte.

„Tomke?"

„Da gibt es noch zwei."

„Was? Noch zwei was?"

„Patronen!"

„Wie bitte? Wo?"

„Bei mir im Büro. Ich habe in der Aufregung vollkommen vergessen, sie an euch weiterzuleiten." Kurz erläuterte sie dem Chef der Spurensicherung, was bisher geschehen war.

„Das ist nicht dein Ernst, Tomke!"

„Doch, sorry. Wenn wir zurück sind, bringe ich dir alles, okay? Und ja, tu mir den Gefallen und sprich nicht drüber. Auch das sind Patronen, komplette Patronen. Keine Geschosse, keine Hülsen." Mit zusammengepressten Lippen beendete sie das Gespräch. Rikus hatte ja recht. Sie wischte über das Display ihres Handys und steckte es weg.

Jetzt erst bemerkte sie, dass es draußen immer dunkler wurde.

Dann brach ein heftiges Gewitter über die beiden herein. Rasend schnell musste das gegangen sein. Sie schaute sich um und erkannte Hajo an der Tür der Scheune. Was machte er dort?

„Hajo, klappt's?", rief sie ihm zu.

Der Kommissar versuchte inzwischen verzweifelt, die Holztür der Scheune zu öffnen, aber es gelang ihm nicht. Anscheinend war sie von außen verriegelt. Wie war das möglich? Sie war doch nur vom Wind zugefallen. Oder hatte da jemand nachgeholfen? Auch das große Rolltor ließ sich nicht bewegen.

Helle Blitzte durchzuckten den schwarzen Himmel, während der nächste Donner gleichzeitig krachend niederging. Das Unwetter stand immer noch direkt über dem Hof.

Tomke erinnerte sich, dass sie eigentlich eines der Seile mitnehmen wollte, zog nochmals an einem Strick und rollte ihn zusammen. Hajo war noch immer an der Tür beschäftigt.

„Was ist? Drücken, nicht ziehen!", frotzelte sie von hinten, stellte dann aber fest, dass er tatsächlich ein Problem hatte.

„Und jetzt? Müssen wir hier übernachten?"

Der winkte ab. „Ich verstehe das nicht. Die Tür ist doch vom Wind zugeflogen, wieso bekomme ich sie nicht auf? Es fühlt sich an, als sei sie verriegelt. Schau mal, durch den Spalt kann man erkennen, dass etwas davorliegt." Noch einmal rüttelte er fest an der hölzernen Tür.

„Das gibt es doch nicht!“ Kräftig schlug er nun mit der flachen Hand dagegen.

Trotz des Oberlichtes wurde es in der Scheune immer dunkler. Tomke schaute sich um.

„Was meinst du, ob es wohl einen zweiten Ausgang gibt?“, versuchte sie den grollenden Donner zu übertönen.

„Hinterausgang? Ich schau mal! Bleib du hier bei dieser Tür stehen, ich habe ein ganz komisches Gefühl.“

„Warum? Was meinst du mit deinem komischen Gefühl? Hajo? Hajo? Hat das etwas mit den Frauen zu tun? Mit Linda und Bintje?“

Inzwischen war er schon quer durch die riesige Scheune gespurtet und im dunklen, hinteren Raum verschwunden.

„Das gibt es doch nicht!“ Auch Tomke rüttelte an der Tür. Noch immer ließ sie sich nicht öffnen. Sie zog erneut ihr Handy aus der Jacke, schaltete die Taschenlampe ein und leuchtete in das Dunkel. „Hajo!“, rief sie. „Das war kein Zufall! Man hat uns eingeschlossen!“ Doch Hajo antwortete nicht. Tomke erschrak. Was ging hier vor? Sie waren eingesperrt. Aber von wem und warum? Und wohin war Hajo verschwunden? Immer wieder leuchtete sie den Raum ab, um mehr zu sehen. Das aber war mit dem schwachen Licht der Handylampe nicht möglich. Plötzlich vernahm sie ein Geräusch vor der Scheune.

War draußen endlich jemand?

„Hajo?“

Sie hielt die Taschenlampe auf den schmalen Schlitz. Der Strahl des Lichtes zeigte einen metallischen Gegenstand, der wohl verhinderte, dass man die Tür öffnen konnte. Aber was war es? Tomke versuchte sich ins Gedächtnis zu rufen, wie die Tür von außen beschaffen war. Ein Riegel, eine Art Schieber, erinnerte sie sich, der an der Tür befestigt war und an der Holzwand nebenan in einen Bügel geschoben wurde.

Ein Schatten flog draußen vorbei, Tomke war sich ganz sicher, durch die längliche Öffnung hindurch einen Schatten gesehen zu haben.

„Hajo?“, rief sie nochmals. „Hajo?“ Warum öffnete er nicht und war er das überhaupt? Oder jemand anderes? Nein, nicht Hajo, der hätte diese Tür schon längst entriegelt. Aber wo blieb er nur?

„Hallo?“, rief sie. „Hallo, ist da jemand? Machen Sie die Tür auf, wir sind eingeschlossen.“

Aber nichts, keine Reaktion kam von draußen.

„Das kann doch nicht ...!“, entfuhr es ihr. Tomke schaute sich um. „Hajo! Haaajo!“, schrie sie in den dunklen Raum der Scheune. „Hajo, bist du da?“

Etwas bewegte sich draußen. Kam da nicht jemand auf die Scheune zu? Tomke presste ihr Gesicht dicht an die Tür, versuchte mit einem Auge durch den Spalt zu schauen. Sie registrierte, trotz der Finsternis, dass da jemand war. Wer? Zudem konnte sie ein Kapuzenshirt erkennen, eine Person im Kapuzenshirt. Die Kapuze hing weit ins Gesicht gezogen. Tomke trommelte mit den Fäusten gegen die Tür.

„Aufmachen, aufmachen!“ Verdammt, wo blieb nur Hajo? Hier, an dieser Stelle, hatte sie keine Chance, die Scheune zu verlassen. „Ich muss auch nach dem Hintereingang suchen“, überlegte sie. „Vielleicht ist ihm etwas passiert und er liegt verletzt irgendwo …“ Sie drehte sich um, aktivierte wieder die Taschenlampe und leuchtete auf den Boden vor sich, das Seil um die Schulter gelegt. Vorsichtig ging sie dem Lichtstrahl nach in die Tiefe der Scheune. Ein erneuter greller Blitz erhellte den Raum, direkt darauf folgte ein heftiger Donnerschlag, und trotz des lauten Knalls vernahm Tomke noch etwas anderes. Ein Klirren, Glas splitterte. Woher kam das Geräusch? Die Frage konnte sie sich nicht mehr beantworten, denn ein harter Gegenstand traf sie unvermittelt am Kopf, schrilles gelbes Licht flammte auf. Ein Blitz? Ein Feuerball? Tomke nahm es nicht mehr wahr, sie lag ohnmächtig auf dem kalten harten Scheunenboden. Neben ihr loderten Flammen hoch, immer höher.

*

Der Schlag, der Hajo getroffen hatte, war zu überraschend gekommen, um zu reagieren.

Die schmale Holztür am Ende der Scheune hatte er schnell gefunden und sie ließ sich auch öffnen. Kaum aber hatte er einen Schritt ins Freie gemacht, traf ihn ein heftiger Schlag in die Magengrube und direkt danach ein weiterer in den Nacken. Hajo knallte kopfüber auf den steinharten Boden. Der erste Treffer hatte ihm die Luft genommen, der zweite hatte ihn für ein paar Momente ausgeknockt.

Nun aber stand er wieder auf den Beinen und hielt sich mit einer Hand den schmerzenden Nacken, mit der anderen tastete er an seine Schläfen. Ein warmes Rinnsal lief ihm über das Gesicht. Er zog ein Taschentuch hervor und wischte sich über die Stirn. Vorsichtig schaute er sich um und zog seine Waffe aus dem Holster. Wer hatte ihn niedergestreckt? Der Eindruck, dass der Hof verwaist sei, war wohl falsch. Waren Linda und Bintje doch da? Hatten sie ihn erkannt und niedergeschlagen? Darüber wollte er jetzt allerdings nicht weiter nachdenken. Er machte ein paar Schritte entlang der Scheunenwand, die Waffe im Anschlag. „Ich muss die vordere Tür der Scheune öffnen, schließlich wartet Tomke." Dann stutzte er, schnüffelte, hob den Kopf und hielt die Nase in den Wind. Roch es hier nicht nach Rauch? Hatte etwa ein Blitz die Scheune getroffen? Tomke, Tomke war noch drinnen! Mit der Waffe in der Hand lief er um das Gebäude herum zum vorderen Eingang und stellte geschockt fest, dass er recht hatte. Rauch! Aus der Scheune quoll Rauch. Mühsam schob er den Riegel beiseite. Endlich ließ sich die Tür aufreißen. Flammen schlugen ihm entgegen, trieben ihn einen Meter zurück.

„Tomke!", schrie Hajo entsetzt. „Mein Gott, Tomke! Hörst du mich?" Er machte ein paar Schritte in die Scheune hinein und prallte erneut rückwärts. Eine riesige Stichflamme traf ihn, er schlug die Arme vors Gesicht. Hinter ihm bewegte sich etwas. Hajo drehte sich blitzschnell um. Jemand stand hinter ihm. Zwischen den Rauchschwaden sah er eine Gestalt im Kapuzenshirt. Ob Mann oder Frau, konnte er nicht sehen. Sie hielt eine Waffe in der Hand, hob sie an, zielte und …

Hajo schoss. Die Person stieß einen Schrei aus, griff sich an den Oberarm, ließ die Waffe fallen, bückte sich aber sofort wieder danach, nahm sie an sich und lief davon.

Hajo setzte an, um hinterherzulaufen, stoppte aber ab. Nein, er musste nach Tomke suchen. Während er die Feuerstelle inmitten der Scheune umrundete, zog er sein Handy hervor, um Hilfe zu holen.

„Tomke!", schrie er dann. „Tomke!" Wo war sie nur?

Schwierige Recherche – Samstag zur gleichen Zeit

Nachdem er einen großen Stapel an Akten durchgesehen hatte, griff Carsten zum Telefon und meldete sich bei seiner Familie ab.

„Michaela, wir sind so tief in einen Fall eingebunden", versuchte er zu erklären, „ich weiß nicht, wann ich nach Hause komme. Vielleicht bleib ich auch über Nacht im Büro. Ist bei euch alles okay?"

„Ja, klar. Marie hat Felix müde gespielt", lachte sie. „Nun schläft er, und Marie liest in ihrem neuen Buch."

„Und nebenan, die beiden Grazien?"

„Oma und Tant' Fienchen? Die versinken im Jammertal. Jettchen schimpft über ihre Schiene und Fienchen putzt, wie immer."

„Ach Carsten, du fehlst mir, ich …" Sie unterbrach.

„Warte bitte einen Moment, mein Diensthandy klingelt." Carsten hörte, dass seine Frau im Hintergrund sprach.

Danach kam sie wieder an den Apparat und seufzte: „Das hat mir gerade noch gefehlt. Ich muss ins ‚Abendrot', meine Stellvertreterin ist auf der Treppe umgeknickt und hat sich wohl den Knöchel gebrochen. Ich werde die Kinder mitnehmen müssen, es kann spät werden. Aber Felix lasse ich zuerst seinen Mittagsschlaf beenden, sonst ist er unausstehlich."

Die beiden verabschiedeten sich, nicht ohne dem anderen einen stressfreien Abend zu wünschen.

Nun, für Michaela traf das zu. Felix erwachte nach einer guten halben Stunde, quietschfidel und zu allerlei Späßen bereit. Als er hörte, dass es nun gleich zu Mamas Arbeit gehen sollte, klatschte der kleine Mann in die Hände und rief:

„Ise bielen, Ise bielen." Damit war Luise gemeint, eine der Heimbewohnerinnen des Alten- und Pflegeheimes ‚Abendrot'. Zwischen ihr und Michaela wie auch deren Familie bestand eine innige Freundschaft.

Marie konnte sich nicht gleich entscheiden. Sollte sie nun mit ins ‚Abendrot'? Auch sie liebte die alte Dame Luise über alles, aber genauso gerne wäre sie auch bei Oma und Tant' Fienchen geblieben. Die beiden waren schließlich immer für einen Spaß zu haben. Außerdem fragte das Mädchen den beiden alten Ostfriesinnen ein Loch nach dem anderen in den Bauch, um Geschichten und Geschichtchen zu erfahren, die sie später als Schriftstellerin verwerten wollte, wie sie betonte. Ein weiterer Aspekt, hier im Haus zu bleiben, war das Fernsehprogramm. Wenn sie abends zu dritt vor dem Fernseher saßen, schliefen Oma Jettchen und Tant' Fienchen oft nach wenigen Minuten ein und Marie war dann Herrin über die Fernbedienung. Diese Tatsache überwog.

„Nein, Mama, ich bleibe hier. Einer muss sich schließlich um die Nachbarn kümmern!", erklärte sie bestimmt, was Michaela mit einem Seufzer quittierte. Ihr waren einige Beweggründe ihrer Tochter durchaus bekannt.

Dennoch war es ihr ganz recht. Felix, der kleine Wildfang, würde schon genug Aufregung ins ‚Abendrot' bringen, und Michaela wusste Marie bei Oma und Tant' Fienchen sehr gut aufgehoben. „Außerdem ist morgen Sonntag", überlegte sie, „und somit keine Schule."

„Ich schlafe dann auch drüben", verkündete Marie und packte ein paar Sachen zusammen. Bettzeug, das wusste sie, würde sie bei den alten Nachbarinnen bekommen. Für Marie gab es noch einen weiteren wichtigen Grund: Heute würde sie im Bett von Hajo schlafen, den sie heimlich, aber heiß und innig liebte.

*

Carsten saß an seinem Schreibtisch tief in die Unterlagen ‚Stolle' versunken, als sein Handy eine eingehende Nachricht meldete.

„Was ist denn nun schon wieder?", stöhnte er. Aber es war Michaela, die ihm über ihr Diensthandy schrieb, dass sie nun mit Felix aufbrechen, Marie aber bei den Nachbarinnen lassen würde.

„Okay, angenehmen Dienst", schrieb er zurück und setzte noch ein „Ich liebe dich!" hinterher. Michaelas Antwort lautete: „Dito!"

Er presste die Lippen zusammen. Wie gerne wäre er jetzt zu Hause und würde sich selbst um die Kinder kümmern, leise wiederholte er den abgedroschenen Spruch:

„Augen auf bei der Berufswahl!“ Danach widmete er sich wieder intensiv seinen Akten.

Kurze Zeit später, Carsten saß noch immer über alte Berichte gebeugt, wurde seine Bürotür aufgerissen.

„Was ist los?“, fragte er ein wenig unwirsch. Am Gesichtsausdruck des diensthabenden Leiters der Bereitschaft sah er allerdings, dass etwas Ernsthaftes passiert sein musste.

„Was?“, fragte er angespannt.

„Auf dem Kartoffelhof hat es ein Feuer gegeben.“

„Und jetzt verkaufen sie dort Röstkartoffeln, oder was?“ Wenn es sonst nichts war, Hajo atmete beruhigt aus.

„Nein, aber Tomke ist …“

„Was ist mit Tomke?“ Carsten war so schnell aufgesprungen, dass sein Schreibtischstuhl einen Satz nach hinten machte.

Durchschuss

Der Arm tat höllisch weh, sein Versuch, das blutige Kapuzenshirt über den Kopf zu ziehen, verschlimmerte die Schmerzen. Aber es gelang. Aus den Augenwinkeln beobachtete er die Flammen, die inzwischen aus der Scheune schlugen, und widmete sich gleichzeitig seiner Verletzung. Im hohen Bogen flog das Shirt in den kleinen Graben am Rande des Weges. „Verdammt, bleib cool", fluchte er und lief hinterher, um es zurückzuholen. Wichtig war es, jetzt zu verschwinden, und zwar ohne Spuren, ohne seine DNA zu hinterlassen. Er hatte schon zu viele Fehler gemacht. Fehler, die nur entstanden, wenn Rachegefühle und heftige Emotionen im Spiel waren und er infolgedessen seine Ratio verlor. Dass wusste er genau. Aber seit er zurück in Ostfriesland war, fehlte ihm diese antrainierte klare Sicht auf die Dinge immer mehr, er handelte unbedacht und zu gefühlsbetont. Wie hatte es nur so weit kommen können? Mal kam er sich wie Jan-Hinrich vor, mal war er Henry.

Verschwinden ja, aber wohin? Seitdem er den Flugzeugabsturz überlebt hatte, war er nun hier in Ostfriesland, hatte keinen zweiten Versuch unternommen, das Land zu verlassen. Warum nicht?

Die Wunde blutete heftig, und das an zwei Stellen. Die Kugel hatte den Arm durchschlagen. So wie es sich anfühlte, allerdings nur die Muskulatur, zum Glück. Eine Knochenverletzung wäre viel schlimmer. Irgendwie musste er die Blutung stillen.

Daraufhin zog der Mann ein Messer aus der Tasche, trennte den Ärmel des Shirts ab und wickelte ihn um die Wunde.

„Druckverband, Mann, du hast es doch gelernt." Er band mit einer Hand ungeschickt einen Knoten und half mit den Zähnen nach, ihn straffer zuzuziehen. „Fester, Mann, fester!"

Nun war er wieder der Alte. Henry, der Elitesoldat der US-Armee, und nicht mehr Jan-Hinrich, der Müllerssohn.

Warum tat er das alles nur? Warum war er nicht längst wieder zurück in Amerika? Die Vernunft sagte ihm:

„Hau ab, Mann! Geh zurück in die Staaten, dort kann dir keiner was." Sein Instinkt warnte ihn, dass es bald zum großen Crash kommen würde, aber rationales Denken kam ihm mehr und mehr abhanden. Lag es an dieser Kommissarin?

Sie waren seit Monaten auf der Suche nach ihm, oft dicht auf den Fersen, aber immer wieder hatte er ihnen ein Schnippchen geschlagen. Hatte im vergangenen Jahr seine Schwester, die ihn von seinen Racheplänen der alten Jansen gegenüber und anderen Vorhaben abhalten wollte, getötet. Schlimm, aber es musste damals sein. Auch die alte Janke Jansen hatte ihre Strafe bekommen. Er hatte einen Flugzeugabsturz überlebt, die Bullen und vor allem die Bullenfrau an der Nase herumgeführt. „Tomke Evers!", presste er durch die Zähne. Er wusste alles über sie: wo sie wohnte, mit wem sie ihre Nächte verbrachte, kannte ihre

Gewohnheiten. Ja, sogar über die beiden alten Schachteln, die in Carolinensiel in dem alten Haus auf dem Deich wohnten, wusste er Bescheid. Ob er die Frauen als Nächste einmal aufsuchen sollte? Stolle lachte heiser. Die Ratio verschwand und dieses fantastische Kribbeln, wenn eine verrückte Idee geboren wurde, die ausgeführt werden wollte, kam wieder in ihm hoch. Eine von ihnen würde er sich holen, oder alle drei? Nacheinander? Bei wem sollte er anfangen, sein Netz auszuwerfen?

Doch jetzt musste er erst einmal verschwinden. Gleich würde die Feuerwehr über die schmale Straße gedonnert kommen. Er allerdings musste vorher in Deckung gehen. Ob die Bullenfrau in der Scheune wohl schon gar war? Ein hässliches, lautes Lachen erscholl, bevor er sich in das gestohlene Fahrzeug fallen ließ und mühsam versuchte, den Motor zu starten. Scheißarm.

Feuer

Draußen war er ihr nicht begegnet, also musste Tomke noch in der Scheune sein. Die Arme schützend vorm Gesicht, bewegte sich Hajo Meter für Meter vorwärts und inzwischen heftig hustend weiter in die Scheune hinein.

„Tomke!“, rief er und immer wieder: „Tomke!“, aber er bekam keine Antwort. Weiter und tiefer wagte er sich vor, der Rauch brannte mittlerweile so stark in den Augen, dass er kaum etwas sehen konnte. Sein Atem ging stoßweise und der Husten wurde stärker. Plötzlich stieß er mit dem Fuß gegen etwas. Er blickte zum Erdboden und schrie auf.

„Tomke!“, schluchzte er und beugte sich, schwer um Luft ringend, zu seiner Kollegin hinunter, um sie aufzuheben. Das war nicht einfach und musste zügig gehen, denn der Rauch nahm ihm inzwischen nicht nur die Sicht, sondern auch mehr und mehr den Atem.

Mit letzter Kraft schaffte es Hajo, die leblose Tomke zum Scheunentor und ins Freie zu tragen, dann brach er zusammen. In einiger Entfernung konnte er noch zwei Gestalten wahrnehmen, Linda und Bintje? Oder …? Schließlich verlor er das Bewusstsein.

Schmerzhaftes Erwachen

Nur ganz langsam erlangte Hajo das Bewusstsein wieder. Wo befand er sich? Ganz weit entfernt vernahm er Sirenengeräusche, dicht neben sich spürte er jemanden und – was war das? Er fühlte Lippen auf seinem Mund. Tomke? Mühsam öffnete er die Augen und sah … Linda!

Wütend fuhr er hoch, musste seinen schmerzenden Kopf allerdings gleich wieder sinken lassen. Träumte er? Klar, das war ein Albtraum, das musste ein Albtraum sein. Oder? Linda? Tatsächlich Linda? Oh nein, nicht schon wieder. Er fasste sich an den Kopf. Eine Rockband schien dort eingezogen zu sein und hämmerte auf die Instrumente, dass es nur so dröhnte. Ein Hustenanfall schüttelte ihn. Wieder berührten Lippen sanft seinen Mund, die nun flüsterten: „Endlich bist du wieder bei mir!" Doch jetzt war er in der Lage zu reagieren. Das Bewusstsein war da und gleichermaßen auch der Schock. Über ihm kniete tatsächlich Linda und küsste ihn. Nochmals schnellte er in die Höhe, und diesmal gelang es ihm, sich aufzusetzen. Entsetzt schob er sich auf Händen und Füßen zurück, immer noch auf dem Boden sitzend. Mit der Rechten fuhr er sich über den Mund, wischte den Kuss angewidert ab. Mit der linken Hand hielt er sich den schmerzenden Kopf, die Rockband hämmerte noch immer ihren harten Song. Linda kam wieder auf ihn zu. Was wollte sie von ihm? Was war geschehen? Vorsichtig schaute er sich um. Und dann fiel es ihm wie Schuppen von den Augen. Tomke! Was war mit Tomke? Da, rechts, einige Meter von ihm entfernt lag sie regungslos auf dem Boden. Ein Seil halb um ihren Körper geschlungen. Hajo erkannte es als das aus der Scheune wieder. Auf allen vieren kroch er zu ihr. Sein Handgelenk schmerzte, knickte weg, die Rockband hämmerte.

Er berührte ihr Gesicht.

„Tomke! Tomke, wach auf! Tomke!"

Hajo war verzweifelt, seine Tomke rührte sich nicht. Er fühlte ihren Puls. Konnte ihn nicht spüren, dazu war er zu aufgeregt. „Nein, nein!" Linda stand nun hinter ihm, beugte sich zu ihm hinunter. „Lass sie, lass sie!", forderte sie ihn auf. Hajo schob die Frau angewidert fort.

Die Sirenengeräusche wurden lauter, kamen näher. Hajo blickte auf. Mehrere Feuerwehrfahrzeuge kamen über die schmale holprige Straße angefahren, ein Rettungswagen war auch dabei. Gott sei Dank. Kam die Rettung noch rechtzeitig? Linda war vergessen. Hajo hielt sein Ohr über Tomkes Gesicht. Nichts, nichts zu spüren. Dann bog er Tomkes Kopf zurück, um die Mund-zu-Mund-Beatmung einzusetzen.

Nein, fiel ihm plötzlich ein: Herzmassage, das hatten sie im letzten Auffrischungskurs gelernt, war viel wichtiger. Also rutschte er etwas nach unten, fühlte nach ihrem Brustbein und begann mit übereinandergelegten Händen im Rhythmus des Songs *„Stayin' Alive"* von den Bee Gees die Druckmassage. Gedanken schossen kreuz und quer in seinem Kopf herum, die Rockband hatte den Takt übernommen, tat das ihre. *„Stayin' Alive"*. *„Stayin' Alive"*.

„Ich hätte auch *‚Atemlos‘* von Helene Fischer nehmen können, oder gar das *‚Biene-Maja-Lied‘*, aber das wage ich nicht. Wenn Tomke aufwacht und das hört, bekomme ich Ärger."

Er musste über seine Gedanken lachen und gleichzeitig liefen ihm die Tränen vor Sorge um die geliebte Frau über das Gesicht. Es brach aus ihm heraus. Lachen, Weinen – und gleichzeitig sang, stotterte, hustete er:

„You're stayin' alive, stayin' alive
Feel the city breakin' and everybody shakin'
And we're stayin' alive, stayin' alive …"

Er schaute auf ihr Gesicht, keine Regung. Keuchend machte er weiter, lauter werdend:

„Ah, ha, ha, ha, stayin' alive, stayin' alive
Ah, ha, ha, ha, stayin' alive … ha, ha, ha …", schmetterte er, nein, schrie er fast. Irgendwann packte ihn jemand bei den Schultern und versuchte, ihn von Tomke wegzuziehen.

„Verschwinde, Linda!", brüllte er aufgebracht und wehrte die Hände ab.

„Wir sind da, es ist gut, wir übernehmen das." Ein Arzt ließ sich neben ihm nieder, fühlte Tomkes Puls, prüfte die Pupillen und griff in seinen Koffer.

„Sauerstoff!", lautete seine Order an den Sanitäter weiter. Routiniert riss der Mann die Verpackung einer Kanüle auseinander, zog rasch die Spritze auf und schob sie Tomke unter die Haut. Der Arzt hatte auch seinen Namen genannt, aber das bekam Hajo nicht mit.

Er sang weiter und weiter, die Tränen wollten kein Ende nehmen, bis er plötzlich Tomkes Stimme hörte: „Hajo?"

Ein Hustenanfall folgte. „Schatz, warum schreist du so laut?“ Wieder musste Tomke husten. Sie drehte sich ein wenig zur Seite, ihre Hände umklammerten das Seil.

Hajo wusste nicht, ob er weinen oder lachen sollte, fiel auf die Knie und küsste sie.

„Sag nicht immer Schatz zu mir“, lachte er unter Tränen.

Ein Sanitäter setzte Tomke eine Sauerstoffmaske auf, der Arzt untersuchte nochmals ihre Pupillenreaktion und gab dann die Anweisung, sie in die Klinik zu bringen.

Jetzt erst bemerkte Hajo, welch ein Trubel um ihn herum herrschte. Feuerwehrleute versuchten die Scheune zu retten, aber es sah nicht gut aus. Schläuche wurden ausgerollt und angeschlossen. Alles funktionierte mit wenigen, aber gezielten Kommandos und Handgriffen.

Und Linda? Weder sie noch ihre Schwester waren zu sehen. Sollte das Ganze vorhin doch nur ein böser Traum gewesen sein?

Die Sanitäter hatten Tomke inzwischen auf eine Liege gelegt und schoben sie zum Rettungswagen.

„Und nun zu Ihnen!“, meinte der Arzt zu Hajo.

„Mir fehlt nichts, ich habe nur …“

„… eine riesige Platzwunde am Kopf, und wie es aussieht, ebenfalls eine, wenn auch nicht ganz so schlimme Rauchvergiftung.“ Er führte Hajo zum Wagen und ordnete an: „Setzen!“

„Aber ich …!“

„Ich versorge die Wunde am Kopf und schaue Ihnen tief in die Augen. Sie bekommen Sauerstoff und fahren mit in die Klinik. Basta!“

Während der Untersuchung entdeckte er auch eine Beule am unteren Hinterkopf. Er reichte ihm ein Kühlpad, schob ihn die beiden Stufen hoch zu Tomke in den Notarztwagen, deutete dem Sani an, dem Mann eine Sauerstoffmaske zu verpassen und packte seinen Koffer wieder zusammen.

Hajo saß nun auf einem Klappsitz neben Tomke und hielt ihre Hand. Der Arzt hatte versucht, Tomke von dem Seil zu befreien, aber das ließ sie nicht zu.

„Hajo, du musst das Seil in die …" Ein plötzlicher Hustenanfall beendete den Satz.

Während der Rettungswagen sich in Bewegung setzte, sah Hajo durch das kleine Fenster, dass Carsten auf den Hof gefahren kam. Wer neben ihm saß, konnte er nicht erkennen. Hajo schob seine Sauerstoffmaske zur Seite.

„Stopp! Stopp, bitte. Mein Kollege kommt soeben, ich muss ihm unseren Wagenschlüssel geben." Er schaute zu Tomke, die klopfte auf ihre Hosentasche.

Nachdem er Carsten den Schlüssel zugeworfen hatte, zeigte er auf sein Handy und signalisierte ihm, dass er sich gleich melden würde.

Der Notarztwagen holperte über den schlechten Fahrweg. Hajo hielt Tomkes Hand fest, Tomke mit der anderen das Seil, beide hatten sie Masken über Mund und Nase gestülpt. Mit der freien Hand schrieb er eine WhatsApp-Nachricht an Carsten und informierte ihn kurz über die Vorfälle.

*

Carsten stand auf dem Kartoffelhof und schaute sich um. Die Scheune war nicht mehr zu retten, der vordere Teil vollkommen ruiniert. Die unternommenen Löschversuche blieben erfolglos. Er vermutete, dass das gesamte Gebäude abgerissen werden musste. Die Feuerwehrleute bemühten sich inzwischen, ihre Schläuche einzupacken. Eine kleine Crew zur Sicherung des Brandortes wurde abgestellt. Carsten überlegte, nun auch von hier zu verschwinden, er konnte nichts mehr tun. Weder Bintje und Linda, die Hajo in der WhatsApp erwähnt hatte, noch den Mann im Kapuzenshirt konnte er irgendwo entdecken.

Einen kleinen blutigen Stofffetzen fand er mehr zufällig. Es konnte natürlich sein, dass der von Hajo und seiner Kopfverletzung stammte. Aber vielleicht war es auch ein Überbleibsel des angeschossenen Mannes? Zur Sicherheit allerdings nahm er ihn in einem kleinen Beutel mit, welcher der Sicherung kriminaltechnischer Beweismittel diente.

Carsten lief um die Scheune. Hajo hatte ihm auch geschrieben, dass er hinter dieser Scheune niedergeschlagen worden war.

Rikus Stevenson und seine Leute räumten dort gerade ihre Sachen zusammen. Die Spuren hatten sie gesichert, kriminaltechnisch war hier anscheinend auch nichts zu finden gewesen. Trotzdem fragte er:

„Na, Rikus, was habt ihr?"

„Satz mit X, wie man sagt, war wohl nix, und wir sind vollkommen umsonst hier."

Carsten reichte ihm den Beutel mit dem blutigen Fund.

„Schau, ob du damit etwas anfangen kannst. Diesen Stofffetzen habe ich soeben seitlich in der Auffahrt zum Hof gefunden.“

Rikus horchte auf. „Zeig mir bitte, wo, dort werden wir uns auch ein weiteres Mal gründlich umschauen.“ Dann wies er seine Leute mit noch immer rauer Stimme an:

„Wir müssen vor dem Haus noch mal ran.“

Ab ins Krankenhaus

Inzwischen war es fast Abend.

Auf dem Weg ins Krankenhaus wurde Tomke trotz ständiger Sauerstoffgabe von heftigen Hustenattacken gequält.

Während eines solchen Anfalles fiel ihr Kopf plötzlich zur Seite. Hajo sprach sie an, rüttelte an ihrer Hand, doch sie reagierte nicht mehr. Er erschrak zutiefst. Der Notarzt schob ihn zur Seite, fühlte Tomkes Puls, prüfte erneut die Pupillenreaktion und die Herztöne.

Weiter tat er nichts. Hajo wurde hektisch, er riss sich den Sauerstoff vom Gesicht und blickte den Mann fordernd an.

„Wie?", begehrte Hajo auf. „Machen Sie doch etwas. Geben Sie ihr eine Spritze, oder sonst was, mein Gott, tun Sie doch irgendwas!"

Der Arzt schüttelte den Kopf. „Alles im grünen Bereich. Die Frau Kommissarin schläft eine Art Schutzschlaf, und das ist gut so. Der Hustenreiz hat sie zu sehr angestrengt, lassen wir sie ruhen. Alle Werte sind in der Norm. Sie atmet jetzt ganz gleichmäßig, der Sauerstoff hilft. Atmen auch Sie ganz ruhig, das hilft Ihnen."

Das war leichter gesagt als getan. Hajo kam der Weg bis nach Wittmund in die Klinik unendlich lang vor. Außerdem war er hin- und hergerissen. Natürlich wollte er an

Tomkes Seite sein, aber gleichzeitig auch nach dem Täter suchen. Carsten hatte mit dem Fall Stolle schon genug um die Ohren. Obwohl … Stolle?

Seine Überlegungen wurden unterbrochen, als eine Stimme aus dem Funk quäkte, die den Fahrer anwies, nicht die Klinik in Wittmund anzusteuern, sondern sich weiter nach Sande zu begeben. „Wir sind voll!", quäkte es weiter. „Unfall mit vier Schwerstverletzten ist reingekommen. Das hat keinen Sinn, ihr müsst nach Sanderbusch ausweichen."

Das hatte ihm gerade noch gefehlt, ganz bis nach Sanderbusch. Carsten würde ihn später dort abholen müssen, beschloss er. In der Klinik bleiben, gar über Nacht, wollte er auf keinen Fall.

Der diensthabende Notarzt bestand weiterhin darauf, dass Hajo sich durchchecken lassen musste. Einer der Sanitäter hatte ihm von dem Unfall auf der Landstraße erzählt und dass er gemeinsam mit seinem Kollegen als Ersthelfer zufällig zur Stelle war. Der Sanitäter zeigte auf Tomkes Pflaster am Kopf und den Verband an Hajos Handgelenk. „Die beiden halten sich für unsterblich, verstehst du? Die brauchen weder Arzt noch Klinik!", frotzelte er in Hajos Richtung. Der verdrehte die Augen und zischte: „Ach, du bist es, Mike, stimmt's? Petze!"

Tomke war wieder ansprechbar. Trotz weiterer Hustenattacken versuchte sie, Hajo Anweisungen zu geben, wie er und Carsten weiter zu verfahren hätten.

„Mein Gott, habe ich Kopfschmerzen!", stöhnte sie zwischendurch. Ihre ständigen Hustenanfälle machten das Sprechen schwer, sodass der Arzt schließlich unmißverständlich zu verstehen gab: „Schluss jetzt! Ihr beiden seid nicht die einzigen Ordnungshüter auf dieser Welt. Er wird bei uns gleich durchgecheckt“, der Arzt nickte zu Hajo hinüber, „und Sie bleiben in der Klinik, bis wir Entwarnung geben. Eine Rauchgasvergiftung kann lebensgefährlich sein und muss beobachtet werden, wenigstens für vierundzwanzig Stunden, besser für zwei Tage.“

„Aber …“, hustete Tomke.

„Kein Aber! So, und nun sind wir da und ihr beiden überlasst den Rest jetzt den Ärzten hier in der Klinik. Verstanden?“

Müde gab sich Tomke geschlagen, Hajo nickte auch. Einsichtig zog er sein Handy aus der Tasche und informierte Carsten kurz über den Stand der Dinge und dass er ihn später zwecks Abholung benachrichtigen würde.

„Ich schicke jemanden rum!“, bestätigte dieser und wollte natürlich wissen, wie es Tomke ging.

„Carsten, wir müssen die beiden alten Damen informieren, die machen mich einen Kopf kürzer, wenn ich nichts sage.“

„Das übernehme ich“, erklärte der Kollege. „Erst der Unfall und jetzt das, euch kann man aber auch nicht alleine lassen. Das mit Oma und Tant’ Fienchen regele ich. Will gleich Marie noch Gute Nacht sagen, dann erzähle ich ihnen alles am Telefon.“

„Na, hoffentlich springen die beiden nicht ins Taxi und kommen her.“

„Sicher nicht, sie müssen ja bei Marie bleiben. Michaela ist im Heim, es gab einen Notfall.“

„Okay, bis später. Ich melde mich.“

Sofort wurde Tomke zur Versorgung ihrer Lunge in die Notfallambulanz gebracht, und auch Hajo musste sich einer gründlichen Untersuchung unterziehen.

Nach über einer Stunde konnte er endlich Carsten informieren, dass er abgeholt werden könne.

„Oder soll ich ein Taxi nehmen? Geht schneller, dann musst du nicht raus bis nach Sanderbusch kommen."

„Alles geklärt!", beruhigte der seinen Kollegen. „Vor der Klinik steht ein Streifenwagen und wartet auf dich."

„Super! Ich schaue noch kurz zu Tomke, dann komme ich raus."

*

Tomke lag in einem Überwachungszimmer, wie man Hajo mitteilte. Er wollte sie unbedingt noch sehen, bevor er die Klinik verließ.

„Wir schlafen", begrüßte ihn der diensthabende Pfleger.

Die Wunde an Tomkes Kopf war genäht, ihre Rauchgasvergiftung behandelt, sie wurde aber vorsichtshalber überwacht und war aus diesem Grund auch noch immer an ein Sauerstoffgerät angeschlossen, wie ihm ein Arzt später erklärte. Tomke schlief tatsächlich, als Hajo ihr Zimmer betrat. Leise ging er an das Bett, strich ihr übers Gesicht und küsste sie auf die Nase. Um die Stirn hatte sie nun einen dicken Verband, außerdem sah man noch die Pflaster des Unfalls. „Gut, dass deine beiden Alten dich so nicht sehen", schmunzelte Hajo.

„Schlaf dich gesund, mein Schatz!" Er musste lächeln, jetzt konnte sie sich gegen die Bezeichnung ‚Schatz' nicht wehren.

Leise drehte er sich um und schloss die Tür.

Der Stationsarzt unterrichtete ihn darüber, dass Tomke zur Sicherheit diese und am besten auch noch die nächste Nacht in der Klinik verbringen müsse. „Wir geben Sauerstoff und beobachten sie", erklärte er ihm. „Sie sehen aus, als könnten Sie auch eine Nacht in Ruhe und dazu etwas Schlaf vertragen!", und griff nach Hajos Puls.

„Nein, ich muss los. Es ist der Kopf, ich habe seit ein paar Stunden diese rasenden Kopfschmerzen."

„Damit lasse ich Sie ungern gehen, aber sicher hat man das vonseiten meiner Kollegen abgecheckt?"

„Ja!", bestätigte Hajo. „Kommt wohl von der Beule hier und dem Qualm während des Brandes."

„Warten Sie einen Moment!" Der Arzt verschwand hinter einer Glastür und kam kurz darauf mit einem Blister Tabletten zurück. „Jetzt eine und eine weitere vor dem Schlafengehen. Das müsste helfen."

Hajo bedankte sich und verließ die Station.

Vor dem Eingangsbereich des Krankenhauses stand tatsächlich ein Streifenwagen und erwartete ihn.

Auf dem Weg nach Wittmund fragte er den Kollegen. „Gibt es etwas Trinkbares hier im Wagen?"

Der deutete nach hinten. Seitlich neben dem Sitz klemmte eine kleine Wasserflasche. „Sehr gut!" Hajo zog den Blister Tabletten aus der Brusttasche seines Hemdes, drückte zwei Pillen heraus und warf sie in den Mund.

Die Rockband war noch immer nicht aus seinem Kopf verschwunden und er schmerzte weiterhin heftig.

Müde lehnte er sich auf dem Beifahrersitz zurück und schloss die Augen.

Bosseln*

Boßeln an der Harle, so dicht am Wasser, Tomke konnte es nicht fassen. Sonst wurde dieses Spiel immer auf Straßen ausgetragen. Warum heute an diesem Ort? Und nachts hatte sie es auch noch nicht gespielt, die Dunkelheit machte die Suche nach der abgedrifteten Boßelkugel überaus schwer. Aber egal, heute eben mal so. Zwischendurch fragte sie sich immer wieder, was sie hier überhaupt tat, schließlich kannte sie keinen der Spielteilnehmer. Jemand tippte ihr auf die Schulter, flüsterte: „Du bist dran!" und drückte ihr die kleine hölzerne Kugel in die Hand.

„Tomke, Tomke, Tomke!", schrie es hinter ihr.

„Die kennen meinen Namen! Woher?", schoss es ihr durch den Kopf.

Einen Wurf noch, dann steige ich aus, nahm sie sich vor. Es war doch wirklich blödsinnig, an diesem holprigen Weg dicht bei der Harle zu spielen, und überhaupt, was wollten die alle von ihr?

Tomke nahm Anlauf, holte aus, schwang den Arm nach hinten und warf die Kugel gekonnt nach vorne. Die Kugel flog, setzte auf dem Kopfsteinpflaster auf, sprang

---

* Eine ostfriesische Sportart, ähnlich dem Kegeln, die aber auf der Straße ausgeübt wird.

ein paar Mal hoch, rollte und rollte auf den Tunnel der Friedrichsschleuse zu, rollte weiter, wurde schneller und schneller, schoss in den dunklen Tunnel hinein. Doch was war das? Am Ende des Tunnels war es hell, dort hing etwas, nein: jemand. Mehrere Körper hingen da, ihre Füße berührten den Boden, die Kugel traf den vorderen Körper, der schleuderte gegen die anderen, riss sie alle mit, sie fielen und fielen. Alle fielen, lagen übereinander. Oben auf der Brücke stand eine Person im schwarzen Kapuzenshirt und klatschte Beifall. In einer Hand hielt sie einen undefinierbaren Gegenstand. Plötzlich breitete die Gestalt ein Netz aus, warf es Richtung Tomke. Die versuchte es abzuwehren. Gleichzeitig schrie die Meute hinter ihr: „Alle neune!“, und Tomke …

… schrie: „Nein! Neeiin!“, schlug um sich und saß aufrecht im Bett. Der Krankenpfleger der Wachstation kam angelaufen, sprach beruhigend auf sie ein.

„Was?“, schrie Tomke weiter und riss sich die Sauerstoffmaske vom Gesicht.

„Wir haben geträumt. Alles gut. Aber jetzt müssen wir uns auch wieder beruhigen und hinlegen.“

„Wo …, ich …, ach ja, ich weiß …“, kraftlos fiel sie zurück auf ihr Kissen.

„Mein Gott, wir sind ja nass geschwitzt. Moment, ich hole uns ein neues Hemd und einen anderen Kissenbezug. Bin gleich wieder da. Die Maske müssen wir aber wieder aufsetzen.“

Nun war Tomke alleine im Beobachtungszimmer. Schwer atmend schaute sie dem Pfleger nach. „Wer war das?“, flüsterte sie leise. „Und was war das für ein fürchterlicher Traum?“

Kurz Zeit später kam der Pfleger zurück.

„So!“, erklärte er, „jetzt setzen wir uns einmal kurz auf, damit wir das Hemd wechseln können.“

Tomke verdrehte genervt die Augen.

„Und wo ist deines?“, wollte sie müde wissen.

Der Pfleger verstand nicht, schaute Tomke verständnislos an, die daraufhin meinte:

„Wir, wir, wir! Du sagst *wir*! Da frage ich mich doch, wo *dein* Hemd ist. Gib schon her und schau nicht aus der Wäsche wie ein Mondkalb.“ Sie zog sich das frische Hemd über und grübelte, ob es das viel zitierte Mondkalb tatsächlich gab, und wenn, wie es wohl schaute und ob sie dem armen Tier nicht etwa unrecht tat.

Mit schmerzendem Kopf legte sie sich auf das inzwischen ausgetauschte Kissen. Der junge Pfleger machte ein pikiertes Gesicht. Er schüttelte mit zusammengepressten Lippen Tomkes Decke auf, warf den Kopf in den Nacken und verließ wortlos den Raum.

Auf dem Kommissariat – am gleichen Abend

„Wie geht es?", begrüßte Carsten seinen Kollegen, als dieser das Büro betrat, und zeigte auf das Pflaster an dessen Kopf.

„Ach, frag nicht", war seine knappe Antwort. „Ich bin okay. Viel mehr Sorgen mache ich mir um Tomke. Der Arzt meinte, sie müsse bis einschließlich morgen überwacht werden. Eine derart starke Rauchgasvergiftung kann nachhaltig schwere Schäden verursachen und auch nach einigen Stunden noch einen Kollaps der Lunge verursachen. Ich hoffe nur, dass sie sich an die Anweisungen der Ärzte hält und nicht vorzeitig aus der Klinik verschwindet. Nun, heute Nacht wird sie erst einmal schlafen. Morgen sehen wir dann weiter. Zur Not setze ich ihr Tant' Fienchen als Aufpasser ans Bett."

Carsten lachte laut auf. „Ich sehe dieses Bild gerade vor mir!"

„Und dann ist da ja noch etwas. Tomke hat es selbst wohl noch gar nicht bemerkt."

„Was?", wollte Carsten besorgt wissen.

„Das Feuer hat ihr die Haare versengt. Wahrscheinlich habe ich sie gerade rechtzeitig gefunden, bevor die Flammen mehr Schaden anrichten konnten, aber wie gesagt, ein Teil ihres Haarschopfes ist angesengt."

„Wenn's sonst nichts ist, die wachsen nach", äußerte Carsten pragmatisch.

Hajo berichtete Carsten nochmals in aller Ausführlichkeit, was sich auf dem Kartoffelhof abgespielt hatte, und meinte zum Schluss: „Weißt du, im Grunde reicht es mir für heute. Erst der Unfall, dann diese bescheuerte Patrone, die unsere Techniker im Wagen gefunden haben, und nun dieser beschissene Überfall draußen bei den beiden verrückten Weibern."

„Welche Weiber? Die Besitzerinnen des Kartoffelhofes? Kennst du die?"

„Ja!"

Hajo atmete schwer aus. „Im Grunde möchte ich gar nicht mehr daran denken und hatte das Ganze wohl auch gut verdrängt, ist schließlich schon ein paar Jahre her. Aber jetzt …"

„Aber jetzt? Was meinst du? Was ist denn passiert?" Carsten setzte sich auf und blickte seinen Kollegen neugierig an.

„Nun ja, es ist schon ein paar Jahre her. Es war zu meiner Zeit als Streifenhörnchen. Wir hatten damals zwei Todesfälle dort auf dem Hof. Einmal war es ziemlich klar ein Suizid, und die zweite Leiche dann, na ja. Man weiß es bis heute nicht genau. Aber egal. Jedenfalls hatte sich eine der beiden Töchter des Hofes nach dem Selbstmord ihres Vaters in mich verknallt, wie man so sagt. Mit viel Mühe konnte ich sie mir vom Halse halten. Die Dame hat mich eine Weile regelrecht gestalkt, und ihre Schwester hat sie dabei auch noch unterstützt. Ich habe ihr irgendwann klarmachen können, dass ich nur als Polizist auf den Hof kommen könne und Privates nicht läuft. Eine Zeit war Ruhe und ich dachte, die Sache sei durchgestanden. Dann aber fand man die Mutter der beiden Schwestern in der Scheune, ebenfalls erhängt, genau wie den Vater einige Zeit zuvor. Ich hatte Dienst und musste zum Hof. Linda, so heißt die eine der beiden Schwestern, empfing mich freudestrahlend und mit den Worten: ‚Hajo, jetzt können wir uns endlich sehen und keiner darf etwas dagegen sagen!' Ich war total perplex, musste mich aber um den Fall kümmern, du kennst das Prozedere. Diese Selbsttötung hatte einen komischen Beigeschmack, denn die Frau baumelte ganz oben in der Scheune, und man fragte sich, wie sie wohl dorthin gekommen war. Ohne Leiter oder andere Hilfsmittel. Der Dauerdienst aus Wilhelmshaven wurde damals eingeschaltet, konnte aber kein Fremdeinwirken feststellen oder ..., na ja, ich weiß nicht, ob sie wirklich danach gesucht haben. Die Töchter des Hauses, Bintje und Linda eben, zeigten keine Spur der Trauer, im Gegenteil. Es schien, als wäre ihr einziges Bestreben, mich zu treffen. Das war mir damals sehr unangenehm, wie du dir vorstellen kannst. Danach ging es dann richtig los. Linda stellte mir regelrecht nach und, wie gesagt, ihre stumme Schwester bestärkte sie noch darin."

„Stumm?", unterbrach Carsten ihn. „Eine der beiden Frauen ist stumm?"

„Ja, wohl von Kindheit an, ich weiß das nicht so genau. Aber lass mich erst einmal weitererzählen. Irgendwann habe ich ihr mit harten Worten zu verstehen gegeben, dass da nichts läuft und sie mich gefälligst in Ruhe lassen solle. Danach ging es noch eine ganze Weile weiter. Nachdem der Fall abgeschlossen war, herrschte dann aber doch Ruhe. Und nun das! Wir kommen auf den Hof, weil deren Transporter an einem Tatort gefunden wird, ich werde überfallen und niedergeschlagen, die Scheune fackelt ab, Tomke kommt dabei fast um, und als ich wieder zu mir komme, kniet Linda über mir und küsst mich. Mein Gott, mir wird schlecht, wenn ich daran denke", beendete er seinen Bericht.

„Hammer! Das ist ja hammerhart. Und wo ist diese Frau hin, nachdem sie dich wachgeküsst hatte?"

„Keine Ahnung. Als ich wieder zu mir kam, war sie verschwunden und natürlich habe ich mich sofort um Tomke gekümmert. Keine Ahnung, echt. Ich habe weder Bintje noch Linda anschließend gesehen. Du? Hast du sie auf dem Hof bemerkt? Du warst doch während des Brandes eine Weile dort."

„Nein, ich habe nach den beiden gesucht, wie du in der WhatsApp geschrieben hast, aber da war niemand mehr."

„Das ist alles so unrealistisch, weißt du. Kommt mir vor wie ein Albtraum." Hajo schüttelte den Kopf.

„Aber", forschte Carsten weiter, „nur damit ich das richtig verstehe: Hast du nicht von einem Mann mit einer Waffe erzählt, den du angeschossen hast?"

„Ja! Aber das war vorher. Danach habe ich Tomke aus der brennenden Scheune geholt und bin dann draußen zusammengeklappt."

„Okay. Das heißt, wir suchen nach den beiden Frauen und nach einem Mann mit Kapuzenshirt und Schussverletzung am Arm. Sehe ich das richtig?"

„Na bravo, endlich hat er es erfasst!“, stöhnte Hajo und grinste seinen Kollegen an.

Carsten griff zum Telefonhörer und erklärte: „Wir geben eine Fahndung nach den beiden Frauen raus. Wenn die sich während des Brandes auf dem Hof aufgehalten haben und anschließend – nachdem du wachgeküsst wurdest – verschwunden sind, ist das ja schon sehr seltsam. Vielleicht haben sie sogar und nicht der Blitz den Hof angesteckt.“

„Mach das, auch die Suche nach Stolle muss forciert werden.“

Die beiden Männer saßen noch eine Weile zusammen und beratschlagten, wie es weitergehen könne. Carsten hatte in der Zwischenzeit seine Frau über die Geschehnisse informiert und sie gebeten, Oma Jettchen und Tant' Fienchen erst am nächsten Morgen über den Vorfall zu unterrichten. „Sicher ist es besser, wenn sie es von dir vor Ort erfahren, statt von mir am Telefon. Aber bitte pass auf, dass sie nicht sofort ins Krankenhaus düsen“, bat er sie.

„Gut, ich versuche es. Marie schläft ja heute drüben, und da morgen Sonntag ist, sicher auch etwas länger. Also gehe ich vor neun Uhr nicht rüber. Na, lass mich mal machen. Hauptsache, Tomke wird wieder ganz fit. Ist ganz schön viel in sehr kurzer Zeit passiert. Was ist mit dir? Kommst du nach Hause?“, wollte sie wissen.

„Nein! Hajo und ich haben gerade beschlossen, zu ihm zu fahren und uns dort für ein paar Stunden aufs Ohr zu legen, so spare ich mir die Fahrt nach Carolinensiel, bin todmüde. Ich werde mal das neue Gästebett ausprobieren, das Tomke und Hajo sich angeschafft haben. Wir wollen in aller Früh dann wieder ins Büro gehen. Schlaf gut, Michi. Ich hoffe, wir haben den Fall bald erledigt." Er schickte noch einen Kuss durch das Telefon und legte auf.

Die beiden Ermittler meldeten sich an der Zentrale ab und fuhren zu Hajos Wohnung.

„Ach, Carsten, lass uns das anders machen!", bat Hajo, bevor sie in ihren Wagen einstiegen. Ich laufe rüber zum Rathausparkplatz, dort steht noch immer das andere Dienstauto, das hole ich jetzt ab." Er schlug die Beifahrertür zu und klopfte auf das Wagendach.

Kurz darauf trafen sie gemeinsam vor Hajos Wohnhaus ein, wo sie nebeneinander parkten.

Auf dem Weg nach oben gestand Hajo: „Weißt du, in den letzten vierundzwanzig Stunden ist derart viel auf uns eingeprasselt, innerhalb nur eines Tages, sodass es mir vorkommt wie Wochen. Alles innerhalb nur eines Tages, es kommt mir tatsächlich vor wie Wochen. Manchmal frage ich mich, wofür das alles."

Carsten ließ die Worte seines Kollegen unkommentiert.

In der Wohnung saßen sie noch auf ein Bier zusammen, besprachen, was so alles passiert war, und legten sich einen Plan für den kommenden Tag zurecht. Carsten verabschiedete sich dann ins Bad zur Katzenwäsche, wie er ankündigte, und verzog sich anschließend in das Gästezimmer. Hajo, der eigentlich darauf gewartet hatte, dass das Badezimmer frei wurde, war inzwischen auf dem Sofa eingeschlafen.

Wer geht in welches Netz?

„Sie kommen mir nah, gefährlich nah. Es ist riskant, ich weiß es, doch ich kann nicht anders. Bisher konnte ich durch ihr Netz schlüpfen, noch", überlegte Henry und fuhr sich mit der Hand über den fast kahl rasierten Kopf. Er benötigte für seine Haare keinen Friseur. Der elektrische Bartschneider erledigte das in zwei- bis dreitägigen Abständen.

Es war noch sehr früh am Sonntagmorgen. In der gestrigen Ausgabe der örtlichen Tageszeitung hatten sie wieder einmal sein Phantombild abgedruckt. Das erschwerte die Lage natürlich und Henry wusste, dass er vorsichtig sein musste.

Der linke Arm schmerzte, obwohl er ihn ganz ruhig an den Körper gepresst hielt. Wenn sich die Wunde nur nicht entzündete! Der verdammte Cop hatte doch tatsächlich schneller geschossen als er. Nun, der Rauch war aber auch zu dicht gewesen, sodass er selbst erst sehr spät die Waffe in der Hand seines Gegenübers sehen konnte. Das Ganze hätte schlimmer ausgehen können, und er verfluchte sich selbst für seinen Leichtsinn. Allerdings würde er das nicht auf sich sitzen lassen.

„Das Spiel geht weiter, euch greif ich mir! Bis jetzt ist es euch nicht gelungen, mich in euer Netz zu locken, aber ich drehe den Spieß um, und durch meines entwischt keiner", raunte er seinem Spiegelbild zu und begleitete seine Worte mit einem bösen Lachen.

Das Spiel, wie er es nannte, war inzwischen zu einer fixen Idee geworden, an der er viel Spaß fand. Gefährlichen Spaß, das war ihm klar.

Die Bullenfrau hatte das Feuer überlebt, wie er am Vortag in sicherer Entfernung aus seinem Auto beobachtet hatte. Mit einem Rettungswagen hatte man sie und ihren Typen weggebracht. In welches Krankenhaus, müsste doch herauszufinden sein, überlegte er und fuhr seinen kleinen Laptop hoch.

„Scheißkaff!", fluchte Henry, denn das Internet zeigte nur einen Balken. Um sich einzuwählen, war das ausgesprochen wenig. Aber damit musste er leben, schließlich hatte er sich zur Sicherheit in einem kleinen Dorf im ostfriesischen Hinterland eingemietet. Wittmund oder Esens waren ihm zu gefährlich, besonders jetzt, da sein Konterfei wieder in der Zeitung prangte. Endlich hatte sich eine Internetverbindung aufgebaut.

„Krankenhäuser in Ostfriesland" gab er in die Suchmaschine ein und bekam drei Treffer. Wittmund, dieses Krankenhaus war ihm bekannt, sowie Leer und Aurich. Leise sprach er mit sich selbst: „Wittmund kann sein, klar. Ist naheliegend. Leer und Aurich sind zu weit weg. Nun, dann werde ich mich doch mal im Krankenhaus Wittmund nach meiner guten Freundin Tomke Evers erkundigen." Immer noch das niederträchtige Grinsen im Gesicht, griff er nach seinem Handy.

Frühe Recherche am Sonntag

Carsten hatte nur wenige Stunden geschlafen. Ein Blick auf die Uhr zeigte ihm, dass es erst halb fünf war. Körperlich todmüde, war sein Kopf doch hellwach und hinderte ihn daran, wieder einzuschlafen. Deshalb stand er auf und beschloss, bevor Hajo aufwachte, unter die Dusche zu steigen.

Als er leise und ohne Licht einzuschalten durch den Flur schlich, vernahm er aus dem Wohnzimmer eigenartige Geräusche. Es dauerte nur einen Moment, bis er registrierte, dass es sich um ein Schnarchen handelte. Hajo hatte es wohl nicht mehr bis in sein Bett geschafft.

Vorsichtig bewegte er sich weiter ins Bad und schloss die Tür hinter sich zu. Nun konnte er das Licht einschalten, kniff aber sofort die Augen zusammen, denn die grelle Deckenlampe blendete. Nach einer Weile hatte er sich an die Helligkeit gewöhnt.

Carsten schaute sich um. Hajo hatte gestern von Handtüchern gesprochen, die in einem Regal am Fenster … „Ach, da sind sie ja!", flüsterte er erleichtert. Eine frische Gästezahnbürste hatte er schon am Vorabend gefunden.

Frisch geduscht stand er eine knappe Viertelstunde später vor dem Spiegel und prüfte kritisch sein Gegenüber.

Nach der Katzenwäsche am Abend zuvor fühlte er sich nun besser.

„Alter!", brummte er. „Ein paar Stunden Schlaf mehr würden dir wirklich nicht schaden. Oder Urlaub. Ja, das wäre auch eine Möglichkeit. Ach was soll's!", beendete er das Selbstgespräch, schlüpfte in die Klamotten vom Vortag und verließ das Bad.

In Flur und Küche brannte inzwischen Licht. Hajo war auch wach und kam ihm mit einer Tasse duftenden Espressos entgegen. Kraftlos hob Carsten die Hand. „Mann, das riecht gut! Moin übrigens. Auch so schlecht ausgeschlafen?", gähnte er.

„Moin! Jow! Kaffee gibt's bei Swantje zwo!", gähnte Hajo zurück und zeigte Richtung Küche.

„Kennst dich ja aus."

„Jow!", war die einsilbige Antwort.

Die knappe Unterhaltung erinnerte zwar ein wenig an ostfriesische ‚Wortkargheit', war aber eher der Müdigkeit der beiden Kommissare geschuldet. Mehr an Konversation war im Moment nicht möglich. Außerdem war auch nur Hajo waschechter Ostfriese. Carsten stammte aus Hessen.

Selbst der Weg ins Büro verlief schweigend. Erst an ihren Schreibtischen und nachdem auch Swantje drei duftenden Espresso spuckte, kam Leben in die beiden. Somit fuhren sie schon um kurz nach halb sechs ihre Computer hoch.

„Im Grunde ist das alles ja eine ganz große Scheiße!", begann nun Carsten und meinte weiter: „Wir müssen endlich einmal das, was bisher geschah, zusammenfassen. Sonst verlieren wir den Überblick. Außerdem nehme ich die Akten in Sachen Stolle dazu, und du suchst bitte heraus, was es von damals an Unterlagen zu den beiden Toten auf dem Kartoffelhof gibt."

„Mach ich. Du, Carsten, da fällt mir ein: Tomke hatte da so einen Gedanken, dass die beiden Kartoffelfrauen etwas mit den Leichen im schwimmenden Weihnachtsbaum zu tun haben könnten. Zufall oder nicht? Ich weiß es auch nicht. Aber wie wir wissen, hat Tomkes Bauchgefühl noch immer gute Dienste geleistet."

„Wie kam sie darauf?"

„Genau kann ich dir das nicht sagen, aber vielleicht hat es ja mit den Seilen zu tun, die an der Wand in der Scheune hingen." Er hob fragend die Arme.

„Oh, Mann!" Hajo schlug sich gegen den Kopf. „Das Seil!"

„Welches Seil denn nun?" Carsten verstand nun gar nichts mehr.

„Tomke hat ein Seil von der Wand genommen und wollte es unseren Kriminaltechnikern zum Vergleich bringen, aber dann kam das Feuer."

„Und das Seil? Verbrannt?", wollte Carsten entsetzt wissen.

„Nein! Nein, ich denke, das ist in der Klinik. Wenn man es dort nicht schon entsorgt hat."

„In der Klinik? Wieso das?"

„Na, Tomke hielt es fest in der Hand, als sie im Krankenwagen lag. Es war zum Teil um ihre Schulter geschlungen. Der Notarzt wollte es ihr abnehmen, aber Tomke hielt es derart fest, dass er aufgab. Ich habe es vor lauter Aufregung vergessen. So ein verdammter Mist."

Er griff zum Telefon, um in der Klinik anzurufen.

„Quatsch, wir haben kurz vor sechs Uhr, das geht nicht. Lass uns tatsächlich zuerst etwas Fakten bündeln."

Carsten war inzwischen aufgestanden und beschriftete die neue große Tafel, die sie nun statt der Fensterscheibe für ihre Aufzeichnungen benutzen konnten, mit den Fakten, die ihnen vorlagen.

Als Hajo dazukam, klopfte er mit dem schwarzen Stift gegen die Tafel und erläuterte:

„Lass es uns in die verschiedenen Fälle aufteilen – den aktuellen an der Brücke, aber auch die anderen dürfen wir nicht außer Acht lassen. Kann alles irgendwie zusammenpassen, muss aber nicht."

An der Tafel stand ‚Toter am Fußgängertunnel'. Carsten überlegte weiter:

„Also, da haben wir die Leiche am Tunnel von Freitagabend. Dazu gehören der weiße Kastenwagen und die Fingerabdrücke im Wagen, zu denen wir allerdings von der Kriminaltechnik noch keine Rückmeldung haben. Sicher befinden sich dort die Abdrücke der beiden Frauen, aber man weiß ja nie, was unsere Spürhunde von der KTU sonst noch gefunden haben. Es ist zwar noch sehr früh, aber ich rufe trotzdem mal an. Inzwischen müsste den Kollegen ja schon was vorliegen."

„Sonntag!", warf Hajo ein. „Es ist Sonntag!"

„Für uns auch. Also, was soll's, wie ich Rikus kenne, ist er auch sonntags da."

Er fuhr mit dem Schreiben fort:

– Männliche Leiche erhängt
– Kastenwagen
– Halter
– Fingerabdrücke?

„Weiter", fuhr er fort und dachte laut nach: „Halter des Kastenwagens ist eine der Besitzerinnen des Kartoffelhofes, auf dem ihr überfallen worden seid. Wer hat euch überfallen und warum? Und wo sind die beiden Frauen, denen der Hof gehört?"

Hajo ergänzte: „Nicht zu vergessen: der Mann im Kapuzenshirt. Ich bin mir immer sicherer, dass es ein Mann war und keine der beiden Frauen. Außerdem muss er verletzt sein. Ich habe ihn am Arm getroffen." Carsten vermerkte wieder:

Kartoffelhof:
– Überfall
– Brand
– Mann mit Kapuzenshirt
– Schusswechsel
– Verletzung am Arm
– Seile

Dann tippte er gegen die Tafel und wollte wissen:

„Du vermutest, dass das Stolle war?"

„Wer sonst? Von ihm kommen mit Sicherheit auch unsere Liebesgeschenke in Form von Patronen."

„Ich weiß nicht, was hat der mit dem Hof zu tun? Aber okay. Ich notiere. Moment!" Carsten machte einen Schritt weiter an der Tafel und hielt fest: „Stolle!" Darunter führte er auf:

– Ungeklärte Morde

– Flugzeugabsturz

– Verschwunden

– Patronen

Anschließend fügte er weitere Daten aus der Akte Stolle hinzu.

„Die Ergebnisse der untersuchten Patronen fehlen auch. Was noch?", fragte er über die Schulter zu Hajo, der hinter ihm stand.

„Hier erst einmal nichts, aber mach eine nächste Rubrik, und zwar mit der Überschrift:

‚Schwimmender Weihnachtsbaum'".

Carsten schaute sich um. „Bist du sicher?"

„Ja, und außerdem ist da noch Tomkes Bauchgefühl, wie du weißt."

„Okay!" Carsten listete in diese vierte Spalte auf:

– Seile

– Erhängte Männer

– Weihnachtsmarkt

Sie betrachteten sich die Tafel aus einiger Entfernung. Dann klopfte Hajo seinem Kollegen auf die Schulter und bat leise:

„Den Fall der beiden Selbsttötungen auf dem Kartoffelhof sollten wir auch eintragen. Mir geht es wie Tomke, ich habe da so ein Gefühl."

Carsten nickte und notierte:

Kartoffelhof II:

– Männlicher und weiblicher Suizid vor circa 8 Jahren.

„Denk an die Akten!", bat er seinen Kollegen, der nickte und zeigte auf die Tafel.

„Wie unser Unfall dazu passt, weiß ich nicht. Aber die Kollegen der KTU werden feststellen, ob es ein Unfall oder Sabotage am Wagen war. Warten wir auf die Ergebnisse“, schlug Hajo vor und setzte sich an seinen Schreibtisch. Carsten legte den schwarzen Stift auf die Ablage und forderte Hajo auf: „Lass dir doch noch bitte die Akte des vermissten Mannes geben, du weißt, wen ich meine?“

„Den von der hysterischen Tante, die hier bei Tomke angerufen hat und …“

„Ja“, unterbrach ihn Carsten. „Soviel ich weiß, hat Kollege Mike von der Vermisstenstelle eine Akte angelegt.“

„Hollerbusch oder Hollerbaum, ich erinnere mich. Du hast recht. Hier ging in den letzten Stunden alles derart drunter und drüber, dass ich an den gar nicht mehr gedacht habe.“

„Keiner von uns!“, bestätigte Carsten. „Mike soll uns die Unterlagen bringen.“

„Ergo suchen wir kausale Zusammenhänge. Es ist wichtig, endlich Linie in die Sache zu bringen. Schreib du deine Berichte der letzten Tage, heute Nachmittag setzen wir uns zusammen und lesen rund. Vielleicht gibt es ja Wegkreuzungen.“

„Wegkreuzungen! Okay, so kann man das auch nennen“, lachte Hajo und schlug vor: „Da du ja jetzt der Chef bist, solltest du den Alten langsam mal darüber informieren, was hier in den letzten Tagen alles passiert ist.“

Carsten stöhnte auf. „Meinst du, er hat Interesse daran, so kurz vor dem Ende seiner Laufbahn?“

„Ob es ihn interessiert? Keine Ahnung. Aber wissen muss er es. Schließlich kann es sich ganz schnell ergeben, dass er uns Haft- oder Durchsuchungsbeschlüsse besorgen muss, dann …"

„Natürlich interessiert ihn, was hier los ist!", lachte Carsten, „ja, okay, ich rufe ihn nachher an. Dass Tomke im Krankenhaus liegt, weiß er auch bis jetzt nicht, von eurem Unfall ganz zu schweigen."

Beide wandten sich ihren Computern und den Akten vor ihnen auf dem Tisch zu.

Hajo war unruhig. Zu gerne hätte er sich nach Tomke erkundigt, aber das musste noch eine halbe Stunde warten, denn die Krankenhauszentrale war noch unbesetzt. Wie es ihr wohl ging? Hoffentlich hatte sie die Nacht gut überstanden. Nachdem Carsten am Vorabend ins Bett verschwunden war, hatte er im Internet noch nach Folgen einer Rauchgasvergiftung gesucht. Das hätte er besser gelassen, denn was er dort zu lesen bekam, hatte ihm eine schwere Nacht beschert.

Wieder schaute er auf die Uhr und brummte: „Zu früh."

Also suchte er zuerst in den Daten des Kommissariats nach dem Fall der erhängten Eltern von Bintje und Linda. Das war nicht so einfach, denn den Vorgang hatten die Wilhelmshavener bearbeitet. Er schickte eine Mail los und bat um Zustellung der alten Unterlagen.

Als er auch die Akte zum Vermisstenfall Hollerbaum angefordert hatte, war es genau acht Uhr und Hajo nicht mehr zu bremsen.

„Jetzt muss die Krankenhauszentrale doch besetzt sein", hoffte er, wählte die Nummer und erkundigte sich nach Tomke. Auf der Wachstation lag sie nicht mehr, wie er erfuhr. Man hatte sie in ein Einzelzimmer verlegt. Die freundliche Stimme an der Rezeption flötete: „Ich verbinde". Kurz darauf hörte Hajo Tomkes Stimme und war glücklich. Nachdem er sich davon überzeugt hatte, dass es ihr besser ging, erkundigte er sich nach dem Verbleib des Seiles.

„Wie, hast du es nicht mitgenommen?", rief Tomke entsetzt und bekam einen Hustenanfall.

„Nein! Das Seil war mir gestern ziemlich egal. Ich habe mich um dich gesorgt. Heute ist es mir wieder eingefallen und ich …"

„… und du suchst es. Nun, bei mir im Zimmer habe ich es nicht. Sicher hat man es entsorgt. Ich gehe gleich im Haus auf die Suche."

„Nichts machst du!", rief Hajo entsetzt ins Telefon. „Absolute Bettruhe hat man dir verordnet, und wenn du die nicht einhältst, schicke ich dir Fienchen, damit sie sich auf deine Bettkante setzt und dich im Auge behält."

„Bloß nicht, die fehlt mir hier gerade." Tomke musste erneut husten und fuhr anschließend fort:

„Ich bin ja schon brav und ich bleibe heute hier. Die Ärzte haben mir die Auswirkungen erklärt, und ich weiß selbst, wie gefährlich eine Rauchgasvergiftung sein kann. Also, keine Sorge. Auf der Station gibt es so ein Schnuckelchen von Pfleger, den werde ich mal auf die Suche nach dem Seil losschicken. Ich melde mich!" Dann war das Gespräch beendet.

Hajo schaute verdutzt auf den Hörer. „Ganz unsere Tomke!", murmelte er und legte auf.

„Alles gut!", rief er über den Schreibtisch zu Carsten, der schon ungeduldig auf die Information aus dem Krankenhaus wartete.

„Tomke ist schon wieder die Alte und fast nicht zu bremsen. Aber bis morgen bleibt sie auf jeden Fall noch in der Klinik, freiwillig. Mehr oder weniger jedenfalls." Er zeigte den erhobenen Daumen.

Nun griff auch Carsten zum Telefon, um Michaela zu informieren.

„Guten Morgen, Liebes", begrüßte er seine Frau. „Ich hoffe, du hast gut geschlafen?"

„Wie man so schläft, alleine im großen Bett", lachte sie.

„Frag mich mal. Ich musste die Nacht mit Hajo in einer Männer-WG verbringen, aber wenigstens habe ich gute Nachrichten. Tomke geht es besser. Sie muss nur noch zur Beobachtung in der Klinik bleiben. Dir muss ich ja nichts zu Rauchgasvergiftungen erklären."

„Nein", meinte die gelernte Krankenschwester. „Dann gehe ich jetzt zu den beiden alten Mädels rüber und erzähle, was passiert ist. Mit einer guten Nachricht im Hintergrund ist das ja doch nicht so schlimm."

Brandwache

Die beiden Männer von der Feuerwehr, Jörg und Ole, die am Vortag zur Brandwache auf dem Kartoffelhof eingeteilt worden waren, räumten ihre Sachen zusammen. Der Brandmeister hatte angekündigt, dass die Ablösung unterwegs sei.

„Eigentlich können wir die Wache aufheben", meinte Jörg, „es sind keine Brandnester mehr festzustellen. Is all up!"

„Na gut, dann komme ich selbst vorbei und nehme die Brandstelle ab. Ihr bleibt auf jeden Fall dort, bis ich da bin, verstanden?"

„Jow!", kam die dröge Antwort von Jörg. Er drehte sich zu seinem Kollegen und griff nochmals in die Dose mit den belegten Broten, die Jörgs Frau spät in der Nacht noch vorbeigebracht hatte. Es war für die beiden Feuerwehrmänner ein großer Schreckmoment gewesen, als Mina an die Tür ihres Fahrzeugs klopfte. Nicht dass sie wirklich schreckhaft wären, aber seit es dunkel geworden war, hatten beide ein recht komisches Gefühl. Ständig glaubten sie Schritte, manchmal auch Stimmen zu hören. Wenn sie dann das Fahrzeug verließen, um die Gegend abzusuchen, war jedoch niemand zu sehen.

„Eigenartig!", mussten sie immer wieder feststellen.

„Und ich schwöre dir, da war heute Nacht jemand!", kam Ole nun noch mal auf das Thema zurück. Er gähnte heftig. „Ich freue mich auf 'ne Dusche und auf mein Bett."

„Vorher 'nen starken Tee und dann schlafen, ja, das ist es", pflichtete ihm Jörg bei, der als waschechter Ostfriese zu jeder Tages- und Nachtzeit Tee trinken konnte, und streckte sich. Sein Blick fiel in den Rückspiegel. Ein Auto kam auf den Hof gefahren.

„Ole", er schubste seinen Kollegen an. „Da kommt ein Streifenwagen. Du, das sind Peter und Michael. Komm, ich will hören, ob die was wissen."

Die beiden Feuerwehrleute stiegen aus und hoben Richtung Polizeiwagen grüßend die Hand. Die Männer kannten sich gut.

„Was gibt es Neues, Peter?", wollte Jörg wissen. Der Angesprochene schüttelte den Kopf.

„Bisher nichts. Wir suchen die Besitzerinnen des Hofes. Nach den beiden ist eine Suchmeldung raus." Er deutete auf das Haus. „Sollen während des Brandes da gewesen sein. Habt ihr irgendeinen Menschen gesehen?"

„Nee, du, aber gehört. Ich schwöre dir, heute Nacht ist jemand um unseren Wagen geschlichen." Nun war Jörg aufgeregt. Hatten sie sich also nicht getäuscht?

„Da war jemand", wiederholte er, „ganz sicher, stimmt's, Ole?"

„Jow!" Ole nickte zustimmend.

Die beiden Polizisten schauten sich um. „Na", meinte Peter zu seinem Kollegen Michael, „dann lass uns mal eine Runde drehen."

Wieder kam ein Wagen auf den Hof gefahren, diesmal war es der Brandmeister, aber er war nicht alleine. Bei ihm im Wagen saß ein Sachverständiger der Brandermittlungsbehörde. Eine Stelle, die immer dann eingeschaltet wird, wenn es zu Bränden, vor allem Bränden mit ungeklärter Ursache kam. In diesem Fall hatte man die Behörde in Abstimmung mit dem Kommissariat und der Feuerwehr eingeschaltet. Jetzt, da alle Glutnester erloschen waren, konnte der Ermittler in dem abgesperrten Areal tätig werden und mit seiner Untersuchung beginnen.

Jörg und Ole meldeten dem Brandmeister keine weiteren Vorfälle und zogen ab.

Ole fragte im Wagen: „Sag mal, Jörg, hätten wir dem Chef nicht auch sagen müssen, dass da heute Nacht was war?"

„Um mir dann ewig anzuhören, dass wir Gespenster sehen? Nein, nicht mit mir." Damit war der Fall für ihn erledigt.

Schock am Sonntag

Oma und Tant' Fienchen waren natürlich geschockt, als sie erfuhren, was mit ihrer Tomke geschehen war. Erst als Michaela ihnen mehrmals bestätigt hatte, dass es Tomke wieder besser ginge und sie bestimmt morgen das Krankenhaus verlassen könne, beruhigten sich die beiden alten Damen.

Michaela überzeugte sie auch davon, dass sie nicht ins Krankenhaus fahren müssten. Tomke habe zwar Telefon in ihrem Zimmer und ihr Handy wäre nun auch wieder erreichbar, aber zu telefonieren wäre im Moment ebenfalls noch nicht sinnvoll.

„Warum?", wollte Oma Jettchen wissen.

„Weil es Tomke sicher noch anstrengt zu sprechen. Sie muss sich schonen", erklärte sie.

Aber Oma Jettchen nahm das nicht zur Kenntnis.

„Wir rufen gleich dort an, Schwester!", beschloss die Ostfriesin unbeirrt, wischte sich ihre Hände an der Schürze ab und griff zum Telefon.

„Okay, es war ein Versuch", ergab sich Michaela. Marie schlief noch, also nahm sie den kleinen Felix wieder auf den Arm und verließ das Haus.

Oma klemmte den Hörer zwischen Schulter und Ohr und wählte mit der gesunden Hand Tomkes Handynummer.

Leise flüsterte sie: „Wenigstens die Stimme des Kindes hören, stimmt's, Schwester?“

Fienchen nickte mit Tränen in den Augen.

Sonntägliche Ermittlungen

Der Vormittag verlief weiter mit Ermittlungsarbeit. Carsten und Hajo waren vorwiegend damit beschäftigt, die selbst erstellte Liste abzuarbeiten.

Carsten hatte Gerdes erreicht und ihn über den Stand der Dinge in Kenntnis gesetzt. Anfangs war der Chef fürchterlich ärgerlich, weil er wieder einmal der Letzte war, der informiert wurde, beruhigte sich dann aber doch.

Gerdes sagte ihm seine volle Unterstützung und Hilfe zu.

„Tomke rufe ich nicht an", beschloss er, „ich komme morgen raus nach Wittmund und überzeuge mich persönlich davon, wie es ihr geht. Außerdem muss ich dringend mit ihr sprechen."

Als Carsten aufgelegt hatte, atmete er durch und rief zu Hajo hinüber: „So, der Alte ist abgearbeitet."

„Prima. Und, ist noch alles dran?", frotzelte der.

Carsten verstand nicht gleich und winkte lachend ab.

„Ja, alles dran, hab's mir schlimmer vorgestellt."

Die beiden Männer vertieften sich wieder in ihre Arbeit, bis Carsten plötzlich leise fragte: „Was er wohl von ihr will?"

„Wer von wem?", diesmal verstand Hajo nicht.

„Gerdes von Tomke."

„Keine Ahnung. Vielleicht geht es um seine Nachfolge."

„Au Backe! Tomke und Chef. Na, den Vorschlag soll er ihr mal machen." Carsten lachte laut.

„Und du?", wollte Hajo wissen.

„Ich? Chef? Und womöglich in Wilhelmshaven sitzen? Nie und nimmer. Da geht es mir wie Tomke. Ich fürchte allerdings, da kommt etwas auf uns zu."

„Weißt du etwas?", hakte Hajo nach.

„Nein, aber ich befürchte!" Carsten lehnte sich in seinem Stuhl zurück und streckte sich kräftig.

„Ich befürchte nämlich, dass wir jemanden vor die Nase gesetzt bekommen, wenn Tomke den Job nicht will. Das wäre gar nicht gut. Mag der Alte sein, wie er will, aber mit ihm wissen wir, was wir haben."

„Du hast recht! Und Tomke wird nicht wollen!", pflichtete Hajo seinem Kollegen bei. „Die geht doch nicht von der Straße und setzt sich den ganzen Tag an einen Schreibtisch." Hajo schüttelte den Kopf. „Und das auch noch als Ostfriesin in Friesland. Ich höre schon jetzt ihre Kommentare."

„Dass sie im aktiven Dienst bleiben will, kann ich ja verstehen, aber was ihr für Kämpfe zwischen Friesland und Ostfriesland ausfechtet, kann ich noch immer nicht nachvollziehen. Hab zwar schon einiges davon gehört, aber …"

„Na, dann weißt du ja, dass es aus alter Zeit kommt, mit der damaligen Aufteilung des Landes und mit der goldenen Linie, die am Ortsrand von Carolinensiel verläuft, zu tun hat. Friesen und Ostfriesen waren sich noch nie grün."

„Nun ja, wenn ich genau überlege, ist das wohl überall so. Früher hatten wir in meiner alten Heimat ähnliche Kämpfe anscheinend auch. Mein Vater kam aus dem damals noch kleinen Ort Egelsbach und erzählte oft von Rivalitäten mit dem Nachbarort Erzhausen. Rivalität um die Ortsgrenze, um einen grenznahen Bach, im Fußball und um die Mädels. Ein wirklicher Egelsbacher, sagte er einmal, wäre früher nie freiwillig nach Erzhausen gezogen und umgekehrt. Inzwischen wird das wohl etwas lockerer genommen."

„Ist hier genauso!", pflichtete ihm Hajo bei. „Aber bei uns wird sich das wohl nicht ändern. Nenne einen Ostfriesen ‚Friese' oder einen Friesen ‚Ostfriese', dann hast du verloren. Etwas Schlimmeres kann man nicht tun."

Carsten nickte.

„Warten wir ab, was passiert. Tomke wird ihre Meinung lautstark kundtun, da bin ich mir sicher." Er kümmerte sich wieder um seine Nachforschungen, schaute nicht einmal hoch, als Hajos Telefon klingelte.

Es war Tomke!

„Ich habe das Seil", begann sie. „Das Schätzchen von der Wachstation hatte es sich gegriffen, ich konnte es gerade noch retten. Aber da ist noch etwas anderes, Hajo."

Tomke wurde etwas kleinlaut.

„Was ist los, Frau? Sprich! Wenn du so leise wirst, ist was im Busch, ich kenne dich doch."

„War Rikus schon bei euch im Büro?", wollte sie wissen.

„Nein, bisher habe ich ihn auch noch nicht gesehen. Warum?"

„Mir ist das heute Morgen erst wieder eingefallen." Wieder druckste sie herum.

„Ich höre!“, Hajo klopfte kurz gegen den Hörer.

„Unsere Liebesgaben, ich meine diese Patrone, die wir im ‚Palermo‘ bekommen haben und die, die an der Wohnungstür hing …“

„Was ist damit?“

„Die müssten zu Rikus!“

„Wie, die hast du nicht weitergeleitet?“

„Na ja, ich hab’s halt vergessen“, gestand sie beschämt.

„Vergessen? Du? Dass ich nicht lache. Kann es sein, dass du dachtest, die Angelegenheit löse sich von selbst oder sie gar vor den Kollegen verheimlichen zu können? Ich fasse es nicht. Wo sind die Dinger? Ich gebe sie sofort weiter.“

„Doch, vergessen, ehrlich. Es kam doch ständig etwas anderes dazwischen. Sie liegen in meiner Schublade im Schreibtisch.“

„Chefin, Chefin, wenn das der Chef erfährt!“

„Ach so, ja, der Alte. Habt ihr ihm schon berichtet?“

„Ja, Carsten hat ihn heute Morgen informiert. Er kommt morgen vorbei.“

„Na, dann sehe ich ihn ja.“

„Du? Heißt das, du stehst morgen schon wieder auf der Matte?“

„Genau, der Arzt war gerade da und hat Entwarnung gegeben. Morgen darf ich nach Hause.“

„Da hast du etwas falsch verstanden. Er hat *nach Hause* gesagt und nicht *ins Büro*.“

„Ist das nicht das Gleiche?“, wollte Tomke wissen. „So, und jetzt muss ich mich ausruhen, damit ich morgen wieder fit bin. Ohne mich bekommt ihr das ganze Durcheinander doch gar nicht auf die Reihe. Morgen darfst du mich abholen, das Seil bringe ich mit. Ich hoffe, es ist nicht zu sehr mit Fremd-DNA versaut. "

Noch bevor Hajo antworten konnte, hatte Tomke aufgelegt.

„Das ist nicht zu fassen!" Er stand auf und ging zu Tomkes Schreibtisch.

„Was?", wollte Carsten wissen, ohne aufzublicken.

Hajo zog eine Schublade auf und suchte nach den beiden Patronen. Tatsächlich lagen in dem Schubfach des Schreibtischs die zwei kleinen Beutel, die man ihnen geschickt hatte. Dann nahm er eine Plastiktüte und steckte sie hinein.

„Das!", meinte er zu Carsten, hielt die Tüten hoch und erklärte weiter.

„Unsere Chefin hat die beiden Geschenke von Stolle nicht zur KTU gebracht. Verdrängung nennt man das wohl."

Er verschloss die Tüte sorgfältig.

„Bin mal unten bei unseren Kellerasseln, das hier abliefern. Vielleicht kann ich ja dort direkt Neuigkeiten über Fingerabdrücke und so erfahren." Irgendetwas Unverständliches vor sich hin brummend, verließ er das Büro Richtung Kriminaltechnik.

Carstens Computer meldete eine eingehende Nachricht. Sie kam vom Kollegen Mike, der die Vermisstenakte Hollerbaum als Mailanhang schickte. Fein säuberlich war alles aufgeführt: die von der Ehefrau aufgegebene Vermisstenanzeige wie auch ein Bild des verschwundenen Mannes.

Carsten druckte alles aus und betrachtete eingehend die Aufnahme des Gesuchten.

Anschließend stand er auf, ging zu Hajos Schreibtisch und forschte in dessen Unterlagen nach einem Foto der Leiche aus dem Fußgängertunnel.

Auskunft

Die Information war schnell besorgt. Zuerst war er enttäuscht, denn im Krankenhaus Wittmund war keine Tomke Evers als Patientin gemeldet. „Lag sie dort etwa unter anderem Namen? Oder hatte man sie doch nach Leer oder Aurich gebracht?“, überlegte er. Doch dann fiel ihm ein, dass es ganz in der Nähe, nämlich Richtung Wilhelmshaven, noch ein Krankenhaus gab, und zwar ein viel Größeres als das in Wittmund. Die „Klinik Sanderbusch“! Die Telefonnummer war schnell herausgefunden und auch, dass sie sich dort tatsächlich aufhielt. Der Telefonist hatte ihm sogar die Zimmernummer genannt. Henry jubelte innerlich.

In der Tat hatte er nur in zwei Krankenhäusern anrufen müssen. Er liebte schnelle Erfolge. Seine eigentlichen Belange, die Suche nach den Goldmünzen, nach dem Mann, der Auskunft über frühere Zeiten geben konnte, seine Nachforschungen darüber, wie das damals weiterging mit seinem Vater, seine alten Rachegelüste …, all das war dem Drang gewichen, Tomke zu schaden, ja, zu töten. Warum, konnte er sich selbst nicht beantworten. Oder doch? Seine Schwester war tot, wie konnte die Frau dann das Recht haben zu leben? Dass er Nette im vergangenen Jahr selbst getötet hatte, interessierte ihn nicht. Stolle liebte das Katz-und-Maus-Spiel mit der Kommissarin. Tomke Evers interessierte Henry, stieß ihn aber gleichzeitig ab. Schließlich wollte sie ihn vernichten. Gelingen durfte ihr das nicht, das war klar, also musste er schneller sein und *sie* vernichten!

Wieder stand er vor dem Spiegel und betrachtete sein Konterfei. Er konnte sich nicht entscheiden: Sollte er in die Klinik fahren und die Frau dort besuchen oder eher ihrer Verwandtschaft einen Besuch abstatten, diesen beiden alten Weibern, die in Carolinensiel in dem alten Haus auf dem Deich wohnten. Er wusste genau, wie sie aussahen, wer sie waren.

„Wem füge ich mehr Schmerzen zu", überlegte er. „Den Alten, wenn ich Tomke erledige, oder Tomke, wenn ich die Alten …?"

Schmerzen zufügen, ja, das hatte er in den langen Jahren bei der US-Armee gelernt. Im Spiegelbild erkannte er ein Spinnennetz, das sich am Fenster hinter ihm gebildet hatte. Er grinste in den Spiegel, griff in seine Hosentasche und zog eine Patrone heraus, warf sie hoch und fing sie wieder auf. „Ich lass sie noch ein wenig zappeln in meinem Netz, bevor ich mir etwas Schönes ausdenke", beschloss Henry.

Auf der Anrichte im Wohnzimmer hatte er einige kleine Kästchen gestapelt. Diese, wie auch kleine Stoffsäckchen, gab es im Supermarkt. Sie waren dort als nette Geschenkverpackung angeboten worden.

„Geschenkverpackung ist genau die richtige Bezeichnung für das, was ich vorhabe."

Hämisch lachend flüsterte er: „Das Spiel beginnt, es wird grausam schön!"

Das böse Spiel

Dass der Typ aus dem Nachbarhaus schwerhörig war, sah Henry als großen Vorteil an, dass dieser sich aber nur schwerfällig bewegen und auch seinen Wagen nicht mehr nutzen konnte, als noch größeren.

Bei einem vorsichtigen Blick durch die Fensterscheibe konnte er erkennen, dass der Mann in seinem Fernsehsessel saß. Selbst durch die geschlossene Scheibe war zu hören, welche Sendung gerade lief. Der Knabe war tatsächlich fast taub.

Wie in letzter Zeit immer wieder, lief Henry auch heute um das Haus herum und stieg in den kleinen VW Golf ein, der in der offenen Garage stand und niemals genutzt wurde, außer von Henry, der jetzt auf das Lenkrad klopfte: „Musst nicht einfach nur herumstehen, ich kümmere mich um dich!“ Jedes Mal begleitete ein hämisches Lachen seine Worte.

Er startete den Wagen auf die gleiche Weise wie in den letzten Wochen auch und fuhr vom Hof.

„Eine der alten Frauen, beide oder die Bullenfrau?“, überlegte er laut.

Er konnte sich nicht entscheiden. „Ene, mene, muh“, sang er laut. Andauernd: „Ene, mene, muh ...“, Henry war mit dem Ergebnis des Kinderreimes mal zufrieden und dann wieder nicht.

Der Plan löste bei Henry, dem Soldaten und Müllerssohn, euphorische Gefühle aus. Das böse Spiel machte mehr und mehr Spaß. Hatte er inzwischen komplett die Kontrolle über sich verloren?

Auf dem Kommissariat

„Jetzt lichtet sich das Dunkel langsam. Natürlich ist Rikus an seinem Arbeitsplatz, er hat zwar kaum Stimme, aber das hält unseren alten Schnüffler nicht ab", mit diesen Worten kam Hajo zurück ins Büro gestürmt. Er hielt eine Liste in die Höhe.

„Hier habe ich ein paar Neuigkeiten. Rikus und Manninga haben sich ausgetauscht und festgestellt, dass sie Anhaftungen von Fremd-DNA an unserer Tunnelleiche gefunden haben. Im Kastenwagen der Kartoffelladys haben sie Fingerabdrücke, die nicht nur von den beiden stammen, und die DNA des Toten nachgewiesen. Im linken Reifen unseres Autos steckte ein Fremdkörper, der wohl unseren Abflug verursacht hat. Ob wir uns den zufällig eingefahren haben oder jemand ihn dort platziert hat, kann man nicht sagen. Noch nicht, denke ich. Mann, Mann, Mann. Und er hat viel mehr. Die DNA-Spuren, die wir an den Männern vom Weihnachtsbaum gefunden haben, passen zu den Kartoffelladys. Rikus hat sich nämlich Fahrer- und Beifahrerseite des Kastenwagens vorgenommen." Fast atemlos berichtete er weiter. „Und jetzt kommt der Hammer. Er hat auch schon Ergebnisse zu dem blutigen Stofffetzen und zu der Patrone aus dem Wagen. Die DNA ist Stolle zuzuschreiben. Nicht zu einhundert Prozent, aber doch so, dass man ihn ins Spiel bringen kann.

Rikus ist ein schlaues Kerlchen. Er hat alles durch den Computer laufen lassen und der sagt: Siebenundachtzig Komma neun Prozent. Was sagt uns das?"

„Verwandtschaft?" Carsten runzelte die Stirn. „Das müsste ja heißen …"

„Genau, die Schwester! Die DNA passt zu Stolles Schwester! Nicht zu einhundert Prozent, lässt also den Schluss zu, dass es sich hier um einen Verwandten ersten Grades und somit um Stolle handelt! Ermittlung von hinten durch die Brust, nennt man das wohl. Er ist da. Er ist das Arschloch, das hier sein Spiel mit uns treibt. Und zum Schluss: Die Seriennummer unserer Patrone, nein, zuerst einmal nur die eine aus dem Auto, passt zu dem Geschoss, mit dem die alte Janke Jansen erschossen wurde. Besser gesagt, zu der gefundenen Hülse. Ist das nicht der Hammer?" Hajo schlug mit der Hand auf den Schreibtisch und zischte: „Du Scheißkerl, dich hol ich mir!" Dann streckte er sich durch und fuhr fort: „Daran, dass die anderen beiden Patronen auch von ihm sind, besteht wohl kaum ein Zweifel. Aber Rikus klärt es ab." Erschöpft ließ er sich auf seinen Stuhl fallen. Als von Carsten keine Reaktion kam, wollte er wissen: „Und, was sagst du?"

„Ich weiß, wer unsere Leiche von der Brücke ist."

„Was? Woher denn das jetzt?" Doch das Klingeln des Telefons kam der Antwort zuvor. Es war Harry von der Zentrale. Der schimpfte sofort los: „Sagt mal, was soll denn das? Ich dachte, der Karton sei leer! Fast hätte ich meiner Enkelin in Gelsenkirchen Munition geschickt."

Hajo verstand nicht gleich, reagierte dann aber doch schnell. „Ich komme!", rief er ins Telefon und legte auf.

Carsten sah seinem Kollegen verständnislos nach, als dieser aus dem Büro preschte.

*

Knapp zehn Minuten später war Hajo wieder zurück und hielt Carsten einen Karton entgegen.

„Was soll ich damit?", wollte der wissen.

„Nichts, wollte ihn dir nur zeigen, bevor ich ihn zur KTU bringe."

Carsten verstand noch immer nicht und griff danach.

„Finger weg!" Hajo zog ihn fort. „Nur schauen, nicht anfassen. Den Spruch kennst du doch, oder?"

„Du willst damit nicht sagen, dass schon wieder Post für euch gekommen ist?"

„Allerdings. Adressiert an Tomke hier im Präsidium. Aber der Karton schien ihr und Harry von der Zentrale damals leer. Gerade eben hat er festgestellt, dass doch etwas in der Kiste ist, seitlich ins Ausstopfpapier gerutscht."

Hajo packte das Papier vorsichtig zur Seite und ließ Carsten hineinschauen. „Grundgütiger. Noch eine. Stolle etwa wieder? Der ist in der Tat nicht normal. Das grenzt ja beinah an Paranoia."

„Genau! Und deshalb geht das hier alles zur KTU. Rikus wird sich freuen."

„Vielleicht", so überlegte Carsten nun leise, „bringt dieses Paket ja etwas. Der Karton, das zerknüllte Papier und die Patronen in den Stoffsäckchen sind durchaus reichlich

Spurenträger. Mehr, als wir bisher hatten. Na, Rikus und seine Leute werden's schon machen."

„Ja, und wir werden auch machen. Wir müssen machen! Der Kerl kommt uns und besonders Tomke immer näher. Es ist, als zöge er sein Netz immer enger. Meinst du, wir müssen Tomke einen Posten vor das Krankenzimmer stellen?", fragte Hajo vorsichtig.

„Kann sein, ich weiß nicht. Allerdings kommt sie ja morgen nach Hause. Woher soll Henry Stolle wissen, dass sie im Krankenhaus liegt und in welchem?"

Hajo schüttelte den Kopf. „Dem traue ich inzwischen alles zu. Andererseits kann ich mir gut vorstellen, wie Tomke reagiert, wenn wir ihr eine Wache vor die Tür setzen."

„Ja, du hast recht. Aber informieren sollten wir sie. Ich rufe nachher an."

Bevor Hajo das Büro verließ, um den Karton samt Inhalt zur Kriminaltechnik zu bringen, wollte er wissen: „Aber jetzt sag mal, wer, bitte schön, ist unser Toter, und woher weißt du es?"

Carsten griff nach dem ausgedruckten Foto der Vermisstenakte und reichte es ihm. „Erkennst du ihn?"

„Das gibt es doch nicht!" Hajo verglich das Bild mit dem in der Mordakte. „Tatsächlich, das ist er. Das ist unser Mann."

„Ich frage mich nur, warum ihr euch die Aufnahme nicht gleich angeschaut habt? Schließlich ist fast gleichzeitig mit dem Mord auch die Vermisstenanzeige hereingekommen."

„Das kann ich dir sagen. Tomke hatte den ersten Kontakt mit der Ehefrau, dieser Frau Hollerbaum. Ich weiß noch, dass sie sich darüber aufgeregt hat, dass die Hollerbaum den Mann erst jetzt suchte, obwohl der schon seit Monaten nicht mehr zu Hause war. Vermutlich hat sie deshalb keinen Zusammenhang gesehen." Hajo musste lachen. „Ich bin gespannt, was Tomke dazu sagt. Dieser Irrtum wird ihr ganz schön stinken. Kannst du ihr gleich sagen, wenn du mit ihr telefonierst."

„Egal", winkte Carsten ab. „Auf jeden Fall haben wir jetzt wenigstens etwas." Er griff zum Telefon. „Wenn sie all diese Neuigkeiten erfährt, entlässt sie sich wahrscheinlich selbst. Vielleicht sollte ich noch warten", beschloss er und legte den Hörer wieder auf.

„Gut", erklärte er dann, „wir werden zur Witwe fahren. Obwohl ich bezweifle, dass die uns viel sagen kann. Schließlich hat sie ihren Mann für eine Weile nicht wirklich vermisst. Trotzdem, lass uns hinfahren, hilft ja nix."

„Okay, aber zuerst bringe ich den Karton in die KTU. Wir treffen uns am Auto."

Carsten nahm sich den Wagenschlüssel und schaute nach der Adresse der Hollerbaums.

Auf dem Weg zum Auto fragte er bei den Kollegen nach, ob sich irgendetwas in Sachen Fahndung nach Stolle oder den beiden Frauen vom Kartoffelhof ergeben habe. Harry, der noch immer im Glaskasten Dienst tat, winkte ab.

„Bekomme ich eigentlich den Karton zurück? Der hatte genau die richtige Größe für das Geschenk meiner Enkelin", rief er Carsten nach, aber der war schon durch die Schleuse verschwunden.

Ein grausam Spiel?

Das Geschenk war verpackt und Henry Stolle zufrieden.

Ein kleines silbernes Kästchen mit der ebenfalls silbernen Schleife lag auf dem Beifahrersitz. Henry wusste nun genau, was er zu tun hatte. Innerlich angespannt, wie immer, wenn er an die Grenze der Vernunft ging, aber trotzdem ruhig fuhr er über die Landstraße Richtung Küste. Seine Entscheidung war gefallen, er würde die Bullenfrau gleich zweimal schocken.

Nach den Monaten, die er jetzt wieder in Ostfriesland lebte, kannte er sich bereits sehr gut aus. Dass er über dreißig Jahre im Ausland verbracht hatte, fiel kaum mehr auf. Henry war wieder in Ostfriesland zu Hause.

Auch dass er diesen Wagen problemlos benutzen konnte, passte in sein Spiel, so musste er nicht Gefahr laufen, mit einem gestohlenen Fahrzeug erwischt zu werden. Die Cops waren ihm sowieso schon sehr nah. Aber gerade das reizte den Mann. So schnell würde er ihnen nicht ins Netz gehen.

Inzwischen hatte er den Küstenort Carolinensiel erreicht, in dem die beiden alten Frauen wohnten. Ganz alleine, in einem Haus auf dem Deich, wie er inzwischen wusste. Mehrmals war er schon vor Ort gewesen, hatte einfach für eine Weile am Straßenrand geparkt. Niemanden hatte es gestört, niemandem war es aufgefallen.

Zwei olle Weiber, beide wohl schon weit über achtzig. Wem würden sie fehlen? Außer natürlich der Bullenfrau, aber das war sein Ziel. Böse Gedanken wanderten durch Henrys Kopf und ließen seine Laune stetig steigen. Nachdem er den zweiten Kreisel von Carolinensiel verlassen hatte, konnte er das Haus schon sehen. Wie die letzten Male auch, parkte er in einiger Entfernung, aber doch so, dass er die Auffahrt wie auch die Haustür im Blick hatte.

Er schaltete den Motor ab, fuhr den Fahrersitz ein wenig zurück und machte es sich bequem. Henry hatte Zeit, er wollte das Spiel genießen. Eine Weile war es ruhig um das Haus, dann kam ein Kind, es schien ein Mädchen zu sein, aus dem hinteren Gartentor und lief auf die Haustür zu. Sie klingelte nicht, sondern öffnete sofort die Tür und schlüpfte hinein.

„Nicht abgeschlossen“, stellte er fest. „Sehr gut!“

Es dauerte nicht lange, dann kam das Mädchen wieder aus dem Haus, an der Hand führte es nun einen kleinen Jungen. Henry wurde es schwindelig. „So wie früher!“, erinnerte er sich. „So wie Nette und ich, nur umgekehrt. Ich war der große Bruder, sie meine kleine Schwester. Meine Schwester, die ich töten musste. Ach Nette! Nette, warum wolltest du mich auch von meinem Vorhaben abhalten? Niemand konnte das, auch du nicht.“ Ein vorbeifahrendes Auto holte ihn aus seinen Gedanken zurück. „Wie Nette und ich!“, wiederholte er innerlich, „nur umgekehrt.“

Sekunden später war der Hauch von Sentimentalität verschwunden, die beiden Kinder auch.

„Jetzt!“, beschloss er, „jetzt ist der richtige Moment.“ Henry griff nach der kleinen Schachtel neben sich und murmelte: „Eine Schachtel für die Schachteln.“

Die Straße schien menschenleer, weder ein Auto noch Menschen waren auf der sonst so stark frequentierten Bahnhofstraße zu sehen. Auch in den Gärten rundum befand sich niemand. Sonntag eben.

„Jetzt, genau jetzt“, wiederholte er und stieg aus.

Henry wusste genau, was er sagen wollte, um die Frauen abzulenken. Er lief die Deichfahrt des Hauses hoch, war gerade auf der Höhe des Fensters neben der Tür, als sich diese öffnete. Henry stockte, machte ein paar Schritte Richtung Hauswand. Eine der beiden Frauen kam mit einem Schlüssel in der Hand heraus. Sie sah ihn nicht – gut so –, wandte sich nach rechts zum Briefkasten und schloss ihn auf. Die Frau trug einen festen Verband am linken Arm. Sollte ihm da jemand zuvorgekommen sein? Warum trat sie ausgerechnet in diesem Moment vors Haus? Das warf seine Planung durcheinander, verdammt!

„Fienchen!“, hörte er sie rufen. „Wir haben Post. Liegt wohl schon seit gestern im Kasten. Das Hotel hat geschrieben. Ich hätte gar keine Mail hinschicken müssen.“ Sie machte den Briefkasten wieder zu und drehte sich um, als unvermittelt ihr Blick auf Henry fiel, der sich noch immer an die Hauswand presste. „Hallo!“, schrie sie dann. „Wer sind Sie? Was wollen Sie?“

Henry fasste nach ihrem Arm. Doch bevor er ihn packen konnte, schlug die alte Dame ihm mit einem dicken Briefumschlag auf den Kopf und rief:

„Wir brauchen nichts, wir kaufen nichts." Plötzlich standen sie einander Auge in Auge gegenüber. „Starr mich nicht so an!", flüsterte Henry ernst. Dann fiel Oma Jettchen der Umschlag aus der Hand.

Schwerer Weg

Hajo fiel es selbst nach vielen Dienstjahren schwer, Todesnachrichten zu überbringen. Und jetzt? Nicht dass er es schon so oft getan hätte, aber die wenigen Male reichten ihm. Ob diese oder andere, egal. Es war zu allen Zeiten schlimm.

Er hatte den Karton bei der Kriminaltechnik abgegeben und war dann zu Carsten ins Auto gestiegen, der auf dem Parkplatz schon mit laufendem Motor wartete. „Auf zu einer beschissenen Mission!“, gab er zu verstehen und zog die Tür zu. Carsten ging es nicht anders. Er fuhr mit einem sehr flauen Gefühl im Magen aus der Stadt heraus Richtung Landstraße. Außerdem passte das Wetter heute wie die Faust aufs Auge. Eine graue Suppe hing über Ostfriesland, aus der immer wieder Nieselregen fiel. So langsam darf der Frühling kommen, fuhr es Carsten durch den Kopf. Todesnachrichten waren auch sein Ding nicht. Er dachte an Tomke. In der Regel war sie es, die sich einen Ruck gab und meinte: „Hilft ja nix, einer muss es tun!“, und einem Hinterbliebenen die traurige Nachricht überbrachte. Dafür waren ihr die Kollegen sehr dankbar. Aber heute? Die beiden Männer schwiegen. Erst als Hajos Handy klingelte, wurden sie aus ihren Gedanken gerissen.

„Scheiße, das ist Tomke!“, Hajo sah abwartend zu Carsten hinüber.

„Passt, dann kannst du es ihr gleich sagen, aber fall nicht mit der Tür ins Haus, du weißt, dass sie sich noch schonen muss."

„Werde ich!" Hajo atmete tief durch. „Ich kenne doch meine Tomke." Ihm war klar, dass er Tomke nun erklären musste, was passiert war. Aber wie? Schließlich wollte er nicht, dass sie sofort aus der Klinik stürmte und den Fall übernahm.

Er meldete sich mit: „Hallo, Schatz, wie ..." Zu mehr kam er nicht, denn Tomke schrie aufgeregt ins Telefon: „Hajo, du glaubst nicht, was sich vorhin abgespielt hat. Komm her und hol mich ab." Hajo erschrak. Was war denn los? Hatte sie etwa erfahren, dass ...? Tomke durchbrach seine Gedanken und sprach aufgeregt weiter: „Ich muss sofort nach Carolinensiel, und die Kollegen der Spurensicherung kannst du auch gleich dorthin schicken."

„Was ist denn passiert?", hakte er nach.

„Ich fasse es nicht. Stolle, dieses Schwein, dieses verdammte Schwein. Er hat Oma und Tant' Fienchen ...", dann brach sie in Tränen aus.

Hajo rief ins Telefon. „Wir kommen!" Und zu Carsten: „Richtungswechsel! Wir müssen sofort zu Tomke."

Ein freundlicher Besuch am Sonntagnachmittag

Nach dem anfänglichen Schrecken, als die Frau auf ihn eingeschlagen hatte, konnte sich Henry Stolle doch schnell wieder fangen. Ganz kurz war er in Versuchung geraten, der Alten einen Schlag mit der Handkante zu verpassen, doch dann hatte er sich wieder im Griff. Nein, so nicht. Die Frau einfach erschlagen und verschwinden, wäre zu einfach. Nein, er wollte viel subtiler vorgehen. Er redete beruhigend auf sie und die dazu geeilte zweite alte Frau ein und hatte Erfolg. Stolle erklärte, dass er etwas für Tomke, die ja im Krankenhaus läge, dabeihabe und eigentlich nur abgeben wolle.

„Sie haben etwas für unsere Tomke? Warum sagen Sie das denn nicht gleich und schleichen hier ums Haus? Wenn Sie eine alte Frau wie mich so erschrecken, müssen Sie damit rechnen, eine übergezogen zu bekommen. Stimmt's, Fienchen? Das ist übrigens meine Schwester Fienchen, ich bin Jettchen Evers, Oma Jettchen genannt. Kommen Sie doch herein, junger Mann. Wer unserer Tomke etwas Gutes tut, bekommt bei uns immer eine Tasse Tee." Sie winkte ihn mit dem gesunden Arm an sich vorbei und schob ihn durch die Tür.

Fienchen gefiel das nicht. Sie beobachtete den fremden Mann argwöhnisch. „Er hat sich noch nicht einmal vorgestellt, Schwester", beanstandete sie und kniff die Augen zusammen. Wie konnte Jettchen nur so unvorsichtig sein.

Doch Oma Jettchen war voller Freude, sie hatte eine Idee. Den Mann, so überlegte sie, könnte man ja mal fragen, ob er sie nicht ins Krankenhaus fahren möge. Dann müssten sie Michaela nicht belästigen, und das Taxi würden sie auch sparen. Gleich nach einer Tasse Tee könnten sie los, überlegte sie. Nur beibringen musste sie es ihm noch.

Arglos schloss sie die Tür und lief hinter Stolle in die Küche. Der fühlte sich plötzlich nicht mehr wohl. Er dachte an früher. Ähnlich hatte es auch in der Küche seiner Mutter ausgesehen. Erinnerungen kamen hoch. Erinnerungen an den Schläger von Vater, an die tote Mutter und seine Schwester Nette. In seinem Kopf drehte sich plötzlich alles. Stolle griff nach einem Küchenstuhl und mit der anderen Hand in seine Jackentasche.

Aufregung am Sonntagnachmittag

Als Hajo und Carsten im Krankenhaus ankamen, wurden sie von Tomke schon erwartet. Sie stand mit dem Seil vom Kartoffelhof in der Hand im Eingangsbereich der großen Klinik und schaute ihre beiden Kollegen mit weit aufgerissenen Augen an.

„Tomke", begann Hajo, „was ist los mit unseren beiden alten Mädels und warum, um Himmels willen, willst du heute schon nach Hause? Hätte das nicht Zeit gehabt bis morgen, so wie die Ärzte es vorgeschlagen haben? Eine Rauchgasvergiftung kann noch Tage später zum Problem …"

Doch Tomke unterbrach ihn. „Hier!", sie deutete auf eine kleine Sitzgruppe neben einer Säule, „sitzt ein viel größeres Problem."

Hajo und Carsten schauten sich erstaunt an. Was meinte sie? Erst als sie ein paar Schritte in die Halle hinein gemacht hatten und um die Säule blicken konnten, erkannten sie, was Tomke meinte. Verloren in den großen schwarzen Sesseln saßen zwei Häufchen an Elend, Oma und Tant' Fienchen.

„Wie kommen die beiden denn hierher? Michaela hat ihnen doch ausdrücklich gesagt …"

„Wenn das unser einziges Problem wäre", schnaubte Tomke und hielt ihren Kollegen ein Kästchen entgegen, das eine kleine, ebenfalls silberne Schleife trug.

„Und?“, fragte Carsten erstaunt und nahm es ihr aus der Hand.

„Mach es auf!“, forderte Tomke. „Mach es halt auf!“

Er tat wie ihm geheißen, hob den Deckel ab und pfiff durch die Zähne. Hajo kam einen Schritt auf ihn zu, blickte ebenfalls hinein. Als er den Inhalt erkannte, entfuhr ihm: „Ach du heilige Scheiße.“ Sein Blick fiel auf Tomke. „Er war hier?“, fragte er entsetzt.

„Nur bedingt, würde ich sagen.“ Tomke deutete auf Oma und Tant' Fienchen. Ihre beiden Kollegen verstanden nicht. Was hatten Oma und Tant' Fienchen mit Stolle zu tun? Etwa …? Als könne sie Gedanken lesen, antwortete Tomke: „Genau!“

„Was meinst du?“, wollte Carsten wissen.

„Er war bei den beiden, hat sie zu mir gebracht und …, ach, lasst uns endlich fahren, ich erzähle es euch später in Ruhe“, ihre Stimme klang gedämpft und heiser.

Auf dem Weg nach Carolinensiel herrschte im Fahrzeug angespannte Stille. Das Seil war inzwischen im Kofferraum verstaut, Hajo hatte sich zwischen Oma und Tant' Fienchen auf die Rückbank gequetscht. Tomke saß vorne neben Carsten und meinte leise: „Er kommt uns gefährlich nahe. Was will der Typ von uns, von mir? Claude hatte recht, ich habe ihn unterschätzt. Das war ein großer Fehler.“ Obwohl Tomke auch diese Worte nur flüsterte, verstanden ihre beiden Kollegen alles. Die zwei alten Damen saßen wortlos neben Hajo. Fienchen fiel es sehr schwer zu schweigen, schließlich hatte sie ihre Schwester gewarnt, den Fremden ins Haus zu lassen. Aber Jettchen war ja nicht zu helfen.

Ein mehr als zufriedener Stolle

Die Suche nach seiner Vergangenheit, nach verschollenen Dingen und Menschen von früher, war in weite Ferne gerückt, seine Ziele inzwischen andere. Was war nun als Nächstes zu tun? Henry Stolle fuhr zufrieden zurück.

„Nach anfänglichen Schwierigkeiten lief das doch sehr gut mit den beiden Alten", jubelte er, während er über die Landstraße zurück Richtung Wittmund fuhr. Er hatte mit ihnen Tee getrunken; zuerst zögerlich, denn Henry war sehr vorsichtig darin, von ihm unbekannten Menschen Essen oder Trinken anzunehmen, doch nach und nach ließ der antrainierte Argwohn nach. Die beiden wollten wissen, woher er ihre Tomke denn kenne, und Henry stellte sich daraufhin als alter Kollege vor, der nun schon eine Weile in Amerika lebe. Nun habe er gehört, dass sie wohl einen Unfall gehabt habe und wolle ihr einfach eine kleine Überraschung zukommen lassen, bevor er wieder zurückmüsse. Eine der beiden Alten war sehr zutraulich, ging er die Situation noch einmal gadanklich durch, die andere hatte ihn misstrauisch von der Seite beäugt. Als diejenige, die sich als Oma Jettchen vorgestellt hatte, wissen wollte, ob er bei seinem weiteren Weg zufällig Richtung Sande käme, hatte er innerlich frohlockt. „Ja, stimmt", hatte er überrascht getan. „Ach, Schwester!", freute die Alte sich dann und meinte weiter: „Dann kann uns der freundliche

Herr doch sicher mitnehmen und wir unsere Tomke im Krankenhaus besuchen."

„Besser hätte es gar nicht kommen können", feixte er nun und stellte sich vor, wie die Bullenfrau reagiert haben musste, als sie erfuhr, wer da für ihre Familie Taxi gespielt hatte. Henry fing an zu lachen, hämisch und laut, konnte sich nicht beruhigen, bis sein Wagen ins Schlingern geriet und er fast im Graben gelandet wäre.

„Beherrschung, Guy, Beherrschung", rief er sich zur Ordnung und setzte seine Fahrt fort.

Tacheles zur sonntäglichen Teestunde

Tomke wusste nicht, wie sie weiter reagieren sollte. Oma und Tant' Fienchen waren zerknirscht, konnten eigentlich nicht fassen, was da abgelaufen war. Andererseits natürlich auch in großer Sorge, denn nun wussten sie, dass es jemand auf Tomke abgesehen hatte. Tomkes Einwand, der Mann hätte auch ihnen beiden etwas antun können, interessierte sie weniger. „Wir sind nicht wichtig, Schwester!", hatte Jettchen ihrer Schwester zugeflüstert, „schließlich sind wir olle Wibslüt. Aber unserem Kind darf nichts geschehen. Wir müssen uns etwas einfallen lassen." Fienchen hatte nur schweigend mit den Schultern gezuckt. Oma Jettchen aber überlegte, was wohl zu tun wäre. Gut, dass Tomke nicht ihre Gedanken lesen konnte.

Die nahm sich nun, zu Hause angekommen, ihre beiden einzigen Verwandten vor und beschwor sie, so etwas nie wieder zu machen. „Ihr könnt doch einen Fremden nicht einfach zum Tee einladen und dann auch noch zu ihm ins Auto steigen."

„Na, zuerst habe ich ihm ja eine übergezogen, aber dann war er so freundlich …" Oma brach ab, schaute sich um und wollte wissen: „Schwester, wo ist eigentlich die Post, die ich aus dem Briefkasten geholt habe? Dieser dicke Umschlag von dem … du weißt schon", tat sie dann geheimnisvoll. „Ich habe ihn doch hier auf den Küchentisch gelegt." Doch der Umschlag war nicht zu finden. Tomke interessierte es auch nicht, sie vermutete ein Ablenkungsmanöver ihrer Großmutter und schimpfte: „Du brauchst jetzt nicht das Thema zu wechseln. Ich kenne dich. Bitte versprecht mir, dass so etwas nicht mehr vorkommt und ihr mit allen Fremden zukünftig doppelt vorsichtig seid."

„Versprochen", taten beide zerknirscht.

„Aber du musst besonders vorsichtig sein, Kind. Schließlich will der Kerl doch was von dir." Oma Jettchen hatte Tränen in den Augen.

„Ich bin vorsichtig. Schließlich bin ich die Polizei!", beruhigte Tomke sie und versprach: „Wir fangen den Kerl, sperren ihn ein und gut is'." Den Gedanken: ‚Wenn ich nur wüsste, wie', sprach sie nicht laut aus. „So, und nun möchte ich bitte eine Tasse Tee, es dürfen auch zwei oder drei sein und eine Scheibe Butterstuten, mit dick Butter bestrichen. Geht das?"

Oma und Tant' Fienchen sprangen gleichzeitig auf. „Ja, Kind, dat geit", freute sich Oma, der Standpauke endlich entkommen zu sein. Doch sie wurde von ihrer Schwester gebremst. Fienchen zeigte auf Omas Arm. „Du blieb up dien Mörs sitten." Ach ja, Oma hatte ganz vergessen, dass sie behindert war und in der Küche nicht mit zugreifen konnte.

*

Carsten und Hajo waren inzwischen erneut auf dem Weg, der Witwe von Sören Hollerbaum die Todesnachricht zu überbringen.

„Schlimmer geht immer!“, gab Carsten zu verstehen, nachdem sie eine Weile schweigend unterwegs waren.

„Wie bitte?“, hakte Hajo nach, der noch in Gedanken bei dem Vorfall der letzten Stunde war und sich immer mehr Sorgen um Tomke machte.

„Man meint immer, es ginge nicht schlimmer, und dann haut es erneut und vielleicht noch schlimmer rein.“

„Hmm!“, stimmte Hajo zu und wollte wissen. „Wer ist der Überbringer der schlechten Nachricht? Du oder ich?“

„Knobeln?“

Carsten warf einen Seitenblick auf Hajo.

Der willigte murrend ein und schlug vor: „Schnick, Schnack, Schnuck?“

„Okay!“, nickte Carsten.

Die Stimme aus dem Navi meldete: „Sie haben Ihr Ziel erreicht! Ihr Ziel liegt links.“

„Sapperlot!“, entfuhr es Carsten. „Das nenne ich mal feudal. Was war der Mann noch von Beruf?“

„Wenn ich richtig gelesen habe, hat er mit Investment gehandelt.“

„Na dann, kein Wunder.“

Carsten stieg aus.

„Du“, wollte er dann über das Autodach hinüber wissen. „Erinnert dich das auch an etwas? Die beiden Toten im Weihnachtsbaum, haben die nicht auch auf diesem Weg ihr Geld verdient?“

„Investment? Anlageberatung? Klar. Vermutest du tatsächlich einen Zusammenhang? Nimmst du an, die hätten etwas miteinander zu tun?“

„Ich weiß nicht, aber das ist schon ein Zufall, wenn's denn einer ist. Lass uns reingehen, dann erfahren wir sicher mehr.“

„Ich kann mich aber erinnern, dass wir damals in den Büros der beiden keine Hinweise darauf gefunden haben, dass sie irgendwie miteinander verbandelt wären.“ Hajo rieb sich nachdenklich das Kinn.

„Und das spricht für sich, denn wir haben im Grunde gar nichts gefunden. Wenn das mal nix zu sagen hat. Da hatte jemand fein säuberlich aufgeräumt. Aber Schluss jetzt, wir werden sehen.“ Carsten klingelte und machte ein paar Schritte zurück, denn Hajo hatte bei *Schnick, Schnack, Schnuck* verloren. „Sonntagnachmittag“, überlegte er. „Ob sie vielleicht unterwegs ist?“

Erst nachdem sie ein zweites Mal geklingelt hatten, wurde die Tür geöffnet.

Stolles Pläne

Dass in dem Schreiben, das er sich in die Tasche gestopft hatte, ein solcher Zufall steckte, konnte Henry kaum fassen und hatte ihn auf eine Idee gebracht.

Warum er sich den dicken DIN-A4-Umschlag überhaupt zu eigen gemacht hatte, konnte Henry jetzt nicht mehr sagen. Aber es war eben ein Glücksgriff.

So, eine Reise wollten die beiden Alten also buchen, doch sicher nicht für sich. Eher war diese für ihre Enkelin und deren Typen gedacht. Die Bullenfrau und der Bullenmann wollten also in Urlaub fahren? „Da müsste doch etwas zu machen sein", überlegte er und schon formte sich der nächste teuflische Plan in seinem Kopf. „Man wird es beobachten müssen", sinnierte er weiter. All seine ursprünglichen Absichten waren vergessen. Die Goldmünzen, die Recherche zu seiner Zeit hier in Ostfriesland, die Suche nach Menschen von früher, das alles war nicht mehr wichtig. Rückblicke auf seine Jugend hier und die seiner Schwester vergessen. Wichtig war nur noch Tomke Evers. Sie war sein Ziel. Hinterlistig und verschlagen plante er sein weiteres Vorgehen. Er würde sie nicht gleich töten, nein, er hatte keine Eile. Zwischendurch in Sicherheit wiegen. Immer in kleinen Schritten würde er seinem Opfer näherkommen und genießen, wie es hilflos in seinem Netz zappelte und sich nicht mehr würde befreien können. Wollte ihre Angst spüren und dann zubeißen. Wie eine Spinne bei der Fliege im Netz. Aber dabei würde er sich Zeit lassen, viel Zeit – und genießen. Es machte ihm Spaß, immer mehr Spaß.

Die Bullenfrau und ihre Leute waren hinter ihm her? Das konnte er nicht verhindern, aber er konnte den Spieß umdrehen. Ja!

Jetzt aber war es nötig, sich um seine Finanzen zu kümmern. Das mitgebrachte Geld war aufgebraucht, Überweisungen von seinem Konto in den Staaten nach hier wollte er nicht riskieren. Nein, er musste auf andere Weise an Geld kommen. Und Henry wusste auch schon, wie.

Alte Menschen, so überlegte er, bunkern oft ihr Geld zu Hause. So auch sicherlich sein Nachbar. Einmal im Monat hielt sich der Postbote länger als sonst bei dem Alten auf, warf nicht nur die Post in den Kasten, sondern klingelte. Immer am Anfang des Monats. Das konnte nur bedeuten, dass er ihm Geld brachte. Wahrscheinlich seine Rente.

Henry beobachtete alles, was nebenan geschah. Bemerkte auch, dass einmal in der Woche ein junger Mann kam, dem Alten eine Kiste mit Einkäufen herbeischaffte und schnell wieder verschwand. Vermutlich bekam der seine Anweisung telefonisch und lieferte, was bestellt wurde. Ansonsten besuchte niemand den einsamen Rentner. Der saß Tag für Tag alleine vor seinem Fernseher. Es müsste doch mit dem Teufel zugehen, wenn der Herr nicht ein schönes Sümmchen irgendwo gebunkert hätte. Das wollte er sich holen.

Der Tag für seinen Besuch nebenan musste gut geplant werden. Am besten, nachdem der Postbote sich verabschiedet hatte, und gleich, wenn die Lebensmittel angeliefert wurden. Sein Vorgehen war gut durchdacht. Henry wusste:

„Wenn ich ihn erledigen muss, kräht für fast eine Woche kein Hahn nach ihm." Er betrachtete seine kräftigen Hände. Nein, eine Waffe würde er nicht mitnehmen müssen.

Traurige Nachricht?
Oder doch nicht so traurig?

Endlich wurde die Tür geöffnet, allerdings nur einen Spalt. Frau Hollerbaum stand zwischen Tür und Rahmen und erkundigte sich knapp: „Was gibt's?"

Hajo war die Frau vom ersten Moment an unsympathisch. Kam das von der Stimme oder vom Tonfall? Oder war es nur so ein erstes Gefühl? Er konnte es sich nicht gleich erklären.

Als er sich und seinen Kollegen vorgestellt hatte und sie bat, hereinkommen zu dürfen, bewegte sie sich keinen Zentimeter in der Tür.

„Und?", fragte sie mit greller Stimme.

Sie weiß es!, fuhr es Hajo durch den Kopf. Sie weiß es, aber woher?

Vorsichtig wollte er wissen: „Sie verstehen, warum wir hier sind, Frau Hollerbaum?"

„Da ich noch nicht hellsehen kann, ganz sicher nicht. Also bitte, was gibt's? Habt ihr ihn endlich aufgetrieben? Traut sich wohl nicht, der feige Sack. Hat die Polizei zur Verstärkung mitgebracht", giftete sie, noch immer zwischen Tür und Angel stehend.

Regine Hollerbaum schob den Kopf etwas weiter durch die Tür. Blickte nach rechts und links. Ihre Stimme klang schrill und böse, aber ihre Augen sagten etwas anderes.

Sie weiß es!

Jetzt war sich Hajo ganz sicher.

„Wir würden das gern drinnen besprechen."

„Das passt jetzt nicht, ich habe Besuch."

„Ihr Besuch stört uns nicht. Aber Sie wollen doch wissen, was mit Ihrem Mann ist, also …" Hajo ging einen Schritt auf sie zu, stand ihr nun Aug' in Aug' gegenüber. Carsten tat es ihm nach und trat ebenfalls näher.

„Wenn es denn sein muss, dann kommen Sie eben rein."

Widerwillig schob sie die Tür auf.

„Wo ist denn Ihr Besuch, Frau Hollerbaum? Wollen wir den nicht dazu bitten?"

Carsten schaute sich um. Es interessierte ihn sehr, wer sich bei der Frau aufhielt.

„Nein!", kam die kategorische Antwort.

Die beiden Kommissare blickten sich verwundert an. Hajo folgte der Hollerbaum weiter durch den Flur Richtung Wohnzimmer, Carsten blieb in der Wohnzimmertür stehen.

„Was ist denn so tragisch, dass Sie mich in meinem Haus belästigen müssen?", wollte die Hollerbaum dann wissen und ließ sich auf die riesige Couch fallen.

„Sie haben eine Vermisstenanzeige nach Ihrem Mann aufgegeben."

„Ja, und? WO ist er?"

„Warum eigentlich erst nach einigen Monaten? Schließlich ist Ihr Mann, wie wir aus der Anzeige entnehmen konnten, schon seit Monaten nicht mehr zu Hause gewesen."

„Das habe ich Ihren Kollegen schon alles groß und breit erklärt. Warum wollen Sie es jetzt auch noch wissen? Sprechen Sie nicht miteinander?"

„Doch, und es steht auch in unseren Akten. Aber Sie müssen doch zugeben, dass das sehr ungewöhnlich ist."

„Dass mein Mann herumhurt und sich bei diversen Damen aufhält, ist für mich nicht mehr ungewöhnlich. Aber dass er so lange bleibt, dann eben doch. Ich habe keine Lust, mich um alles hier alleine zu kümmern. Dauernd klingelt das Telefon und die Leute wollen was von ihm. Sonst ist er ja an sein Handy gegangen, aber dazu hat er wohl keinen Bock, und alles kommt bei mir an. Aber so nicht, nicht mit mir. Der soll sich um seinen Scheiß selbst kümmern. Ich bin mit unseren Ferienwohnungen mehr als ausgelastet. Also, wo ist er nun?", hakte sie nach, und Hajo sah den gleichen Blick in ihren Augen wie kurz zuvor an der Haustür.

Die weiß es wirklich, bestätigte er sich erneut.

„Darf ich mal Ihre Toilette benutzen?", meldete sich Carsten von der Tür.

„Neeee!", lachte die Hollerbaum grell auf. „Den Trick kenne ich aus dem Fernsehen. Nicht mit mir. Obwohl", schränkte sie dann ein, „unsere Gästetoilette steht Ihnen natürlich zur Verfügung. Bin ja kein Unmensch. Aber nach oben gehen Sie mir nicht. Ich kenne meine Rechte."

Auch das hat sie aus dem Fernsehen, überlegte Hajo. Nun, es war ein guter, aber erfolgloser Versuch von Carsten gewesen, sich in den oberen Räumen des Hauses umzusehen, es hätte ja auch klappen können. Carsten verschwand trotzdem Richtung Flur, Hajo wandte sich wieder der Hollerbaum zu, die ihm jedoch zuvorgekommen war und wissen wollte:

„Was ist denn nun mit meinem Mann?"

Hajo konnte es nicht fassen. Dieses verdammte Aas spielte ihm hier was vor. Doch er wollte sie noch etwas zappeln lassen. Außerdem interessierte ihn natürlich, wer im Haus zu Besuch war. Allerdings konnte man die Frau nicht zwingen, den Namen preiszugeben. Ob sie wohl eine Affäre hatte? Und diese Affäre hier im Haus traf? Auch das wäre ein Indiz dafür, dass sie wusste, dass ihr Mann nicht mehr am Leben war. Aber wenn … woher wusste sie es?

„Schön haben Sie es hier!"

Hajo zeigte auf die Fensterfront, die einen riesigen gepflegten Garten frei gab.

„Deshalb sind Sie aber nicht hier, oder?", kam es bissig zurück.

„Nein, deshalb sind wir nicht hier!", kam es von der Tür. Carsten war zurück. Der fuhr fort. „Im Vorbeigehen habe ich einen kurzen Blick in das Arbeitszimmer Ihres Mannes werfen können, Frau Hollerbaum. Das gleich rechts ist es doch, oder?"

„Wie kommen Sie dazu?" Die Hollerbaum war aufgesprungen und an Carsten vorbei Richtung Flur gestürzt. Dann knallte eine Tür ins Schloss, ein Schlüssel wurde gedreht.

„Da haben Sie nichts zu suchen!" Sie ging mit dem Schlüssel in der Hand an Carsten vorbei, doch der Kommissar ergriff ihn blitzschnell und erklärte mit fester Stimme:

„Genau dieses Büro schaue ich mir jetzt an!"

„Dazu haben Sie kein Recht!", schrie die Hollerbaum.

„Doch!", entgegnete Carsten ruhig. „Und warum, wird Ihnen mein Kollege jetzt gleich erklären."

Carsten drehte ab, ging zur Bürotür des toten Hollerbaum und steckte den Schlüssel ins Schloss.

Einen weiteren Protest der Frau erstickte Hajo im Keim: „Ihr Mann ist tot. Seit wann wissen Sie das, Frau Hollerbaum?"

Hatte er mit seinem Vorstoß ins Schwarze getroffen? Jedenfalls war die Frau für einen Moment sprachlos. Ganz sicher nicht wegen der Todesnachricht, überlegte Hajo.

Im Haus war nun eine Wasserspülung zu hören. Hajo schaute die Hollerbaum fragend an.

„Wird Ihr Kollege schon wieder sein. Hat wohl eine Konfirmandenblase!", reagierte sie schnippisch.

„Und woher soll ich wissen, dass mein Sören tot ist?", verfiel sie plötzlich in einen Jammerton. „Mein Gott, was ist denn passiert? Ach nein, hätte ich nur viel früher nach ihm suchen lassen. Ich mache mir solche Vorwürfe!"

Sie ließ sich wieder in die tiefe Couch zurückfallen und drückte das Gesicht in eines der vielen Kissen. Es sah aus, als würde sie von einem heftigen Weinkrampf gepackt, aber Hajo war sich ganz sicher, dass das alles nur Schau war. Kurz ließ er sie gewähren und überlegte, wie er sie wohl packen könnte und wieso sie über den Tod ihres Mannes schon Bescheid wusste. Wusste sie es wirklich schon, oder bilde ich es mir nur ein?, zweifelte er. Aber Carsten schien es ja ähnlich gegangen zu sein. Sollten wir uns beide so getäuscht haben? Seine Gedankenspirale drehte sich weiter. Wichtig war jetzt aber zu erfahren, wer sich noch im Hause aufhielt.

„Frau Hollerbaum, nun ist es gut. Mein Kollege wird sich das Büro Ihres Mannes anschauen, dazu haben wir sehr wohl das Recht. Warum das so ist, erfahren Sie gleich. Zuerst möchte ich, dass Sie Ihren Besuch herunterbitten."

Die Hollerbaum richtete sich aus dem Kissen auf und warf einen Blick aus dem Fenster. Hajo hatte für einen Moment das Gefühl, als sei ein leichtes Lächeln über ihr Gesicht gehuscht. Sollte sie wirklich so eiskalt sein und sich über den Tod ihres Mannes freuen?

„Ach!", meinte sie dann. „Gehen Sie halt nach oben und schauen sich um. Ich weiß gar nicht, was Sie von mir wollen."

„Ich gehe, aber Sie kommen mit, Frau Hollerbaum!", entgegnete Hajo energisch und stand auf.

Auf dem Weg durch die große Diele des Hauses trafen sie auf Carsten, der gerade ein Telefongespräch beendet hatte.

„Ich habe die Spurensicherung bestellt und bei Gerdes einen Durchsuchungsbeschluss beantragt. Er hat versprochen, ihn umgehend zu schicken. Hier im Arbeitszimmer befinden sich die Unterlagen, die in den Büros der beiden Leichen vom Weihnachtsbaum fehlen. Das mit dem Bauchgefühl ist keine schlechte Sache!", grinste er.

„Und wir bitten jetzt den Besuch unserer Frau Hollerbaum herunter." Hajo deutete nach oben.

Er ging vor der Frau, die ihm nur widerwillig folgte, die Stufen hinauf.

Hajo schaute, gefolgt von einer sehr entspannten Frau Hollerbaum, in jedes Zimmer. Aber da war niemand. Aus den Augenwinkeln bemerkte Hajo, dass sie den Griff einer Balkontür schließen wollte, und trat heran. Dann pfiff er durch die Zähne. Vom Balkon aus gab es eine eiserne Treppe nach unten in den Garten. Über diesen Weg hatte sich der Besucher wohl gerade verabschiedet.

„Scheiße, verdammte!", fluchte Hajo und sah die Frau fragend an. „Das ist privat!", meinte sie nur und zuckte mit den Schultern.

„Beste Frau Hollerbaum, in einem Mordfall ist nichts privat!" Nun aber kam Leben in die Frau.

„Mordfall? Mein Mann ist ermordet worden? Das haben Sie mir ja gar nicht gesagt. Oh, mein Gott, wie konnte das nur passieren? Wer macht denn so was?" Hajo war verwundert über den Ausbruch. War der nun echt, oder spielte sie ihm was vor? „Das kommt sicher von den Geschäften, die mein Mann gemacht hat. Da kamen ja immer böse Anrufe, auch in den letzten Tagen. Ach, ich habe ihn so oft gewarnt, aber er wollte ja nicht hören." Die Hollerbaum stieß einen tiefen Seufzer aus.

„Kann natürlich auch sein …", fuhr sie fort und sprach dann nicht weiter.

„Was kann sein?", wollte Hajo wissen. Carsten stand in der Tür und schüttelte den Kopf. Auch er wusste nicht, was er von der Frau halten sollte.

Die Hollerbaum antwortete nicht gleich.

„Was kann sein?", wiederholte Hajo seine Frage.

„Na ja!", kam es zögerlich. „Bei den vielen Affären meines Mannes kann es natürlich sein, dass da eine eifersüchtig wurde und ihn …", sie fuhr sich mit der flachen Hand über den Hals, „abgemurkst hat, meine ich. Kann aber auch ein gehörnter Ehemann gewesen sein, man weiß ja nie!"

„Oder die betrogene Ehefrau?“ Hajo schaute ihr fest in die Augen. Die Hollerbaum hielt für einen Moment stand und fuhr dann hoch: „Wie bitte – ich? Er ist mein Mann und schließlich habe ich ihn als vermisst gemeldet. Das ist eine ungeheure Unterstellung. Ungeheuerlich! Ich werde mich über Sie beschweren. Ich bin die Geschädigte, und Sie machen mir Vorwürfe. Das ist ungeheuerlich!“, wiederholte sie.

„Wir werden sehen, Frau Hollerbaum. Jetzt benötigen wir erst mal die Namen der Damen, die Ihr Mann besucht hat.“

„Woher soll ich die wissen?“, kam es böse zurück. „Wahrscheinlich handelt es sich um Kundinnen oder Frauen von Kunden, was weiß denn ich?“ Sie zeigte nach draußen in Richtung der Diele. „Da ist das Büro meines Mannes, Sie untersuchen es ja sowieso. Ich kann dazu nichts sagen.“

Im Grunde hatte sie recht. Und Hajo wusste, dass nun noch mehr Arbeit auf sie zukommen würde. Alle Unterlagen von Hollerbaum und die von seinen Kollegen, die Carsten im Büro entdeckt hatte, mussten ausgewertet werden. Wo war das Auto des Mannes, sein Handy?

Die beiden Ermittler warteten noch, bis die Spurensicherung kam, auf Carstens Handy traf gerade der telefonisch beantragte Durchsuchungsbeschluss ein. Nun hatte alles seine Richtigkeit, wenn auch in einer nicht ganz korrekten Reihenfolge, aber das war den beiden Ermittlern inzwischen egal. Gerdes hatte schnell reagiert und wohl einen willigen Richter angetroffen. Gut so.

Carsten zeigte der Hollerbaum den amtlichen Beschluss auf seinem Smartphone, doch die winkte nur ab.

„Tun Sie, was Sie nicht lassen können!“, raunte die Frau und drehte sich mit zusammengekniffenen Augen ab.

Die Überraschung am Sonntagabend

„Leute, die man in die Enge treibt, sind gefährlich", begrüßte Tomke ihre beiden Kollegen, als diese das Büro betraten.

„Was machst du denn schon hier, und wie kommst du von Carolinensiel nach Wittmund?"

„Ach, ihr dachtet wohl, mich dort gut abgestellt zu haben. Von wegen! Herrmann, Omas Nachbar von gegenüber, hat mich gefahren. Das ist eben noch gelebte Nachbarschaft."

Hajo und Carsten quittierten es kopfschüttelnd.

„Bis morgen hättest du ruhig noch warten können, Tomke", meinte Hajo besorgt. „Dir ist wirklich nicht zu helfen."

„Apropos helfen. Dafür bin ich da. Heute helfe ich, morgen steige ich voll ein. Ist doch klar. Und übrigens, ich habe das auch so gemeint, wie ich es gesagt habe."

„Was?", wollte Carsten wissen.

„Das mit der Enge und den Menschen, die dann gefährlich werden."

„Und was willst du damit sagen?" Carsten schaute sie fragend an.

„Wahrscheinlich ist damit unser Freund Stolle gemeint", warf Hajo ein.

„Genau! Genau den meine ich. Deshalb werden wir unsere Strategie ändern und zu der seinen greifen. Versteckt, hinterhältig und subtil gehen wir die Suche nach ihm ab sofort an. Vielleicht geht er uns dann eher ins Netz."

„Und wie willst du das anstellen?"

„Das sage ich euch, wenn ich so weit bin. Auf jeden Fall hat er den Bogen gewaltig überspannt, als er meine Familie hineingezogen hat. Meines Erachtens hat der Typ einen Hau weg! Wir wissen ja, dass er aus der Jugend ziemlich geschädigt ist. Die alte Frau Jansen hat es uns letztes Jahr kurz vor ihrem Tod erzählt. Außerdem ist da seine Ausbildung bei der US-Armee, die Einsätze dort. Ich glaube, da war er auch nicht zimperlich. Und dann denke ich noch an die Tatsache, dass er seine Schwester ermordet hat. Wir wissen von der alten Jansen, dass die beiden sehr eng miteinander waren. Warum also tötet er sie?" Tomke schaute erwartungsvoll in die Runde, aber ihre Kollegen schüttelten nur den Kopf.

„Hattest du Kontakt mit Claude?", wollte sie dann von Carsten wissen.

„Nein. Dazu war noch keine Gelegenheit. Hier haben sich die Dinge ja überschlagen."

Tomke grinste und meinte dann gönnerhaft: „Na, ich bin ja jetzt wieder da", und fuhr nach einer kurzen Pause fort: „Und nun will ich endlich wissen, was noch während meiner Abwesenheit alles passiert ist."

„Ich habe einen anderen Vorschlag", warf Hajo ein. „Wir haben alle drei sehr anstrengende Tage hinter uns. „Lasst uns für heute Schluss machen und heimfahren. Duschen, eine Runde schlafen, zu Kräften kommen. Die Spusi bringt uns die Unterlagen aus dem Haus Hollerbaum, die können wir sowieso erst morgen durchschauen."

„Aber dann bringst du mich zu Hause auf den neuesten Stand!“, forderte Tomke. „Vor allem darüber, was bei der Hollerbaum abgegangen ist. Außerdem möchte ich Fahndungsfotos von Stolle im DIN-A5-Format ausgedruckt bekommen, das können die Kollegen in der Zwischenzeit machen.“

„Was hast du damit vor?“, wollte Carsten wissen.

„Ach, das erzähle ich euch morgen“, gähnte Tomke und griff nach ihrer Jacke.

Hajo stand auf. „Morgen kommt übrigens Gerdes. Bis dahin solltest du deine Frisur noch mal überdenken.“ Tomke schaute ihn verständnislos an.

Hajo tat geheimnisvoll. „Hast du in den letzten Tagen mal in den Spiegel geschaut?“

„Nein, im Krankenhaus gab es keinen über dem Waschbecken, warum, weiß ich nicht. Echt doof, aber war mir dann doch nicht so wichtig.“

Wahrscheinlich haben sie ihn abgehängt, damit du das Grauen nicht siehst, feixte Hajo in sich hinein und überlegte, wie wohl Tomkes Reaktion ausfallen könnte, wenn sie über kurz oder lang im Bad ihrem Spiegelbild gegenüberstehen würde.

Carsten wusste genau, was sein Kollege meinte. Er klopfte ihm auf die Schulter. „Einen schönen Abend und viel Spaß. Ich geh dann mal. Wir sehen uns morgen.“ Die beiden Männer warfen sich noch einen vielsagenden Blick zu, und Carsten verschwand durch die Tür.

Auch Hajo und Tomke machten Feierabend und verließen das Büro. Tomke wurde auf dem Weg durchs Haus von manch mitleidigem Blick begleitet, andere Kollegen zeigten einen erhobenen Daumen. Fokko vom Empfang meinte mit traurigem Blick: „Tut mir echt leid für dich, Tomke!"

Die Kommissarin fand das alles ein wenig übertrieben und erwiderte nur kurz: „Ich lebe ja noch!"

Sie fuhren fast schweigend den kurzen Weg nach Hause. Im Treppenhaus schnupperte Tomke an sich herunter: „Ich rieche noch immer nach Rauch; ob ich den Geruch wohl jemals aus der Nase bekomme?"

Hajo stimmte ihr zu: „Mir geht es ähnlich."

„Ich gehe zuerst ins Bad. Durchsuchst du inzwischen unsere Küche nach etwas Essbarem, das noch keine Füße bekommen hat? Ich freue mich so auf die Dusche. Im Krankenhaus war nur Waschen am Waschbecken möglich. Ich bin dann mal weg."

Sie warf ihre Tasche in die Ecke und stürmte in das Badezimmer.

Hajo zählte: eins, zwei, drei – und hielt sich die Ohren zu. Gerade rechtzeitig, denn aus dem Badezimmer war ein gellender Schrei zu hören.

Montagmorgen im Hause Schmied

Carsten und Michaela saßen schon seit sechs Uhr in der Küche. Ihnen war klar, dass sie nur diese frühe Stunde für sich hatten. Bald würden die Kinder aufwachen. Diese Zeit jetzt wollten sie für sich nutzen. Carsten holte seiner Frau noch einen Cappuccino, für sich selbst drückte er beim Kaffeeautomaten auf die Taste „Espresso".

„Ich habe heute Nacht geschlafen wie ein Toter und fühle mich keinen Deut besser als gestern Abend vorm Zubettgehen", gähnte er.

„Tut mir leid, Liebster, aber so siehst du auch aus!", bestätigte Michaela sorgenvoll. „Wann hattest du eigentlich den letzten freien Tag?"

„Ach ja, ich weiß. Aber was soll ich machen. Den Kollegen geht es nicht anders. Dazu kommt, dass Tomke noch angeschlagen ist, es aber nicht wahrhaben will. Einfach zu Hause bleiben geht nicht."

„Wenn ihr mir eine Entschuldigung für die Schule schreibt, gehe ich für dich ermitteln, Papa!", kam es von der Tür. Die beiden schauten sich verwundert um, hatten sie doch nicht bemerkt, dass Marie in der Tür stand.

„Hast du dich wieder einmal angeschlichen, du neugierige Maus?", wollte Carsten wissen und zog seine Tochter an sich. „Guten Morgen, Marie, gut geschlafen?"

„Ja. Guten Morgen, Papa, Morgen, Mama!“ Sie gab beiden einen Kuss.

„Ist doch eine gute Idee, oder? Ich gehe für dich Verbrecher fangen, und dann schreibe ich ein Buch darüber. So muss ich mir nichts ausdenken.“ Marie war von ihrer Idee begeistert. Ihre Eltern natürlich weniger. Sie lief im Nachthemd und barfuß durch die Küche, holte einen Milchbeutel aus dem Kühlschrank und bat ihre Mutter: „Mama, machst du mir Kakao?“

„Na klar, mein Schatz. Geh du inzwischen bitte ins Bad. Was möchtest du auf dein Pausenbrot haben?“ Darauf antwortete Marie nicht. Carsten und Michaela hörten nur, wie sie im Bad nebenan jammerte: „Heute ist schon wieder Montag, und ich muss in die Schule, dabei gibt es viele andere interessante Dinge zu tun. Aber was will ich machen, hilft ja nix.“

Die beiden verkniffen es sich, laut zu lachen. Den letzten Satz hatte das Mädchen original von Oma und Tant' Fienchen übernommen. Kopfschüttelnd bereitete Michaela ihrer Tochter den Kakao zu.

„Wie läuft es denn nebenan bei den beiden unbelehrbaren Schwestern? Haben die sich wieder beruhigt?“

„Unbelehrbar ist gut! Und beruhigt? Ich weiß nicht. Wenn du mich fragst, hecken die beiden schon wieder was aus.“

„Wer heckt was aus? Ich will auch …“, kam es aus dem Bad.

„Marie! Zähne putzen, und zwar ordentlich!“, rief Michaela ihrer Tochter zu und fuhr leise fort: „Ich war gestern Abend noch mal drüben. Da waren sie mir zu still.

Das ist wie bei kleinen Kindern. Wenn die ganz still sind, stellen sie auch was an, das wissen wir ja."

Carsten musste lachen. „Apropos, unser Sohn schläft heute aber lange, ob der wohl in seinem Zimmer etwas anstellt?"

„Solange er nicht alleine aus seinem Gitterbett klettert, bin ich da ganz entspannt", antwortete Michaela. Und als habe er es gehört, war von oben die Stimme von Felix zu hören.

„Okay, ich hole ihn." Carsten stand auf. „So habe ich wenigstens noch ein paar Minuten mit meinem Sohn."

Gegen halb acht verabschiedete sich Carsten von Michaela und dem kleinen Burschen. Marie fand es cool, dass ihr Vater sie heute wieder einmal mit nach Wittmund zur Schule nahm.

Im Auto erinnerte Carsten seine Tochter noch mal an ein Versprechen, das sie ihm und ihrer Mutter gegeben hatte, niemals mit jemandem mitzufahren.

„Papa, ich bin doch kein kleines Kind mehr", versuchte das Mädchen zu beschwichtigen. Trotzdem hielt er ihr die Hand hin, und sie schlug ein.

Man weiß nie, was Stolle sonst noch vorhat, überlegte er.

Natürlich machten sie auch einen kleinen Umweg und luden Maries Freundin ein. Dann fuhr er mit zwei plappernden Mädels Richtung Wittmund und musste immer wieder darüber schmunzeln, was die beiden sich für Geschichten zu erzählen hatten.

Montagmorgen bei Tomke und Hajo

„So gehe ich nicht aus dem Haus!“ Tomke konnte sich nicht beruhigen. Außerdem war sie noch immer ziemlich verärgert, weil niemand, und vor allem Hajo nicht, sie darauf hingewiesen hatte, was mit ihren Haaren geschehen war.

„Ich sehe aus wie ein zerrupftes Huhn!“, schimpfte sie weiter und griff sich ständig in die versengten Haare. Der erste Anblick am Abend zuvor hatte ihr einen Schock versetzt, und auch jetzt war es noch nicht besser. Wie auch, die Frisur war noch die Gleiche.

„Hajo, sag doch was. Was soll ich nur tun?“

„Geh zum Friseur“, kam es lakonisch aus der Küche.

„Heute ist Montag, Mann!“ Immer wieder fuhr sie sich mit den Fingern über den Kopf.

Hajo kam ins Bad, griff nach seiner Zahnbürste und meinte: „An irgendwen erinnert mich deine neue Frisur. Ich weiß nur nicht, an wen oder was. Ich glaube“, meinte er nachdenklich weiter, „an einen Film, aber …, nein, ich komme nicht drauf.“

Fast hätte er sich an seiner Zahnbürste verschluckt.

„Lach nicht, Blödmann!“ Tomke gab ihm einen Klaps auf die Schulter. Erneut betrachtete sie sich.

„Hilft nichts, da muss ich selbst ran.“

„Schere, Tupfer!“, sprach sie zu ihrem Spiegelbild und nahm sich die Nagelschere aus dem Badezimmerschrank.

Nachdem sie ungeschickt ein paar versengte Strähnen abgeschnippelt hatte, gab sie auf.

„Ich versuche es anders. Hajo, gib mir doch bitte deinen Bartschneider.“

„Bitte? Willst du damit etwa ...?“

„Ich? Nein, du! Du schneidest mir damit ein wenig Form in die verbliebenen Haare. Hinten habe ich schließlich keine Augen. Aber bitte so, dass ich ohne mich zu schämen das Haus verlassen kann. Jetzt kann ich auch die mitleidigen Blicke deuten. Mein Gott, ist das peinlich! Keiner von euch hat etwas gesagt, auch Oma und Tant' Fienchen nicht.“ Tomke schlug die Hände vors Gesicht.

Dann bestand sie darauf, dass er ihr mit seinem Bartschneider die Haare schnitt.

„Ich kann das nicht, nachher bin ich schuld, wenn du Glatze trägst.“

„Doch, du kannst!“

Widerwillig machte Hajo sich ans Werk.

Als sie beide eine knappe Stunde später das Haus verließen, trug Tomke eine Basecap, tief in die Stirn gezogen. Auf Hajos Entschuldigung: „Ich habe dich gewarnt“, reagierte sie nicht.

Im Büro

Die drei Kommissare trafen fast gleichzeitig im Büro ein.

Carsten amüsierte sich im Stillen noch immer über das Gespräch der beiden Mädchen im Fond des Wagens. Ach, was wollten sie ja gerne erwachsen sein!

Tomke stürmte mit Basecap das Büro. Die Kollegen im Haus, an denen sie vorbeigeschossen war, hatten sich mit Äußerungen zurückgehalten. Carsten allerdings konnte sich eine Bemerkung nicht verkneifen:

„Hajo, schön dich zu sehen. Ich habe mir schon Sorgen gemacht, ob du die Nacht überlebst, nachdem Tomke zu Hause schließlich ihre neue Frisur entdeckt hat."

„Blödmann!", murrte Tomke.

Hajo amüsierte sich im Stillen.

Tomke fuhr schweigend ihren Computer hoch, ihre beiden Kollegen taten es ihr gleich. Während sie darauf warteten, dass sich auf den Bildschirmen etwas zeigte, ging ein kurzes Geplänkel hin und her, das Tomke inzwischen auch scherzhaft nahm. Half ja nix, wie sie sich bewusst war. Aber morgen früh würde sie als Erstes zum Friseur gehen. Ob der wohl etwas tun könnte, nachdem Hajo mit dem Bartschneider gewütet hatte?

„Meine Güte, das dauert heute wieder! Bei euch auch?", schimpfte sie dann. „Hat die Kiste wieder mal Valium geschluckt?“ Genervt schlug sie mit der flachen Hand gegen den Bildschirm.

Hajo und Carsten quittierten es mit einem Grinsen. Tomke wieder.

Dann endlich war es so weit, und sie konnten sich einloggen.

Nachdem Tomkes Aufregung über ihre versengten Haare am Vorabend etwas abgeklungen war, hatte Hajo sie noch eingehend über den Stand der Ermittlungen informiert. Den Besuch bei der Witwe Hollerbaum und deren seltsames Verhalten hatte er ihr in aller Ausführlichkeit geschildert. Auch dass wohl ein Mann im Haus gewesen sein musste, der, während sie unten mit der Hollerbaum sprachen, das Haus über eine Hintertreppe verlassen hatte.

Tomke fand das Gebaren der Dame genauso merkwürdig und auffällig und war der Meinung, dass es vielleicht mit den Geschäften von Sören Hollerbaum und den Geschäftskollegen zu tun haben könne.

„Ist schon sehr verwunderlich, dass ihr die ganzen Unterlagen aus den Büros der beiden anderen Toten bei ihm im Arbeitszimmer gefunden habt“, hatte sie am Abend noch gemeint. Hajo hatte ihr auch von dem Überfall hinter der Scheune, und dass er zusammengeschlagen worden war, berichtet.

Wie sich herausstellte, gab es bei Tomke eine Erinnerungslücke. Sie vermochte nicht zu sagen, was zwischen Hajos Verlassen der Scheune und ihrem Erwachen vor der Scheune passiert war. Somit auch nicht, wie es zu dem Brand kommen konnte.

„Alles weg!“, erklärte sie nun im Büro noch mal entsetzt. „Ich zermartere mir schon die ganze Zeit den Kopf, aber da kommt nix!“ Eine Weile herrschte Ruhe im Büro.

Carsten tippte auf seinem Computer herum, knurrte etwas vor sich hin und pfiff dann durch die Zähne. „Aha, jetzt ist es amtlich!“

„Was?“, wollten Tomke und Hajo gleichzeitig wissen.

„Dass vorne jemand den Brand verursacht hat, während Hajo hinter der Scheune eins auf die Rübe bekommen hat!“

„Wenn es kein Blitzeinschlag war, ja!“

„Nun, das ist geklärt! Es war kein Blitzeinschlag.“

„Wie bitte? Also tatsächlich ein Anschlag?“ Tomke und Hajo schauten sich entsetzt an.

„Jow! Hier habe ich gerade den Vorbericht des Brandermittlers bekommen. Die Spurensicherung durfte ja nur draußen arbeiten. Jetzt ist er durch, und unsere Leute können auch in die Scheune. Habt ihr den Bericht nicht …?“ Jetzt meldeten Hajos und Tomkes Computer durch einen kurzen Ton auch den Eingang einer Nachricht.

„Ich sag’s ja, Valium. Den Bericht möchte ich mir gerne anschauen.“ Sie öffnete die Mail und begann zu lesen. Hajo tat es ihr nach.

In der Tat hatte der Sachverständige von der Brandermittlungsbehörde Scherben und Brandbeschleuniger entdeckt, sodass er davon ausging, dass eine Art Molotowcocktail benutzt worden war. Weitere Untersuchungen liefen noch, wie er schrieb.

In seinem kurzen Anschreiben wollte er von Tomke und Hajo wissen, ob sie hatten sehen können, in welchem Zustand sich das Oberlicht bei ihrem Eintreten in die Scheune befand. War die Scheibe in Ordnung oder defekt?

Auf dem Boden habe er Glassplitter des Oberlichtes gefunden, und es stelle sich die Frage, ob die dort schon vorher lagen oder nicht. Er mutmaßte, dass jemand die Brandbombe durch diese Scheibe geworfen habe, und bat um kurzen Rückruf zur Abklärung.

„Das ist der Hammer!" Tomke griff sich an den Kopf, wo immer noch eine unangenehme Schwellung ihr Probleme machte.

„Aua, dann hat mich also eine Brandbombe an dieser Stelle getroffen."

Wieder fasste sie sich an den Kopf und verzog schmerzverzerrt das Gesicht.

„Hajo", bat sie dann, „würdest du ihm bitte antworten? Ich bin mir sicher, dass dieses gläserne Oberlicht unbeschädigt gewesen ist. Bei der Scheune nebenan war es zerbrochen, aber dort nicht. Was meinst du?"

„Ich bin mir ganz sicher: Das Glas war völlig in Ordnung. Ich dachte noch, dass wir so wenigstens nicht nass werden würden. Okay, ich rufe ihn an."

Er nahm den Telefonhörer auf und wählte die in der Mail angegebene Telefonnummer.

Tomke stand auf und betrachtete die neue Tafel, an der ihre beiden Kollegen schon jede Menge Notizen geschrieben hatten. Vieles davon hatte Hajo ihr in der Nacht berichtet, manches war ihr nicht bekannt. In der ihr eigenen Manier prägte sie sich die Informationen ein.

Es gab viel zu tun, Tomke rieb sich das Kinn.

Zuerst würde sie jedem ihrer uniformierten Kollegen das Phantombild von Stolle aufs Diensthandy schicken. Außerdem sollten die Kollegen in der Stadt, wie auch in den umliegenden Ortschaften, mit kleinen Handzetteln nach Stolle fragen. „Wir müssen den Mann in Sicherheit wiegen, aber trotzdem verdeckt vorgehen, heimlich. Im Verborgenen arbeiten, so wie dieser Mann auch", nahm sie sich vor. „Wollen wir doch mal sehen, wer wem ins Netz geht! Ich in das seine sicher nicht", war sich die Kommissarin sicher.

Sie rief in der Zentrale an, bat den Kollegen, von einer Bilddatei, die sie ihm jetzt gleich schicken würde, Handzettel in DIN-A5 zu drucken und die diensthabenden Kollegen in den Streifenwagen, aber auch zu Fuß, damit loszuschicken. „Und bitte auch nach Esens, Wilhelmshaven *und umzu** weiterleiten. Alle Mitarbeiter sollen sich umhören. Aber leise und vorsichtig. Nicht mehr öffentlich, nicht mehr aushängen. Verstanden?"

„Moak wi!", kam die stoische Antwort.

Tomke wandte sich wieder ihrem Computer zu und brummte: „Das ist erledigt, weiter geht's!" Danach griff sie erneut zum Telefon, wählte dieselbe Nummer noch mal und beauftragte den Kollegen: „Drucke von diesen Handzetteln am besten gleich einen ganzen Stapel aus, vertei-

---

* Umgangssprachlich: und Umgebung.

le sie auf alle Streifenwagen. Nicht nur für die Kollegen selbst. Die sollen an allen Haustüren klingeln, nachfragen, ob jemand den Mann gesehen hat. Überall auch einen Zettel hinterlassen, dort, wo man Stolle vermuten könnte. Ich denke da im Übrigen an die kleinen Orte im Hinterland. Vielleicht hat er sich in einer Wohnung oder einem alten Haus eingemietet oder eingenistet. Eine Ferienwohnung, die jetzt außerhalb der Saison nicht belegt ist. Möglicherweise ist ihm da jemand begegnet, oft spielt Kommissar Zufall eine Rolle. Wenn wir Glück haben, kann sich eine Person an ihn erinnern oder meldet sich, wenn sie ihn aufgrund des Handzettels erkennt. Also los, ich will den Kerl unbedingt haben. Er ist hochgefährlich." Tomke beendete das Gespräch, nicht ohne den Kollegen nochmals auf die Brisanz des Falles hinzuweisen.

Die Bürotür wurde geöffnet und zwei Kollegen der Spurensicherung schoben eine Karre mit Kisten und Ordnern herein. Der eine meinte: „Das sollen wir hier abliefern, viel Spaß bei der Durchsicht!" schnell verließen beide wieder den Raum.

„Wieso wir?", wollte Tomke wissen. Carsten stand auf.

„War mein Fehler, ich hätte nicht gedacht, dass es so viel ist. Mist! Wir holen uns Hilfe von unten, ich rufe mal an."

„Kann aber schwierig werden, warte mal. Wenn Hilfe, dann aber so, dass der oder diejenige Bescheid weiß. Was hilft uns Hilfe, die nicht weiß, um was es geht." Tomke überlegte, wen man am besten dazu nehmen könnte.

Carsten nickte. „Okay, mach du das. Ich würde vorschlagen, dass Hajo und ich noch mal zum Kartoffelhof fahren. Die beiden Frauen müssen doch irgendwo zu finden sein. Nachdem Hajo dort niedergeschlagen und auf dich ein Brandanschlag verübt wurde, sollten wir uns einen Beschluss zur Durchsuchung des Hauses besorgen, außerdem ist da ja auch noch der Lieferwagen, der zum Haus gehört." Von Hajo kam ein Murren, doch er stand auf. „Wenn es denn sein muss, komme ich mit."

„Macht das. Ich bleibe hier, beantrage den Beschluss, und wenn er rechtzeitig kommt, schicke ich ihn dir aufs Handy. Ansonsten seid ihr doch clevere Kerlchen. Sollte wieder niemand öffnen, findet ihr doch sicher eine Möglichkeit, oder?" Sie zwinkerte ihren Kollegen zu. „Das muss hier nun endlich mal vorangehen. Ich vertiefe mich in der Zwischenzeit in eure Berichte und die Fakten und nehme mir ein paar der Ordner von diesem großen Stapel vor." Tomke deutete auf den Wagen. „Außerdem will der Boss vorbeikommen, ich habe gerade eine Mail von ihm erhalten."

„Na dann, viel Spaß!", verabschiedete sich Carsten nicht ohne Unterton, der Tomke wohl auffiel.

„Was?", fragte sie und blickte auf.

„Nichts, Chefin, alles gut. Grüße an den Alten, falls wir ihn verpassen."

Carsten verschwand durch die Tür und Hajo folgte ihm schnell.

Auf dem Weg zum Auto meinte Hajo feixend: „Mal sehen, wie das ausgeht. Ist doch klar, was der Alte von ihr will. Ganz sicher will er nicht nur wissen, wie es unserer Tomke geht."

„Nein, bestimmt nicht. Allerdings wird sie ihm auch den einen oder anderen Alleingang verständlich machen müssen und wie es zum Totalschaden ihres Wagens gekommen ist. Ich bin gespannt, wie sie ihm erklärt, warum ihr nicht mit dem Dienstwagen unterwegs wart. Ach, unsere Chefin macht das schon," lachte er und warf Hajo den Autoschlüssel zu. „Du fährst!"

*

Tomke lehnte sich stöhnend in ihrem Stuhl zurück. Im Grunde hatten sie ja alle recht. Oma und Tant' Fienchen, Hajo, Carsten und auch die Ärzte in der Klinik. Ja, im Grunde hätte sie noch ein paar Tage pausieren müssen. Ihr Kopf schmerzte und der Druck auf der Brust ließ auch nicht wirklich nach. Die aufkommenden Hustenanfälle hatte sie, als ihre Kollegen noch im Büro saßen, zu unterdrücken versucht, jetzt, da sie alleine war, hielt sie es nicht mehr für notwendig.

Da musste doch in der Schreibtischschublade noch ein Blister mit Kopfschmerztabletten sein, überlegte sie. Tomke zog eine Schublade nach der anderen heraus und würde fündig. Ganz unten, in der Lade, in der sie private Dinge, Kekse, eine Handcreme und Socken und ein T-Shirt zum Wechseln verstaut hatte, fand sie die gesuchten Tabletten. Sie drückte sich zwei davon in die Hand und erkannte, ganz klein in den Blister eingedruckt, dass das Medikament schon seit einem halben Jahr abgelaufen war.

„Wird total überschätzt, die Sache mit dem Haltbarkeitsdatum", beruhigte sie sich, goss Mineralwasser in ein Glas und warf sich die Pillen ein. Beim Trinken verschluckte sie sich derart, dass ein erneuter Hustenanfall die Medikamente fast wieder nach oben befördert hätte.

„Verdammt!“ Tomke schlug sich mit der flachen Hand auf den Brustkorb. Und trank mit tränenden Augen einen weiteren Schluck.

Nachdem sie sich beruhigt hatte, wandte sie sich wieder ihrem Computer zu. „Der Durchsuchungsbeschluss! Mann, den hätte ich fast vergessen.“ Sie rief die entsprechende Datei auf, füllte die nötigen Angaben schnell aus und schickte das Formular in das Vorzimmer des diensthabenden Richters. Anschließend griff die Ermittlerin zum Telefon und rief dort an.

Susanne Schweiger, die Vorzimmerdame des Richters, versprach, ihrem Chef den Antrag sofort vorzulegen.

„Ich habe gehört, dass Sie einen Unfall hatten, liebste Tomke“, flötete sie am anderen Ende der Leitung. „Wie geht es Ihnen denn?“

„Unfall, Überfall, Brandanschlag, fast keine Haare mehr auf dem Kopf – aber sonst ist alles in Ordnung. Bitte, lassen Sie mir den unterschriebenen Beschluss schnellstens zukommen, meine Kollegen stehen schon gleich vor der Tür der beiden Frauen. Ohne richterliche Erlaubnis treten sie die Tür nur ungern ein.“

Die Antwort wartete Tomke gar nicht erst ab, denn sie kannte die Schweiger, das war eine Quasselstrippe, und dafür hatte sie im Moment weder Lust noch Zeit.

Die Ermittlerin wollte sich gerade den Berichten ihrer Kollegen widmen, als ihr Handy klingelte. Es war Gesche

Laue von der Insel Spiekeroog. Sie war die Schwägerin von Michaela. Sie und ihr Mann Thomas waren inzwischen ebenfalls zu guten Freunden von Tomke und Hajo geworden. Gesche wollte natürlich als Erstes wissen, wie es ihr ginge, was Tomke ähnlich beantwortete wie der Vorzimmerdame des Richters.

„Aber eigentlich rufe ich wegen etwas anderem an", wechselte Gesche dann das Thema. „Kinder von Freunden von uns haben Knochen gefunden!"

„Wie bitte? Wo?"

„In einer Art Sandloch oder Kuhle!"

„Das glaube ich nicht, willst du mich verarschen? Haben wir den 1. April? Nein, eigentlich nicht. Das ist ja der Hammer. Erzähle!"

„Nun, die Familie war gerade angekommen, um die Osterferien in ihrem Haus auf der Insel vorzubereiten. Die Kinder sind nach draußen zum Sandloch, in dem der Pool für die Saison aufgestellt werden sollte, und haben eben die Entdeckung gemacht."

„Irre, war euer Inselsheriff schon vor Ort?"

„Andre? Nein, aber der ist wohl auf dem Weg. Den habe ich natürlich zuerst benachrichtigt. Aber warum ich dich anrufe, Tomke – kann es sein, dass es sich hier um diesen Typen handelt, der im Herbst letzten Jahres vor der Insel mit dem Flugzeug abgestürzt ist?"

„Du meinst Stolle? Ich weiß nicht, das Flugzeug lag doch im Wasser, wie soll er dann in die Sandkuhle eurer Freunde gekommen sein? Außerdem bin ich davon überzeugt, dass der Knabe noch lebt. Hier um uns herum treibt jemand sein Unwesen, versendet unterschwellige

Drohungen gegen mich, und das ist zu 99,9 Prozent Stolle. Also, meiner Meinung nach liegt er nicht in diesem Sandloch. Sind die Knochen denn als menschliche Knochen identifiziert? Kann es nicht ein Tier sein?"

Tomke wechselte mit dem Handy an das andere Ohr.

„Das wissen wir nicht. Ich habe mir diese Gebeine nicht wirklich angeschaut. Das überlasse ich Andre, wofür haben wir denn einen Sheriff hier auf der Insel. Und wenn ich es mir recht überlege, klar, wie soll er dort hinkommen? Ach, das wäre aber mal eine interessante Geschichte gewesen, und ich dachte schon, ich könnte zur Lösung des Falles beitragen."

Im Hintergrund war nun das Läuten eines Telefons zu hören.

„Warte mal, das ist unser Haustelefon."

Tomke hörte, dass gesprochen wurde. Ungeduldig blickte sie auf ihre Uhr.

Dann meldete sich Gesche wieder. „Falscher Alarm!", rief sie ins Telefon. „Andre hat klugerweise gleich unseren Inseldoktor mitgenommen und der hat die Knochen eindeutig als Tierknochen erkannt. Von einem großen Hund, vermutet er. Der muss dort schon vor etlichen Jahren vergraben worden sein, hat wahrscheinlich den Vorbesitzern des Hauses gehört, und soeben fällt mir auch ein, dass da mal ein Bernhardiner …" Sie brach ab, fuhr aber gleich darauf fort: „Ach entschuldige bitte, Tomke, da habe ich im detektivischen Überschwang doch tatsächlich gedacht, ich hätte einen Fall für euch gelöst. Na ja, dann eben ein anderes Mal. Pass auf dich auf, und bis bald. Wir sehen uns nächsten Monat, wenn ihr hier bei uns …", Gesche atmete fest aus, sodass Tomke nachfragte: „Was ist denn? Und was meinst du mit *im nächsten Monat*?“

„Ach, nichts Tragisches, ich dachte nur, ihr würdet endlich mal ein paar Tage bei uns ausspannen. Ist die einzig freie Zeit in unserer Ferienwohnung.“ Dann knackte es in der Leitung, Gesche hatte aufgelegt und ärgerte sich gleichzeitig, denn beinahe hätte sie sich verraten.

Tomke ließ ihren Kopf in die Hände fallen und stöhnte: „Verrücktes Huhn!“

„Wo war ich?“, überlegte sie dann und widmete sich kopfschüttelnd wieder den Berichten.

Keine Kartoffeln, kein Kartoffelhof

Hajo hatte sich vorgenommen, dieses unterschwellige Gefühl, das schon wieder aufkommen wollte, nicht zu beachten. Diese beiden törichten Weibsbilder vom Kartoffelhof durften ihn nicht verunsichern. Nicht schon wieder.

Wie schon am Tag des Brandes, fuhren sie über den holprigen Weg auf den Hof zu. Carsten kontrollierte sein Handy, ob Tomke schon den Durchsuchungsbeschluss geschickt hatte. „Mist, noch nichts. Na ja, vielleicht sind sie ja da und lassen uns rein."

„Ha, dass ich nicht lache. Nie und nimmer. Auch damals durften wir das Haus nur mit Beschluss betreten." Hajo winkte ab. „Da ist jemand, siehst du?" Carsten zeigte über den weitläufigen Hof. Hajo parkte den Wagen und schüttelte den Kopf. „Hab keine Menschenseele gesehen."

„Doch, da ist gerade eine Person um die Hausecke verschwunden."

„Ich glaube es dir ja, hab nur niemanden gesehen. Komm, lass uns aussteigen. Wir klingeln, und wenn keiner öffnet, schauen wir hinterm Haus nach."

Natürlich öffnete, wie vermutet, niemand. Hajo und Carsten beschlossen, um das Haus zu gehen. Carsten meinte augenzwinkernd: „Vielleicht sollten wir zusammenbleiben, nicht dass du wieder eins übergezogen bekommst und anschließend wie Dornröschen wachgeküsst wirst."

„Quatsch, wir trennen uns und gehen von beiden Seiten ums Haus." Hajo zog seine Waffe aus dem Holster. Er war ärgerlich. Diese blöden Weiber würden ihn nicht noch einmal überraschen. Er war inzwischen davon überzeugt, dass eine der beiden ihn niedergeschlagen hatte.

So ging dann Carsten in die Richtung, wohin er jemanden hatte ums Haus verschwinden sehen, Hajo nahm den entgegengesetzten Weg. Beide trugen sie ihre Waffe erhoben in den Händen und schlichen angespannt ums Haus.

Carsten lugte vorsichtig um die nächste Ecke und sah, dass Hajo resigniert die freie Hand hob. Natürlich war um das ganze Haus niemand zu entdecken. „Hab ich doch gesagt!", rief der seinem Kollegen zu. „Wir müssen rein. Lass uns vorne noch einmal klingeln, dann gehen wir hinein, egal wie! *Gefahr im Verzug* geht immer, komm!"

Beide steckten ihre Waffen in die Holster zurück und liefen zur Haustür. Der Klingelton, ein einfaches Ding-Dong, war bis ins Freie zu hören. Keiner öffnete.

„Schluss, ich geh da jetzt rein!", beschloss Hajo. Er tastete den Rahmen um die Haustür ab in der Hoffnung, dort einen deponierten Schlüssel zu finden. Fluchend wiederholte er diese Aktion auch bei der Fensterbank rechts der Tür, hob einen Blumenkasten mit vertrocknetem Inhalt an und schaute darunter. Nichts, kein Schlüssel. „Geh mal zur Seite, ich trete die Tür ein." Carsten betrachtete die Aktion in einiger Entfernung. „Lass ihn mal machen, den Jungspund", dachte er amüsiert. „Hat hier sicher noch eine Rechnung offen."

Hajo nahm etwas Anlauf, hob den rechten Fuß, um tatsächlich die Tür einzutreten, und trat ins Leere. Wie aus dem Boden gewachsen, stand Linda in der offenen Tür.

„Hajo, mein Lieber, schön, dass du uns besuchst. Geht es dir wieder besser?“ Sie machte einen Schritt auf den Ermittler zu, fuhr ihm mit der Hand über den Kopf und hielt kurz inne.

„Solltest dein Leben nicht riskieren für …“, dann brach sie ab. Hajo, der für einen kurzen Moment in eine Art Schockstarre verfallen war, hatte nach der Hand der Frau gegriffen und sie angewidert weggeschoben. „Finger weg!“, rief er und machte einen Schritt zurück. Nun schaltete sich Carsten ein.

„Warum öffnen Sie nicht? Wir haben schon mehrmals geläutet!“

„Muss ich das? Nein, ich denke nicht. Es steht mir zu, nicht zu öffnen“, antwortete Linda, den Blick hartnäckig auf Hajo gerichtet. Inzwischen war ihre Schwester Bintje erschienen, die nun hinter ihr stand und nickte.

„Was willst du, Hajo?“ Linda schaute dem Ermittler tief in die Augen. Carsten ignorierte sie völlig.

Hajo hatte das Gefühl, sich übergeben zu müssen. Die Berührung dieser Frau ekelte ihn an. Doch er riss sich zusammen und meinte: „Bitte beantworten Sie die Frage meines Kollegen. Warum machen Sie die Tür nicht auf?“

„Weil wir nicht wollen!“ Sie zeigte auf ihre Schwester und forderte dann mit zärtlich schmeichelnder Stimme: „Sag mir, Hajo, was du von uns willst. Dich würden wir natürlich hereinlassen, aber keinen anderen.“ Linda nickte zu Carsten hinüber.

Nun wurde Bintje aktiv. Unartikulierte Laute kamen aus ihrem Mund. Sie benutzte die Zeichensprache, und Linda fing an zu lachen.

„Oh, meine Schwester ist da anderer Meinung als ich. Nun, wenn sie das möchte, gern. Du kommst zu mir und der gut aussehende Mann zu Bintje?“ Ein grässlich unsympathisches Lachen folgte ihren Sätzen. In dieses Lachen fiel dann auch Bintje ein, und die beiden Ermittler waren sich still einig: Die beiden Frauen hatten ein Problem.

Carsten übernahm nun das Wort und erklärte: „Wir müssen Sie beide bitten, zur Vernehmung mit aufs Kommissariat zu kommen. Wir haben Fragen zum Brand der Scheune, zum Überfall auf Ermittlungsbeamte und zu Ihrem Transporter, der, wie es sich darstellt, bei einem Tötungsdelikt zum Einsatz kam. Außerdem scheint es, als sei Ihre DNA an einer Leiche gefunden worden. Also bitte, schließen Sie das Haus ab und kommen Sie mit.“

„Kommen wir mit?“, fragte Linda, während sie sich langsam zu ihrer Schwester umdrehte.

Die zuckte nur mit den Schultern.

„Wir kommen mit, Schwester. Aber nur, wenn wir im Auto neben Hajo sitzen dürfen, stimmt's?“

Von Bintje kam wieder ein gurgelndes Lachen, dass es Hajo kalt den Rücken hinabfuhr.

Das Geplänkel ging noch eine Weile hin und her, bis Carsten der Geduldsfaden riss. „Ende der Veranstaltung. Sie schließen jetzt das Haus ab, steigen ins Auto, und zwar hinten, aber presto, presto!“ Er hielt kurz inne, sein Handy machte sich bemerkbar. Ein Blick darauf ließ ihn erkennen, dass Tomke nun endlich den Durchsuchungsbeschluss geschickt hatte. Er hielt Hajo die Meldung hin, der nickte.

„Nicht jetzt. Lass uns die beiden aufs Kommissariat bringen. Das Haus sehen wir uns später an."

„Du hast recht, ich will auch nicht in ihrer Begleitung durch das große Haus gehen. Also, Abmarsch."

Die Ermittler führten je eine der beiden Frauen zum Auto, öffneten die Tür zum Rücksitz und ließen sie einsteigen. Bintje hinter den Fahrersitz, Linda hinter den Beifahrersitz. Als die Kommissare ebenfalls Platz genommen hatten und Carsten den Wagen gestartet hatte, stellte Hajo fest, dass das ein Fehler war, denn Linda griff von hinten um die Kopfstütze herum und kraulte ihn im Nacken. Sofort schoss dieses Ekelgefühl in ihm hoch. Wütend fuhr er herum und schrie: „Finger weg, oder ich lege Ihnen Handschellen an!"

„Aber Hajo, ich bin es doch, Linda!" Wieder fasste sie nach ihm. Bintje tat es ihrer Schwester bei Carsten inzwischen nach. Der trat auf die Bremse, rief Hajo zu: „Handschellen, alle beide", und stieg aus.

Als sie weiterfuhren, saßen die beiden Frauen völlig perplex und verständnislos auf der Rückbank, die Hände auf den Rücken gefesselt.

Carsten konnte nun nachempfinden, wie Hajo sich fühlte. Kurz schüttelte es ihn. Ein Blick in den Rückspiegel ließ ihn dann aber beruhigt die Fahrt fortsetzen. Er betätigte den Blinker und bog Richtung Wittmund ab.

Geldbeschaffungsmassnahmen

Das Haus auf der anderen Seite lag ruhig und verlassen. Henry inspizierte es nun schon seit Stunden. Er hatte, in einem bequemen, alten Sessel sitzend, genauen Einblick in die Stube des Mannes von gegenüber. Henry registrierte alles, speicherte alles ab. Vorüberfahrende Fahrzeuge, zwei Fahrradfahrer hatte er ebenfalls zur Kenntnis genommen. Das Postauto war heute ohne anzuhalten vorbeigefahren. Alles gut, alles ruhig. Diese Situation kannte er nur zu gut. Auf Posten sein, beobachten! Eine langweilige Angelegenheit, aber wichtig. Man musste vorbereitet sein, wollte man sein Ziel erreichen. Henrys Ziel war es, im richtigen Moment in das Haus einzudringen. Am besten wäre es, unbemerkt das Schatzkästchen zu finden, das der Alte mit Sicherheit irgendwo versteckt hielt. Durch sein Fernglas hatte Henry vor einigen Tagen feststellen können, dass der junge Mann vom Lebensmittellieferservice mit einem Hunderteuroschein bezahlt worden war. Die restlichen Scheine, so war durch das große Fenster zu erkennen gewesen, hatte der Alte, als er in das Wohnzimmer gekommen war, nicht dort deponiert. Sein Schatzkästchen musste also in einem der anderen Räume verwahrt sein. „Das ist gut", freute sich Henry. „Dann kann ich suchen gehen, wenn er im Sessel liegt und seine Mittagsstunde hält." Selbst wenn er nicht schlief, würde er ihn wegen der Lautstärke seines Fernsehers wahrscheinlich nicht bemerken. Henry liebte es, wenn ein Plan klappte. Und der Plan musste, nein würde klappen, da war sich Henry ganz sicher. So oder so! Den Alten zu killen, wäre zwar kein Problem, würde aber Aufruhr verursachen – und den wollte er möglichst vermeiden. Die Bullen waren weit weg, vermuteten ihn hier in diesem Kaff nicht, ein Leichenfund würde sie nur unnötig auf den Plan rufen und bestimmt sofort mit ihm in Verbindung bringen. „Nein, ich muss vorsichtig agieren, leise in das Haus eindringen und nach dem Geld des Alten suchen!", nahm er sich vor. Das sollte auch keine Schwierigkeit sein. Seine Kumpels bei der Armee hatten ihm den Namen „Katze" gegeben, und wie eine Katze wollte er durch das Haus schleichen. Geräuschlos und immer auf dem Sprung zu reagieren, sollte etwas Unvorhergesehenes passieren.

Plötzlich ließ ihn eine Bewegung drüben im Haus zusammenfahren. Nur durch einen flüchtigen Schatten war ihm aufgefallen, dass sich dort etwas geregt hatte. Henry richtete sich in seinem Sessel auf und presste förmlich das Fernglas in die Augenhöhlen. Leise entfuhr ihm: „Was war das?" Kurz nahm er das Glas herunter, schaute mit zusammengekniffenen Augen Richtung Straße. „War das gerade ein Auto, oder bilde ich mir das nur ein?" Erneut blickte er durch das Glas. Ja, im Haus wurde es überraschend lebhafter. Der Alte versuchte jetzt schwerfällig, sich aus seinem Sessel hochzustemmen. Nach mehreren Versuchen schaffte er es und humpelte schleppend aus Henrys Blickfeld.

„Shit! Bullshit! Er bekommt Besuch." Fluchend beobachtete er konzentriert, was nun geschehen würde. Nach einiger Zeit kam der Alte zurück, aber nicht alleine.

Henry fuhr hoch: Polizeiuniform! Zwei Polizisten standen in seinem Wohnzimmer. Was wollten die da? „Verdammt, verdammt!" Henry schoss augenblicklich Hitze in den Kopf. War man ihm auf der Spur? Hatte der Alte etwa ...?

Nein, das konnte nicht sein. Hier musste es einen anderen Grund geben.

Er sah, dass die beiden Männer auf den Alten einredeten und einer ihm etwas entgegenhielt. Um was es sich handelte, war nicht herauszufinden. Nach einer Weile verabschiedeten sich die beiden wieder, der alte Mann blieb sitzen und winkte ihnen nach.

Henry ließ das Fernglas sinken und grübelte, was dort drüben wohl passiert sein konnte. Warum hatte der Alte Besuch von den Bullen?

Schlagartig fuhr er zusammen, an der Tür seiner Wohnung hatte es geklingelt. Kam die Kripo jetzt auch zu ihm? Hatte sein Gegenüber ihn doch bemerkt, ihn erkannt und die Polizei gerufen?

„Ich bringe dich um!", flüsterte er und machte ein paar Schritte zurück in die Stube.

Draußen, vor dem Fenster, lief einer der beiden Männer vorbei. Instinktiv griff Henry nach seiner Waffe.

Auf dem Revier

Die Hände noch immer mit Handschellen auf dem Rücken gefesselt, wurden Bintje und Linda in den Vernehmungsraum geführt. Carsten und Hajo waren sich darüber einig, dass sie die beiden Frauen nicht im Büro befragen wollten.

„Der Vernehmungsraum hat mehr Wirkung!", hoffte Hajo, „und flößt den beiden ein wenig Respekt ein. Ich will die nicht bei uns im Büro haben!" Er schüttelte sich. Carsten nickte zustimmend, wies die Frauen an, sich auf die Stühle zu setzen und nahm ihnen die Handfesseln ab. Zwei Polizistinnen waren von Hajo schon von unterwegs bestellt worden, die sich nun seitlich in dem Raum aufhielten und Bintje und Linda nicht aus den Augen ließen. Hajo ging zu einer der beiden Kolleginnen und flüsterte ihr zu: „In fünf Minuten sind wir wieder da!"

Auf dem Weg ins Büro stöhnte Hajo auf. Er konnte sich noch immer nicht beruhigen, wenn er darüber nachdachte, wie ekelhaft es sich angefühlt hatte, als Linda ihm im Wagen von hinten in den Nacken gegriffen hatte.

„Mir ging es mit der anderen Verrückten nicht anders. Grauenhaft. Die haben doch ein Rad ab, beide. Oder was meinst du?"

Hajo pflichtete ihm stumm bei.

Noch voller Abscheu weiter über die Frauen diskutierend, betraten sie das Büro und fanden Tomke an ihrem Schreibtisch vor. Um sie herum standen Ordner an Ordner sowie Stapel an Papieren, teilweise noch in Kartons der Spurensicherung verpackt.

„Was habt ihr mir hier nur angetan? Das ist doch eine Beschäftigung für jemanden, der die Höchststrafe verdient hat. Habe ich das?“, fordernd blickte sie von Hajo zu Carsten.

„Nein, sicher nicht. Aber es ist doch genau die richtige Betätigung für eine Kollegin, die nach Hause auf die Couch gehört und eigentlich einen gelben Zettel vom Arzt haben müsste.“

„Wer hat einen gelben Zettel vom Arzt?“, kam eine Stimme aus dem Hintergrund.

Gerdes war unbemerkt hinter Carsten und Hajo ins Zimmer getreten. Auch Tomke sah ihn erst jetzt, als er um Carsten herumkam.

„Sie meinen doch sicher unsere *Miss Unverwüstlich* hier.“ Er deutete mit einem Grinsen auf Tomke.

„Ja, aber sie hat eben keinen – gelben Zettel, meine ich. Moin übrigens.“ Carsten gab Gerdes die Hand und setzte sich an seinen Schreibtisch. Auch Hajo begrüßte den Chef. Er warf ihm einen vielsagenden Blick zu, den Tomke sofort richtig einschätzte.

„Meine Kollegen übertreiben, Chef. Alles ist wieder gut.“

„Außer Ihrer Frisur, liebe Tomke. Die hat ja wohl etwas gelitten.“ Hajo und Carsten bekamen gleichzeitig einen Hustenanfall, der sich allerdings mehr nach unterschwelligem Gelächter anhörte. Tomke griff ärgerlich nach der Basecap, die neben ihr auf dem Schreibtisch lag und stülpte sie sich über. Die Kommissarin verzog das Gesicht zu einer Grimasse, sagte aber nichts.

„Was gibt es zu berichten?“, wollte Gerdes wissen, ließ sich auf einen der Besucherstühle nieder und zeigte zu Swantje. „Wie war das? Wenn ich mich recht erinnere, bin ich doch mit einem nicht unerheblichen Betrag an dieser Maschine beteiligt, oder? Meinen Sie, der Automat würde mir einen Espresso bereiten, liebe Tomke?“

„Bestimmt!“, bestätigte diese stoisch, machte aber keine Anstalten, aufzustehen und die Maschine zu bedienen. „Würden Sie wohl so nett sein?“, bohrte Gerdes weiter.

„Ich, nein!“, nun setzte Tomke eine Leidensmiene auf und blickte mit großen Augen zu den drei Männern. „Ich muss mich noch schonen. Eigentlich gehöre ich ja nach Hause auf die Couch, sagen meine Leute. Zu mehr als dieser eintönigen Arbeit hier bin ich noch nicht fähig.“ Wieder schaute sie sich sehr leidend um.

„Ich mach ja schon.“ Hajo stand auf, marschierte Richtung Swantje und schaltete die Maschine ein.

„Für mich Cappuccino!“, rief ihm Tomke zu. „Für mich auch, bevor wir in die Höhle der Löwinnen müssen“, kam es von Carsten.

„Das hätte ich mir ja denken können.“ Brummend stellte er eine Tasse unter den Auslauf.

Gerdes ließ sich, während sie in kleiner Runde bei Kaffee und Keksen saßen, kurz über den Verlauf der Fälle informieren.

Geschockt über die Ereignisse, vor allem auch darüber, dass seine drei Mitarbeiter der Meinung waren, die Patronen seien von Stolle, ließ er Tomke und ihren Leuten freie Hand, weiter zu agieren.

„Anträge zu Haftbefehlen, Kontakt mit dem Haftrichter, Durchsuchungen oder was auch immer – bitte in kurzer Info an mich, ich kümmere mich darum, dass Ihnen alles auf dem schnellsten Weg zur Verfügung steht", versprach er. „Egal, zu welcher Tageszeit. Wenn Sie mich hier brauchen, bitte melden. Ich stehe jederzeit bereit, und wenn es das Letzte ist, was ich während meiner nicht mehr sehr langen Dienstzeit tue. Ach ja, meine Dienstzeit", wandte er sich dann an Tomke. „Darüber müssen wir auch noch sprechen. Meine Herren!", komplimentierte er Hajo und Carsten dann zur Tür, „Sie haben ja jetzt eine Aufgabe im Vernehmungsraum. Nun, dann forsch ran an die beiden Damen, und viel Vergnügen!"

Er wedelte mit den Händen, was so viel heißen sollte wie: „Raus hier!"

Hajo und Carsten war klar, was nun folgte. Gerdes wollte Tomke den Vorschlag machen, seinen Posten in Wilhelmshaven zu übernehmen. Sie grinsten sich kurz an und verließen das Büro. Kurz bevor er die Tür schloss, drehte sich Hajo um und meinte: „Nette Gespräche euch beiden." Tomke schaute ihm verständnislos nach.

Die beiden Ermittler gingen nicht sofort Richtung Vernehmungsraum. Direkt neben der gläsernen Bürotür blieben sie stehen und lauschten. Hajo zählte leise mit den

Fingern bis fünf, dann kam aus dem Büro ein entsetzter Aufschrei: „Iiiich? Nie und nimmer!"

Hajo und Carsten klatschten sich ab und nahmen den Weg zu Linda und Bintje.

„Ist auch manchmal sehr naiv, unsere Tomke", meinte Hajo gespielt nachdenklich. „Kommt gar nicht auf die Idee, dass der Alte ihr diesen Vorschlag unterbreiten könnte."

„Wo sie doch an erster Stelle steht in Sachen Ausbildung, Dienstjahren, Erfahrung hier vor Ort. Und die Aufklärungsstatistik bei uns zeigt auch eine entsprechende Wirkung." Carsten schüttelte den Kopf. „Wie schon gesagt, ich würde es auch nicht machen wollen!"

„Ich auch nicht!", pflichtete ihm Hajo bei.

„Was bleibt dann aber?", wollte Carsten wissen und fuhr fort: „Ein Fremder? Ich darf gar nicht daran denken. Vielleicht gibt es ja eine Lösung, eine Art Kompromiss." Carsten lehnte sich an die Tür des Vernehmungsraums. Durch die Scheibe konnte er erkennen, dass Bintje und Linda brav auf ihren Stühlen saßen.

Hajo blickte ihn fragend an.

„Welchen Kompromiss?"

„Wir hatten bei uns im Frankfurter Raum mal eine ähnliche Situation. Da wurde diese Stelle geteilt. Der Kollege war Chef und gleichzeitig mit an der Front. Ob Tomke sich darauf einlassen würde? Wie denkst du darüber?"

„Keine Ahnung. Nur ganz weg von der Front, das macht sie auf keinen Fall. Aber in diesem Job muss man diplomatisch sein, mit der Politik umgehen können, mit der Presse sprechen, nett sein, auch wenn es schwerfällt.

Ob Tomke das kann und will, das bezweifle ich heftig."
Hajo öffnete die Tür. „Hilft ja nix! Komm, packen wir's an und knacken die beiden Mädels."

Als sie den Raum betraten, wurden die Männer von einem Kichern begrüßt. Linda winkte zu ihrer Schwester hinüber: „Da kommt er wieder. Siehst du, ich habe es dir gesagt, Schwester. Er kommt zurück. Hajo kommt immer wieder zu mir. Nach Papas Tod, als wir so dringend seine Hilfe brauchten, war er nicht da, aber das verzeihe ich ihm." Sie warf Hajo eine Kusshand zu. „Macht nichts, mein Hajo, wir haben uns ja selbst geholfen." Dann blickte sie wieder zu Bintje. „Dann kam er mit einer anderen Frau, das war nicht schön, aber die ist nun weg. Jetzt gehört er wieder mir. Ist doch so, Hajo?" Mit schmachtendem Blick schaute sie zu Hajo und erwartete wohl, dass er ihr zustimmte.

Bintje rührte sich nicht. Sie blickte nur stumm von einem zum anderen.

Die beiden Polizistinnen, die noch immer rechts und links im Raum standen, verdrehten die Augen.

Hajo atmete tief durch, Carsten schloss kurz die Augen und setzte sich den Schwestern gegenüber. Anschließend schaltete er das Aufnahmegerät an und drehte das Mikrofon in Richtung Linda und Bintje.

Der Aufstieg

„Tomke!“, versuchte es Gerdes weiter, „es wäre ein beruflicher wie auch finanzieller Aufstieg für Sie. Denken Sie doch auch bitte daran. Ich kann mir für den Posten keine geeignetere Person vorstellen als Sie.“

„Mich? Ich als Kriminalrätin? Ich als Sesselpupser? Nie!“

Tomke war aufgebracht. Wie konnte der Alte nur auf diese Idee kommen? Die Folge wäre doch, dass sie in Wilhelmshaven sitzen und Bürokram erledigen, sich mit Politikern und Presse herumärgern müsste.

Nie im Leben.

„Sie glauben wirklich, ich kann das, Chef? Nett sein zu selbstgerechten, karrieregeilen Politikerärschen? Lächeln und Klappe halten? Niemals. Und die Presse? Nein, das war bisher wunderbar, wie Sie mir die Presseleute immer von Leibe gehalten haben. Mit denen kann ich nur bedingt. Mit meiner Freundin Inga vom ‚Anzeiger‘, ja, mit der. Aber sonst? Nein! Sie kennen mich, das gibt Mord und Totschlag. Das können Sie nicht wollen. Und außerdem, unser Büro hier verlassen, in Wilhelmshaven sitzen, da können Sie mich auch gleich ins Gefängnis stecken.“

Tomke verschränkte die Arme hinter dem Kopf und lehnte sich zurück. Was der Chef da von ihr verlangte, war unmöglich.

Gerdes sprach nicht, schaute nur aus dem Fenster und überlegte, wann er seinen Trumpf ausspielen sollte.

Es ist noch zu früh, es ist noch einen Moment zu früh. Zuerst versuche ich noch etwas anderes, beschloss er.

„Tomke!", fuhr Gerdes dann langsam fort. „Sie wissen aber, dass Ihnen dann jemand vor die Nase gesetzt wird, und wer das ist, kann ich natürlich nicht sagen. So weit reichen meine Befugnisse nicht. Einen Vorschlag darf ich machen, mehr hat man mir nicht zugestanden", flunkerte er, wohl wissend, dass er ohne Frage weiteren Einfluss hätte nehmen können. Aber er wollte Tomke Evers auf diesem Posten. Er traute ihr trotz ihrer unkonventionellen Art zu, die Leitung zu übernehmen.

Nun wurde Tomke hellhörig. „Wie, wer …, wissen Sie schon was? Hat man schon jemanden im Auge, der Ihren Posten bekommen soll?"

Gerdes verschloss fest die Lippen und blickte wieder Richtung Fenster.

„Chef!", lauerte Tomke. „Wer?"

Gerdes antwortete nicht.

„Chef, Sie wissen doch was!"

„Meine Lippen sind verschlossen, außerdem sind es nur Gerüchte, dass sie diese Stelle …" Dann schlug er sich mit der flachen Hand auf den Mund.

„Sie? Eine Frau? Wer?"

„Verdammt, ich habe schon viel zu viel …" Gerdes stand auf, worauf Tomke schob ihn wieder auf seinen Stuhl zurückschob.

„*Butter bei die Fische!* Wer?"

„Ich werde den Teufel tun und es Ihnen sagen. Es liegt jetzt ausschließlich an Ihnen, Ihren Kollegen und sich selbst dieses Los zu ersparen."

„Das ist Erpressung, Chef, das ist Erpressung und gemein."

„Nun, es liegt bei Ihnen. Nehmen Sie an, und alles ist gut. Ach ja, ein Angebot könnte ich Ihnen noch machen, ein Vorschlag zur Güte sozusagen. Eine Art Kompromiss, aber Kompromisse liegen Ihnen ja nicht so, wie ich weiß."

Wieder stand er auf und wieder drückte sie ihn zurück auf seinen Platz.

„Was?" Tomke blickte Gerdes fest in die Augen und fragte erneut: „Was?"

„Zwei Stellen, das heißt, zwei halbe."

„Das verstehe ich nicht. Was heißt das?"

„Nun, Sie bleiben, gemeinsam mit dem Kollegen Schmied, in Wittmund die Leiterin des Kommissariats und werden gleichzeitig die Vorgesetzte Ihrer Kollegen hier im Haus und von einem Teil in Wilhelmshaven."

„Wie soll das denn gehen? Das machen ‚die da oben' doch niemals mit." Tomke fuchtelte mit dem Arm in der Luft herum und machte ein ungläubiges Gesicht.

„Nun, darüber reden wir ein anderes Mal. Lassen Sie es sich durch den Kopf gehen und lassen Sie mich mal machen. Sprechen Sie mit den Kollegen. Wir telefonieren nächste Woche." Er streckte ihr die Hand entgegen. Tomke ergriff sie, zog ihre aber schnell wieder zurück.

„Mooooment!", schob sie dann ein und runzelte die Stirn. „Ich soll mir den Posten hier mit Carsten teilen? Das heißt doch: Sie haben schon mit ihm gesprochen, oder? Was wissen er und Hajo? Sind die informiert, und ich erfahre es als Letzte? Warum geben Sie Carsten nicht den Job? Ich habe da null Probleme mit." Sie schaute ihn skeptisch an und wiederholte: „Geben Sie es zu, Sie haben mit ihm geredet, alle wissen es, und ich erfahre es zum Schluss."

„Nein, ganz so ist es nicht. Aber ein wenig kenne ich Sie ja, und ich ahnte schon, dass Sie mir nicht vor Freude um den Hals fallen würden – was etliche mit Sicherheit getan hätten, aber das ist eine andere Sache –, deshalb habe ich mir …" Sie fiel ihm ins Wort: „… eine Hintertür offen gehalten. Stimmt's? Sie wussten, dass ich zu Wilhelmshaven Nein sage und bieten mir eine Alternative, die Ihnen schon vorher klar war. Habe ich recht? Sie wollten mich reinlegen, Chef. Sie dachten, ich gebe der widerspenstigen Tomke Evers die Peitsche und biete ihr dann ein Zuckerbrot an, stimmt's?"

„Na ja, wie hätte ich anders verfahren sollen? Natürlich rechnete ich von vornherein damit, dass Sie mir die Stelle in Wilhelmshaven um die Ohren hauen. Aber einer muss es nun mal machen und Sie schienen und scheinen mir die geeignetste Person dafür, verdammt. Verdammt, Tomke, stellen Sie sich nicht so an, jeder andere würde sich die Finger danach lecken, Chef zu werden. Nur Sie nicht."

„Und Carsten offensichtlich auch nicht!"

„Nein, der Kollege auch nicht. Ich habe ihn gefragt, ob er, falls Sie widerspenstig sind, sich vorstellen kann …"

„Und Carsten hat Nein gesagt."

Tomke bekam einen Lachanfall, konnte sich kaum beruhigen.

„Dabei wäre er der Beste, wie ich finde. Aber mal ehrlich, ich kann ihn gut verstehen."

„Ach, Schluss jetzt, Tomke. Überlegen Sie es sich, aber bedenken Sie, was die Alternative ist."

„Sie wollen mich doch nicht etwa damit erpressen, dass wir einen Chef bekommen, mit dem wir nicht können?"

„Chefin, Tomke, Chefin. Und nicht Ihre Kollegen werden ein Problem mit ihr haben, sondern vor allem Sie!"

„Wer ist es? Kenne ich sie?", hakte Tomke vorsichtig nach.

„Ich darf es nicht sagen, nur so viel: Da steht eine Person in den Startlöchern, die Ihnen keine Freude machen wird. Aber jetzt ist wirklich Schluss! Mehr kann ich nicht sagen." Tomke holte Luft, um etwas zu erwidern, doch Gerdes hob die Hand und gebot Einhalt. Tomke atmete laut aus.

„Denken Sie nach, reden Sie mit Ihren Kollegen. Sie haben Zeit bis nächste Woche. Punkt! Und jetzt wechseln wir das Thema."

Tomke blickte gedankenverloren vor sich hin. Sie wusste genau um die Zwickmühle, in der sie sich befand. Was sollte sie nur machen? Hatte sie überhaupt eine Wahlmöglichkeit?

Gerdes war inzwischen aufgestanden und machte sich an Swantje zu schaffen. Tomke hörte, dass der Kaffeeautomat komische Geräusche von sich gab, und eilte ihrem Chef zu Hilfe.

„Welche Geheimnummer muss man hier denn eingeben, um einen weiteren Kaffee zu bekommen?", schimpfte er und drückte einige Tasten.

„Nein, stopp. Das ist doch ganz einfach. Was möchten Sie: Kaffee, Espresso, Cappuccino? Sie müssen doch nur die entsprechende Taste drücken. Steht alles drauf." Tomke deutete auf die silberne Tastenreihe oben an der Maschine.

„Stimmt, wer lesen kann, ist klar im Vorteil!" Gerdes grinste zu seiner Kommissarin hinüber und drückte auf ‚Cappuccino'.

Das leidige Thema war zunächst erledigt. Gerdes ließ sich noch über offene Fragen informieren und wollte wissen, was es mit dem Wust an Papieren, Ordnern und Kartons auf sich hatte.

Tomke war froh, als er ihr anbot, sich mit ihr gemeinsam durch die Akten- und Ordnerberge zu kämpfen.

„Zwei Stunden habe ich", erklärte Gerdes und nahm sich den ersten Stapel vor.

„Was versprechen Sie sich eigentlich davon?", fragte er bereits nach einer halben Stunde nach. Tomke konnte sich ein Grinsen nicht verkneifen. War es dem Alten schon zu langweilig?

Die Vernehmung

Das, was Hajo und Carsten im Vernehmungsraum über sich ergehen lassen mussten, war kaum zu ertragen. Hajo hatte sich die Akten über die Eltern der beiden Frauen besorgt. Diese lagen nun neben ihm auf einer Ablage auf dem Tisch. Was damals passiert war, wollte er später zur Sprache bringen. Er stand hier noch immer an die Wand gelehnt und verfolgte stumm Carstens Befragung, wollte, so wie sie es besprochen hatten, erst nach einer Weile eingreifen.

Im Raum verbreitete sich mit einem Mal ein unangenehmer Geruch, der eindeutig von Bintje und Linda ausging. Hajo konnte es nicht wirklich einordnen, nach was die beiden dufteten. Schweiß war es nicht. Roch es hier nach Moder, Muff und vergangenen alten Zeiten?

Carsten schien ähnlich zu empfinden, denn er stand plötzlich auf und schaltete die Lüftung um eine Stufe höher. Ein Fenster konnten sie nicht öffnen, weil es im Vernehmungsraum keines gab.

Mehr als eine Stunde mit den beiden in einem Raum wäre nicht möglich, wusste Hajo. Dann müssten sie eine Pause machen und frische Luft schnappen. Und er ahnte auch, dass sie hier noch lange sitzen würden. Immer wechselte Linda das Thema, antwortete nicht auf Carstens Fragen, sondern sprach von der Liebe und der Verbundenheit, die zwischen ihr und Hajo herrsche. Es dauerte dann eine Weile, bis der Ermittler sie wieder zum eigentlichen Thema zurückbringen konnte. Die Befragung Bintjes war ebenso schwierig, denn diese konnte sich nur durch Nicken, Kopfschütteln oder schriftlich auf einem Schreibblock, den Carsten ihr in die Hand gegeben hatte, artikulieren. Bintje war stumm.

Nach einer guten Stunde unterbrachen sie die Vernehmung, um eine neue Strategie zu entwerfen.

„Hajo, lass uns mal etwas ausprobieren", schlug Carsten vor.

„Was? Was meinst du?"

„Lassen wir die beiden mal eine Zeit lang alleine und beobachten sie von hier durch die Scheibe. Vielleicht verraten sie sich."

„Dann müssen wir aber auch die Kolleginnen abziehen." Hajo zeigte Richtung Vernehmungsraum.

„Die werden nicht böse darüber sein." Carsten lachte und betätigte die Mikrofontaste.

„Nele und Tammi, kommt doch bitte heraus, wir brauchen euch hier." Durch die Scheibe konnte er verfolgen, wie die beiden Polizistinnen Richtung Tür gingen und den Raum verließen. Carsten drückte die Taste der Sprechanlage, die es ermöglichte, ein etwaiges Gespräch zwischen den Schwestern mitzuhören.

„Dachte ich mir doch gleich, dass ihr so etwas vorhabt!"

Nele war zu den beiden Ermittlern getreten: „Sauber ist das ja nicht, was ihr da macht, aber die beiden ...", sie deutete auf Bintje und Linda, „... die beiden sind ja auch nicht ganz sauber. Wir sind dann mal einen Kaffee trinken und frische Luft atmen, ruft an, wenn ihr uns braucht." Sie tippte sich an die Stirn und ging mit Tammi davon.

„Meinst du, das klappt?" Hajo war skeptisch.

„Irgendjemand hat dieser Tage erklärt: ‚Versuch macht kluch', das kann ich nur bestätigen!", foppte er seinen Kollegen, der sofort wusste, auf welche Situation er sich bezog. Hajo zeigte Carsten die Faust.

„Lassen wir die zwei mal ganz unter sich und sehen wir, was passiert. Im Grunde wundert es mich, dass sie nach unserer Rechtsbelehrung keinen Anwalt wollten."

„Entweder sie sind einfach nur dumm oder besonders clever."

„Clever? Nun, diesen Eindruck hatte ich bisher nicht. Hast du eigentlich mal nachgeforscht, was die Schwestern bisher beruflich gemacht haben?"

„Nein, aber ich vermute, Kartoffeln geerntet, oder?"

„Gelesen!"

„Wie gelesen, was gelesen?"

„Kartoffeln. Hier heißt es: ‚Kartoffeln lesen', verstehst du?"

„Ach was, du Klugscheißer. Und warum gibt es dann eine Kartoffelerntemaschine?"

Sie klatschten sich grinsend ab.

„Ist ja schon gut", antwortete Hajo schmunzelnd, „wollte nur mal das Thema wechseln."

Carsten hatte zwei Stühle aus dem Nebenraum geholt, nun saßen sie hinter der Scheibe und beobachteten, was im Vernehmungsraum vor sich ging. Doch nichts geschah.

Eine gute Viertelstunde passierte nicht das Geringste. Die Schwestern schwiegen sich an, bewegten sich kaum, saßen kerzengerade auf dem Stuhl, beide hatten ihre Hände flach auf die Oberschenkel gelegt. Unverhofft war von der stummen Bintje ein Laut zu vernehmen. Linda schaute ihre Schwester an, schüttelte den Kopf und nickte dann in Richtung der Glasscheibe, hinter der Hajo und Carsten saßen.

Plötzlich hob Linda ihre Hände und gab ihrer Schwester ein Zeichen. Die antwortete ebenfalls mit den Händen und augenblicklich begann eine angeregte Unterhaltung.

Hajo schaute erschrocken zu seinem Kollegen.

„Verdammt, sie unterhalten sich in Zeichensprache. Hat jemand behauptet, die seien doof? Wir sind doof! Schnell, wir brauchen eine Kamera, schnell! Ach was, ich nehme mein Handy." Er zog sein Smartphone aus der Tasche, schaltete die Videokamera ein und filmte die Unterhaltung.

„Die sind nicht blöd, die sind ganz und gar nicht …", flüsterte er kopfschüttelnd und hielt die Handykamera weiter auf die Schwestern gerichtet.

Carsten flüsterte ihm zu, sich schleunigst um einen Dolmetscher für Gebärdensprache zu kümmern.

Geldbeschaffungsmassnahmen II

Der Polizist war von hinten an die Terrassentür gekommen, hatte daran gerüttelt und sich anschließend wieder entfernt. Henry konnte sehen, wie er weiter um das Haus herumging und dann nach vorne zur Straße. Dort wartete sein Kollege auf ihn. Die beiden unterhielten sich eine Weile. Einer der beiden zeigte auf das Nachbarhaus und dann Richtung Henry. Kurz darauf stiegen sie in den Streifenwagen und brausten davon.

Fuhren sie wirklich weg, oder war das eine Finte? Wussten sie von ihm, oder war das alles ein Zufall? Henry griff sich die Mütze vom Haken, zog sie tief ins Gesicht und schlüpfte durch die Haustür. „Wollen wir doch mal sehen, ob sie wirklich verschwinden." Seine Waffe zur Sicherheit im Hosenbund, war er mit schnellen Schritten vorne am niedrigen Eingangstor, stieg darüber und schaute in die Richtung, die der Streifenwagen genommen hatte. Henry atmete auf, denn er sah, dass sie am Ende der Straße abbogen und in Richtung Stadt fuhren. Was sie wohl wollten, überlegte er. Suchen sie jemanden? Vielleicht mich? Das allerdings erschien ihm sehr unwahrscheinlich. Er war doch so vorsichtig gewesen. Niemand hatte ihn beobachtet. Niemand, außer dem Alten nebenan, wohnte in dieser Straße.

„Also, bleib ruhig, Guy. Das war nichts." Erleichtert ging er zurück ins Haus. Was die beiden Polizisten seinem

Nachbarn vorhin an Papieren überreicht hatten, interessierte ihn aber schon.

„Vielleicht schaue ich mir das nachher einmal an, wenn ich drüben bin." Er blickte auf die Uhr. „Dreißig Minuten ab jetzt, dann beginnt die Operation Geldbeschaffung."

Henry war nun ganz ruhig. Der Alte saß drüben in seinem Sessel, sein Kopf war zur Seite gefallen, scheinbar schlief er. Sicher lief der Fernseher wieder in Lautstärke für Hörgeschädigte, aber das würde ihm selbst nur zupasskommen. Ein erneuter Blick auf die Uhr zeigte ihm: noch achtundzwanzig Minuten. Henry griff nach dem Umschlag, den er am Vortag bei den beiden alten Frauen mitgenommen hatte. Die Broschüre zeigte ein Hotel, das beigefügte Schreiben war wohl die Antwort auf eine Anfrage für einen zehntägigen Urlaub.

Schon gestern, als er den Brief das erste Mal in Händen gehalten hatte, war ihm klar gewesen, dass die alten Frauen dort nicht selbst hinfahren würden. Hier, so vermutete er, würde jemand anderes Urlaub machen. Die Idee, die sich, seit er davon Kenntnis hatte, in seinem Kopf breitmachte, gefiel ihm immer besser.

„Ja!", flüsterte er heiser, „dort werde ich das Netz zuziehen."

Fünfundzwanzig Minuten.

Henry blätterte in dem Flyer. Die Preise waren nicht ohne, stellte er fest. „Ein Luxusschuppen mit Wellness und Schwimmbad, direkt am See." Verächtlich warf er den Prospekt auf den kleinen Tisch neben sich.

Er schaute auf. Der Alte saß immer noch in derselben Haltung in seinem Sessel.

Zwanzig Minuten.

War er nervös? Er, der schon so viele gefährliche Einsätze hinter sich hatte? „Niemals!", versuchte er sich selbst zu beruhigen.

„Atmen, Guy, atmen. Einatmen, zählen, ausatmen, zählen!"

Henry wurde entspannter, es half.

Oder doch nicht?

Achtzehn Minuten.

Henry schloss die Augen, jedoch nicht vollständig. Henry schloss nie ganz fest die Augen, auch das war ein Überbleibsel aus US-Armee-Zeiten. Immer auf dem Sprung sein, nie wirklich schlafen, wenn er im Einsatz war – und heute war er im Einsatz.

Zwölf.

„Atmen, Guy, atmen. Einatmen, zählen, ausatmen, zählen!"

Noch mal.

Langsam kam er zur Ruhe, spürte, wie sein Puls an Geschwindigkeit abnahm, in den normalen Modus fand.

Gut. Seine Technik hatte Erfolg.

Acht. Acht Minuten.

„Verdammt, das ist nur ein alter, gebrechlicher Herr, bleib gelassen, Mann."

Atmen.

Mehrmals noch wiederholte er die beruhigende Übung, dann wurde es Zeit, sich vorzubereiten.

Henry stand auf, ging ins Bad, klappte den Toilettendeckel hoch und pinkelte im Stehen, obwohl am Spülkasten ein Schild klebte mit der Aufschrift ‚Bitte setzen'. Es interessierte ihn nicht. Anschließend warf er sich eine Handvoll Wasser ins Gesicht und betrachtete sein Spiegelbild. Die Spinne in ihrem Netz war im Hintergrund noch immer zu erkennen. „Wartest du auch geduldig auf deinen Fang?“ Henry lachte laut, griff zum Hosenbund und prüfte den Sitz seiner Waffe, jetzt war er startbereit.

Der Alte saß nach wie vor schlafend in seinem Sessel, stellte er zufrieden fest.

Zwei Minuten.

Als seine Armbanduhr eine Minute anzeigte, zählte er mit jedem Schritt des Sekundenzählers die Sekunden herunter.

„Fünf, vier, drei, zwei, eins, go!“

Henry richtete sich auf, drückte den Rücken durch und verließ in soldatischer Manier seine Wohnung. Steif, konzentriert, die Hand an der Waffe, fest entschlossen. Das Ziel beharrlich vor Augen, den Ablauf in Gedanken schon etliche Male durchgespielt. Ohne Geld würde er das Haus des Alten nicht verlassen.

Linda, Bintje und die beiden Männer

Woher er auf die Schnelle einen Dolmetscher für Gebärdensprache auftreiben sollte, war Carsten schleierhaft. Hoffentlich hatte Hajo noch genug Kapazität auf seinem Handy, sodass er die komplette Unterhaltung der Schwestern aufzeichnen konnte.

Egal, da mussten sie jetzt durch. Zwei raffinierte Weiber waren das, stellte er anerkennend fest.

Durch die gläserne Tür konnte er sehen, dass Gerdes weiterhin im Büro saß.

„Moin! Stehen hier schwierige Verhandlungen an?“, fragte er und schloss die Tür hinter sich.

Tomke drohte ihm mit dem Zeigefinger.

Scheiße, sie weiß es!, fuhr es ihm durch den Kopf.

„Dich nehme ich mir später vor, mein Freund! Ohne Zeugen.“ Sie zeigte auf Gerdes.

„Hast du dir qualitativ hochwertige Unterstützung geholt? Cleveres Kind! Apropos clever. Wir haben im Vernehmungsraum zwei besonders clevere Schwestern sitzen. Die tun so doof und unbedarft, haben es aber faustdick hinter den Ohren. Ich brauche unbedingt einen Dolmetscher für Gebärdensprache, oder um es gendergerecht auszudrücken: eine dolmetschende Fachkraft.“ Carsten schickte seinen Worten ein Grinsen nach. Diese Anspielung auf den Gender-Irrsinn konnte er sich nicht verkneifen.

Gerdes und Tomke schauten sich an und brauchten einen Moment, bis sie Carstens Bemerkung und den Hintergrund dazu verstanden hatten. Dann fielen beide in ein lautes Gelächter, dem sich Carsten anschloss.

„Ja!“, pflichtete ihm Gerdes noch immer lachend bei, „da gibt es in deutschen Landen inzwischen sehr viel Unsinn, mit dem wir uns herumzuschlagen haben.“

„Fleischverkaufende Fachkraft!“, warf Tomke ein.

„Mörderfangende Oberfachkraft!“, amüsierte sich Gerdes mit Blick auf Tomke.

„Und Sänger oder Sängerinnen gibt es auch nicht mehr, da muss es genderkorrekt heißen: ‚singende Personen‘ – ich werf mich weg!“, prustete Carsten.

Sie setzten das Spiel noch eine Weile fort und konnten sich vor Lachen kaum beruhigen.

Gerdes versprach Carsten, sich um eine ‚übersetzende Person‘ zu kümmern und griff kopfschüttelnd nach dem Telefon. Darüber, ob es rechtlich so ganz einwandfrei war, dieses Video zu benutzen, wollte er im Moment nicht nachdenken. Gesetze, ob Datenschutz oder andere, erschweren es den Ermittlungsbehörden ohnehin zu sehr, Straftäter zu überführen, bedauerte er regelmäßig.

Auf dem Rückweg zum Vernehmungsraum überlegte Carsten, wie Marie, seine schriftstellerisch ambitionierte Tochter, sich wohl nennen müsste. Wahrscheinlich würde es heißen: ‚schriftstellerisch tätige Person‘. Er wollte Marie einmal fragen, die hatte dafür sicher eine Idee. „So ein Quatsch!“, überlegte er. Mit einem leichten Schmunzeln betrat er den Vorraum, in dem Hajo noch immer saß und sein Handy auf die beiden Frauen gerichtet hielt.

„Wo bleibst du denn? Mir bricht fast der Arm ab. Hier, übernimm das Ding bitte mal." Hajo drückte Carsten das Smartphone in die Hand.

„Ich brauche einen Kaffee, hast du keinen mitgebracht? Übrigens, es kann sein, dass wir über diesen Weg mehr von den beiden erfahren als bei weiterer stundenlanger Befragung. Vielleicht sollten wir es nur auf diese Art und Weise versuchen." Er zeigte auf die Scheibe. Plötzlich fuhr Hajo zusammen, gleichzeitig ließ Carsten vor Schreck das Handy fallen.

Linda war aufgestanden und schlug nun, dicht vor dem Spiegelfenster stehend, mit der flachen Hand dagegen und schrie, das Gesicht verzerrt:

„Ich muss mal, soll ich euch hier auf den Stuhl pinkeln?" Wieder klatschte sie mit der Hand gegen das Glas. „Hajo!", säuselte sie plötzlich, ihr Gesicht noch dichter an die Scheibe drückend, „kommst du mit und zeigst mir, wo die Toilette ist?" Der schüttelte sich, atmete laut aus und griff zum Telefon. Eine der beiden Polizistinnen, die während der Vernehmung auch im Raum anwesend waren, sollte Linda zur Toilette begleiten.

Kurze Zeit später kehrten die beiden Kolleginnen zurück. Nele folgte Linda zur Toilette, Tammi begab sich wieder in den Vernehmungsraum zu Bintje.

Hajo und Carsten nutzten die Zeit, um sich aus dem Büro einen Kaffee zu besorgen, denn das dunkelbraune Getränk aus einer altertümlichen Maschine im Aufenthaltsraum lehnten sie dankend ab.

Noch immer saßen Gerdes und Tomke zwischen Aktenbergen, doch Tomkes Gesichtsausdruck schien Carsten nicht ganz so hoffnungslos wie noch vor einer Viertelstunde.

Hatte sie etwa einen Treffer gelandet und in den Papieren Anhaltspunkte auf Zusammenhänge zwischen den Morden entdeckt? Das wäre ein wahnsinniger Glücksfall, hoffte Carsten.

Tatsächlich begrüßte Tomke ihre beiden Kollegen mit erhobenem Arm und zeigte auf Unterlagen, die sie neben sich aufgestapelt hatte.

„Hast du was gefunden?", kam Hajo seinem Kollegen zuvor.

„Ja, es gibt ausreichend Indizien dafür, dass diese sogenannten Anlageberater Dreck am Stecken hatten. Alle drei Tote, die vom schwimmenden Weihnachtsbaum und auch der Erhängte von der Brücke, haben zusammengearbeitet, sich die Kunden hin- und hergeschoben und viele davon ausgenommen wie die Weihnachtsgänse. Und nun wollt ihr sicher wissen, wer dazugehört, stimmt's?"

„Lass uns nicht dumm sterben!", bat Carsten und streckte flehend die Hände in die Höhe.

„Nun, ich habe hier den ersten Hinweis darauf, dass unsere beiden Kartoffelschönheiten schwer Kohle in faule Anlagen investiert haben. Wenn die Schwestern nicht irgendwo noch Reichtümer besitzen, dürften sie nun arm wie die Kirchenmäuse sein. Ich habe gerade eine Kontoabfrage veranlasst."

„Aber dabei dürfen wir es nicht belassen, wir müssen weitersuchen!", meldete sich Gerdes hinter seinem Aktenberg, dem es inzwischen scheinbar Spaß machte, am Ende seiner beruflichen Laufbahn wieder einmal aktiv arbeiten zu können. Tomke verdrehte die Augen. Ihr war diese Sucherei zuwider, viel lieber würde sie wie ihre Kollegen draußen ermitteln, Befragungen vornehmen, aktiv auf Spurensuche gehen. Aber Gerdes' Worte, „entweder die nächsten Tage Innendienst oder keinen Dienst", hallten ihr noch in den Ohren.

Also gut, dann eben in den sauren Apfel beißen. Trotzdem konnte sie sich nicht verkneifen, ihm über den Tisch hinweg anzubieten: „Gerne, Chef, Sie dürfen auch noch meinen Stapel übernehmen."

Das aber brachte ihr nur einen bösen Blick von Gerdes ein. Also nahm sie sich den nächsten Haufen mit Anlageverträgen vor.

Hajo und Carsten ließen sich jeder einen Kaffee von Swantje drei brauen und verließen das Büro, die Tassen in der Hand.

Auf dem Flur wurden sie auf laute Stimmen aufmerksam. Kollegen kamen aus ihren Büros gestürmt und preschten in Richtung Vernehmungsraum. Die beiden Ermittler schauten sich überrascht an, Hajo rief: „Verdammt, was ist denn los?" Ohne eine Antwort abzuwarten, stellten sie ihre Tassen auf dem nächsten Stuhl ab und liefen ebenfalls los.

Nachdem sie sich durch einen Halbkreis von Kollegen gearbeitet hatten, sahen sie, was passiert war.

Hajo entdeckte das blutige Rinnsal am Hals der Kollegin Nele zuerst und forderte: „Linda, lassen Sie das. Das bringt doch nichts!", wusste aber gleichzeitig, dass dieser Satz ebenso wenig „bringen" würde.

Er erinnerte sich daran, dass er diese nichtssagende, abgegriffene Phrasendrescherei in den Kriminalfilmen unprofessionell fand und aus diesem Grund hasste.

Geldbeschaffungsmassnahme III

Den Blick nach vorne gerichtet und die Gegend trotzdem aus den Augenwinkeln beobachtend, nahm Henry den kurzen Weg zum Nachbarhaus. Die Haustür interessierte ihn nicht, er wollte das alte Haus über den Hintereingang betreten, so wie es in Ostfriesland üblich war. Üblich war in Ostfriesland auch, dass die Hausbesitzer ihre Hintertüren, durch die gerne mal unangekündigter Besuch aus der Nachbarschaft zum Tee kam, geöffnet ließen. Aber selbst wenn der alte Mann die Tür abgeschlossen haben sollte, würde dies für ihn kein Problem darstellen, wusste Henry. Mit Hintertüren kannte er sich inzwischen aus. Und tatsächlich, die Tür war zugesperrt, mit seinem Taschenmesser und einem festen Ruck allerdings schnell geknackt.

Nun lauschte Henry, ob sich im Haus etwas regte, der Alte vielleicht das Knacken der Tür mitbekommen hatte. Aber das war eigentlich unmöglich, denn die Lautstärke des Fernsehers übertönte alles. Trotzdem horchte er noch einen Moment in das Haus, aber es tat sich nichts. Gut. Leise schloss Henry die Tür hinter sich und ging durch den schmalen Flur. Wo sich das Wohnzimmer des Alten befand, war klar zu erkennen, von dort drang die laute Stimme eines Moderators, der zu einer Quizsendung begrüßte. Henry ging vorsichtig auf die Tür rechts des Wohnzimmers zu. In jedem Raum des Hauses, außer in der Stube, so vermutete er, konnte der Alte sein Erspartes versteckt haben. Also begann er in der Küche, obwohl – kam ihm ein Gedanke – alte Menschen versteckten ihre Kohle auch gerne unter der Matratze. Egal, Henry wollte in der Küche beginnen. Um zu verhindern, dass der alte Mann doch plötzlich hinter ihm stand, schloss er die Küchentür und schob die Lehne eines Stuhles unter die Klinke. Solche Vorsichtsmaßnahmen saßen bei Henry ganz fest. Nur in keinen Hinterhalt geraten, nur nicht überrascht werden.

Jetzt öffnete er in dem antiquarischen Küchenschrank jede Tür, jede Schublade. Schaute in jeden Topf, in jede Dose. Er stocherte sogar mit einer Gabel im Mehl wie auch im Zuckertopf herum. Aber Geld konnte er bisher nicht finden.

Der alte Ofen in der Küche erinnerte ihn an ein Exemplar, das er am Jahreswechsel einmal benutzt hatte. Es war im Haus dieser Kommissarin, draußen in Harlesiel. Henry lachte leise, hielt die Hand prüfend über die Feuerstelle. Ob die Bullenfrau wohl bemerkt hatte, dass er es war, der sich für ein paar Tage dort häuslich niedergelassen hatte?

Der Ofen war kalt, und der leere Korb daneben ließ darauf schließen, dass er zurzeit auch nicht eingefeuert wurde. Ob der Alte dort wohl …? Henry ging auf die Knie. Mit einem Schürhaken durchsuchte er die Aschestelle und den darunter befindlichen Aschkasten. Nichts. Henry schloss wieder die Tür. Dann horchte er auf. Was war das? Die Geräusche aus dem Wohnzimmer hatten sich verändert.

Etwas polterte dort drüben und dann: Stimmen einer Unterhaltung waren zu hören. Hatte der Alte etwa, ohne dass es ihm aufgefallen war, Besuch bekommen? Henry hielt den Atem an, griff nach seiner Pistole im Hosenbund und stand auf. Wer befand sich da draußen? Konnte wirklich jemand, von ihm unbemerkt, gekommen sein? Wie? Die Haustürklingel war nicht betätigt worden. Aber … Henry lauschte weiter … da bewegte sich etwas, ganz eindeutig regte sich plötzlich Leben in dem Raum nebenan.

Es gab für ihn im Moment keine andere Möglichkeit als abzuwarten, was draußen geschehen würde. Er kontrollierte, ob die Stuhllehne noch fest unter der Klinke klemmte und versuchte, die Geräusche vor der Tür zu erkennen. Dort knackte der Holzboden. Es lief jemand an der Küchentür vorbei. Henry griff nach seiner Waffe, zog sie heraus.

Eine Tür klackte, dann herrschte wieder Stille im Flur. Nur durch die Küchenwand konnte er noch Geräusche vernehmen. Stimmen, Unterhaltung. Aber was? Henry wurde nervös. Saß er etwa in der Falle? Zu gerne würde er hier weitersuchen, denn alle Möglichkeiten waren noch nicht ausgeschöpft.

Das Regal über dem Tisch, überlegte er. Darauf standen Pokale und Krüge. Auch dort hätte man gut Geldscheine … Von draußen drangen erneut Geräusche zu ihm. Holzdielen knarrten und Wasser rauschte. Es dauerte einen Moment, bis er es genau orten konnte. Das Wasserrauschen kam von der Tür rechts. Schritte, Knarren direkt von vorne. Dann herrschte einen Moment Ruhe, anschließend war ein lautes Stöhnen zu vernehmen und dann Stille. Stille, außer vom Fernseher. Die Stimmen waren mit einem Male verschwunden, dafür war jetzt Musik zu hören. Hatte der Alte nur das Fernsehprogramm gewechselt und ihn damit derart erschreckt? Wasserrauschen? Klar, der Alte war auf dem Klo gewesen, hatte sich zweimal hier an der Küchentür vorbeigewalzt und saß nun wieder in seinem Sessel. Nun, dann würde es sicher nicht mehr lange dauern, bis er eingeschlafen war. Henry atmete auf und steckte die Waffe zurück an ihren Platz. Die Suche konnte weitergehen.

Und Henry suchte weiter. Die Schubladen steckten voll mit Kleinkram. Von Schnürsenkeln bis zu leeren Streichholzschachteln, Büroklammern, Reißzwecken, Gummibändern, Knöpfen, Schrauben, Bleistiften und Kugelschreibern war hier alles zu finden. Nur keine Kohle.

Dann nahm er sich die Krüge auf dem Regal vor. Gummibänder und Zettel hatte der Mann darin versteckt, aber kein Geld. Verdammt.

Seine Blicke gingen noch einmal prüfend umher. Habe ich wirklich jeden Winkel durchsucht? Gibt es irgendwo ein Geheimversteck?“ Kopfschüttelnd nahm er den Stuhl von der Tür. Nein, die Küche war sauber. Nicht wirklich sauber, aber kein Geld vorhanden.

Leise öffnete er die Tür und schaute sich um. Direkt gegenüber befand sich noch ein Zimmer, allerdings war der Raum verschlossen. Ob es das Schlafzimmer des alten Mannes war? Hätte ich dort zuerst suchen sollen?

Egal. Henry machte sicherheitshalber ein paar Schritte Richtung Stube des Alten, lauschte. Aber nur vom Fernseher kamen Geräusche, also weiter.

Im Schlafzimmer fühlte er sich wieder in seine Kinderzeit versetzt. Hier sah es aus wie bei den Eltern vor über dreißig Jahren. Selbst die Bettwäsche schien aus dieser Zeit zu sein.

Henry hob mit spitzen Fingern die Matratze an und bereute, keine Handschuhe mitgenommen zu haben. Nicht wegen seiner DNA oder Fingerabdrücken, eher wegen des Unwohlseins, das ihn packte, wenn es zu intim wurde, er Menschen oder deren Wäsche anfassen musste. Aber egal, da musste er nun durch. Weder unter der Matratze noch im Kissen oder der Bettdecke hatte der Mann Geld versteckt. Henry wurde immer unruhiger. Er öffnete jede Lade im alten Sideboard. Nichts! Dann zog er die Nachttischschublade rechts neben dem Bett auf und pfiff leise durch die Zähne. Volltreffer! Das Schubfach auf der Bettseite, auf der der alte Mann zu schlafen schien, war vollgepackt mit Geldscheinen. Randvoll. Henry griff hinein und holte ein Bündel heraus. „Das sind ja …, Wahnsinn, das sind mindestens 10.000 Euro", flüsterte er und schob die Scheine in seine Jacke. Wieder griff er hinein – und stockte.

Hinter ihm stand jemand, Henry spürte es genau. Spürte Wärme, spürte Atem. Blitzschnell drehte er sich um, zog gleichzeitig die Waffe aus dem Hosenbund und schoss. Eiskalt. Erst als er den Schuss abgefeuert hatte, sah er, wer getroffen zu Boden gefallen war.

Notwehr

„Notwehr! Das ist pure Notwehr!“, schrie Linda und fasste nach. Sie hatte ihren Arm wie eine Schraubzwinge um den Hals der jungen Polizistin gelegt. In der anderen Hand hielt sie eine Scherbe. Es hatte den Anschein, als wäre sie aus einem Spiegel herausgebrochen worden. Ein leichter Kratzer am Hals der Polizistin hatte bereits eine größere Wunde gebildet, aus der eine dünne Blutspur herauslief. Nele konnte kaum atmen, derart fest steckte sie im Klammergriff.

„Holt meine Schwester aus dem Verhörzimmer. Sie wird mit mir das Haus verlassen. Ohne dass uns jemand folgt. Verstanden? Und das schnell, ganz schnell, wenn ich bitten darf.“

„Woher hat sie die Scherbe?“, wollte Hajo leise wissen. Carsten schüttelte den Kopf. Er hatte keine Ahnung. Linda aber lachte böse auf. „Habt ihr mich verstanden?“, schrie sie nochmals. „Ihr sollt meine Schwester holen.“ Wütend schaute sie sich um und rief ihren Gegenübern zu: „Mich hintergeht keiner mehr, uns hintergeht keiner mehr …, nicht mit mir!“, setzte sie noch nach.

Carsten und Hajo sahen sich fassungslos an. Sie hatten die beiden Frauen nicht nach Waffen durchsucht, bevor sie ins Auto gestiegen waren. Aber warum auch? Es gab auf dem Hof keinen Anlass dazu. Und jetzt? Aber diese Scherbe konnte auch von hier sein.

„Spiegel in der Toilette!", flüsterte Carsten Hajo zu. Der nickte. Was sonst. Linda hatte während ihres Toilettenbesuchs vermutlich einen Spiegel zerschlagen und eine Scherbe davon nun am Hals der jungen Polizistin Nele angesetzt. Diese hatte hier wohl den Anfängerfehler begangen, vor dem Toilettenraum zu warten, statt sie bis direkt zur Toilette zu begleiten. Allerdings waren Bintje und Linda noch nicht verhaftet, und damit hatte nun wirklich keiner rechnen können. Es hatte den Anschein, als sei Linda zu allem entschlossen. Immer fester umklammerte sie mit dem Arm Neles Hals. Das rote Rinnsal aus der Kratzwunde wurde inzwischen noch breiter.

Hajo machte einen Schritt auf Linda zu.

„Ist das ein Schuldeingeständnis?", ging er in die Offensive. „Haben Sie den Anschlag auf uns ausgeübt? Haben Sie den Mann an der Brücke erhängt? Und auch die beiden Männer beim schwimmenden Weihnachtsbaum? Waren Sie das auch? Und haben Sie ebenso Ihre Eltern getötet? Was ist, Linda, waren Sie das, gemeinsam mit Ihrer Schwester?"

Hajos Worte kamen hart und wie aus der Pistole geschossen. Für einen Moment war Linda überrascht und lockerte leichtfertig den Griff am Hals der Polizistin. Die registrierte das blitzschnell und reagierte ebenso blitzschnell. Mit beiden Händen packte sie nach Lindas Arm, machte eine ruckartige Bewegung und warf ihre Angreiferin über die Schulter. Carsten und Hajo wie auch die umstehenden Kollegen schauten nur verwundert zu. Linda schlug unsanft auf dem Boden auf, die Scherbe flog durch die Luft, gleichzeitig drückte Nele ihr Knie in Lindas Kreuz und drehte ihr die Arme auf den Rücken.

All das geschah innerhalb von einer Sekunde. Nun wurden auch Carsten und Hajo tätig, fassten Linda rechts und links bei den Schultern und stellten sie auf die Beine. Sofort legte Hajo ihr Handschellen an.

Auch Nele stand inzwischen wieder.

„Nicht mit mir!", nahm sie Lindas Worte auf, griff sich an den Hals und betrachtete ihre blutige Hand. „Nicht mit mir!"

Nun hatten auch die anwesenden Kollegen den Schockmoment überstanden und klatschten Beifall.

„He, was soll denn das? Habt ihr nichts zu tun? Sorgt gefälligst sofort dafür, dass Nele zum Arzt kommt." Carsten schüttelte den Kopf und führte Linda gemeinsam mit Hajo zurück in den Vernehmungsraum.

Bintje wie auch die Kollegin Tammi hatten von der ganzen Aktion auf dem Flur nichts mitbekommen und waren nun beide sehr über die Handschellen verwundert.

„Wo ist Nele?", wollte Tammi gestikulierend wissen.

„Auf dem Weg zum Arzt", erklärte Hajo und deutete auf Linda.

„Schlimm?", hakte Tammi nach und fragte: „Deshalb die Handschellen?"

„Ja! Es ist wohl nur eine kleine Verletzung am Hals, aber die Handschellen bleiben. – Und ab sofort sind Sie hier nicht mehr nur zu einer Befragung, sondern zum Verhör, und zwar als Beschuldigte", wandte er sich an Linda. Er klärte sie nochmals, und diesmal als Angeklagte, über ihr

Recht auf, die Aussage verweigern zu können, und auch darüber, dass sie einen Anwalt zu Rate ziehen könne. „Das Gleiche gilt auch für Sie!“, wandte er sich an Bintje.

„Meine Schwester hat nichts gemacht, lasst sie in Ruhe“, forderte Linda.

Die verfolgte das Geschehen nur mit großen Augen und verstand nichts. Oder doch? War es ein abgekartetes Spiel zwischen den Frauen? Hatten sie sich in Gebärdensprache zu dieser Aktion abgesprochen? Und war Bintje nur verwundert, dass es nicht geklappt hatte? Aber das war im Moment nicht wichtig, dachte Carsten. Sicher würde der Dolmetscher bald eintreffen, um das Video zu übersetzen. Außerdem müsste er die Rechtsbelehrung bei Bintje wiederholen.

Carsten nahm sich Hajo ein wenig zur Seite und besprach das weitere Vorgehen.

„Lass uns die beiden Schwestern nun trennen. Ich mache hier mit Linda weiter, warte du auf den Dolmetscher. Vielleicht bekommen wir dann auch Bintje zum Reden.“ Sofort war er sich seiner falschen Ausdrucksweise bewusst, winkte aber ab und fuhr fort: „Du weißt schon, was ich meine.“ Carsten zeigte auf seine Finger.

Hajo verstand. „Klar. Ich nehme sie mit nach nebenan und hole Tomke dazu. Es wird womöglich noch etwas dauern, bis Nele vom Arzt zurück ist.“

Carsten nickte und drehte sich wieder zu Linda um, während Hajo die sich wehrende Bintje zur Tür schob.

Auf dem Flur bat er die Frau, sich zu setzen, und wies auf eine Stuhlreihe an der Wand. Dann hielt er einen Kollegen an und bat ihn, kurz auf Bintje aufzupassen.

„Ich hole nur Tomke, bin sofort zurück. Aber Achtung, nicht aus den Augen lassen, sonst ergeht es dir wie Nele, sie ist nämlich die Schwester unserer Attentäterin."

Die Bezeichnung ‚Attentäterin' war zwar ein wenig überspitzt, stimmte aber irgendwie. Mit einem Blick zurück machte er sich auf den Weg zu seiner Kollegin.

Natürlich hatten auch Tomke und Gerdes inzwischen erfahren, was vor Kurzem auf dem Flur geschehen war.

„Hätte man das nicht verhindern können?", wollte Gerdes mit hochgezogenen Augenbrauen wissen.

„Wie denn? Wir können niemanden mit Handschellen aufs Klo schicken, oder? Außerdem waren die beiden Frauen zur Befragung hier und mehr nicht. Für eine Anklage hatten wir bisher nichts Konkretes. Dass diese Linda so ausflippen würde, damit konnte keiner rechnen."

Hajo war ärgerlich. Das waren immer die gleichen Fragen, die in solchen Fällen von den Chefs kamen.

„Die Kollegin ist übrigens wieder zurück", warf Gerdes noch ein. „Sie hat einen Klebeverband an der verletzten Stelle und bestand darauf, weiterzuarbeiten."

„Könnte eine Schwester von Tomke sein!", murmelte Hajo. Die hob den Kopf, verstand aber nicht und meinte nur: „Braves Mädchen. So sind wir eben. Hart, aber herzlich!"

Hajo ging nicht darauf ein und bat: „Komm bitte mit zu dieser Bintje. Wir haben die Schwestern getrennt. Carsten vernimmt Linda, ich möchte dich dabeihaben, wenn ich mit Bintje …", dann wurde er unterbrochen. An der Tür klopfte es und ein hoch aufgeschossener, hagerer Mann trat ein.

Gerdes stand sofort auf. „Das ist Herr Benzinger, unser Dolmetscher für Gebärdensprache." Er gab ihm die Hand und bedankte sich für das prompte Erscheinen. Gerdes zeigte auf Tomke und Hajo. „Gehen Sie am besten gleich mit den beiden. Es gilt ein Video zu übersetzen, und wenn ich es richtig verstanden habe, muss eine taubstumme Frau vernommen werden. Richtig?", fragte er mit Blick auf die zwei Kommissare.

„Richtig!", bestätigte Hajo. Tomke meinte mit etwas Sarkasmus in der Stimme: „Dann darf ich wieder am aktuellen Dienst teilhaben, muss keine Aktenberge wälzen?"

„Indoor, nur indoor!", räumte Gerdes ein. „An den Aktenbergen bleibe ich noch für eine Stunde, dann muss ich los. Also ran an den Feind, und kommen Sie endlich zu Ergebnissen. Oder muss ich selbst die Vernehmungen führen?"

Tomke musste grinsen. Er nun wieder. Es schien, als würde ihr Chef in seiner letzten aktiven Zeit vor der Pensionierung noch zu Hochtouren auflaufen. Schnell verließ sie hinter Hajo und Benzinger das Büro.

Linda saß mit auf dem Rücken gefesselten Händen auf dem vorderen Rand ihres Stuhles und kippelte hin und her.

„Ihr könnt uns gar nichts!", bemerkte sie böse und wiederholte: „Gar nichts!" Trotzig warf sie den Kopf in den Nacken und blickte auf die Uhr an der Wand gegenüber.

„Das werden wir sehen", Carsten zuckte mit den Schultern und lehnte sich in seinem Stuhl zurück. „Auf jeden Fall wissen wir inzwischen, dass ihr von den beiden

Toten vom schwimmenden Weihnachtsbaum abgezockt worden seid. Gefundene DNA stammt vermutlich auch von euch. Und der Mann von der Brücke gehörte auch dazu, oder?“ Er sah Linda fest an, sie hielt seinem Blick stand, und nicht nur das. Auch ihre Augen funkelten, als würde jeden Moment ein Feuerwerk losbrechen. „Wolltet ihr von ihm euer Geld zurück? Hat er sich geweigert? Ihr seid pleite, stimmt's? Habt alles verloren, stimmt auch, oder? Was haben die Typen euch angeboten? Reichtum versprochen?“ Carsten hatte sich inzwischen vorgebeugt, kam Linda immer näher, Zentimeter für Zentimeter, nahm den Blick nicht von ihr. Irgendwann würde sie ausweichen, wusste er, dann hätte er sie. Er fixierte die Frau ununterbrochen, aber Linda wankte nicht. Das Funkeln in ihren Augen wurde stärker, böse; zerstörerische Funken sprühten inzwischen. Carsten spürte es genau. Das Spiel schien ihr zu gefallen. Wie lange noch? Wann würde sie explodieren? Es war mucksmäuschenstill im Raum. Nur die Uhr an der Wand über dem venezianischen Spiegel war zu hören.

Weiter hämmerten Carstens Fragen auf die Frau ein.

„Was ist mit euren Eltern passiert? Habt ihr sie getötet? Oder nur eure Mutter? Konnte euer Vater seine Frau nicht mehr ertragen und hat sich deshalb erhängt? Habt ihr eure Mutter dafür bestraft?“ Wieder rückte er ein kleines Stück näher an Linda heran.

Deren Augen wurden immer kleiner, inzwischen blickte sie nur noch durch dünne Schlitze, die Pupillen waren kaum mehr zu sehen. Aber sie drehte sich nicht ab, ließ sich nicht einschüchtern. Die Luft knisterte.

Carsten kannte das aus vielen Verhören an seinem früheren Arbeitsplatz im Rhein-Main-Gebiet. Etliche Kriminelle hatte er so geknackt und war überzeugt, dass es auch bei Linda klappen würde. Aber er musste aufpassen, auf der Hut sein.

„Reden Sie! Jetzt! Reden Sie, und alles ist vorbei. Sie sitzen in der Falle, das Netz zieht sich zu, immer mehr, immer enger." Carstens Stimme war nun ganz sanft, ganz leise geworden. Wechseldusche, nahm er sich vor, heiß-kalt, laut-leise, und war sich sicher, gleich würde er sie kriegen! Für einen Moment herrschte Stille im Raum, nur der Atem von Polizistin Tammi an ihrem Platz war zu hören und das Ticken der Uhr. Tammi erschrak über ihre eigenen Geräusche und atmete tief ein. Sie war fasziniert von dem, was hier abging. Was würde jetzt passieren? Carsten fühlte die Spannung, wusste, dass es gleich vorbei sein musste.

„Wo habt ihr meine Schwester hingebracht?", zischte Linda plötzlich. Ganz kurz schaute sie zur tickenden Uhr. „Was macht Hajo mit ihr?"

„Das Gleiche wie ich mit Ihnen. Ihre Schwester wird verhört."

„Ich will das nicht. Ich will nicht, dass Bintje mit ihm alleine ist." Carsten ließ sich mit der Antwort Zeit, doch Linda fuhr giftig fort.

„Er darf nicht mit ihr alleine sein. Ich muss auf sie aufpassen, muss auch auf ihn aufpassen, sonst nimmt sie ihn mir weg. Nimmt ihn mir weg." Ihre Stimme wurde lauter. „Mir darf keiner etwas wegnehmen, verstehst du, niemand. Ich lasse das nicht zu. Nie mehr! Niiiieemeeehr!", schrie sie dann.

War die Frau verrückt? Carsten schüttelte den Kopf und blickte zu Tammi, die noch immer an der Wand lehnte. Auch die Kollegin schüttelte den Kopf.

Verrückt? Carsten zögerte. In manchen Momenten schien ihm Lindas Verstand glockenhell, wach und listig, im nächsten Augenblick allerdings machte sie einen verwirrten Eindruck. Oder spielte sie die Rolle nur?

Ich muss sie provozieren, weiter provozieren, wusste Carsten. Gerade noch hatte es den Anschein, als wäre sie so weit. Aber jetzt? Provozieren, klar. Nur so konnte er erfahren, was mit Linda wirklich los war. Die Frau war schwieriger zu knacken als gedacht.

Wieder setzte er bei den toten Männern an, den Erhängten, und schoss einen Pfeil ins Blaue. „Die Seile, an denen die Toten baumelten, stammen aus eurer Scheune, das wissen wir inzwischen."

Linda tat unbeteiligt, aber die Funken sprühten weiter.

„An diesen Seilen hingen Ihre Eltern, beide. Stimmt es denn, dass Ihr Vater sich wegen seiner Frau getötet hat? Konnte er die Frau nicht mehr ertragen?" Carsten beobachtete genau Lindas Mienenspiel, bemerkte, dass sie innerlich wieder hochfuhr, kurz vorm Explodieren war. Die Augen bestanden noch immer aus winzigen Schlitzen, nur ihr Kiefer bewegte sich, so als würde sie mit geschlossenem Mund kauen.

„Und Ihre Mutter?", drängte er weiter. „Wer hat Ihre Mutter erhängt? Sie sich selbst? Nein …!" Carsten machte eine kurze Pause und fuhr dann fort: „Das waren Sie! Sie und Ihre Schwester. Ist es nicht so? Oder besser … war das nicht so? Sie konnten Ihrer Mutter nicht verzeihen, dass sie ihren Mann in den Tod getrieben hat. Stimmt's? Ohne Ihren Vater mit der bösartigen Mutter leben zu müssen, war schrecklich für Sie – für Sie und Ihre Schwester, war das so?“

Wieder machte Carsten eine Pause und wusste, dass ein kleiner Funke ausreichen würde, um hier eine riesige Detonation auszulösen. Die Nerven der drei Personen in dem Vernehmungsraum waren bis zum Bersten angespannt. Sie atmeten flach, kaum hörbar.

„Und was geschah dann?“, flüsterte er nah an Lindas Ohr. „Erzählen Sie es mir. Wollten Sie weg vom Hof? Alles verkaufen und weg von hier? Aber der Hof, so weit draußen und heruntergewirtschaftet wie er war, hätte nicht viel eingebracht. So haben Sie ihn beliehen und das Geld Spekulanten übergeben. Die sollten es vermehren, viel Geld daraus machen, so viel, dass es bis zu Ihrem Lebensende reichen würde, stimmt's?“ Inzwischen flüsterte Carsten derart leise, dass Tammi, obwohl diese inzwischen den Platz gewechselt hatte, nichts verstehen konnte. Es war ein gefährliches Spiel und hart an der Grenze des Erlaubten. Ein Anwalt, so vermutete Tammi, würde es als Folter auslegen können. Sie war so gebannt und fasziniert von dem Spiel zwischen Carsten und Linda, dass sie fast zu Tode erschrak, als Linda sich abrupt mit beiden Beinen vom Boden abstieß und mit einem markerschütternden Schrei auf Carsten zusprang.

Der konnte nicht mehr rechtzeitig ausweichen und fühlte einen wahnsinnigen Schmerz, gleichzeitig ein warmes Rinnsal seinen Hals hinunterlaufen …

Vernehmung von Bintje

Einige Büros weiter saßen vier Menschen um einen Tisch. Es herrschte eine eigenartige Stimmung. Benzinger, der vor Beginn der Vernehmung schon einen großen Teil der stummen Unterhaltung zwischen den beiden Schwestern auf Hajos Handy angeschaut und übersetzt hatte, dolmetschte auch Tomkes und Hajos Fragen an Bintje. Die gab mehr oder wenig bereitwillig Auskunft, verfiel immer wieder in eine eigenartige, starre Haltung.

„Das ist ausgemacht!“, erklärte Benzinger in einer kurzen Vernehmungspause und zeigte auf das Video. Alle drei hatten sich etwas von Bintje abgewandt, damit sie ihre Lippen nicht lesen konnte.

„Die sprechen sich hier genau ab“, wieder zeigte Benzinger auf Hajos Handy, „was sie wann sagen und wie sie sich verhalten wollen. Es geht auch um die Uhr an der Wand, aber genau kann ich es nicht lesen.“

Bintje saß nahezu bewegungslos am Tisch, ganz vorne auf der Stuhlkante; nur manchmal schaukelte sie ein wenig hin und her. Die meisten Bewegungen der Frau bestanden allerdings aus den regelmäßigen Blicken auf ihre Armbanduhr.

„Die macht mich wahnsinnig!“, flüsterte Tomke zu Hajo und nickte zu Bintje hinüber, „was glotzt die dauernd auf ihre Uhr?“

„Keine Ahnung, aber lass sie nicht aus den Augen. Ich habe kein gutes Gefühl."

Ständig mussten sie die Vernehmung unterbrechen, da Bintje in eine Art Trance verfiel. Benzinger schüttelte den Kopf und zeigte wieder auf das Video. „Alles abgesprochen, alles abgesprochen. Aber die Uhr, was es damit auf sich hat, kann ich einfach nicht erkennen", murmelte er und widmete sich der letzten Sequenz des Films in Hajos Handy.

Plötzlich kam Leben in den Mann. „Bitte spulen Sie es noch mal ein Stück zurück. Ich weiß nicht, ob ich das richtig abgelesen habe. Ich sehe diese eine Frau hier zu sehr von der Seite. Schneller! Wenn es stimmt, was ich vermute, müssen wir uns beeilen." Er reichte Hajo das Handy und schaute mit ihm gemeinsam darauf. „Ja, stopp, bis hierhin, und nun muss ich mich konzentrieren." Benzinger blickte angestrengt auf die Aufnahme und stieß auf einmal hervor: „Das gibt es doch nicht!" Er schaute auf seine Armbanduhr und rief: „Achtung, sie wird jeden Moment …" Er konnte den Satz nicht mehr vollenden, denn Bintje hatte sich schlagartig vom Boden abgestoßen und kam mit einem gurgelnden Laut auf Hajo zugesprungen.

Der konnte nicht mehr rechtzeitig ausweichen und fühlte einen wahnsinnigen Schmerz, gleichzeitig ein warmes Rinnsal seinen Hals hinunterlaufen …

Henry

Das war so nicht geplant und würde Ärger geben, wusste er. Den Alten hätte sicher so schnell niemand vermisst, aber dieser Typ, der nun zu seinen Füßen lag, würde gesucht werden. *Essen vor Ort* prangte ihm vom Rücken des Mannes entgegen. Mehr sah man von ihm nicht. Der Tote lag auf der vorderen Körperseite, das Gesicht leicht nach links gedreht. Ja, er war tot. Henry wusste: Wenn er zielte, traf er auch. Die zentrale Frage, die sich stellte, war, wohin mit ihm? Spätestens heute Abend, wenn er von seiner Tour nicht zurückkehrt, überlegte er weiter, dann suchen sie ihn und suchen auch hier.

Warum war ihm in der letzten Zeit nie aufgefallen, dass hier der Essenslieferant kam? Verdammt, ich war unaufmerksam, das darf nicht vorkommen.

Henry musste nachdenken. Drüben aus der Stube des Alten dröhnte noch immer der Fernseher. Es schien, als habe der Mann von dem, was hier passiert war, nichts mitbekommen. Gut! Doch dann hörte Henry ihn rufen.

„Wer ist denn da? Bist du das, Janne? Bringst du mir mein Essen? Bist spät dran heute!"

Essen will er also, registrierte Henry. Nun, das soll er haben.

Schnell zog er dem Toten die Mütze vom Kopf und die ärmellose Weste vom Körper. Er tastete in die Jackentasche und fand einen Schlüsselbund und ein Handy. Der Aufdruck auf der Weste *Essen vor Ort* würde sicher wie ein Ausweis wirken, überlegte er weiter. Bin eben der Ersatzmann, kalkulierte er kalt.

Klar, es war ein Risiko, sich zu zeigen, aber noch größer erschien ihm die Gefahr, dass der Alte sich bei der Lieferfirma beschwerte und jemand nach dem Fahrer suchte. Hilft nichts, beschloss er daraufhin.

Henry zog sich die Mütze weit ins Gesicht, warf sich die Jacke über und schloss den Reißverschluss. Doch dann wurde er durch einen Klingelton gestört. Es war das Handy des Toten. Henry überlegte nicht lange und nahm das Gespräch an. Noch bevor er sich das Gerät ans Ohr drückte, hörte er schon eine verärgerte Stimme:

„Wo bist du denn? Nummer 43 hat sich schon wieder beschwert, dass das Essen nicht kommt."

Henry blickte sich um. Auf dem eingeschweißten Styroporteller, den der Tote beim Sturz hatte fallen lassen, stand: „Sorte 1/ Nummer 40". Also war hier wohl Empfänger Nummer 40.

„42", reagierte er blitzschnell und mit verstellter Stimme ins Telefon.

„Wie bitte? Janne? Du klingst so anders. Scheißverbindung. 42? Mann, mach hinne, du bist im Verzug." Dann krachte und knackte es in der Leitung. Henry verstand nur noch Wortfetzen. „Scheißverbindung", war noch einmal zu vernehmen, dann brach das Gespräch ab.

Die Liefernummer für den Alten war also die 40. Da er der Zentrale mitgeteilt hatte, dass er bei 42 sei, würden sie den Toten bei 40 nicht suchen. Oder eben erst viel später.

Henry war klar, dass er jetzt schnell handeln musste. Er bugsierte den toten Mann weiter in das Schlafzimmer des Alten hinein und stieß ihn unter das Bett. Schwer zerrte er an ihm, schob, drückte, zog, bis der Tote mittig unter dem alten Doppelbett lag.

„Hier kannst du von mir aus verrotten. Den Gestank wird so schnell keiner bemerken. Der alte Mann riecht auch nicht besser."

Henry nahm ein letztes Mal das Schlafzimmer unter die Lupe und war mit seinem Werk zufrieden, was er mit einem Augenzucken quittierte. Anschließend nahm er den Styroporteller vom Boden, rückte die Mütze zurecht und betrat die Stube des Alten.

„Wer bist du denn?", warf der ihm aus dem Sessel entgegen. „Haben die schon wieder neue Leute? Stell mal da hin. Besteck ist in der Küche." Er hob den Arm und deutete nach rechts. Henry brummte etwas vor sich hin, lief in die gezeigte Richtung und holte dem Alten Messer und Gabel. Er prüfte den Sitz seiner Waffe, fühlte nach dem dicken Geldbündel, das ihm über die nächste Zeit helfen würde, und verließ grußlos das Haus.

Ein Arzt muss her

Hajo hielt sich das blutende rechte Ohr, Carsten das linke. Die beiden Ermittler saßen sich gegenüber und mussten trotz der schmerzenden Wunden lachen. Es handelte sich aber eher um ein unnatürliches Lachen, denn sie hatten nicht nur Schmerzen. Sie fürchteten auch nur bedingt den Spott der Kollegen; nein, den würden sie ertragen. Aber Tomke, das würde ein ganzes Stück schlimmer werden. Und es wurde schlimmer.

Fast gleichzeitig waren Hajo und Carsten auf den Flur gestürzt, beide die Hände fest auf ein Ohr gepresst. Carsten alleine – denn Tammi versuchte drinnen, die tobende Linda zu bändigen –, Hajo direkt gefolgt von Tomke und Benzinger. Tomke rief einem uniformierten Kollegen zu, sich der ebenfalls wild gewordenen Bintje anzunehmen. „Mit Handschellen sichern!", bestimmte sie noch.

Als kurz Ruhe eingekehrt war und Tomke veranlasst hatte, einen Arzt zu besorgen, ließen sie sich auf die umstehenden Stühle fallen. Carsten und Hajo schauten sich an und es schien, als blickten sie in einen Spiegel. Hajo die Hand auf dem blutenden rechten Ohr, Carsten spiegelbildlich die linke auf dem linken Ohr. Beide rangen sich ein gequältes Grinsen ab. Die Befürchtung, Tomkes Spott zu begegnen, bewahrheitete sich schnell. Der erste Schrecken hatte sich nun auch bei ihr gelegt, und die alte Tomke kam zum Vorschein.

„Nächstens sagt ihr mir, wenn ihr Ohrlöcher wollt, das geht bei *Kreuzinger* in der Fußgängerzone weniger schmerzhaft vonstatten." Dann konnte sie nicht mehr an sich halten und prustete laut los. Carsten und Hajo wechselten kopfschüttelnd ihre Blicke. Typisch Tomke wieder. Beide hatten inzwischen Tücher bekommen, die sie fest auf ihre Verletzungen drückten. Aber auch diese waren schon wieder blutgetränkt. Das Ohr war wohl ein recht empfindliches und stark blutendes Körperteil.

Nachdem sich Tomke beruhigt hatte und nur noch ein leichtes Glucksen zu hören war, entschuldigte sie sich mit fester Stimme: „Sorry, aber das musste raus. Und ihr müsst zum Arzt."

„Der ist schon da", kam es über den Flur. Einer der umstehenden Kollegen hatte ihn wohl bestellt. Der Notarzt aus dem nahe gelegenen Krankenhaus eilte auf die beiden Verletzten zu.

„Besteht die Gefahr, dass einer der beiden Herren kollabiert? Nein? Dann fangen wir rechts außen an", erklärte er nüchtern und zeigte auf Hajo.

Nachdem er ihm das blutige Tuch vom Ohr genommen und die Wunde freigelegt hatte, pfiff er durch die Zähne und sagte: „Hier ist ja Platz für ein geweitetes Piercing, weißt du, so ein Ohrlochring, den man dehnen und …" Als der Arzt Hajos Blick aufgefangen hatte, brach er ab, fuhr aber kurz darauf mit weiterhin angestrengt ernster Miene fort: „Ich meine ja nur, wo wir gerade ein schönes Loch haben." Kurz verstummte er. „Das ist aber auch ein schönes Loch. Allerdings – auf nur einer Seite bringt das nichts", er zeigte auf Hajos unverletztes Ohr.

Nun konnte sich Tomke nicht mehr halten. Laut lachend lief sie über den Flur und erklärte kaum verständlich: „Ich muss dem Chef berichten, der soll ruhig sehen, mit welch enormem Körpereinsatz seine Leute bei der Arbeit sind."

Carsten, noch immer ein Tuch fest auf das verletzte Ohr pressend, äußerte mit anklagender Stimme. „Siehst du, Hajo. Da setzt man sein Leben für Recht und Gerechtigkeit ein, und was erntet man? Nichts als Hohn und Spott!" Aber auch er konnte sich ein Grinsen nicht verkneifen und setzte nach:

„Wer den Schaden hat, spottet jeder Beschreibung!"

„Bitte?" Hajo verstand nicht.

„Nix, schon gut. Das ist ein Spruch meines alten Chefs aus Frankfurt. War nicht ernst gemeint."

Inzwischen hatte der Notarzt die Ohren der beiden Kommissare versorgt und erklärt, dass das alles schlimmer aussehe, als es ist. Die Ohrläppchen seien sensibel und besonders gut durchblutet, was erkläre, warum es so stark blute und eben auch schmerzhaft sei. „Hat aber auch in anderen Fällen einen Vorteil!", informierte er weiter.

„Ach ja?" Langsam ging Carsten dieser Klugscheißer von Arzt auf die Nerven, auch wusste er nicht, ob das alles ernst gemeint war oder der Doc sie nur verarschen wollte. Der allerdings setzte seine Ausführungen unbeirrt fort.

„Klar, was jetzt besonders schmerzhaft ist, zeigt sich in anderen Fällen als besonders angenehm."

„Hmmm!", Carsten hört kaum mehr hin.

„Ja, das hier ist doch auch erogene Zone. Also seht es positiv.“ Der Arzt lachte laut auf. „Aber nun genug geschnackt.“ Dann wurde er ernst.

„Da eure Verletzungen von menschlichen Bissen stammen, möchte ich euch beide morgen in der Klinik zur Blutabnahme sehen. Ihr versteht? Das ganze Prozedere! Infektionen aller Art und unumgänglich HIV! Und bringt eure Beißerinnen gleich mit.“

Dann klappte er seinen Koffer zu, tippte sich grüßend an die Stirn und war auch schon wieder verschwunden.

„Kann mal jemand das Blut hier wegwischen?“ Gerdes kam über den Flur gerannt und fuchtelte wild mit den Armen. „Sieht ja aus wie auf einem Schlachtfeld. Wo sind die beiden Frauen? Kann ja wohl nicht wahr sein, dass Sie sich beißen lassen, meine Herren. Hätte das nicht verhindert werden können?“ Der Ausbruch war allerdings eher der Sorge um seine Leute als einem Vorwurf geschuldet. Nachdem er die verbundenen Ohren von Hajo und Carsten begutachtet hatte, huschte ein Zucken über sein Gesicht.

„Oh, nein!“ Carsten war aufgestanden und drohte mit erhobenem Zeigefinger. „Sie nicht auch, Chef. Ein Lacher, und ich lasse mich für die nächsten zwei Wochen krankschreiben.“

„Ich auch!“, stimmte Hajo zu.

„Nein, ich lache nicht, wirklich. Dazu ist die Sache viel zu ernst.“ Gerdes wandte sich ab und lief zurück Richtung Büro. „Kommen Sie mit, Tomke hat Pizza bestellt, ich übernehme!“

„Jetzt?", wollte Carsten wissen und deutete auf sein Ohr.

„Die Pizza oder die weitere Vernehmung der beiden Frauen?" Gerdes winkte wortlos ab und stürmte ins Büro.

Tomke hätte nicht anders gehandelt, war aber doch froh, dass Gerdes es war, der darauf bestanden hatte, die Vernehmungen für heute abzubrechen und die angriffslustigen Schwestern in Gewahrsam zu nehmen.

Seine Frage, ob die Damen über ihre Rechte aufgeklärt worden seien, brach er nach vorwurfsvollen Blicken von Hajo und Carsten ab und zuckte nur mit den Schultern, als Hajo erklärte, dass weder Bintje noch Linda einen Anwalt wollten.

„Wo ist die dolmetschende Fachkraft? Oder muss es heißen: das dolmetschende Wesen? Denn *die Fachkraft* ist ja schon wieder weiblich, nur damit ich mich da gendergerecht verhalte."

Gerdes stöhnte auf.

„Benzinger hat sich die Aufnahme kopiert und schickt uns heute noch die komplette Übersetzung per Mail."

„Gut!" Hajo schaute in die Runde. „Ich vermute da nämlich noch mehr. Das sind schon zwei sehr verrückte Weiber, diese Schwestern, und ich schätze, dass sie nicht wirklich verrückt, sondern eher ausgebufft sind. Ich werde mich vor allem mit dieser Linda noch mal beschäftigen. Vielleicht kann ich auch im Internet mehr über sie erfahren."

„Tun Sie das, Mertens, tun Sie das. Aber jetzt gibt es etwas zu essen, und dann muss ich zurück nach Wilhelmshaven. Heute Abend steht noch ein Pflichttermin an.

Rechenschaftsbericht in einer …, aber das interessiert sie alle sicher nicht."

„Und genau deshalb will ich diesen Job nicht!", bekräftigte Tomke und stand auf. Der Pizzabote klopfte an der Glastür mit vier Pappkartons in der Transporttasche.

Auf dem Weg zum Schrank, um dort Besteck zu holen, meinte sie: „Ach übrigens, Carsten. Ich bin da heute auf etwas gestoßen. Mit der Ehefrau unseres Erhängten aus dem Fußgängertunnel müssen wir ein weiteres Mal reden."

Dann beschloss Gerdes: „Ich habe Hunger." Das verteilte Besteck war überflüssig. Die vier führten die geschnittenen Pizzastücke mit der Hand in den Mund.

Abseits

Es war natürlich sinnvoll für Henry, sich so weit abseits der Stadt aufzuhalten, andererseits nicht wirklich hilfreich.

„Ich versauere hier in diesem Kaff!", stellte er fest, als er in sein Quartier zurückkehrte.

Nachdem er die Wohnung verlassen hatte, machte er sich auf die Suche nach dem Fahrzeug des toten Kuriers und wurde auch schnell fündig. Vor dem Haus stand ein kleiner Lieferwagen mit der Aufschrift *Essen vor Ort*. Henry wusste, dass er den Wagen möglichst schnell würde verschwinden lassen müssen. „Sicher geht die Suche nach ihm bald los!", vermutete er.

Durch sein Fernglas konnte er sehen, dass der alte Mann in seinem Sessel saß und damit beschäftigt war, den Aluminiumdeckel seines Mittagessens zu öffnen, was offensichtlich kein leichtes Unterfangen für ihn war. Es interessierte den ehemaligen Soldaten nicht.

Henrys Verbindungen in die USA waren inzwischen abgebrochen. Roger, seine Kontaktperson, hatte ihn vor einiger Zeit dringend angewiesen, zurückzukommen.

„Alter!", hatte Roger gedrängt, „sonst kann ich für nichts garantieren. Die sind hier sauer auf dich, richtig sauer. Sie verfolgen alles, was du tust. Glaube mir."

Henry allerdings wollte das nicht wirklich wahrhaben. Dies hier war seine Privatsache. Er war nicht mehr in der Pflicht, lediglich als Schläfer geführt, was wollte seine alte Dienststelle also von ihm?

Er verspürte inzwischen auch Hunger und schob sich eines der Fertiggerichte, die er im Kühlschrank aufbewahrte, in die Mikrowelle. Kurz darauf saß er kauend im Sessel und beobachtete den Alten gegenüber, der das Gleiche tat.

Henrys Gedanken schweiften ab, zurück in das vergangene Jahr, als er hier in besonderer Mission eingetroffen war; damals noch mit Nette, seiner Schwester. Sie zu töten, schien ihm damals unumgänglich, heute war er sich da nicht mehr so sicher. Klar, Nette wollte verhindern, dass er in der alten Heimat auf Kreuzzug ging. Für ihn gab es in jenen Tagen keine Alternative, und Nette hatte ihn davon nicht abbringen können. Als sie ihm dann nachts die Waffen abnehmen wollte, stand sein Entschluss fest: Nette musste sterben. Von Henry hart entschieden, so wie der Soldat, der er im Inneren immer noch war. Allerdings nur wenn Jan-Hinrich, der ostfriesische Junge, die Oberhand gewann, fehlte ihm Nette ungemein. Aber daran wollte er jetzt nicht denken. Weiter drifteten seine Gedanken ab. Seine Flucht, nachdem ihm die Ermittler so nahegekommen waren. Sein subtiles Spiel mit der Kommissarin … Die Ermordung der alten Jansen …

Jan-Hinrich, der Müllerssohn, zweifelte. Hatte er es übertrieben? Nein, Henry, der Soldat, war sich sicher, dass alles in Ordnung war, so wie es sich darstellte, und doch …

Der Flugzeugabsturz nahe Spiekeroog. Nur mit viel Glück hatte er ihn seinerzeit überlebt, es sogar am nächsten Morgen geschafft, die Insel unbemerkt zu verlassen. Glück, und seine Ausbildung bei der US-Armee. „Glück?" Henry lachte böse auf. Im Grunde war es die schlimmste Zeit seines Lebens, noch schlimmer als das, was ihm in der Kindheit und Jugend widerfahren war. „Scheißleben, Scheißleben, Scheißleben!", brüllte er plötzlich los, bäumte sich im Sessel auf und fiel kraftlos zurück. Wenn er sich jetzt an jemandem auslassen könnte … Dieser Frust musste raus. Henry wusste, dass es sonst zum Supergau kommen würde. Wer, an wem? Sein Blick fiel auf das Haus gegenüber, der Alte …

Strikte Anweisung

Die Anweisung von Gerdes war klar und duldete keinen Widerspruch.

„Sie gehen morgen zum polizeiärztlichen Dienst und nehmen Tomke gleich mit. Ihr drei werdet auf den Kopf gestellt, Tomke aufgrund des Unfalls und des Brandanschlages, Sie, Mertens und Schmied, wegen der beiden Ohrlochstecherinnen." Kam das letzte Wort ihres Chefs etwa von einem Glucksen begleitet? Hajo und Carsten waren sich da nicht sicher.

„Und Sie, Mertens, Sie waren an dem Unfall im Straßengraben ja auch beteiligt. Also, morgen ab zur Untersuchung, ich mache gleich einen Termin für Sie alle."

Tomke wollte Einspruch erheben, doch dieser wurde von Gerdes sofort geblockt.

„Keine Diskussion. Ich bin morgen wieder hier und übernehme die Dienststelle so lange, bis Sie zurück sind." Tomke wandte sich kurz ab. „Auch wenn Sie die Augen verdrehen, Tomke. Keine Widerrede." Gerdes stellte die leere Pizzaschachtel zur Seite und griff zum Telefon.

Nachdem er das Gespräch beendet hatte, verkündete er: „Morgen um zehn Uhr, alle drei, das machen wir in einem Aufwasch. Und nun bin ich weg."

Gerdes stand auf und zeigte auf einen Aktenberg vor sich auf dem Schreibtisch.

„Diesen Stapel habe ich durchgearbeitet und Notizen dazu gemacht. Wie Sie, Tomke, ebenfalls festgestellt haben, gibt es noch einige Fragen an die Ehefrau unseres letzten Mordopfers. Warum wurden alle Unterlagen dieser drei Investment-Manager im Hause Hollerbaum gefunden? Haben sie alle drei zusammengearbeitet? Gemeinsame Betrügereien begangen? Aus den Unterlagen geht hervor, dass es noch einen vierten Beteiligten geben könnte, den gilt es zu finden, was aber nicht allzu schwer sein dürfte. Ein wenig Arbeit habe ich Ihnen noch dagelassen. Also ran! Ich bin dann mal weg."

Gerdes gab jedem seiner Mitarbeiter stumm die Hand und verließ dann grußlos das Büro.

„Ran, ran", äffte Tomke ihren Chef nach, „als wenn wir nicht wüssten, was zu tun ist!"

Carsten war inzwischen aufgestanden und um seinen Schreibtisch herumgegangen.

„Ich veranlasse jetzt erst mal", beschloss er, „dass die beiden Frauen weggesperrt werden, dann gehen wir den Tag kurz durch und dann …"

„… dann machen wir Schluss für heute. Der heutige Tag hat so viel in sich gehabt wie eine ganze Woche." Tomke machte eine Faust und klopfte auf den Schreibtisch. „Beeil dich, wir sortieren schon mal vor!", rief sie ihrem Kollegen noch nach.

Der griff sich auf dem Weg zu den Vernehmungsräumen an das schmerzende Ohr und überlegte, wie er es wohl am besten zu Hause erklären konnte.

Michaela würde sich natürlich Sorgen machen und bekäme ihre Furcht, dass ihm in seinem gefährlichen Beruf etwas passieren könne, bestätigt. Aber Marie …? Die zu erwartenden Kommentare seiner Tochter machten ihm viel mehr zu schaffen. Er kannte das freche Plappermaul. Sicher würde sie nicht mit Spott sparen.

Carsten betrat das Vernehmungszimmer, aber es war leer, das Büro nebenan, in dem Bintje verhört worden war, ebenfalls. Hatten die beiden etwa …?

„Sind schon in ihren Zellen!", rief ihm Claas zu, der sein verdutztes Gesicht richtig deutete. „Gerdes war auf seinem Heimweg hier und hat angeordnet, dass wir die beiden gut wegsperren sollen. Und ihr? Wie geht es euch? Dir und Hajo, meine ich. Wir werden wohl den Antrag stellen, dass unsere Verdächtigen bei den Vernehmungen in Zukunft Maulkorb tragen." Grinsend kam er näher an Carsten heran und wollte weiterhin wissen: „Ist noch was dran an deinem Ohr? Oder soll ich auf die andere Seite rüberkommen. Mit einem Ohr hört es sich ja nicht so gut."

Carsten hob drohend die Hand und ging wortlos zurück ins Büro.

„Da werden wir uns noch auf etwas gefasst machen können, unsere Kollegen haben einiges an Hohn und Spott auf der Pfanne", warnte er schon mal vor.

„Ja!", bestätigte Tomke. „Schau mal hier", sie zeigte auf den Bildschirm ihres Computers. „Die von der Zentrale haben gerade einen Antrag geschickt."

„Antrag?", wollten Hajo und Carsten fast einstimmig wissen.

„Antrag auf Genehmigung von Maulkörben für den Vernehmungsraum!", las sie laut vor und konnte sich das

Lachen nicht verkneifen. „An Ohrenschützer sollten wir vielleicht auch denken", legte sie nach.

„Tomke, es reicht!", entschied Hajo und holte sich einen Kaffee bei Swantje.

Es dauerte dann doch noch etwas mehr als eine Stunde, bis sie die Ereignisse und Erkenntnisse des Tages besprochen und zugeordnet hatten. Dann beschlossen sie wirklich, für heute Schluss zu machen, und verließen gemeinsam das Büro.

Die Bellgeräusche, die Hajo und Carsten auf dem Weg durch das Präsidium begleiteten, mussten die beiden aushalten. Der Diensthabende an der Zentrale rief ihnen nach: „Tomke, Tomke, hallo, warte mal, da hat jemand angerufen und nach dir gefragt."

„Wer?", wollte die Kommissarin müde wissen.

„Keine Ahnung, Namen hat er nicht genannt."

„Dann war's auch nicht wichtig. Wird sich wieder melden. Wir haben Feierabend und wollen für heute nichts mehr hören. Sind nur für absolute Notfälle erreichbar, verstanden? Alles Weitere an die Kollegen vom Kriminaldauerdienst in Wilhelmshaven. Mein Handy steht auf Priorität, damit du es schon mal weißt."

Carsten verabschiedete sich in Richtung Carolinensiel, Tomke und Hajo in Richtung ihrer Wohnung.

„Ab nach Hause!", stöhnte Tomke und ließ sich auf den Beifahrersitz fallen.

„Apropos nach Hause", meldete sich nun Hajo, nachdem er den Wagen gestartet hatte. „Wir müssten mal wieder am Haus deines Großvaters arbeiten. Sonst werden wir da erst einziehen können, wenn wir selbst Großeltern geworden sind oder es gleich unseren Enkeln übergeben."

„Einspruch, Euer Ehren!", konstatierte Tomke. „Erstens bestehe ich darauf, dass es *unser* Haus meines Großvaters ist; zweitens, wann hätten wir, bitte schön, was machen sollen, und drittens, Herr Mertens, welche Enkel bitte?"

„Na ja, so sagt man doch. Aber mal im Ernst. Wenn du die Bezeichnung *uns* und *unser* wirklich ehrlich meinst, dann lass uns Nägel mit Köpfen machen und heiraten. Dann bestehe ich nämlich auch darauf, dass diese Wohnung", sie waren gerade am Haus, in dem Hajos Eigentumswohnung lag, angekommen, „auch *unsere* Wohnung ist. Lass uns heiraten und alles teilen. Hab und Gut und unser Leben, für immer!" Die letzten Worte waren mehr theatralisch über seine Lippen gekommen. Er stellte den Motor ab und bat Tomke, sitzen zu bleiben. Die war so perplex, dass sie tat wie ihr geheißen. Mit schnellen Schritten war Hajo um den Wagen herumgelaufen, öffnete die Beifahrertür und lag unverhofft vor ihr auf den Knien.

„Frau Tomke Anna Hildegard Josefine Evers, willst du mich, Hans-Joachim Bert Theo Mertens, heiraten?", flehentlich blickte er zu ihr auf und setzte gequält nach: „Die Blumen kommen später und sag jetzt nicht Nein, die Chance bekommst du nämlich nicht wieder!"

Tomke konnte einfach nicht anders, als Hajo tränenreich einen Esel, außerdem noch Blödmann und besten Menschen der Welt zu nennen. „Okay, wenn es denn so ist und du mich ansonsten nie mehr wieder fragen wirst, dann sage ich eben JA!" Weinend und lachend gleichzeitig rutschte sie aus dem Wagen und kniete sich neben ihn auf den Parkplatz.

„Oh, mein Gott, sie hat Ja gesagt. Habt ihr das gehört? Sie hat Ja gesagt. Meine Frau wird mich heiraten." Hajo war aufgesprungen, zog Tomke an den Armen zu sich hoch und tanzte mit ihr über den Parkplatz.

„Es reicht, es reicht, sonst nehme ich es zurück! Mein Gott, ist das peinlich! Hör auf, lass uns nach oben gehen." Tomke schaute sich verschämt um. Hoffentlich hatte sie keiner beobachtet. Klar, da vorne, an der Hausecke, stand jemand, oder? Nein, sie hatte sich getäuscht. Plötzlich war er wieder da, der eiskalte Schauer, und Tomke fühlte sich schlagartig schlecht.

Hajos Freude allerdings war grenzenlos. Wie ein kleiner Schuljunge, der zu Hause eine gute Note zu verkünden hatte, lief er die Stufen zur Wohnung hinauf, Tomke an der Hand hinter sich herziehend. Er rief: „Darauf müssen wir anstoßen. Sicher haben wir im Eisfach noch Champagner oder zumindest Sekt."

„Nein, wenn wir Glück haben, warmes Bier im Keller, aber das macht nichts. Geht zur Not auch!" Tomke war in solchen Sachen eher pragmatisch.

Hajo schwebte auf Wolke sieben, Tomke ließ ihn schweben. Er wird schon wieder auf dem Boden der Tatsachen ankommen, überlegte sie und hoffte, im Hauswirtschaftsraum doch noch ein paar Flaschen Bier zu finden und nicht in den Keller zu müssen. Wortreich und sich dabei fast überschlagend, hatte er ihr mitgeteilt, dass er nun sofort Oma und Tant' Fienchen anrufen müsse. Mit denen habe er nämlich gewettet, dass sie irgendwann doch Ja sagen würde. Und wo die Hochzeitsreise hinginge, wisse er auch schon, und um die Hochzeit selbst müsse sie sich gar nicht kümmern. Hajo griff zum Telefon. Er, Oma und Fienchen, erklärte er Tomke, und vor allem Michaela und Marie würden das Ganze übernehmen.

„Du musst dich vom Unfall erholen, von der Geschichte in der Scheune, der Rauchvergiftung und überhaupt. Bitte, Tomke“, beschwor er sie, „überlass das alles uns.“

„Na, wenn das so ist. Dann brauche ich nur auf dem Standesamt aufzuschlagen und Ja sagen?“, wollte sie nicht ohne Spott in der Stimme wissen.

„Ja, meine geliebte Frau!“ Hajo strahlte sie an.

„Eine Bedingung!“, warf Tomke dann doch ein. „Meine Haare müssen wieder ansehnlich sein. Ach, und das mit deinem Ohr ist ja auch so eine Sache, hm, vielleicht sollte ich es mir noch mal überlegen. Ich weiß nicht, ob ich einen Einohrigen heirate, Männer hören ja ohnehin schon nicht. Was ist, wenn *Mann* nur ein Ohr hat?“

Hajo knuffte sie in die Rippen. Tomke lief quiekend durch die Wohnung, er hinterher. Atemlos hatte er sie eingefangen und erkundigte sich: „Wie ist das denn nun, haben wir etwas zum Anstoßen?“

„Nein, nicht mal warmes Bier in der Kammer, ich geh gleich mal in den Keller.“

„Okay, und ich rufe schnell in Carolinensiel an und verkünde die gute Nachricht, dann können die beiden gleich bu …“ Das letzte Wort war nur noch undeutlich über seine Lippen gekommen, denn Hajo hatte bemerkt, dass er sich im Überschwang beinahe verraten hätte.

„Was meinst du?“, hakte Tomke nach, die schon fast die Wohnungstür erreicht hatte.

„Nix, alles gut. Ich telefoniere …“

Tomke griff sich den Schlüssel mit dem kleinen grünen Anhänger vom Haken neben der Tür und verschwand im Treppenhaus.

Schnell – war nicht. Oma und Fienchen wollten von Hajo genau hören, wie Tomke reagiert und was sie gesagt hatte. Immer wieder musste er erzählen. Bei den beiden alten Damen flossen Tränen, sie lachten und schluchzten vor Freude. „Schwester, heute wird eine Flasche geköpft, und die Nachbarn holen wir auch dazu. Wenn das man kein Grund zum Feiern ist!“

Dann aber wurde Oma Jettchen wieder ernst. „Du, Hajo“, fragte sie anschließend, „fehlt dir auch ein Stück vom Ohr?“

„Fehlt? Nein, warum, wer …? Hat Carsten etwa …?“

„Nein, der nicht. Carsten ist gerade erst nebenan auf den Hof gefahren. Aber Marie war hier und hat erzählt, dass eine Frau ihrem Papa das halbe Ohr abgebissen habe und eine andere dir auch. Mehr hat sie nicht gesagt und war ruck, zuck wieder weg. Sie müsse an einer neuen Geschichte schreiben, meinte sie noch.“

Hajo stöhnte auf. Dieses Kind mit seiner unbeschreiblichen Fantasie. Woher wusste sie es denn so schnell? Was sie wohl aus der Geschichte basteln würde? Er beruhigte die beiden alten Damen, dass alles halb so schlimm sei, und wünschte ihnen eine Gute Nacht.

„Von wegen *Gute Nacht!*“, beendete Oma das Gespräch, „hier wird jetzt gefeiert. Ich sag mal: Verlobung ohne das

Verlobungspaar. Egal, Hauptsache, genug Schluck ist im Haus." Dann war die Leitung tot und Hajo blickte auf sein Handy.

Drei Minuten elf zeigte das Display die Gesprächsdauer an. Von wegen mal kurz informieren, das war bei den beiden ein unmögliches Unterfangen, lachte er und steckte das Telefon weg.

„Und nun feiern wir, Tomke", rief er Richtung Küche. „Flasche oder Glas?" Doch er bekam keine Antwort. „Tomke?" Hajo schaute in den Flur.

Die Wohnungstür stand noch immer offen, also war sie noch unterwegs. Warum das wohl so lange dauerte? Tomke war eigentlich nicht dafür bekannt, im Treppenhaus einen Schnack zu halten. Aber vielleicht erzählte sie ja jemandem, dass sie heiraten würden.

„Tomke!", rief er über die Treppe. Da war niemand. Keine Tomke, kein Nachbar, nur die Treppenhaustür fiel unten ins Schloss, das automatische Licht erlosch. Fahrig griff Hajo nach dem Lichtschalter an der Wand. Traf nicht, schlug noch mal und ein weiteres Mal darauf. Endlich war es wieder hell im Treppenhaus. „Tomke?", rief er erneut. Keine Antwort. Hajo wurde es heiß und kalt zugleich. Mit wenigen Sätzen nahm er die Stufen und Absätze nach unten ins Parterre und dann weiter in den Keller.

„Tomke!", schrie er heiser. Entsetzliche Gedanken schossen ihm durch den Kopf. Henry? War er wieder da? Gab er keine Ruhe? Was hatte er mit Tomke gemacht?

Eine feuchtfröhliche Nacht

Nachdem sie das Gespräch mit Hajo beendet hatte, griff Oma wieder zum Hörer und startete einen Rundruf. Nach anfänglichem Zögern und dem Einwand, dass es wohl schon spät sei, war es dann doch noch eine feuchtfröhliche Runde geworden. Anne und auch Mariechen von gegenüber waren gekommen, Bärbel, Frieda und Helga sowie Friedl, die Nachbarin von nebenan. Natürlich hatten die beiden auch Michaela informiert. So saßen zuerst acht Frauen zwischen fast achtzig und neunzig Jahren zusammen. Auf dem Tisch standen einige Wasserflaschen, aber auch Schluck, Likör und Knabberzeug. ‚Bier und Wein zum Schluck macht nur einen dösigen Kopf', war Omas Devise. ‚Wasser zum Schluck und du verträgst mehr'. Dass die schnell einberufene Verlobungsfeier ohne Brautpaar stattfand, störte niemanden. Wenn es einen Grund zum Feiern gab, kamen sie alle.

„Wenn das kein Grund ist!", hatte Oma tränenreich verkündet und mit der *singenden Anne* von gegenüber um die Wette geheult. Alle kannten Tomke von klein auf und freuten sich riesig, dass sie endlich „unter die Haube kam", wie sie es nannten. Michaela stieß erst eine Weile später zu der inzwischen angeheiterten Gruppe. Sie hatte erst noch ganz genau wissen wollen, was mit dem Ohr ihres Mannes passiert war.

Diese Geschichte wurde hier nun auch zum Besten gegeben, und die Damenriege lachte so laut, dass Carsten es durch die Wand des Doppelhauses nebenan hören konnte. Ihm war klar, worum es gerade ging. „Wer den Schaden hat", begann er den Satz von ein paar Stunden zuvor und ging ins Bad. Bis Michaela nach Hause kommen würde, das wusste er, konnte es noch eine Weile dauern. Marie lag auf ihrem Bett und tippte etwas in ihren Laptop.

„Papa, das musst du mir in Ruhe und in allen Einzelheiten erzählen. Als Schriftstellerin muss ich präzise arbeiten und darf nichts auslassen. „Klugscheißerlein!", murmelte er und meinte dann laut: „Heute nicht mehr, Frau Schriftstellerin, morgen ist Schule. Computer runterfahren, Zähne putzen und ab ins Bett!"

„Aber ich …", kam es aus dem Kinderzimmer. „*Ohne Wenn und Aber!* Auch Schriftstellerinnen brauchen ihren Schlaf." Carstens Stimme war in einen Singsang verfallen, sodass Marie wusste, dass es nun ernst wurde, „Okay!", brummte sie. „Aber!"

„*Ohne Wenn und Aber!*", sang es nochmals aus dem Bad.

„Aber du bist doch noch im Bad", startete das Mädchen noch einen Versuch.

„Drei, zwei …"

„Ich komme ja schon, Papa! Du hast keine Ahnung, wie es in einer Schriftstellerin aussieht, die mitten in ihrem Werk unterbrochen wird. Das kann böse Folgen haben."

„Guter Versuch, hilft nur nicht!" Er gab ihr einen Kuss auf die Nasenspitze und verabschiedete sich ins Bett.

Carsten war sich sicher, dass Marie den Laptop nun nicht mehr hochfahren würde. Er vertraute seiner Tochter.

Kurz vorm Einschlafen glaubte er die Frauen nebenan lachen zu hören, drehte sich auf die Seite des gesunden Ohres und schlief sofort ein.

Frust ein paar Stunden zuvor

Henry hatte noch eine Weile in seinem Sessel gelegen, immer wieder zum Haus gegenüber geblickt. Zwischendurch waren ihm die Augen zugefallen, was ihn anschließend erschreckt hochfahren ließ. Den Gedanken daran, seinen Frust an dem alten Kauz drüben im Haus abzureagieren, hatte er schnell wieder verworfen. Nein, das würde ihm nichts bringen.

„Ich brauche mehr. Mehr Kitzel, mehr …" Nein, er wollte jemand anderes in seinem Netz strampeln sehen. Die Kommissarin oder eine der beiden Omis in dem Haus in Carolinensiel, die Verwandten dieser Tomke. Am besten Tomke selbst.

„Tomke, Tomke, Tomke …, dich hol ich mir. Du wirst zappeln, dich winden und nicht herausfinden aus meinem Netz."

Voller Energie sprang er auf. Die müden Lebensgeister waren besiegt, Henry wieder voller Elan. Er hatte ein Ziel, konnte aktiv werden.

Draußen war es dämmerig geworden und das diesige Wetter trug dazu bei, den Tag früher schwinden zu lassen. Gerade richtig für den Mann und sein Vorhaben. Wie selbstverständlich hatte er den Weg um das Nachbarhaus herum genommen, sich in den Wagen des Alten gesetzt und war vom Hof gefahren.

In der Stadt angekommen, besorgte er sich im Supermarkt ein paar Lebensmittel und Getränke. Er war so euphorisch, dass er fast seine Vorsicht vergaß. Erst kurz vor der automatischen Tür des Marktes hatte er die Kapuze seines Shirts tiefer ins Gesicht gezogen.

Der Einkauf verlief problemlos. Im Kassenbereich stieß er mit einer Frau zusammen. Ihre große Brille und der Lockenkopf waren überaus markant, sodass er zweimal hinschaute. Auch die Frau blickte ihn an. In ihren Augen lag etwas, das Henry nicht beschreiben konnte. Hatte sie ihn etwa erkannt? Hastig fühlte er nach seiner Waffe im Hosenbund. Nein, unmöglich, schließlich hatte er sich mit der Kapuze so gut es ging getarnt. Unmöglich.

Er entfernte sich ein paar Schritte vom Supermarkt, zog sein Handy aus der Tasche und wählte eine Nummer. Kurz darauf steckte er es zufrieden zurück und flüsterte: „Gut, sie ist noch da. Wir werden sehen, wo ich sie mir packe."

In einiger Entfernung stand die Frau mit dem Lockenkopf, ebenfalls mit einem Handy, und versuchte zu telefonieren. Sie allerdings bekam keine Verbindung, schaute sich um und ließ den Apparat ärgerlich in ihre Tasche gleiten.

Henry fuhr vom Parkplatz und anschließend quer durch die Stadt. In einer kleinen Parkbucht gegenüber dem Marktplatz stellte er den Wagen ab und stieg aus. Er musste nur ein paar Schritte gehen, um die hell erleuchteten Bürofenster zu sehen.

„Na bitte!", murmelte er. „Ich kann warten."

Lange wurde seine Geduld nicht auf die Probe gestellt. Nach knapp einer Stunde kam Tomke mit ihren Kollegen aus dem Gebäude. Aus den Wortfetzen, die er aufschnappte, ließ sich erkennen, dass sie alle nach Hause wollten. Schnell lief Henry zum Wagen zurück, startete den Motor und nahm den Weg zur Wohnung von Hajo und Tomke.

„Ich werde die beiden erwarten und dort mein Netz zuziehen", freute er sich.

Doch dann war alles anders gekommen, sodass Henry seinen Plan kurz entschlossen änderte. Er hatte Hajos Antrag mitbekommen, gesehen, wie die beiden wie zwei verspielte Kinder zum Haus gelaufen und dort verschwunden waren. Bevor es zu spät war, hatte er seinen Fuß noch schnell in die zufallende Tür schieben können. Er war im Haus, nun musste er nur eine gute Gelegenheit abwarten, und Henry jubelte innerlich, denn die kam früher als gedacht.

Gerade eben schaffte er es, im Stockwerk darüber zu verschwinden, als sich unter ihm die Tür öffnete und Tomke die Wohnung verließ.

„Wenn nicht jetzt, wann dann!", murmelte er voller Vorfreude und folgte ihr in den Keller.

Im dunklen Keller

Hajo wollte nicht glauben, dass Tomke etwas zugestoßen sein könnte. Oder doch? War tatsächlich dieser verdammte Henry hier wieder aufgekreuzt? „Nein!", schrie es in ihm. Er überlegte: War sie zu unvorsichtig, waren wir zu unvorsichtig, haben die Bedrohung nicht ernst genommen? Im Treppenhaus konnte er niemanden sehen oder hören. Sie antwortete nicht auf seine Rufe, hier musste etwas passiert sein, was sonst? Die Haustüre klackte. Wer hatte da gerade das Haus verlassen? Tomke? Nie und nimmer. Oder? Ein weiterer, schrecklicher Gedanke flammte auf: War sie geflohen? Hatte er sie mit seinem Antrag überrumpelt und sie …? Nie und nimmer, beruhigte er sich selbst. Nicht Tomke. Die hätte mir verbal einiges um die Ohren gehauen, aber einfach weglaufen? Nie und nimmer. Nicht Tomke! Aber wo war sie nur? All diese Gedanken schossen in Sekundenbruchteilen durch seinen Kopf. Bei seinem letzten Sprung über die Treppe knickte er mit dem Fuß um, aber der stechende Schmerz interessierte ihn nicht. „Tomke!", rief er immer wieder und humpelte weiter. Im Keller angekommen, schlug er erneut auf den Lichtschalter, grelles Neonlicht flammte auf. Nun war auch der Gang zu den einzelnen Kellerräumen der Wohnungsinhaber beleuchtet. Acht Türen, acht Keller für die acht Wohnungen im Haus. Tomke allerdings konnte er nicht entdecken. „Tomke! Tomke!“

Immer wieder rief er ihren Namen, rüttelte an den Kellertüren. Rüttelte an seiner Kellertür, abgeschlossen. Hier war sie also nicht. Niemals angekommen? Hajo schaute sich um. Niemand war hier, kein Hausbewohner, kein Fremder und vor allem nicht Tomke. Doch dann stutzte er. An einer kleinen herausstehenden Schraube – die wollte er schon seit Monaten eindrehen –, am Namensschild ihres Kellerraums, hing ein Schlüssel. Hajo sah genauer hin. Das war doch der Ersatzschlüssel des Kellers, der mit dem grünen Anhänger. Er betrachtete ihn genauer. ‚Mertens Nummer 6‘ stand auf dem Schild. Klar!

„Das ist …, aber wie …“, stotterte er. „Den hat doch Tomke mitgenommen, als sie gerade … Im Keller war sie also nicht.“ Wieder hielt er Ausschau. Dann griff er nach dem Schlüssel, blickte den Flur nach rechts und links. Es war gespenstisch ruhig hier unten, keine Menschenseele zu sehen. Hajo schob den kleinen Schlüssel ins Schloss, drehte ihn und öffnete die Tür. Was glaubte er darin zu finden? Schließlich war der Kellerraum abgeschlossen, Tomke also sicher nicht hier drinnen. Vorsichtig schob er die Tür auf.

Hajo musste das Kellerlicht nicht einschalten. Die Situation, die er im kalten Neonlicht des Vorraumes sah, ließ ihn sofort entsetzt zusammenfahren.

„Tomke!“, krächzte er heiser.

Notruf

Da Carsten sehr früh zu Bett gegangen war, lag er gegen zweiundzwanzig Uhr schon im Tiefschlaf.

Das Summen war in weiter Ferne zu hören. Die Stimme auch. Carsten glaubte zu träumen. Doch dann: Immer lauter wurden die Geräusche um ihn herum, Michaelas Stimme drang nun an sein Ohr.

„Carsten, aufwachen, dein Handy! Hallo, Carsten, wach auf!"

Benommen öffnete er die Augen, hatte das Gefühl, von einer Dampfwalze überfahren worden zu sein, und sah Michaela. Tatsächlich, es war kein Traum.

„Was? Was ist los?", wollte er schlaftrunken wissen und griff sich an sein schmerzendes Ohr. Im Schlaf musste er sich wohl umgedreht haben und lag nun auf der verletzten Seite.

„Aua!", er richtete sich auf und fragte noch mal: „Was ist denn, brennt's?"

„Nein, dein Diensthandy klingelt, da geh ich nicht ran." Michaela reichte ihm das Telefon.

Carsten meldete sich müde, saß jedoch Sekunden später hellwach im Bett. „Wie bitte?" Mit beiden Beinen gleichzeitig sprang er auf.

„Ich habe euch gleich gesagt, dass ...", dann brach er ab. Lauschte kurz in den Apparat und meinte: „Ich komme!"

Carsten lief Richtung Bad.

Michaela erkannte sofort, dass etwas Dramatisches passiert sein musste, und folgte ihm.

„Wer?", wollte sie wissen.

„Tomke! Ich muss sofort hin."

„Wie schlimm?", hakte Michaela nach.

„Sie lebt!"

„Gut! Melde dich bitte sofort, sobald du mehr weißt."

Als er wenig später im Auto auf dem Weg nach Wittmund war, beschloss er, dass der Leichtsinn Tomkes, ihre Art, alles auf die leichte Schulter zu nehmen und eigensinnig zu verfahren, ein Ende haben musste.

„Schluss jetzt!", wütend schlug er mit der flachen Hand auf das Lenkrad. So brachte sie alle in Gefahr, nicht nur sich selbst. Wie böse hätte das vor Tagen ausgehen können, als dieser Henry bei Oma und Tant' Fienchen aufgeschlagen war, direkt neben seiner Familie. „Mein Gott", überlegte er, „was hätte alles passieren können."

Die Nacht war stockdunkel, die Straße auf dem Weg nach Wittmund nicht beleuchtet. Carsten raste mit aufgeblendeten Scheinwerfern über die Landstraße. Einmal war er kurz versucht, den Fuß vom Gas zu nehmen, schließlich war Tomke an ihrer Misere selbst schuld, doch dann verwarf er den Gedanken.

Tomke reagierte in ihrer unnachahmlichen Art auf das, was sich ringsumher abspielte. Nachdem Hajo sie im Keller gefunden hatte und sie wieder zu sich gekommen war, musste die Ermittlerin sich erst orientieren. Hajo wollte sofort einen Arzt holen, doch Tomke lehnte das kategorisch ab. Ihr Nacken schmerzte und sie erinnerte sich, dass sie von einem heftigen Schlag getroffen worden war, während sie die Tür aufgeschoben hatte.

Um sie herum war alles nass, und es roch nach Bier. Der Fußboden, aber auch sie selbst. Ekelhaft! An der Seite waren mehrere leere Bierflaschen aufgereiht, die Kronkorken lagen fein säuberlich daneben.

Ihr, wie auch Hajo, war sofort klar, dass es Henry Stolle gewesen sein musste, der sie niedergeschlagen und mit dem Alkohol übergossen hatte. Neben den leeren Flaschen lag ein Feuerzeug. Diese Tatsache machte der Kommissarin mehr Kopfschmerzen als der Schlag, den sie in den Nacken bekommen hatte. Was wollte Stolle damit ausdrücken?

Hajo wollte sofort die Spurensicherung bestellen, doch Tomke bestand darauf, sich zuerst umzuziehen.

Kurz nachdem die Kollegen aus dem Revier wie auch die Spurensicherung eingetroffen waren, kam auch Carsten die Stufen zum Keller hinunter.

Er schaute sich kurz um und wollte wissen: „Wie geht es dir?"

Tomke winkte ab. „Ist nicht so schlimm, das Drumherum und der Schock waren schlimmer."

Carsten wurde nun ernst. „Ich würde mal sagen, Tomke ist raus aus dem Fall. So geht das nicht weiter. Du bringst alle in Gefahr, dich, uns und deine und meine Familie."

Tomke begehrte auf: „Wieso denn das? Und wieso – war Stolle auch bei …?"

„Nein. War er nicht. Noch nicht. Aber so weit soll es auch nicht kommen."

„Carsten, das widerspricht sich doch. Wenn ich dranbleibe, lenke ich von dir und deiner Familie ab. Also, was willst du? Er ist hinter mir und meinen Leuten her, nicht hinter euch. Und ich denke, so soll es auch bleiben."

„Das meinst du jetzt aber nicht im Ernst, oder? Willst du wirklich so weitermachen und begründest es damit, dass du uns schützen willst? Nein, das kann wirklich nicht dein Ernst sein."

Carsten schüttelte den Kopf.

„Wenn wir mal von allem anderen absehen, riskierst du mit deiner Unbedarftheit diesem Stolle gegenüber dein Leben. Du hast die Patronen, die er dir oder euch geschickt hat, nicht zur KTU weitergegeben. Du hast schon im letzten Jahr auf die leichte Schulter genommen, dass er uns vom Haus gegenüber dem Präsidium beobachtet hat. Du hast unterschwellige Drohungen abgetan. Bei Oma und Tant' Fienchen war er auch. Dein Freund Claude hat dich schon mehrmals vor ihm gewarnt, aber du hast seine Warnung ignoriert. Der Mann ist gefährlich, kapier das doch endlich. Ach, und nicht zu vergessen, die Sache in der Scheune, das war er auch!"

Die drei Ermittler gingen nun gemeinsam hoch in Tomkes und Hajos Wohnung. Carsten sprach weiter.

„Ich werde nicht zulassen, dass du an dem Fall weiterarbeitest, und wenn ich mich nicht irre, sieht das Hajo ähnlich. Oder, Kollege?"

Hajo nickte und schaltete sich nun auch ein.

„Carsten hat recht. Dein Starrsinn lässt dich unvorsichtig werden und wichtige Dinge übersehen. Falls du es nicht weißt, du bist nicht unsterblich."

„Deshalb schlage ich vor", fuhr Carsten fort, „dass du dich ausschließlich um den Erhängten von der Brücke und das ganze Drumherum kümmerst, Hajo und ich schnappen uns Stolle."

„Meine Rede. Wenn du dich erinnerst, habe ich das vor einigen Tagen genau so vorgeschlagen. Aber die Dinge haben sich nun mal überschlagen, dafür kann keiner was. Du hast recht, ich habe in einigen Dingen unprofessionell gehandelt und das war Mist, wird jedoch nicht wieder vorkommen. Ab morgen kümmere ich mich ausschließlich um Hollerbaum, die beiden Kartoffelladys und was dazu gehört. Versprochen. Hajo und du, ihr schnappt euch Stolle."

Sie waren in der Wohnung angekommen. Tomke holte sich sogleich ein Kühlpad aus dem Eisfach und legte es sich in den Nacken.

„Hajo, wir müssen irgendwo noch eine Kopfschmerztablette haben. Meine Verlobungsnacht habe ich mir auch anders vorgestellt."

„Wie? Verlobung? Habe ich da was verpasst?" Carsten schaute die beiden verwundert an.

Hajo reichte Tomke ein Tablettenblister und ließ sich auf die Couch fallen. Er schaute zu Carsten hinüber, meinte dann mit verzogener Miene. „Das war der Stand vor ungefähr zwei Stunden, aber ich weiß nicht, ob ich mir das nicht noch mal überlegen sollte."

„Wie bitte? Du?" Tomke verstand nicht.

„Na, wenn meine eigensinnige Fast-Ehefrau so weitermacht, bin ich Witwer, bevor wir verheiratet sind. Das muss ich nicht haben."

Tomke lehnte ihren Kopf an seine Schulter, versprach: „Ich gelobe Besserung", und hauchte ihm einen Kuss auf sein verpflastertes Ohr. „Außerdem", fuhr sie fort, „müsst ihr ganz still sein. Mir hat noch keiner ein Ohr abgebissen."

„Unverbesserlich, einfach unverbesserlich!", murmelte Carsten und verabschiedete sich. Hajo begleitete ihn noch zur Wohnungstür. „Schau doch bitte noch mal in den Keller, ob die Kollegen schon fertig sind. Wir sehen uns morgen."

Carsten nickte müde und machte sich auf den Weg nach unten.

„Heiraten, die beiden – wenn das mal gut geht!", überlegte er auf dem Heimweg.

Beichte

Auch Tomke war inzwischen klar, dass es so nicht weitergehen konnte. Jedem anderen hätte sie ein gutes Stück an Professionalität abgesprochen. Jetzt musste sie es bei sich selbst tun.

Die Nacht war schlimm. Nachdem sie die Kollegen hier in Wittmund sowie die von den umliegenden Dienststellen informiert hatte, sich alle ein wenig beruhigt hatten und Carsten wieder nach Hause gefahren war, hatte sie mit Hajo zwar noch ein Bier getrunken, aber feiern war nicht. Wie auch?

Nun saß sie im Büro an ihrem Schreibtisch – Hajo war im Haus unterwegs – und wartete, dass Carsten eintraf. Gemeinsam sollten sie den von Gerdes arrangierten Termin beim polizeiärztlichen Dienst wahrnehmen. Tomke überlegte, wie sie diesen aufwendigen Besuch in Oldenburg umgehen konnten.

Der Notarzt von gestern fiel ihr ein. Vielleicht konnte er veranlassen, dass man sie hier im Krankenhaus Wittmund durchcheckte? Einen Versuch war es wert. Tomke griff zum Telefon.

„Sie sind ja noch da!", kam Gerdes ins Büro gestürmt. „Sollten Sie nicht längst unterwegs nach Oldenburg sein? Wo sind Ihre Kollegen?"

„Kommen gleich, Chef. Aber wir müssen reden, jetzt!"

Nachdenklich zog sich Gerdes einen Stuhl herbei und schob ihn neben Tomkes Schreibtisch. Ihr Gesichtsausdruck verhieß nichts Gutes.

„Ich höre!"

„Wir fahren nicht nach Oldenburg, wir gehen ins Krankenhaus und lassen uns dort gründlich untersuchen, Blut, Röntgen und alles, was erforderlich ist!", verkündete sie bestimmt.

„Was? Habe ich nicht gesagt …?", fuhr Gerdes auf, doch Tomke unterbrach ihn.

Sie erzählte von der vergangenen Nacht, von den vielen versteckten Drohungen, Anschlägen und was sie sonst noch vermuteten. Es war ein langes Gespräch. Als sie geendet hatte, meinte Gerdes sprachlos: „So in allen Einzelheiten habe ich das nicht gewusst, und ich frage mich, warum?"

„Weil ich hier Chefin des Kommissariats bin und es in meinem Ermessen liegt, was ich für ermittlungsrelevant halte und was nicht. Was ich an Sie weitergebe und was nicht. Ich gebe zu, dass ich da einiges unterschätzt habe, aber damit ist jetzt Schluss."

Tomke holte tief Luft und fuhr gleich darauf fort: „Folglich liegt es auch in meinem Ermessen, zu welchem Arzt wir gehen. Der polizeiärztliche Dienst ist für unsere Verletzungen nicht unbedingt zuständig. Hier, sehen Sie!"

Tomke legte ihm einen ausgedruckten Kommentar vor und las daraus:

„Aufgaben des medizinischen Dienstes sind:

– Untersuchungen aus beamtenrechtlichem Anlass*.

– Arbeitsmedizinische Betreuung aller Beschäftigten der Polizei Niedersachsen mit sozial- und präventivmedizinischen Aufgaben.

– Notfallmedizinische und kurativmedizinische Versorgung im Einsatz.

… und es geht noch weiter."

„Halt, stopp, ich verstehe. Was schlagen Sie also vor?"

„Da dies alles bei uns nicht zutrifft, wir lediglich durchgecheckt werden müssen und Hajo und Carsten Bluttests benötigen, habe ich uns einen Termin in Sanderbusch gemacht."

„Sanderbusch? Wieso nicht in Wittmund?"

„Weil ich hier keinen Termin bekommen habe und wir das doch heute alles erledigen wollen. Schon zur Sicherheit von Carsten und Hajo, für die ich die Bluttests als sehr wichtig erachte. Ich habe in Sanderbusch angerufen, dort können wir uns in der nächsten Stunde einfinden."

Gerdes schlug sich mit den Händen auf die Oberschenkel und stand auf. „Dann machen Sie das so. Ich halte inzwischen hier die Stellung. Ach ja, ich werde die Ehefrau unseres Erhängten einbestellen, hätte aber gerne, dass Sie bei der Vernehmung dabei sind, darum schlage ich vierzehn Uhr vor. Passt das?"

---

* Einstellungsuntersuchungen zur Feststellung der Polizeidiensttauglichkeit, Überprüfung der Polizeidienstfähigkeit, Dienstunfallbegutachtungen, regelmäßige Untersuchungen der Spezialeinheiten.

„Ich denke, ja! Bis dahin müssten wir zurück sein."

„Eines noch, Tomke. Ich werde Ihre Alleingänge nicht weiter tolerieren. Es stimmt, dass Sie hier die Entscheidungsfreiheit haben, aber wenn es an die Gesundheit oder das Leben meiner Leute geht, verstehe ich keinen Spaß. Haben wir uns verstanden?"

„Okay, das habe ich mit Carsten und Hajo heute Nacht alles besprochen, geht klar!"

„Übrigens!", erklärte Gerdes abschließend, „die beiden Schwestern warten in den Zellen auf ihre weitere Vernehmung, den Haftrichter habe ich gestern Abend noch informiert!"

Sie stand auf und ging auf ihren Chef zu.

„Super, danke, Chef. Und noch eine Bitte habe ich: Würden Sie wohl mein Trauzeuge sein wollen?"

Bevor Gerdes seine Sprachlosigkeit überwunden hatte, war Tomke schon aus dem Büro verschwunden. Sie machte sich auf die Suche nach Hajo.

„Was geschieht eigentlich mit den beiden Frauen unten in den Zellen?", kam der ihr im Flur entgegen.

„Nichts! Schmoren lassen. Die Kollegen sollen noch mal nachfragen, ob sie inzwischen einen Anwalt wollen, ansonsten müssen sie warten, bis wir zurück sind."

Hajo nickte. Mittlerweile war auch Carsten zu ihnen getreten, und Tomke konnte sich ein Grinsen nicht verkneifen.

„Was?", fragte Carsten drohend.

„Na, ihr zwei!", meinte sie lachend. „Ihr seht aus wie, wie siamesische Zwillinge, die an den Ohren zusammengewachsen waren und die man erst kürzlich getrennt hat.

Sorry an alle siamesischen Zwillinge, aber wirklich, etwas anderes ist mir gerade nicht eingefallen."

Dann fasste sie Carsten am Arm, zog ihn auf Hajos rechte Seite und meinte: „So passt es. Nicht mehr siamesisch. Einmal rechtes Ohr, einmal linkes Ohr, hat auch was. Aber nun kommt, wir müssen nach Sanderbusch."

„Wieso das? Ich denke nach Oldenburg zum …"

„Nein", wurde Carsten von Tomke unterbrochen. „Das konnte ich abwenden. Wir fahren in die Klinik nach Sande. Dort zapfen sie euch Blut ab und wir werden durchgecheckt. Ich bin ja mal gespannt, was von euren Ohrläppchen übrig ist."

„Ist der Alte im …?" Hajo konnte seinen Satz nicht beenden, Tomke fiel ihm ins Wort.

„Im Büro, ja, und jetzt kommt, bevor er es sich anders überlegt."

Die Fahrt raus nach Sande in die Klinik Sanderbusch verlief alles andere als ruhig.

Carsten hatte sich vorgenommen, Tomke auf dem Weg nochmals die Meinung zu sagen, und das tat er auch. Unumwunden. Ohne Umschweife.

Im Hinterland

Henry war mit sich und seinem Handeln zufrieden. Das mit der Bullentante hatte ihm gut gefallen. Kaum dass die beiden gestern Abend in der Wohnung waren, kam sie auch schon wieder heraus und lief nach unten in den Keller, und er hinterher.

Zuerst war er unschlüssig, ob er weiter mit ihr spielen oder sie töten sollte. Der Reiz, sie einfach von hinten zu greifen und ihr den Hals zuzudrücken, war immens gewesen, aber dann hatte er es sich doch anders überlegt. Nein, er wollte das Spiel noch etwas genießen, bevor er das Netz komplett zuzog.

Deshalb hatte er ihr nur einen Schlag versetzt und sie in den Keller geworfen, mehrere Bierflaschen geöffnet und über ihr ausgegossen. Warum, konnte er jetzt hier, in seinem Sessel mit Blick auf das Haus gegenüber, nicht erklären. Er hatte es einfach getan.

Er wunderte sich, dass die Maßnahme von gestern Abend ihn hatte so ruhig werden lassen, sonst waren dazu ganz andere Aktionen nötig. Vielleicht war es ja auch die Vorfreude auf das, was bald kommen würde, denn Henry hatte eine Vermutung. „Wenn ich eins und eins zusammenzähle, komme ich zu dem Ergebnis“, überlegte er, „dass dieser gebuchte Urlaub mit der Hochzeit zusammenhängt.“ Ein Grinsen flog über sein Gesicht. „Ich kann mich täuschen – nein, ich täusche mich nicht. Ganz sicher ist es so, und dort schlage ich zu. Die zwei dürfen noch heiraten", beschloss er großzügig, „bis dahin lasse ich sie in Ruhe, wiege sie in Sicherheit – und dann lasse ich sie nicht mehr aus meinem Netz, beide."

Henry befand sich in einem euphorieähnlichen Zustand ob seiner genialen Idee. Ja, so wollte er es machen.

Auf dem Kommissariat

Gerdes hatte seine Ankündigung wahr gemacht und Regine Hollerbaum für den frühen Nachmittag einbestellt.

Diese erschien eine Viertelstunde vor der vereinbarten Zeit und wartete vor dem Büro. Allerdings nicht ohne lautstark zu verkünden, dass sie im Grunde keine Zeit habe. Schließlich gelte es, ihren Mann zu beerdigen. Doch Gerdes schritt gleich ein.

„Soviel ich weiß, Frau Hollerbaum, ist der Leichnam Ihres Mannes noch gar nicht freigegeben, also bleiben Sie da mal ganz entspannt."

„Sie als Mann haben ja keine Ahnung, was da alles dranhängt. Nicht nur die Organisation der Beerdigung, ich muss mir auch ein völlig neues Outfit zulegen. Obwohl …", unterbrach sie sich dann, „nach der Beerdigung werde ich nicht weiter in Schwarz gehen. Nein, das steht mir nicht." Regine Hollerbaum fuhr sich mit den Fingern durchs Haar.

„Wann geht das denn hier endlich los?", drängte sie nach wenigen Minuten erneut. Gerdes bat sie, sich wieder in den Flur zu setzen, und öffnete die nächste Kiste mit Unterlagen aus dem Haus Hollerbaum. Er nahm einen Stapel Papiere heraus und blickte verblüfft in den Karton. Ganz unten lag ein Handy. Fein säuberlich von der Spusi in eine Plastiktüte mit Zippverschluss verpackt.

Gerdes wunderte sich, wieso das Gerät hier in dieser Kiste zwischen den Papieren verstaut war. Entschlossen griff er zum Telefon und versuchte den Chef der Spurensicherung zu erreichen. Rikus Stevenson meldete sich auch sofort.

„Wie bitte?", rief er entsetzt, als Gerdes sich nach dem Handy erkundigte. „Keine Ahnung, wie das in die Kiste mit den Papieren kommt. Es steht außer Frage, dass ein Handy erst zu mir kommt und hier von uns untersucht wird. Ich kläre das. Solch eine Schlamperei kann ich nicht gutheißen. Außerdem schicke ich gleich jemanden vorbei, der es abholt."

Gerdes betrachtete das Telefon, blickte auf die Papiere vor sich und langte zum Hausapparat auf dem Schreibtisch. Dort tippte er eine Nummer ein. Tatsächlich klingelte das Gerät in der Tüte. Allerdings nur kurz, dann war es wieder stumm.

„Hm, sicher ist der Akku leer", folgerte er. Grübelnd lehnte Gerdes sich im Stuhl zurück und überlegte, wie das Handy des toten Mannes wohl in das Haus und somit in diese Kiste kam. Wenn er, wie seine Frau behauptet hatte, schon lange unterwegs und nicht zu Hause war, konnte das eigentlich nicht möglich sein. Sein Blick ging nach draußen durch die Glasscheibe. Dort saß Frau Hollerbaum noch immer unruhig auf dem Stuhl. Ob sie wohl ihren Mann getötet hatte? Nachdenklich suchte er nach dem Protokoll des Falles und las es durch. Der Mann wurde mit einer Überdosis Rohypnol, wie hier zu lesen war, getötet und dann erhängt. Außerdem hatte der Gerichtsmediziner eine Schädelprellung entdeckt, die dem Toten allerdings schon Stunden vorher zugefügt worden sein musste. Das alles traute er der Frau vor der Tür dagegen nicht zu. Jedenfalls nicht alleine. Gerdes arbeitete sich weiter durch das Protokoll und pfiff durch die Zähne. Zeugen hatten Geräusche von zwei Personen gehört, nachdem der Mann vom Himmel gefallen war. Also konnte sie es doch gemeinsam mit einem Komplizen gewesen sein. Nun wurde Gerdes unruhig. Sollte es etwa ihm, so kurz vor der Pensionierung, gelingen, diesen Fall zu lösen? Das wäre der Hammer und ein rühmlicher Abschluss seiner Karriere.

Aufgeregt blätterte er weiter in der Ermittlungsakte. Er erinnerte sich an etwas, das der Kollege Schmied – oder war es Hajo Mertens? – erwähnt hatte. Bei deren Besuch im Hause Hollerbaum war ihnen eine Person aufgefallen, die …

„Hier! Genauso ist es und hier steht es schwarz auf weiß." Gerdes konnte sich einen kurzen Jubelschrei nicht verkneifen, fühlte sich zurückversetzt in seine Zeit als Ermittlungsbeamter. *„Es war von Anfang an klar, dass noch jemand im Haus war. Allerdings hatten wir zunächst keinen Grund, das Haus zu durchsuchen. Später fiel uns auf, dass eine Person das Haus durch einen Hinterausgang verlassen hatte. Frau Hollerbaum weigerte sich, dazu Angaben zu machen"*, las er laut. Wieder blickte er zu der Frau vor der Tür und beobachtete sie eine Weile. „Kaltschnäuzig genug scheint sie mir", stellte er fest und griff zum Telefon. Der zuständige Richter, Eduard Simmern, war ein alter Freund von Gerdes und versprach, umgehend einen Durchsuchungsbeschluss für das Haus Hollerbaum zu besorgen. „Moment!", rief er, kurz bevor Gerdes aufgelegt hatte. „Habe ich das nicht erst getan? Der Name kommt mir bekannt vor."

„Ja, das stimmt, Eduard, aber der war nur auf das Büro des Hauses ausgestellt. Jetzt müssen wir das gesamte Haus durchsuchen, komplett." Richter Simmern versprach, dass seine Sekretärin den Beschluss umgehend senden würde.

Gerdes war versucht, sich Regine Hollerbaum sofort vorzunehmen, beschloss dann aber doch, auf Tomke und ihre beiden Männer zu warten.

„Tomke und ihre Männer!", innerlich musste er lachen und dachte an Tomkes Bitte, ihr Trauzeuge zu sein. „Na", freute er sich, „hat es doch noch einer geschafft, sie zu bändigen."

Es war kurz vor zwei, als Tomke und ihre beiden Männer in das Büro zurückkamen.

„Diensttauglich!", begrüßte sie den Chef und ließ sich auf ihren Stuhl fallen. „Diensttauglich, alle drei!", wiederholte sie. „Auch für den Außendienst." Tomke zeigte auf sich.

„Und, Chef, gibt es was Neues?", wollte sie wissen.

Der warf ihr einen bedeutungsvollen Blick zu und schwieg.

„Was ist los? Haben Sie unsere Fälle in der Zwischenzeit gelöst?"

„So kann man es sehen, liebe Tomke." Gerdes schaute von einem zum anderen. Carsten und Hajo standen noch immer an den Tischen und verstanden ebenso wenig wie Tomke.

Ihr Chef genoss die angespannte Stille im Raum und erhob sich dann langsam von seinem Stuhl.

„Liebe Kollegen", begann er und schwieg wieder für ein paar Sekunden, „wenn ich mich nicht sehr täusche, wenn mich mein Schnüfflerinstinkt von früher nicht gänzlich verlassen hat …", wieder schwieg er kurz, „dann haben wir hier vor der Tür eine Mörderin sitzen." Er schaute erwartungsvoll in die Runde. Erwartete er Beifall? Doch aus dieser Runde kam nichts. Die drei Ermittler konnten mit seiner Aussage nicht viel anfangen. Was sollte das, wieso kam Gerdes auf diesen Gedanken?

Tomke hatte sich als Erste gefasst und stellte ihm genau diese Frage: „Wie kommen Sie darauf? Wieso Frau Hollerbaum?"

Gerdes griff nach dem eingepackten Handy auf dem Tisch und hielt es hoch.

„Dieses Handy hat mich darauf gebracht. Ich habe es in einer der Kisten aus dem Hause Hollerbaum gefunden."

„Aha …", Tomke begann zu verstehen.

„Glauben Sie etwa", fuhr er fort, „dass ein Mann, für den es aus beruflichen Gründen überlebenswichtig ist, sein Handy parat zu haben, es in der Wohnung liegen lässt und für Monate nicht vermisst?"

„Nun, er kann vor seinem Tod kurz zu Hause gewesen sein und …"

„Was Frau Hollerbaum aber nicht erwähnt hat. Laut Aktenlage war er seit einigen Monaten nicht anwesend."

„Sie vermuten, dass er im Haus war und dort getötet wurde?"

„So oder so ähnlich, denke ich. Ja!"

„Dafür haben wir aber keinen Beweis, nichts!", gab Tomke zu bedenken.

„Noch nicht!", schaltete sich nun auch Carsten ein, und auch Hajo fand den Gedanken nicht falsch.

„Wir wissen, dass jemand bei ihr war, als wir sie aufsuchten. Kann sein, dass das ihr Komplize, vielleicht ihr Liebhaber war und die beiden gemeinsam den Mord begangen haben."

„So sehe ich das auch. Frau Hollerbaum alleine traue ich es nicht zu. Es gehören starke Arme dazu, den Mann an dem Platz an der Brücke zu drapieren."

„Aber warum? Warum so theatralisch? Warum dort an der Brücke und nicht irgendwo sonst? Das wäre doch alles viel einfacher gewesen."

„Nun, das gilt es zu klären, aber diese Arbeit überlasse ich Ihnen. Ich habe meinen Teil dazu beigetragen und fahre jetzt zurück in mein Büro, dort ist viel Arbeit liegen geblieben."

Gerdes griff nach seiner Aktentasche und seinem Mantel. Dann drehte er sich zu Tomke um und meinte: „Es wird mir eine Ehre sein, Sie zum Traualtar zu führen, liebe Tomke."

Tomke antwortete nicht, irgendwie war die Tatsache, dass sie heiraten würde, noch nicht wirklich bei ihr angekommen.

An der Bürotür drehte sich Gerdes noch einmal um und bemerkte: „Bevor ich es vergesse, ich habe die Prüfung der Vermögensverhältnisse im Hause Hollerbaum in Auftrag gegeben. Meine Sekretärin wird sich dazu bei Ihnen melden. Und nun bin ich aber wirklich weg."

Nachdem Gerdes das Büro verlassen hatte, besprachen die drei Ermittler das weitere Vorgehen.

Hajo und Carsten bestätigten, dass sie beide, als sie Regine Hollerbaum die Nachricht vom Tod ihres Mannes überbrachten, gleich den Eindruck hatten, als wüsste sie Bescheid.

„Frag mich nicht, warum, Tomke. Es war und ist so!", warf Hajo ein.

„Hajo hat recht!", bestätigte Carsten, „mir ging es genauso."

„Gut!", entschied Tomke, „dann nehmen wir sie uns vor. Die Hollerbaum übernehme ich, ihr beiden dürft euch nochmals an den Kartoffelmädchen versuchen, aber passt auf eure Ohren auf!" Den Spruch konnte sie sich einfach nicht verkneifen.

Wenn Regine Hollerbaum anfänglich sehr ungeduldig und abweisend gewesen war, kam sie Tomke gegenüber inzwischen lammfromm daher.

„Setzen Sie sich bitte!", bat die Ermittlerin und zeigte auf einen Stuhl neben ihrem Schreibtisch, nachdem Carsten und Hajo das Büro verlassen hatten. Kurz überlegte sie, welche Taktik für die Frau anzuwenden sei, und entschied sich für einen Frontalangriff.

„Frau Hollerbaum", begann sie, „Sie haben hier bei uns Ihren Mann für vermisst erklärt, aber inzwischen haben wir einen ganz anderen Blick auf den Fall."

„Ja? Welchen denn?", fragte die Frau spitz.

„Nun, es ist doch sehr verwunderlich, dass ihr Mann monatelang verschwunden ist, Sie ihn nicht vermissen und dann, kurz nachdem er ermordet aufgefunden wurde, eine Vermisstenanzeige aufgeben. Finden Sie nicht auch?"

„Nein, finde ich nicht. Das war Zufall, sonst nichts."

„Wer war das in Ihrem Haus, als meine Kollegen bei Ihnen waren? Ich meine die Person, die das Haus durch die Hintertür verlassen hat."

„Das ist reine Privatsache", fauchte sie.

„Nein, dass Sie sich da mal nicht täuschen, Frau Hollerbaum. Privatsache ist es seit dem Moment nicht mehr, da Ihr Mann ermordet wurde. Da hört die Privatsache nämlich auf."

Tomke wurde durch einen Ton ihres Computers unterbrochen, der eine eingehende Mail ankündigte. Sie öffnete diese und ein Lächeln huschte über ihr Gesicht.

Dann wandte sie sich wieder der Hollerbaum zu und bat: „Übrigens, würden Sie mir bitte Ihren Hausschlüssel und Ihr Handy herausgeben?"

„Wie komme ich denn dazu?" Regine Hollerbaum drückte ihre Handtasche fest an den Körper.

„Nun", Tomke zeigte auf ihren Computer und erklärte der Witwe: „weil ich hier einen Beschluss habe, der uns erlaubt, Ihr Haus zu durchsuchen. Und der Richter war so frei, Ihr Handy mit einzuschließen. Also?" Tomke streckte ihr die Hand entgegen.

„Das haben Sie doch schon gemacht", warf die Frau ein. „Das Büro meines Mannes …" Hier wurde sie von Tomke unterbrochen. „Genau, das Büro Ihres Mannes, aber jetzt ist Ihr Haus dran. Komplett! Es besteht der Verdacht, dass Sie, eventuell mit einem Komplizen, Ihren Mann getötet und an der Brücke bei der Friedrichsschleuse aufgehängt haben. Warum Sie auf diese skurrile Idee gekommen sind, klären wir auch noch." Tomke schaute ihrem Gegenüber fest in die Augen. Ganz kurz konnte sie dort ein unsicheres Aufblitzen erkennen, aber immerhin lang genug, um Gewissheit zu haben, dass sie hier richtig lag. Ich lasse sie einen Moment zappeln, überlegte Tomke und griff zum Telefonhörer. „Ihr Handy bitte!", mahnte sie über den Tisch.

Während die Hollerbaum widerwillig das Telefon aus der Handtasche kramte, schickte Tomke die zuständigen Kollegen los, das Haus Hollerbaum zu durchsuchen.

„Den Schlüssel dürft ihr euch bei mir abholen. Und macht schnell, es kann sein, dass sich dort jemand aufhält, der Beweismittel entfernt."

Als sie aufgelegt hatte, nahm sie das Handy der Frau und fragte knapp: „PIN?"

„0815", kam es bissig zurück. Warum hat sie nicht 4711 genommen?, fragte sich Tomke kurz.

„Kann ich diesen Beschluss bitte mal sehen? Es kann ja jeder behaupten, dass …"

„Aber gerne!" Tomke stand auf und ging zum Drucker. „Hier, bitte schön, hat alles seine Richtigkeit."

Die Hollerbaum überflog den Text und meinte: „Das ist doch lächerlich. Sie haben keinerlei Beweise und fischen hier im Trüben. Ich bin Opfer und nicht Täterin. Ich will sofort meinen Anwalt informieren."

Es klopfte an der Tür. Ein Kollege holte sich den Schlüssel zum Haus Hollerbaum ab.

Im Grunde und in ihrem tiefsten Inneren musste Tomke der Frau recht geben. Eindeutige Beweise hatten sie in der Tat nicht, als einziges Indiz kam das Handy des Toten infrage, das man im Büro gefunden hatte, aber selbst das war kein stichhaltiger Beweis. Dass die Frau mit der Vermisstenanzeige so lange gewartet hatte, war kein wirklicher Grund. Trotzdem, beschloss sie für sich, sind wir auf dem richtigen Weg.

Wieder wandte sie sich an Frau Hollerbaum.

„Für mich sind Sie ab sofort Beschuldigte! Das gefundene Handy ist das Hauptbeweismittel. Und – natürlich dürfen Sie Ihren Anwalt anrufen. Damit alles seine Richtigkeit hat, kläre ich Sie nun ganz offiziell über Ihre Rechte als Angeklagte auf und teile Ihnen mit, wessen Sie bezichtigt werden."

Nachdem Tomke ihrer Pflicht nachgekommen war, drückte sie Frau Hollerbaum eine kleine Karte in die Hand, auf welcher der Text der Rechtsbelehrung abgedruckt war.

„So, das hätten wir auch geklärt. Frau Hollerbaum, sagen Sie mir nun, wer damals in Ihrem Haus war. Oder muss ich Ihr Handy durchsuchen und alle Leute anrufen und befragen?"

Regine Hollerbaum war unschlüssig. Was sollte sie tun? Zugeben, dass sie einen Freund hatte, der bei ihr im Haus ein und aus ging? Warum eigentlich nicht? Das war schließlich kein Verbrechen, und dass Herbert ihr Haus heimlich verlassen hatte, war dem Grund geschuldet, dass seine Frau zurzeit noch nichts von seinem Trennungswunsch wusste. Zuerst wollte er das Finanzielle und vor allem das Geschäftliche mit ihr regeln. Wäre ja noch schöner, wenn sie nach einer Scheidung die Hälfte seines Vermögens beanspruchen würde. Heute Morgen noch hatte er ihr wütend erzählt, dass seine Frau so unheimlich stur sei und wohl nie einwilligen werde, ihm das Geschäft zu überlassen. Herbert war so verzweifelt gewesen und hatte tatsächlich überlegt, ob seiner Frau aus diesem Grund nicht vielleicht etwas zustoßen müsste.

Aber das stand auf einem anderen Blatt. Ja, beschloss die Frau, so werde ich es erklären. Einen Anwalt, so entschied sie schnell, hole ich erst einmal nicht dazu. Sieht ja wie ein Schuldeingeständnis aus.

„Ich habe einen Freund. Herbert ist verheiratet, und seine Frau weiß nichts von unserem Verhältnis!", gab sie plötzlich zu.

Tomke blickte auf.

„Herbert? Und wie weiter?"

„Ballschuh. Herbert Ballschuh."

„Und der Mann war bei Ihnen, als meine Kollegen Sie aufgesucht haben?"

„Sag ich doch."

„Was macht denn dieser Herbert beruflich, und wo finden wir ihn?", wollte Tomke wissen.

„Das Gleiche wie mein Mann. Finanzinvestment, Versicherungen und so …, aber das mit den Versicherungen läuft nicht gut."

Nun wurde Tomke hellhörig. Investmentmanager? Dieser Herbert auch? Da haben wir ja schon vier von der Sorte, und alle gehören irgendwie zusammen, überlegte sie und stand auf.

„Einen Moment bitte, Frau Hollerbaum, ich bin gleich zurück."

Tomke bat einen Kollegen aus dem Nachbarbüro, kurz auf die Verdächtige aufzupassen, und suchte nach Carsten und Hajo.

Die saßen in den beiden Vernehmungsräumen, Carsten mit Linda, Hajo mit Bintje. Der Dolmetscher war nicht dabei, denn Hajo hatte nur wenige Fragen an die stumme Frau, die er ihr auf einem Notizblock schriftlich stellte und auf die er heute auch bereitwillig Antwort bekam. Ein mühsames Unterfangen, das aber nichts Neues brachte.

Anders verhielt es sich im Nebenraum bei Linda.

Giftig und böse reagierte diese auf Carstens Vorwürfe und inzwischen auch unumstößliche Beweise. Er warf ihr vor, dass man ihre DNA und die ihrer Schwester am zweiten Toten im Weihnachtsbaum gefunden hatte, dass es sich eindeutig um Seile aus ihrer Scheune handelte, an denen die beiden Männer im und um den schwimmenden Weihnachtsbaum erhängt worden waren. Weiter warf er ihr vor, dass auch der dritte Tote, der von der Brücke, an einem ihrer Seile baumelte. Als er den dritten Toten erwähnte, riss Linda für einen kurzen Moment die Augen auf. Carsten war es aufgefallen, konnte diese Reaktion allerdings nicht einordnen.

Tomke stand eine Weile in dem kleinen, dunklen Vorraum und beobachtete die Vernehmung durch das Spiegelfenster. Sie war sich nicht sicher, was sie von der Frau hinter der Scheibe halten sollte. „Die ist nicht dumm", flüsterte die Ermittlerin, „die ist ausgebufft. Die verarscht uns alle!" Nachdenklich griff sie zu ihrem Handy und tippte in die Suchmaschine etwas ein. Dann wählte sie eine Nummer und bekam auch sofort Verbindung. Als das Gespräch beendet war, steckte die Ermittlerin das Telefon zufrieden weg.

„Habe ich mir doch gedacht! Auf mein Bauchgefühl konnte ich mich schon immer verlassen."

Tomke hörte dem Gespräch im Vernehmungsraum noch eine Weile zu und hatte das Gefühl, dass Linda nicht mehr lange standhalten und die Anschuldigungen zugeben würde. Aber, so überlegte sie, was ist dann mit der Hollerbaum? Hat sie nun, oder hat sie nicht?

Wir sind uns doch im Grunde alle sicher, dass die Frau ihren Mann getötet hat, wie passt das alles?

Dann kam ihr ein Gedanke. Sie öffnete die Tür zum Vernehmungsraum und trat ein.

Linda warf ihr einen verächtlichen Blick zu. Tomke flüsterte Carsten etwas ins Ohr und der nickte. Dann wandte sie sich an die junge Frau.

„Wir wissen aus Akten, die wir sichergestellt haben, dass Sie und Ihre Schwester von Investoren betrogen worden sind. Es handelte sich dabei um die beiden Toten, die wir zum Jahreswechsel am und im schwimmenden Weihnachtsbaum gefunden haben. Zufall? Ganz sicher nicht. Jetzt wird es nicht mehr lange dauern, bis hierzu alle Beweise auf dem Tisch liegen und wir Sie überführen können." Tomke sprach mit fester Stimme. „Ich möchte aber etwas anderes wissen. Sagen Ihnen die Namen Sören Hollerbaum und Herbert Ballschuh etwas?"

Linda zuckte unmerklich zusammen. Sie wusste nicht, ob und wie sie auf diese Frage antworten sollte. Würde sie sich verraten, wenn sie zugab, die Namen zu kennen?

Aber was sollte schon passieren? Sie kannte die Männer nicht persönlich, aber deren Namen. Gehörten diese doch zu dem Konsortium, das an der Finanztransaktion beteiligt gewesen war, bei dem sie alles verloren hatten.

Und so etwas passierte ihr – Linda konnte sich diesen fatalen Fehler bis heute nicht verzeihen.

Tomke bemerkte ihre kurze Unsicherheit und schoss daraufhin einen Pfeil ab, von dem sie nicht wusste, ob er treffen würde. „Sagen Sie, bitte, was haben Sie eigentlich beruflich gemacht, bevor Sie auf dem Hof der Eltern eingestiegen sind?"

Und der Pfeil traf!

Es schien, als würde eine Last von Linda abfallen. Sie schaute zu Tomke hinüber, ihre Miene entspannte sich.

„Beruflich? Nichts, aber …!" Linda richtete sich in ihrem Stuhl auf. „Es hat lange gedauert, bis Sie es kapiert haben, stimmt's?"

Carsten schaute Tomke fragend an. Was war denn das nun?

„Die Männer haben es nicht kapiert, aber Sie schon." Linda deutete eine Verbeugung an.

Carsten verstand noch immer nicht.

„Was war es? Jura?"

Linda nickte. „Und Betriebswirtschaft!", setzte sie nach.

Carsten schaute verblüfft von einer zur anderen.

„Frau Kommissarin, lassen Sie ihn nicht dumm sterben", bat Linda und zeigte auf Carsten.

„Und warum dann das Theater?", wollte Tomke wissen.

Linda zuckte mit den Schultern. „Einen Versuch war es wert. Hat ja auch lange genug geklappt!"

Tomke sah noch immer Unverständnis in Carstens Gesicht und bat ihn, mit nach draußen zu kommen.

„War das jetzt eigentlich ein Geständnis?", wollte sie im Gehen noch von Linda wissen.

Die lachte laut auf.

Vor der Tür erkundigte sich Carsten: „Meintest du eben etwa, dass diese Frau studiert hat?"

„Ja, meinte ich!"

„Jura und Betriebswirtschaft?"

Ja!"

„Wie bist du denn auf den Gedanken gekommen?"

„Nun, ich habe mal ein wenig telefoniert. Hier in der Gegend kennt schließlich jeder jeden und jemanden, der jemanden kennt."

„Und? Linda hat studiert? Aber was hat das alles mit den ganzen Vorfällen zu tun?"

„Im Grunde nichts. Auch Menschen mit Jura- oder Betriebswirtschaftsstudium können zu Mördern werden. Ich konnte nur nicht glauben, dass die beiden, und vor allem Linda, so blöd sind, wie sie tun. Da war etwas in Lindas Augen, das mich einfach stutzig gemacht hat."

„Und woher hast du nun dieses Wissen?", hakte Carsten nach.

„Ich habe Kontakt mit einer alten Lehrerin aufgenommen, die kennt hier alle aus der Umgebung, die das Gymnasium besucht haben. Frau Dr. Heller hat mir von Linda und ihrer Familie erzählt. Linda hat das Studium kurz vor dem Abschluss abgebrochen, als sie feststellte, dass der Hof heruntergewirtschaftet wurde. Außerdem hat sie sich ihrer Schwester gegenüber verpflichtet gefühlt. Zu Hause herrschten wohl schwierige Familienverhältnisse. Bintje kann nicht sprechen, das ist aber auch alles. Die junge Frau ist blitzgescheit, aber sehr schüchtern und zurückhaltend. Linda glaubt nun einmal, ihre Schwester beschützen zu müssen."

„Und das alles hat dir die alte Lehrerin erzählt?"

„Studienrätin, ja!"

„Wann?"

„Vor ein paar Minuten, ich hatte da gerade diese Idee und …"

„Und natürlich so ein Bauchgefühl, ich verstehe. Und nun? Was machst du mit der Erkenntnis?"

„Im Grunde nicht viel. Es gibt mir die Gewissheit, mit wem wir es zu tun haben. Ich glaube nämlich, dass all das, was die beiden sich in den letzten Jahren geleistet haben, schauspielerische Höchstleistungen waren. Auch das Theater, das Linda um Hajo vollführt hat. Das war in meinen Augen ein Ablenkungsmanöver."

„Das wäre ja der Hammer und mehr als clever, oder halt nicht. Kann es clever sein, sich doof zu stellen? Aber warum nicht?", beantwortete Carsten seine eigene Frage.

„Nun, das ist ein Ansatz, mit dem du jetzt weiterarbeiten kannst. Ich denke, wir sind hier nicht weit von einem Geständnis entfernt. Nimm sie noch mal in die Zange, Linda weiß, dass wir es wissen. Also!"

Carsten nickte.

„Ich informiere kurz Hajo über unseren neuen Wissensstand", sprach Tomke weiter, „und nehme mir dann die Hollerbaum weiter vor. Weißt du!", erklärte sie nachdenklich, „den toten Hollerbaum, den schreibe ich trotz allem seiner Frau zu. Warten wir es ab.“ Tomke klopfte Carsten aufmunternd auf die Schulter.

Anschließend bat sie Hajo kurz aus dem Vernehmungsraum und informierte ihn in wenigen Sätzen über die neuen Erkenntnisse.

Natürlich war der mehr als verblüfft, und Tomke konnte sich nicht verkneifen, ihren Zukünftigen zu fragen, ob er nun enttäuscht sei. Hajo schüttelte sich nur und ging zurück, um Bintje weiter zu vernehmen.

Als Tomke wieder in das Büro kam, stand Regine Hollerbaum an Swantje drei und braute sich gerade einen Espresso.

„Na, herzlichen Glückwunsch. Darf ich Ihnen noch irgendwas zum Kaffee reichen?“ Tomke war mehr als verblüfft über diese Unverfrorenheit.

Regine Hollerbaum warf den Kopf in den Nacken und meinte trotzig: „Sorry, aber wenn Sie mich hier auch so lange sitzen lassen …“

Sie warf ein Zuckerstück in die Tasse und rührte langsam um.

Tomke deutete auf den Stuhl und bestimmte: „Setzen!“ Die Ermittlerin fragte sich, wo wohl der Kollege geblieben war, den sie zu der Frau ins Büro beordert hatte.

Die Hollerbaum tat wie ihr geheißen und nahm einen Schluck aus der kleinen Tasse.

Tomke blätterte in den Akten, zog eine weitere vom großen Stapel und hielt sie der Frau hin.

„Das hier", erklärte sie, „sind alles Unterlagen aus Ihrem Haus. Können Sie mir sagen, wie Unterlagen und Verträge aus den Büros von toten Kollegen Ihres Mannes in sein Büro kommen?"

Die Hollerbaum schüttelte den Kopf.

„Ich habe schon den anderen gesagt, dass ich das nicht weiß und mit den Geschäften meines Mannes nie etwas zu tun hatte."

Tomke nickte.

„Und wie kommt das Handy Ihres Mannes in sein Büro, wo er doch seit Wochen nicht zu Hause war?"

Ein zischender Laut kam kurz über die Lippen der Frau. Tomke bemerkte es.

„Das … das kann ich Ihnen auch nicht sagen", stotterte sie kurz und fuhr etwas selbstsicherer fort: „Kann sein, dass er einmal kurz im Haus war, ohne dass ich es bemerkt habe. Vielleicht hat er das Handy dabei vergessen."

„Sie haben recht, Frau Hollerbaum. So sehe ich es auch, ihr Mann war in der Wohnung!" Ein Geräusch im Hintergrund ließ sie stocken. Ihr Computer meldete den Eingang einer Mail.

Tomke öffnete sie, las kurz und lächelte.

„Wie sieht das eigentlich aus, wer beerbt Ihren Mann? Haben Sie Kinder?", wollte sie wissen.

„Nein, wollte mein Mann nie. Obwohl ich vermute, dass im Raum Niedersachsen, und nicht nur dort, das eine oder andere Balg mit seinen Genen herumläuft. Warum?"

„Ich sehe hier", Tomke zeigte auf ihren Bildschirm, „dass Sie die Erbin Ihres Mannes sind."

„Na und, ich bin seine Frau.“

„Was wäre denn bei einer Scheidung passiert?“

Nun wurde Regine Hollerbaum unruhig. Was sollte sie jetzt sagen? Lügen? Aller Voraussicht nach wusste die Kommissarin schon, dass es einen Ehevertrag gab, in dem geregelt war, dass sie bei einer Scheidung fast leer ausgehen würde. Lediglich das kleine Erbe ihrer Tante, das sie vor vielen Jahren eingebracht hatte, würde ihr mit einem Zinssatz von vier Prozent ausgezahlt werden. Lächerlich! Wie konnte sie damals nur so blöd und blauäugig sein, sich darauf einzulassen? Aber egal, jetzt würde sie ja erben, war sich Regine Hollerbaum hundertprozentig sicher.

„Eine Scheidung wäre nie infrage gekommen. Wir haben uns arrangiert. Jeder ging seiner Wege.“

„Wirklich? Kann es sein, dass Ihr Mann eventuell doch die Scheidung wollte, dass aus einer seiner Liebschaften vielleicht mehr wurde?“

„Nie! Nie und nimmer!“, begehrte die Frau auf. „Sören wollte sich bei keiner seiner Weiber festlegen. Das war es doch, was ihm so gefallen hat.“

Doch Tomke ließ sich nicht beirren und fuhr ohne Pause fort.

„Dann kommt ihr Mann nach Hause, von Ihnen unbemerkt, mitten in der Nacht, und stellt fest, dass einer seiner Kollegen bei Ihnen nächtigt. Womöglich war es sogar einer seiner Freunde, Vertrauten, nicht nur ein Kollege. In seinem Haus. War er da wütend? Hat er Sie und Ihren Herbert beschimpft? Fühlte er sich vom Freund und seiner Frau gleichzeitig hintergangen? Wollte er doch die

Scheidung? Wollte er unter Umständen die Ehefrau Ihres Geliebten informieren?“

Tomkes Telefon klingelte. Ausgerechnet jetzt. Verärgert hob sie ab und verlor für einen kurzen Moment den Augenkontakt zu Regine Hollerbaum.

„Ja?“ Kurz lauschte sie in den Apparat und meinte dann: „Mitbringen!“

Mit einem Lächeln schaute die Ermittlerin nun hinüber zu der Frau und ließ sie wissen: „Wir bekommen Besuch!“

Regine Hollerbaum verstand nicht.

„Ihr Herbert kommt! Meine Kollegen haben ihn bei der Durchsuchung Ihres Hauses angetroffen. Und wenn ich das richtig verstanden habe, ist er sehr redselig.“

Tomke streckte sich und beschloss, Frau Hollerbaum ein wenig schmoren zu lassen.

Erneut klingelte das Telefon.

Vernehmung beendet?

Nachdem Hajo den Vernehmungsraum verlassen hatte, beobachtete er, was im Nebenraum geschah. Carsten hatte Linda fest im Griff, wie er feststellen konnte. Ganz im Gegensatz zu der einsilbigen Unterhaltung zwischen Bintje und ihm. Es war ein sehr mühseliges Unterfangen gewesen, Bintjes schriftliche Antworten, die sie in fast unleserlicher Schrift verfasste, zu entziffern. Und doch war ihm einiges aufgefallen. Bintje war müde und nach seinem Dafürhalten kurz davor zu sprechen, nein zu gestehen, was passiert war. Dann allerdings, wenn er glaubte, nun sei es so weit, verfiel sie wieder in eine Art Schlafzustand. Echt oder nicht? Hajo konnte es nicht sagen.

Während er Linda und Carsten einige Zeit zugehört hatte, kam ihm eine Idee. Er öffnete die Tür zum Vernehmungsraum und trat ein. Hajo beugte sich zu Carsten hinunter und flüsterte ihm, aber doch nicht leise genug, ins Ohr: „Sie hat gestanden. Alles!" Gleichzeitig puffte er ihn kurz in den Rücken, so, dass Linda es nicht sehen konnte. Carsten verstand sofort.

„Na, dann können wir hier ja abbrechen und uns ganz und gar um unsere Täterin kümmern."

„Es wird noch eine Weile dauern, aber dann können Sie gehen!", ergänzte Hajo mit Blick auf Linda, die ihn verständnislos anblickte. Bintje gestanden? Hatte sie das eben richtig verstanden? Nein, das durfte nicht sein. Carsten und Hajo hielten kurz die Luft an. Sollten sie mit ihrer Finte womöglich Erfolg haben?

Die Nerven der drei Beteiligten, wie auch die der Polizistin auf dem Stuhl in der Ecke, waren zum Zerreißen gespannt. Was würde gleich geschehen?

Die Spannung wurde durch das Klingeln von Hajos Handy unterbrochen.

Hochspannung

Auch bei Henry herrschte Hochspannung. Sein Vorhaben, Tomke in Ruhe zu lassen und sich etwas zurückzuziehen, gefiel ihm dann doch nicht. „Den Schlussakkord setze ich nach der Hochzeit", nahm er sich vor. Aber jetzt so gar nichts tun zu können, machte nicht wirklich Spaß. Sollte er sich vielleicht die beiden Alten in dem Haus auf dem Deich nochmals vornehmen? Einfach ein wenig kitzeln?

Er griff sich an die Schulter. Sie schmerzte noch immer. Wenigstens heilte die Wunde komplikationslos, eine Entzündung hatte sich bisher nicht eingestellt. So sollte es auch bleiben, denn Henry wechselte regelmäßig den Verband und achtete auf absolute Hygiene.

„Ja", beschloss er, „ich fahre raus nach Carolinensiel und kitzele ein wenig an den beiden Alten. Muss aber warten, bis es dunkel wird. Sie erkennen mich sonst sicher gleich wieder."

Auch diesmal nahm er das Fahrzeug aus dem Unterstand des Mannes von gegenüber und fuhr Richtung Küste. Unterwegs musste er feststellen, dass es noch zu hell war und er einige Stunden würde warten müssen. Henry stellte den Wagen etwas abseits in einer Seitenstraße ab, zog die Kapuze ins Gesicht und lief zum Museumshafen. Menschen waren unterwegs, Gäste, Touristen, die sich auch schon außerhalb der Lokale in Strandkörben und Stühlen zu Kaffee und Kuchen niederließen. Es war heute zwar nicht wirklich sonnig, aber auch nicht kalt.

Henry war versucht, die Kapuze vom Kopf zu nehmen, ließ es dann aber doch bleiben. Anfangs noch verstohlen und vorsichtig, schlenderte er nun durch den kleinen Hafen. Sollte er rechts oder links des Gewässers gehen? Henry entschied sich für links. Weder für die Plattbodenschiffe noch für die alten Häuser zeigte er Interesse. Doch dann fiel sein Blick auf ein kleines Café an der linken Seite, und er erinnerte sich, im vergangenen Jahr dort schon einmal gewesen zu sein. Henry schaute sich um. Alles schien ruhig, niemand nahm Notiz von ihm. Also beschloss er, dort bei Kaffee und Kuchen zu warten, bis er die beiden Frauen besuchen konnte. Im Garten gab es noch etliche freie Plätze, doch er bevorzugte das Innere des Lokals. Hier draußen würde er zu sehr auf dem Präsentierteller sitzen.

Im Lokal war nur ein einziger Tisch frei, links hinten in der Ecke, an dem er sich niederlassen konnte. Von hier hatte er ausgiebigen Blick auf die Kuchentheke. Die blonde Kellnerin kam auf ihn zu und fragte nach seinen Wünschen. Henry tat sehr freundlich, bestellte einen Pott Kaffee und wählte, nachdem sie ihm *Ostfriesentorte*, *Schmandschnitte mit Blaubeeren*, *Holländerkirschtorte*, *Herzbluttorte* und alle anderen erklärt hatte, ein Stück Ostfriesentorte aus. Die hatte die Mutter früher immer zu besonderen Anlässen gebacken. „Windbeutel hätten wir noch anzubieten“, schlug die Blonde ihm vor, aber er blieb bei der Ostfriesentorte.

Henry sah sich um. An den Wänden hingen Glasvitrinen, in denen Puppen ausgestellt waren, und ihm fiel ein, über dem Eingang ein großes Schild mit dem Namenszug *Puppen-Café* gesehen zu haben. Puppen! Henry schüttelte sich. Aber für seine Schwester wäre das hier sicher ein idealer Ort gewesen. „Ach, Nette!", seufzte er leise.

Es dauerte eine Weile, dann kam die Kellnerin und brachte ihm Kaffee und ein riesiges Tortenstück, wünschte ihm freundlich *Guten Appetit*, fragte, ob sie sonst noch etwas für ihn tun könne. Doch Henry spürte förmlich, dass etwas anders war. Was? Es war nicht greifbar, aber eben anders. Seine feinen, antrainierten Antennen mahnten ihn zur Vorsicht. Trotzdem genoss er die Torte, allerdings nicht ohne sich immer wieder vorsichtig umzuschauen. Ja, etwas war plötzlich anders.

Eine Frau kam auf ihn zu, schlenderte zur Kuchentheke, begutachtete lange die Köstlichkeiten und rief: „Ulrike? Ist die Herzbluttorte neu?"

„Ja, Inga, die hat Mama für eine ganz besondere Freundin des Hauses kreiert, du weißt schon!"

„Nein, für wen?", wollte Inga wissen.

„Na, für Tomke!", flüsterte Ulrike ihr ins Ohr. „Wenn sie es einrichten kann, kommt sie dienstags zur Teestunde, sitzt hier, wir quatschen, wenn ich Zeit habe … und dafür eben …"

„Ach so, ja, sieht gut aus. Davon hätte ich gerne ein Stück."

Henry verfolgte die Frau aus den Augenwinkeln. Flog ihr Blick zwischendurch nicht auch zu ihm? Hatte sie ihn nicht intensiv in Augenschein genommen, vielleicht sogar erkannt? Oder war auch sie nur Gast so wie er? Henry bewegte sich kaum, aß langsam seinen Kuchen und hob die Tasse an den Mund. Die Frau hatte sich wieder gesetzt. Wollte die etwas von ihm? Irgendwie kam sie ihm bekannt vor. Diese Locken, die große Brille. War sie ihm nicht erst begegnet? Jetzt stand die Kellnerin an ihrem Tisch, die beiden Frauen unterhielten sich. Über ihn? Oder bilde ich mir das nur ein? Bin ich paranoid, fragte er sich. Henry wurde unruhig. Er wollte weg. Sollte er einfach aufstehen und gehen? Nein, das würde zu viel Aufregung verursachen. Er beschloss, ruhig zu bleiben. „Kann ich bitte zahlen?", rief er der Kellnerin zu, die sich noch immer ein paar Tische weiter im Gespräch befand.

„Jahaaa!", flötete sie. „Komme sofort!"

Es dauerte ein paar Minuten, dann drehte sie sich um und kam auf seinen Tisch zu. Henry war mehr als unruhig und tastete nach seinem Hosenbund.

„Na, so was! Jetzt habe ich doch tatsächlich den Geldbeutel vergessen! Bin gleich wieder da!", flötete sie erneut, dann war die Kellnerin verschwunden.

„Blöde Kuh!", murmelte Henry. Die Unruhe stieg. Was sollte das, wollte man ihn hinhalten? Der Lockenkopf vom anderen Ende des Lokals war inzwischen aufgestanden und hatte mit dem Handy am Ohr das Café verlassen. Was ging hier vor? Bilde ich mir das nur ein oder …? Dann wurden seine Gedanken unterbrochen, denn die Blonde kam zurück und legte ihm die Rechnung vor.

Henry zog zehn Euro aus der Tasche, knallte sie auf den Tisch und verließ das Lokal.

Warum bin ich nicht schon früher hier raus? Hier stimmt doch etwas nicht. Hat man mich etwa erkannt? Mit schnellen Schritten lief er durch den Garten des Cafés und zum Weg, der an dem Flüsschen Harle entlangführte, die Hand fest auf die Waffe im Hosenbund gepresst. Zur Not würde er sie benutzen müssen. Schnell und ohne zu überlegen, folgte er dem Weg Richtung Norden. Nur nicht zurück, dorthin, von wo er gekommen war, wusste er. Das war antrainiert und saß tief in ihm.

Im Puppen-Café herrschte helle Aufregung. Ulrike, die Tochter der Café-Besitzerin, und Inga Mennen, die nur zufällig gerade anwesend war, hatten den Mann sofort erkannt. Ulrike, durch deren Angaben schon im vergangenen Jahr ein Phantombild von Henry angefertigt worden war, und auch Inga, die Reporterin vom „Anzeiger für Harlingerland", waren sich ganz sicher.

Inga erzählte noch, dass sie schon beim Einkaufen am Vortag dachte, ihn gesehen zu haben. „Aber", räumte sie ein, „ich war mir nicht ganz sicher, und Tomke konnte ich auch nicht erreichen. Dann kam eine Meldung rein, um die ich mich kümmern musste …", sie zuckte mit den Achseln.

Ulrike hatte, nachdem der Mann das Café betreten hatte, sofort bei Tomke angerufen. Allerdings würde es mindestens eine Viertelstunde dauern, bis Tomke und ihre Kollegen hier waren. Ulrike war unschlüssig darüber, ob sie den Mann hier im Haus aufhalten sollte. Am Ende würden ihre Gäste noch in Gefahr geraten, das durfte natürlich nicht sein. So timte sie es ziemlich genau, immer wieder mit Blick auf die Uhr, wann sie dem Kunden die Rechnung vorlegte. Der Plan ging auf, Henry verließ zwölf Minuten nach ihrem Anruf bei Tomke das Haus. Tomke und ihre Kollegen müssten nun jeden Moment hier auftauchen, vielleicht lief er ihnen ja in die Arme.

Inga hatte versucht, im Blick zu behalten, wohin der Mann sich entfernte. Ulrike schaute beiden nach. Schnell griff sie zum Telefon und informierte Tomke, dass der Verdächtige die Harle entlang in Richtung Norden lief.

Stolle in Sicht?

Kurz und knapp waren die Anweisungen von Tomke und ihren beiden Kollegen, nachdem Ulrikes Anruf eingegangen war, dass man die Verdächtigen Linda und Bintje, wie aber auch Regine Hollerbaum, in Gewahrsam nehmen solle.

„Wenn wir zurück sind, gehen die Vernehmungen weiter", hatte Tomke angeordnet.

Die drei Ermittler fuhren zwar ohne Signal, aber doch mit Blaulicht durch die kleine Kreisstadt und dann raus auf die Bundesstraße. Die beiden Verkehrskreisel, die sie zu durchfahren hatten, verzögerten ihre Fahrt, erst nach dem zweiten Kreisel konnte Carsten Gas geben.

So rasten sie nun über die B461 gen Norden.

In einigem Abstand kamen auch die alarmierten Kollegen in ihren Streifenwagen hinter ihnen her.

Tomke, Carsten und auch Hajo waren angespannt. Der Anruf, der Tomke erreicht hatte, war eindeutig. Ulrike Hinrichs-Eiben wie auch Inga Mennen waren sich vollkommen sicher, Henry Stolle gegenübergestanden zu haben. Darüber, dass der Mann sich in dem Café aufhalten sollte, waren die Ermittler nicht wirklich begeistert. Das Ganze konnte sowohl für Beteiligte wie auch Unbeteiligte gefährlich ausgehen. Kurz bevor sie nach Carolinensiel einbogen, erreichte Tomke der nächste Anruf von Ulrike, die ihr mitteilte, dass der Mann das Puppen-Café nun verlassen habe und die Promenade in Richtung Norden liefe. „Inga verfolgt ihn in sicherem Abstand!“, fügte Ulrike noch nach.

„Ist die verrückt? Inga soll sich bloß zurückhalten, der Mann ist hochgefährlich. Geht zurück ins Café und haltet Abstand, beide!“ Tomke war ärgerlich. Wie konnten ihre Freundinnen nur so unvorsichtig sein?

Eine Stunde später nahmen Tomke und ihre beiden Kollegen den gleichen Weg zurück. Stolle hatten sie nirgends entdecken können. War er ihnen wieder einmal durchs Netz geschlüpft?

Sobald sie wieder im Büro eingetroffen waren, ordnete Tomke umgehend an, dass ein Streifenwagen vor dem Haus von Oma und Tant' Fienchen platziert werden sollte. Vorsichtshalber.

Die uniformierten Kollegen von drei weiteren Streifenwagen suchten noch Stunden später die Umgebung ab, aber ebenfalls erfolglos.

Tomke war mehr als frustriert. Außerdem verspürte sie Hunger.

Das war keine gute Kombination, was ihre Kollegen auch prompt zu spüren bekamen.

„Ich brauche jetzt etwas zu essen und ein Erfolgserlebnis, sonst kann ich für nichts garantieren.“

Hajo stöhnte auf. „Aber bitte nicht Pizza oder Nudeln, die kommen mir schon zu den Ohren raus. Ich wäre für Chinesisch!“

Er zog seine Schublade auf und holte eine Speisekarte heraus.

„Hier!" Hajo wedelte damit in der Luft. „Das hatten wir schon lange nicht mehr."

Tomke nahm sich einen Zettel, schrieb die Nummern der Gerichte auf, die sich ihre Kollegen ausgesucht hatten, und verließ grußlos das Büro.

Carsten schaute verblüfft zu Hajo und wollte wissen: „Warum bestellt sie nicht telefonisch?"

„Lass sie", meinte der grinsend, „sie muss sich abreagieren. Besser draußen als an uns." Dann stand er auf.

„Wollen wir doch mal sehen, was mit unserer Damenriege ist. Ich lasse die drei in die Vernehmungsräume bringen, und wenn wir gegessen haben, schließen wir die Fälle ab."

„Dein Wort in Justitias Gehörgang!", murmelte Carsten vor sich hin.

Während Tomke zu Fuß auf dem Weg zum Lokal war, meldete sich ihr Handy. Auf dem Display konnte sie sehen, dass es Oma war.

„Hast du uns Aufpasser vors Haus gestellt?", wollte sie erzürnt wissen, ohne abzuwarten, bis Tomke sich meldete.

„Ja, Oma, habe ich. Und das aus gutem Grund!"

Das allerdings wollte ihre Großmutter nicht hören.

„Wir können alleine auf uns aufpassen, und wenn es wegen des Mannes ist, diesem Henry, der soll uns nur kommen. Das Brotmesser liegt bereit, Fienchen hat es gerade noch mal über den Stein gezogen."

„Ach, Oma!", stöhnte Tomke nur.

Den beiden war wirklich nicht zu helfen. Doch Oma Jettchen sprach weiter.

„Moment, Tomke, warte, bei uns hat gerade jemand an die Scheibe vom Küchenfenster geklopft."

„Nein, Oma. Geh nicht hin! Ich informiere die Kollegen."

„Ach was, ich nehme das Messer mit. Meine rechte Hand ist ja intakt und Fienchen ist auch noch da."

Tomke war in heller Aufregung. Wie konnte ihre Großmutter nur so eigensinnig und vor allem unvorsichtig sein Sie lauschte ins Telefon, was sich wohl ereignen würde.

Als sie eine halbe Stunde später zurück ins Büro kam, berichtete sie völlig aufgelöst vom Anruf ihrer Großmutter und davon, was anschließend passiert war.

„… und plötzlich hörte ich eine Männerstimme, mir ist fast das Herz stehen geblieben. Aber es war Fokko aus dem Streifenwagen, der wissen wollte, ob bei den beiden alles in Ordnung sei. Die zwei ollen Tanten machen mich noch wahnsinnig!", endete sie und ließ sich auf ihren Schreibtischstuhl fallen.

Sie deutete auf die drei eingepackten Gerichte vor sich und meinte kurz angebunden: „Guten Appetit!"

Alle Täter gefasst? Oder?

Es war schon nach einundzwanzig Uhr, als die drei Kommissare das Präsidium verließen, um nach Hause zu fahren.

Das Haus Hollerbaum war durchsucht, für den nächsten Tag stand der Kartoffelhof an. Aber viel vermuteten sie dort nicht zu finden. Außerdem reichten die Geständnisse. Aber vor allem für die Gerichtsverhandlung musste alles seine Ordnung haben.

Tomke fand es nun fast langweilig, wie und vor allem wie schnell und ohne weitere Zwischenfälle die ganze Sache geendet hatte.

Als Hajo und sie später mit einem Glas Rotwein in der Hand auf dem Sofa, die Füße auf dem Couchtisch abgelegt, im Wohnzimmer lagen, meinte die Ermittlerin: „Ein wenig spannender hätte der Fall ja ausgehen können, findest du nicht, Hajo?"

Der schaute sie verblüfft an, griff sich an sein noch immer lädiertes Ohr und versicherte: „Danke, mir reicht's! Spannend genug war es zwischendurch doch, oder? Was hast du denn an den Geständnissen auszusetzen? Mehr kann man nicht erwarten, und ein schneller Ermittlungserfolg ist auch nicht übel. Du bist mir ein Rätsel, Frau!"

Eine Weile herrschte Stille, beide hingen in Gedanken den jüngsten Ereignissen nach, die in den letzten Stunden über sie hereingebrochen waren.

Hajos Bluff Linda gegenüber, dass Bintje gestanden hätte, war aufgegangen. Nach kurzem Schreckmoment und einiger Unsicherheit gestand dann Linda doch, was in den letzten Monaten, aber auch vor Jahren geschehen war.

Nachdem der Vater sich erhängt hatte und die Bösartigkeit der Mutter zunahm, hatten sie und ihre Schwester tatsächlich beschlossen, die Frau zu töten. Ihr Fehler sei nur gewesen, keine Leiter unter die Leiche gelegt zu haben. So habe sie improvisieren müssen, habe sich überlegt, die Ahnungslose, ja sogar Dumme zu geben.

Sie erzählte auch bereitwillig von Claudius und Jakob, den beiden Männern, in die sie und ihre Schwester sich verliebt hatten, von denen sie dann aber schmählich hintergangen worden waren; erzählte von dem Mann, der ihnen dieses geniale Angebot eines Investments gemacht hatte, bei dem sie dann alles verloren hatten.

Hajo wollte bei der Vernehmung verstehen, wie einer gescheiten, studierten Frau so etwas passieren konnte.

„Es war Liebe im Spiel!“, hatte Linda traurig geantwortet und gemeint: „Bitte, lasst Bintje da raus. Alles war meine Idee, ich habe Mutter erhängt, habe diesen Stefan Wimmer, der uns in den Ruin getrieben hat, erstochen, und alle anderen auch.“

„Alle anderen?“, hatten die Ermittler wissen wollen.

„Schaut im Museumshafen von Carolinensiel nach. Zwei habt ihr gefunden, der übrige Weihnachtsschmuck, ich meine die beiden anderen, ist wohl im versandeten Hafen verschwunden und noch nicht aufgetaucht."

Der Kommissar war entsetzt und gab sofort die Durchsuchung des Hafenbeckens in Auftrag.

Es hatte den Anschein, als wäre Linda froh, sich alles von der Seele zu reden. Sie entschuldigte sich auch bei Hajo dafür, dass sie ihn mit dem Holzknüppel geschlagen habe. „Aber das Feuer in der Scheune, das habe ich nicht gelegt", machte sie deutlich. „Ich nicht und auch Bintje nicht.

Hajo tauchte aus seinen Gedanken auf und füllte sein Glas nach. „Weißt du!", meinte er zu Tomke, „das ganze hört sich an wie eine unendliche Geschichte. Dass ihre Schwester an keinem der Morde mitgewirkt hatte, habe ich von Anfang an nicht geglaubt. Nun, sie hat ihre Beteiligung zugegeben, auch wenn Linda das noch so vehement abstreitet."

„Traurige Geschichte!", gab Tomke zu. „Und subtil dazu. Wenn man bedenkt, dass die Hollerbaum davon Wind bekommen und ihren Mann auf ähnliche Weise getötet hat. Wir sollten eben nicht so viel in der Öffentlichkeit preisgeben, was wir an Ermittlungsergebnissen haben. Aufgrund dessen kam die Hollerbaum auf die Idee, ihren Mann ebenfalls zu töten."

Wieder herrschte eine Weile Schweigen. Tomke erinnerte sich an die Vernehmung der Hollerbaum und ihres Geliebten, die sich plötzlich gegenseitig beschuldigten, Sören Hollerbaum getötet zu haben.

„Was willst du denn?“, hatte die Hollerbaum plötzlich aufbegehrt. „Du hast ihm doch eine übergezogen, als er uns überraschte. Mein Gott, ausgerechnet mein Mann, der sich schon seit Jahren auswärts vergnügt, hat von Ehebruch und Scheidung gesprochen, fühlte sich hintergangen, ha! Im Grunde wollte er mich billig loswerden, aber nicht mit mir!“ Regine Hollerbaum war in Redelaune, doch ihr Herbert unterbrach sie.

„Und du hast ihm die Spritze in den Hals gesteckt“, konterte Herbert. Tomke war es dann, die wissen wollte, woher sie denn die Spritze gehabt habe, doch die Hollerbaum schaute zur Seite. Wieder schaltete sich Herbert Ballschuh ein: „Sie hatte von Anfang an vor, ihn zu töten. Als Erbin lebt es sich besser als eine Geschiedene ohne Anspruch auf Haus, Hof und Kohle.“ Bei der Frage nach der Tatsache, dass man den Mord an zwei seiner Kollegen nachgeahmt hätte, kam nun Regine Hollerbaum ihrem Herbert zuvor.

„Weil er gleich wusste, wer dahinterstecken konnte. ‚Das waren die beiden Frauen vom Kartoffelhof, glaube mir‘, hatte er damals gemeint. Und, na ja, wie es scheint, stimmte das ja auch.“ Die Hollerbaum schaute giftig zu ihrem Freund.

Der beeilte sich nachzulegen, und so ging das eine Weile hin und her. Die beiden übertrafen sich darin, die Schuld auf den anderen zu schieben, bis Tomke dem eine Ende bereitet hatte.

„Schluss für heute, wir machen ein Protokoll, das Sie beide unterzeichnen dürfen, informieren die Staatsanwaltschaft und dann bringen die Kollegen Sie nach Wilhelmshaven in Ihre neue Unterkunft. Leider können wir

Ihnen dort kein Doppelzimmer zur Verfügung stellen, aber wenn ich das richtig sehe, legen Sie darauf inzwischen auch keinen großen Wert mehr." Wieder schauten sich die beiden böse an. Es war das unrühmliche Ende einer angeblichen Liebe.

Tomke unterbrach ihre Gedanken und wandte sich Hajo zu.

„Woher sie die Spritze mit dem Rohypnol hatte, hat mir die Hollerbaum allerdings nicht erzählt. Noch nicht." Sie machte eine kurze Pause und wollte dann wissen:

„Sind schon ein tolles Team, wir drei, oder?"

„Stimmt. Aber diesmal müssen wir den Alten mit einbeziehen. Alles, was recht ist. Er hatte seinen Anteil."

„Stimmt auch!" Tomke nickte.

Nach einer weiteren Pause unterbrachen die beiden gleichzeitig die Stille und mussten lachen.

„Du zuerst!", meinte Hajo.

„Nein, du!" Tomke schubste ihn an.

„Okay", begann Hajo und meinte weiter: „Stolle geht mir nicht aus dem Kopf."

„Mist!", erwiderte Tomke.

„Was?", wollte Hajo wissen.

„Das passiert doch eigentlich nur bei alten Ehepaaren, dachte ich."

„Was, um Gottes willen, sprich, Frau, ich verstehe dich nicht."

„Na, dass sie im selben Moment den gleichen Gedanken aussprechen. Ich wollte nämlich gerade sagen, dass es mich gewaltig wurmt, dass wir diesen Kerl noch immer nicht gefasst haben."

Hajo musste lachen und stand auf.

„Ehepaar ist gut, dazu müssen wir zuerst heiraten, aber das ist ja nun nicht mehr zu weit weg."

„Ich bin müde", erklärte Tomke, „lass uns zu Bett gehen."

„Einverstanden, Schatz!"

Hajo grinste und Tomke drohte mit dem Zeigefinger.

Es dauerte dann doch noch mehr als eine Stunde, bis die beiden zur Ruhe kamen.

„Sag mal, Schatz, wie bist du eigentlich auf die Idee gekommen, Gerdes zum Trauzeugen zu nehmen?"

„Ich finde", erklärte sie leise, „er hat es verdient. Ich hatte nie und werde nie mehr einen solchen Chef haben. An Familie, die sonst infrage käme, habe ich nur unsere beiden alten Mädels in Carolinensiel. Wir sind alle beruflich so eng miteinander verbunden, dass das Umfeld unserer Arbeit fast wie Familie ist. Außerdem wäre mir sonst nur Carsten eingefallen. Aber den wirst du sicher für dich auserkoren haben."

„Stimmt!", brummte Hajo und war auch schon eingeschlafen.

Tomke fand noch keine Ruhe. Immer wieder warf sie sich im Bett hin und her. Der Lieferwagen ging ihr nicht aus dem Kopf. Wie Regine Hollerbaum und Herbert Ballschuh an das Fahrzeug gekommen waren, hatten sie nicht verraten. „Auch gut", sann die Ermittlerin nach, „die Staatsanwaltschaft soll auch etwas zu tun haben."

Ruhelos

Dass das mit dem kleinen Intermezzo in Carolinensiel nicht geklappt hatte, ärgerte Henry. Aber wenigstens hatte er rechtzeitig verschwinden können. Er wusste genau, wem er den Auftrieb an Polizei zu verdanken hatte, und überlegte, wie er sich dafür würde revanchieren können. Aber das hatte Zeit. Nun waren Tomke und ihr Zukünftiger dran. Ob er, Henry, es wohl so lange aushalten würde, bis die beiden auf Hochzeitsreise gingen? Er hatte sogar herausgefunden, wann Tomke heiraten würde. Eine Nachbarin der zwei Alten hatte es ihm bereitwillig erzählt und sich gefreut, dass die Deern nicht vergessen hatte, ihre langjährigen vertrauten Nachbarn einzuladen.

Das allerdings würde nun noch einige Wochen dauern, was ihn fuchste. Viel zu lange. An wem oder was sollte er sich in der Zwischenzeit auslassen? Henry war rast- und ruhelos.

Immer wieder tigerte er in der Wohnung auf und ab. Schaute rüber zu dem Alten in seinem Fernsehsessel, dem das fehlende Geld aus seiner Lade im Schlafzimmer noch gar nicht aufgefallen war. Und – Henry schauderte. Dass unter dem Bett, in dem er nachts schlief, eine Leiche lag, hatte der Mann wohl auch noch nicht bemerkt. Henry glaubte den Verwesungsgeruch bis zu sich herüber zu riechen.

Ob den Mann unterm Bett wohl keiner vermisste?

Egal, solange sie ihn in Ruhe ließen, war ihm das alles einerlei. Und trotzdem, die innere Unruhe ebbte nicht ab.

Sollte er nicht doch noch einen Versuch wagen, das Netz um die Bullenfrau ein wenig enger zu ziehen? Henry schloss die Augen zu dünnen Sehschlitzen und überlegte, was am besten zu tun sei.

Einige Wochen später

Eingeschnürt fühlte sie sich, hatte Schwierigkeiten zu atmen und war kurz davor, vom Stuhl zu fallen. Etwas zu trinken wäre jetzt nicht schlecht.

Gefangen – und es war ihre eigene Schuld! Warum nur hatte sie nicht auf ihre innere Stimme gehört? Die Stimme – oder auch das Bauchgefühl. Etwas, womit die Kommissarin immer gut gefahren war. Klar, das eine oder andere Mal ging es auch schon schief. Aber meistens …

Nun war es passiert und es gab kein Zurück mehr. Oder? Tomke hob den Kopf und schaute sich um. Was um sie herum gesprochen wurde, nahm sie kaum wahr, ihr Kopf fühlte sich an wie in Watte gepackt.

Der Raum, in dem sie sich befand, erinnerte an die Seefahrt aus alten Zeiten, war schmal und lang. Die Dachschräge schien, als käme sie immer näher. Das dunkle Gebälk über ihr machte den Eindruck, als wolle es jeden Moment herunterkommen und sie erdrücken. Tomke nahm einen tiefen Atemzug. „Reiß dich zusammen", forderte sie sich dann verärgert auf, „bald ist es vorbei." Sanft fuhr sie mit den Fingern über den smaragdblauen, samtigen Stoff des alten Ostfriesensofas, auf dem sie saß – sitzen musste. Sie beobachtete die Gesichter der Menschen im Raum und überlegte:

„Wenn ich jetzt aufstehe und gehe, was passiert dann? Lassen sie mich gehen oder bringen sie mich um? Jeder einzelne der hier Anwesenden? Jeder auf eine andere Art?“

Warum man wohl die Stuhlreihen gegenüber ebenso bezogen hatte, lenkte ein Gedanke sie kurz ab. Sieht doch keiner, wenn alle mit ihren Ärschen draufsitzen. Tomke schüttelte kaum merklich den Kopf.

Die Frau, die ihr gegenüber saß, redete und redete. Die Blicke der Menschen dahinter fühlte sie wie Stiche auf sich. Warteten die, dass etwas passierte? Dass sie vielleicht davonlief?

Wenn ich doch nur aufstehen und gehen könnte! Ganz sachte versuchte sie sich zu erheben, aber das war nicht möglich, sofort drückte eine starke Hand sie zurück auf ihren Platz. Alle Stühle im Raum waren belegt, nein, sie konnte nicht gehen, sie durfte nicht gehen. Man würde sie nicht gehen lassen. Immer wieder tastete sie den Raum um sich herum mit den Augen ab. Zu ihrer Rechten war ein langer Glaskasten in die Schräge eingebaut, in dem alte Schiffe ausgestellt waren. Auf der gegenüberliegenden Seite wechselten sich eingebaute Dachfenster mit alten Bildern an der schrägen Wand ab. Wer macht denn so etwas? Wieder schüttelte Tomke unmerklich den Kopf.

Am unpassendsten allerdings empfand sie gleich neben sich den geflochtenen Kinderwagen auf vier riesigen Rädern. Sollte der ihr etwas sagen?

Die Frau gegenüber schwieg endlich, blickte Tomke nun fragend an. Was wollte sie von ihr? Eine Frage? Ja, sie hatte ihr eine Frage gestellt.

Ach so, ja! „Was passiert, wenn ich Nein sage?", überlegte die Kommissarin. Ein Blick nach links zeigte ihr, dass es nun so weit war. Der kurze Blick nach vorne in gefühlt hundert Augenpaare machte ihr klar, dass diese ein „Nein" nicht akzeptieren würden. Also: „Ja!"

Dann war es vorbei. Sie durfte aufstehen. Raus hier, nichts wie raus. Eine starke Hand führte sie durch den Raum, die steilen Stiegen hinunter und nach draußen. Luft, durchatmen.

Mein Gott, warum stelle ich mich so an, es ist doch alles gut!

Tomke fröstelte, als sie vor die Tür des alten Inselmuseums trat. Die Sicht nach oben machte den Tag nicht besser. Ausgerechnet heute zeigte sich der Himmel grau und wolkenverhangen. War das ein Zeichen? Zitternd krallte sie ihre Finger in Hajos Handflächen. Bloß nicht umfallen, überlegte sie. Bloß keine Schwäche zeigen. „Was ist nur los mit mir?" Tomke konnte ihr Unwohlsein nicht einordnen. Vorsichtig nahm sie die kleine Stufe vor dem alten Gebäude und griff Halt suchend nach der Mauer. Ihr Kopf war leer. Was hatte sie getan? Sie fühlte sich für einen Moment so alleine, so leer, obwohl eine große Menschengruppe um sie herum versammelt stand und obwohl es doch, ach …

Alle waren da. Oma und Tant' Fienchen, klar. Gesche, Thomas. Hajo natürlich. Carsten mit Michaela und den Kindern. Etliche Nachbarn. Freunde von früher. Gerdes, ihr Boss. Auch ihr Ex mit Frau und Tochter, deren Patentante Tomke war. Alle da.

Schaulustige standen auf der anderen Straßenseite, Gäste, die hier auf der Insel Urlaub machten. Auch die schienen vor Kälte zu zittern, es war ein ungemütlicher Tag heute. Menschen in kleinen Gruppen, Familien, Einzelne. Alle in Jacken gehüllt, manche sogar mit Mütze auf dem Kopf.

Weicheier, durchfuhr es Tomke. Alle schauten zu ihr herüber. Sie lachten ihr zu, klatschten. Was gibt es da zu klatschen, überlegte sie. Ich habe doch nur … Nur einer klatschte nicht. Wieso? Abseits stand ein Mann im Shirt, dessen Kapuze er über den Kopf gezogen hatte. „Alle klatschen, warum er nicht?“, fragte sie sich kurz, um sich dann aber fröstelnd ihren Gästen zu widmen. Die kamen auf sie zu, umarmten sie, gratulierten ihr und Hajo. Manche der Frauen verdrückten eine Träne.

„Das war er also, der schönste Tag im Leben einer Frau“, dachte sie. „Nun, mal sehen, was noch kommt!“

Ihr Patenkind wie auch Marie mit dem kleinen Felix im Schlepptau kamen nun auf sie zu, alle mit geflochtenen Körben in der Hand. Tomke beobachtete es schweigend, fast steif. Die Mädels griffen hinein, holten Blütenblätter heraus und bewarfen Tomke und Hajo damit. Felix hielt sich ein wenig zurück und betrachtete still das Ganze. Die umstehenden Gäste forderten ihn auf, es den Mädchen nachzutun. Der aber schaute sich um, blickte dann zu Tomke und Hajo, knallte ihnen den Blumenkorb vor die Füße, meinte: *„Da, Bumen! Tommt jetzt essen, Felix Hunger!“*, drehte sich um und lief weg.

War es das, was Tomke erlöste? Jedenfalls hatte sie das Gefühl, als würde sich ein stahlharter Panzer von ihrem Brustkorb lösen. Sie fing an zu lachen, konnte sich kaum beruhigen. Sie lachte und lachte, Tränen liefen ihr über das Gesicht, vermischten sich mit Wimperntusche und Make-up.

Tomke bemerkte es nicht. Sie rieb sich die Augen, lachte, schluchzte, konnte sich kaum beruhigen. Nun war auch bei den Hochzeitsgästen der Bann gebrochen. Natürlich hatten sie Tomkes abwehrende Haltung vor wie auch während der Trauungszeremonie bemerkt, alle waren angespannt, ob sie auch tatsächlich *Ja* sagen würde. Doch nun war es gut. Sie fielen in das Gelächter ein, Gesche kam mit einem Papiertuch auf Tomke zu:

„Sei froh, dass dein Hajo dich nicht vor der Hochzeit so gesehen hat, dann hätte er bestimmt nicht Ja gesagt. Komm her, ich wisch das mal weg." Gesche spuckte auf das Taschentuch und wischte der verdutzten Tomke über das Gesicht.

„Glaub ihr kein Wort, Schatz!", flüsterte Hajo ihr leise ins Ohr.

Für die Hochzeitsgesellschaft war in der gegenübergelegenen Teestube ein langer Tisch reserviert. Dort saßen sie bei Tee und Kuchen zusammen, bis man aufbrechen musste, um die Fähre zum Festland zu erreichen. Eine kleine Feier war dann drüben geplant, da man sonst hier auf der Insel hätte übernachten müssen. Aber da waren Oma und Tant' Fienchen strikt dagegen. „Wir schlafen in unseren Betten, sonst kommen wir nicht mit!", hatten sie vehement gefordert. So machte sich die Gesellschaft rechtzeitig auf den Rückweg zur Fähre. Unter Deck hatten Gesche und Thomas einen Sektumtrunk organisiert. Am Anleger in Neuharlingersiel wurde die Gruppe von einem ausrangierten

Polizeibus, in dem schon ein paar Freunde und Bekannte warteten, die es nicht geschafft hatten, mit zur Trauung auf die Insel zu kommen. Der Fahrer brachte sie nach Ostbense in das *Hotel & Restaurant Nordstern.* Bus und Fahrer für den heutigen Tag waren das Geschenk von Gerdes, der die Ansicht vertrat: „Wenn meine Leute heiraten, dann werden sie standesgemäß chauffiert. Außerdem soll keiner mit seinem eigenen Wagen fahren müssen, nicht wenn ich das verhindern kann." Die Feier im Wintergarten des Restaurants war einfach nur ein Traum, wie alle Gäste und natürlich auch Tomke und Hajo noch lange bekräftigen. Das Essen, die Dekoration des Raumes, der Service, das Ganze. Es war Hajos Idee gewesen, dort zu feiern, und er fühlte sich darin bestätigt, alles richtig gemacht zu haben, als er Mario und Marcel im *Nordstern* freie Hand gelassen hatte, die Feier zu organisieren.

Tomke fühlte sich immer besser. Der Panzer, der sich in den vergangenen Tagen und am heutigen Vormittag um ihren Brustkorb gelegt hatte, war verschwunden.

Das Hochzeitsfest dauerte bis weit nach Mitternacht, selbst Oma und Tant' Fienchen machten keine Anstalten, nach Hause zu wollen. Irgendwann stand Oma Jettchen mitten auf dem Tisch und tanzte nach einem alten Seemannslied. Schnell und behände war sie über Stuhl und Sitzbank auf den Tisch geklettert, was ob ihres hohen Alters die Gäste mit Respekt zollten und kräftig mitklatschen. Nur ihre Schwester Fienchen fand das nicht so toll. Fienchen eben.

Hochzeitsreise in den Tod?

Am nächsten Vormittag, nach einem ausgiebigen Frühstück vom Buffet, saß Tomke gedankenverloren neben Hajo im Auto und erlebte den vergangenen Tag immer und immer wieder. Außerdem war sie sich sicher, dass Hajo für die Hochzeitsnacht das schönste Zimmer des Hauses ausgesucht hatte. Es war spät, als die letzten Gäste im Bus verschwunden waren und sie endlich nach oben in ihr Zimmer konnten.

„Und ewig grüßt das Murmeltier", brummelte sie nun vor sich hin. Hajo verstand Tomkes undeutliches Gemurmel zwar nicht, wusste aber genau, was in ihr vorging. Mit Sicherheit zweifelte sie gerade mal wieder, ob das, was sie getan hatten, richtig war.

„Du", wandte sie sich dann an ihren Ehemann, „wer war eigentlich der Mann, der im Bus mitgefahren ist? Ich habe ihn schon auf der Insel gesehen."

„Keine Ahnung!", Hajo zuckte mit den Schultern. „Auf der Insel dachte ich, es sei einer der Zuschauer, die dort neugierig herumstanden. Auf der Fähre habe ich ihn nicht gesehen, erst als er dann in den Bus stieg und sich hinter den Fahrer setzte. Wahrscheinlich hat er zu ihm gehört und war dafür abgestellt aufzupassen, dass wir das Schiff nicht versäumen. War es nicht ein nobler Zug von Gerdes, uns den Bus zu spendieren? Alle Achtung."

Tomke nickte. Ja, Gerdes war schon ein feiner Kerl. Aber der Mann ging ihr nicht aus dem Kopf. Irgendwie kam er ihr bekannt vor, nur der schmale Schnauzbart irritierte sie.

Dann war es wieder eine Weile still im Auto, beide hingen ihren eigenen Gedanken nach. Hajo dachte an die Hochzeitsnacht, Tomke hatte immer wieder den Mann im Kapuzenshirt vor Augen.

„Wir sind gleich da!“, unterbrach Hajo Tomkes Gedanken.

*

In den Händen den Hausprospekt des Hotels, das direkt am Zwischenahner Meer liegen sollte, den Blick stur darauf gerichtet, verglich Tomke Foto und Wirklichkeit und wartete darauf, dass sie enttäuscht werden würde. Es war eine Schnapsidee und typisch Oma und Tant' Fienchen, ihr und Hajo zur Hochzeit einen Hotelaufenthalt zu schenken, denn eine große Hochzeitsreise, per Schiff oder Flugzeug irgendwohin, hatte Tomke von vornherein abgelehnt. Verreisen, Ostfriesland, der Küste den Rücken kehren, kam für die Ostfriesin nicht infrage. Tomke lehnte es inzwischen kategorisch ab, ihre Heimat zu verlassen. „Ein Umkreis von einhundert Kilometern ist das höchste der Gefühle“, hatte sie in den letzten Jahren immer wieder betont. „Meine Zeit in Amerika, die langen Jahre in Nordrhein-Westfalen sind genug.“

Je älter sie wurde, umso heimatverbundener fühlte sich die Ostfriesin. Typisch ostfriesisch eben!

Dem Geschenk der beiden konnte sie sich allerdings nicht entziehen, und Tomke überlegte, ob da wohl Hajo seine Finger im Spiel gehabt hatte.

„Sie haben Ihr Ziel erreicht!", quäkte die Tante aus dem Navi. Tomke schaute hoch, las „*Seehotel Fährhaus*" und blickte dann direkt in das grinsende Gesicht von Hajo. Der deutete mit beiden Händen nach vorne und meinte: „Voilà, liebste aller Ehefrauen!"

„Und wo ist das Meer?", gab sich Tomke unzufrieden, wohl wissend, dass das ungerecht war. Ganz sicher befanden sie sich auf die Rückseite des Hotels, aber das wollte sie im Moment nicht zugeben.

Nörgelnd ließ sie den Sicherheitsgurt aufschnappen. „Schnapsidee! Ich weiß gar nicht, wie die beiden Alten auf den Gedanken kommen konnten, uns hier einzuquartieren. Außerdem kostet das doch sicher ein Vermögen."

„Das hört sich ja gewaltig nach deiner Tante an!", konterte Hajo.

„Wie bitte?" Tomke schüttelte den Kopf.

„*Nee, nee, nee! Was das wieder kostet!*", ahmte Hajo sie nach. „Das sind eigentlich die Worte von Tant' Fienchen. Und darüber regst du dich immer auf. Man merkt ganz deutlich, dass ihr verwandt seid."

Etwas vor sich hin brummend, stieg Tomke aus. „Na, dann schauen wir uns den Bunker mal an!"

„Tomke", lachte Hajo, „wir sind nicht auf Tatortbesichtigung, sondern auf Hochzeitsreise. Gib endlich Ruhe. Es reicht."

*

Das *Seehotel Fährhaus* lag wirklich direkt am Zwischenahner Meer. Der Blick in diese Landschaft war faszinierend. Tomke konnte sich den bewundernden Aufschrei dann doch nicht verkneifen. Nicht nur das Hotelzimmer – nein, es war kein Zimmer, sondern ein kleiner Palast – war ein Traum, sondern auch der Balkon davor mit der atemberaubenden Aussicht über das Zwischenahner Meer ließen sie für kurze Zeit sprachlos werden.

Die Sonne tanzte auf den leichten Wellen, die, angetrieben von einem Hauch an Wind, ihre Strahlen aufnahmen und wieder zurück in den Himmel schickten.

Das haben die wohl extra für mich so bestellt, damit ich aufhöre zu meckern, überlegte sie. Fast als Bestätigung hörte sie Hajos Stimme hinter sich: „Alles für dich, mein Schatz!"

Tomke verkniff sich die übliche Reaktion auf die Bezeichnung „Schatz", drehte sich um und küsste ihn. „Ich bin ja schon still. So etwas Schönes habe ich schon lange nicht mehr gesehen. Ich schweige und genieße." Nochmals küsste sie ihn zärtlich.

„Dann lass uns die Zeit hier unbeschwert verbringen und schauen, ob wir diese zehn Tage als frisch Angetraute überstehen und du deine Zweifel endlich aufgibst."

„Welche Zweifel?"

Tomke schaute ihn mit einem Augenaufschlag an.

„Die in deinem Kopf, die Bedenken, die du noch immer hast, obwohl du Ja gesagt hast."

Tomke löste sich aus seinen Armen und deutete über das Meer.

„Es ist so schön hier, umwerfend schön." Hajo fasste sie um die Taille und beide standen noch eine ganze Weile auf dem Balkon.

Die Sonne spiegelte sich im Wasser, eingerahmt von einem frischen Grün, das sich so intensiv nur jetzt, im Frühling, in dieser Farbe zeigte. Es sah aus, als sei die Natur gerade explodiert, als hätten Bäume und Pflanzen ihre jungen Triebe nach dem langen Winter mit voller Kraft in Wald und Flur geschickt. Die leichte Bewegung auf dem Wasser hatte etwas Beruhigendes, Meditatives, das Tomke tatsächlich ruhig werden, tief durchatmen ließ.

Die Fälle der vergangenen Monate waren aufgeklärt, drei Mörderinnen und ein Mittäter überführt. Jede der drei behauptete am Ende, gute Argumente für die Tat gehabt zu haben, musste aber trotzdem ihrer gerechten Strafe ins Auge schauen.

Nun war es gut – Tomke so weit zufrieden, denn sie hasste unaufgeklärte Fälle. Aber wo Stolle wohl geblieben war? Und da war noch der halb verweste Leichnam, den man unter dem Bett eines alten Mannes im Hinterland gefunden hatte. Es war nicht wirklich klar, wer ihn getötet hatte. Dem Hausbesitzer fehlte Geld aus seiner Nachttischschublade, wie er angegeben hatte. Zuerst vermuteten die Ermittler, dass er einen Dieb überrascht und erschossen habe. Als dann allerdings das Geschoss aus der Brust des Toten untersucht worden war, stellte die Kollegen der Kriminaltechnik fest, dass es aus der Waffe von Stolle stammte. Stolle, immer wieder Stolle, und nirgendwo war er aufzutreiben.

Die tanzenden Sonnenstrahlen lenkten Tomke von ihren Gedanken ab.

Auf der gegenüberliegenden Seite waren einige winzige Häuser zu sehen, dazwischen immer wieder Bäume. Der ganze See, nein, es war kein See, sondern das Zwischenahner Meer, zeigte ein interessantes Farbenspiel in Grün und Blau.

Wie Spielzeuge sahen die Schiffe der „Weißen Flotte" auf dem Wasser aus. Tomke quittierte auch das mit einem leichten Seufzer. Hajo beobachtete es zufrieden.

Als Oma und Tant' Fienchen ihn vor Monaten nach einer Idee für ein Hochzeitsgeschenk fragten, war ihm diese Idee gekommen, und er hatte ihnen das Hotel vorgeschlagen. Hajo kannte es noch aus früheren Zeiten. Tomke wusste davon nichts und wunderte sich nach wie vor, wie die beiden Alten das ohne Internet geschafft hatten.

Nachdem sie ihre Koffer ausgepackt, das geräumige Bad bewundert hatten, machten die beiden sich auf den Weg, das Hotel zu erkunden.

Einen Wellnessbereich sollte es hier geben; Schwimmbad und Sauna ebenfalls, stand in dem Hausprospekt.

Schwimmen, saunieren, ein wenig massieren lassen. Das hört sich doch gut an, musste Tomke zugeben. Kosmetikbehandlungen waren allerdings nicht ihr Ding. Baden, wandern, um das Meer laufen, darauf freute sie sich inzwischen.

Die beiden schlenderten durch die langen Gänge des Hauses, warfen einen Blick in den Wellnessbereich und wunderten sich über den Mann, der ihnen nun schon zum zweiten Mal, mit einem Fotoapparat bewaffnet, begegnete. Er trug eine Sonnenbrille und hatte eine Art Ausweis an einem Band um den Hals hängen. Was darauf stand, konnten sie nicht erkennen.

An der Rezeption vorbei kam man rechts in die Bar, links in den Restaurantbereich. Hier wollten sie sich für den Abend einen Tisch reservieren.

„Aber jetzt erst mal raus an die Luft", beschloss Hajo. „Lass uns ein Stück laufen und die Gegend erkunden."

Der Mann mit der Kamera stand nun seitlich des Hotels und fotografierte nach oben. Tomke und Hajo registrierten es nur nebenbei. Und da war es wieder: das Gefühl, das die Kommissarin nicht beschreiben konnte. Ein kalter Hauch wehte um Tomkes Nacken, obwohl es wunderbar warm und windstill in Bad Zwischenahn war.

Es wurde ein langer Spaziergang rund um das Zwischenahner Meer. Länger als geplant. Sie hatten den Weg westlich des Ufers eingeschlagen, liefen und redeten, manchmal gingen sie auch nur schweigend nebeneinander her. Plötzlich fragte Hajo: „Sag mal, wo sind wir eigentlich? Müssen wir nicht langsam einmal umdrehen?" Tomke warf einen Blick über das Wasser. „Wenn ich das richtig sehe", stellte sie fest, „ist dort, genau gegenüber, unser Hotel. Schau doch mal." Sie deutete über das Meer. Und richtig, das Seehotel Fährhaus, in dem sie eingezogen waren, lag eindeutig auf der anderen Uferseite. „Ach du Scheiße!", konnte sich Hajo nicht verkneifen.

„Schwimmen oder weiterlaufen!", meinte Tomke lakonisch, griff seine Hand und zog ihn voran. Hajo quittierte es mit einem Brummen.

Aus dem kleinen Spaziergang war dann doch ein Marsch von gut zwei Stunden geworden. Unterwegs hatten sie eine kleine Pause eingelegt, etwas getrunken und sich dann wieder, inzwischen total verschwitzt, auf den Weg gemacht. Den Mann mit der Kamera hatten sie nicht mehr gesehen. Allerdings begegneten ihnen zwei Männer in schwarzen Anzügen und Sonnenbrillen. Das bei dieser Wärme. Tomke registrierte ihr Outfit kopfschüttelnd, vergaß es aber auch schnell wieder.

Als sie im Hotel ankamen, meinte Hajo augenzwinkernd: „Eine Runde schwimmen und dann ins Bett?" Schnell hatten sich beide ausgezogen und die verschwitzten Kleidungsstücke in die Ecke geworfen.

„Wir dürfen nicht vergessen, dass wir uns zum Abendessen angemeldet haben", entgegnete Tomke. „Eine dieser beiden sportlichen Aktionen werden wir wohl streichen müssen."

„Du hast die Wahl, Schatz", zwinkerte Hajo. Tomke tat, als müsse sie überlegen. „Schwimmen!", rief sie dann lachend und zog Hajo mit ins Bad. „Aber gemeinsam unter der Dusche, mein Schatz."

„Sag doch nicht immer *Schatz* …", aber dann erstickten Tomkes Lippen seine letzten Worte.

Tatsächlich kamen sie eine Viertelstunde zu spät zum Abendessen, aber das störte sie nicht. Die beiden hatten großen Hunger und so war das bestellte Vier-Gänge-Menü genau richtig. Tomke wunderte sich über die üppige Tischdekoration, die, wie sich später herausstellte, eine Geste des Hauses für die Hochzeitsreisenden war. Das Essen war einfach traumhaft, der Blick von ihrem Tisch über das Wasser ebenfalls und doch: Irgendwann spürte Tomke wieder diesen kühlen Hauch um ihren Nacken. Ob wohl irgendwo ein Fenster zu viel geöffnet war?

Später entspannten sie dann mit einer Flasche Rotwein eng umschlungen auf dem Balkon ihres Hotelzimmers. Der Blick aufs Wasser war einfach berauschend, aber auch der Wein tat das Seine, während die untergehende Sonne ihr rotes Licht in das Zwischenahner Meer warf.

„Hast du den Typen mit der Kamera gesehen?", fragte Tomke, nachdem sie beide lange geschwiegen hatten. „Der saß nur ein paar Tische von uns entfernt und klopfte ständig auf seinem Tablet herum."

„Ja, den habe ich gesehen und auch, dass der Restaurantleiter ihn dann hinauskomplimentiert hat. Aber an den Typen möchte ich jetzt gar nicht denken. Es ist so schön hier mit dir." Er hauchte ihr einen Kuss auf die Wange.

Tomke bekam den Fotografen, oder was immer er auch sein mochte, nicht aus dem Kopf. Hajo spürte es genau.

„Denkst du etwa an Stolle?", fragte er dann leise. „Ich will mir von dem Schwein nicht unsere Zeit verderben lassen. Vergiss ihn bitte, er ist weit weg. Hier kann er dir, hier kann er uns nichts tun."

„Ich weiß!“, seufzte Tomke. Aber ihn zu vergessen, war nicht so einfach. Was er jetzt wohl trieb und, das war ihre größte Angst, würde er Oma und Tant’ Fienchen nochmals belästigen?

Noch fast zwei Stunden saßen sie zusammen in der lauen Nacht, bis sie sich zum Schlafen zurückzogen.

„Lass die Balkontür auf, bitte“, bat Tomke, als Hajo aus dem Bad kam und zu ihr ins Bett kroch. „Die Nacht ist so herrlich und wir können sogar von hier aus den Mond sehen.“ Es dauerte nicht lange, bis den beiden die Augen zufielen. Daher bemerkten sie nicht, dass jemand einen kleinen braunen Umschlag unter der Zimmertür durchschob.

Schock zum Frühstück

Als Hajo aufwachte, war der Platz neben ihm leer. Er richtete sich im Bett auf und erkannte Tomke auf dem Balkon. Sie saß, in eine Decke gehüllt, auf einer der Liegen und blickte aufs Meer. Der Morgen war frisch, so griff auch er sich seine Bettdecke, legte sie um und setzte sich neben sie.

Er gab ihr einen Kuss und wollte wissen: „Hast du gut geschlafen?"

„Ja, sehr gut. Und nun möchte ich hier gar nicht mehr weg. Der Blick ist einfach traumhaft. Nie hätte ich gedacht, dass ich das über eine Gegend außerhalb meines geliebten Ostfrieslands einmal sagen würde." Sie hockten fast eine Stunde schweigend eng aneinander gekuschelt und genossen die Stille. Außer Vogelgezwitscher war nichts zu hören.

„Ich habe eine Idee!" Hajo stand auf und ging zum Haustelefon. Kurze Zeit später klopfte es an der Tür und ihnen wurden zwei Cappuccino serviert. Hajo bedankte sich, steckte dem Ober ein Trinkgeld zu und wollte die Tür schließen.

„Warten Sie!", hielt ihn der Kellner auf und griff abrupt nach der Tür. Fast hätte Hajo den Kaffee verschüttet. „Was ist denn noch?", begann er, doch da bückte sich der Mann und hob etwas auf. Er hielt ihm den Umschlag hin. „Sie haben etwas fallen lassen. Hier, bitte!“ Hajo schüttelte den Kopf. „Wie kommt das hierher? Von uns ist der nicht. Aber danke schön. Legen Sie ihn mit auf das Tablett und schließen Sie jetzt die Tür, bitte.“ Hajo warf einen Blick nach draußen. Tomke hatte von all dem nichts mitbekommen. Hajo ließ den Umschlag in der Tasche seines Bademantels verschwinden und trat mit den beiden Tassen Cappuccino auf den Balkon.

„Zimmerservice!“, versuchte er locker zu klingen und stellte die Tassen ab.

Was wohl in der Hülle steckte? Er nahm sich vor nachzusehen, sobald er im Bad war. Er wollte über seine Vermutung gar nicht weiter nachdenken. Nein, es konnte und durfte nicht sein.

Tomke lag total entspannt neben Hajo, der nicht ganz so locker war. Gerne wollte er die Ruhe und die Nähe Tomkes genießen, andererseits aber ließ ihm der Umschlag keine Ruhe.

„Was hast du denn, du bist so zappelig?“ Tomke schaute Hajo fragend an.

„Ich muss mal zur Pipibox, bin gleich zurück.“ Er stand auf und verschwand im Bad. Länger hätte er es auch nicht mehr ausgehalten, denn die Frage, was in dem braunen Kuvert steckte, trieb ihn um.

Hajo zog das dunkle Kuvert mit spitzen Fingern aus der Manteltasche, setzte sich auf den Toilettendeckel, riss sich etwas Toilettenpapier von der Rolle und versuchte, ohne weitere Abdrücke zu produzieren, den Umschlag zu öffnen. Die Lasche war nur lose befestigt, er zog sie heraus und blickte in die Öffnung. Ein Foto war zu erkennen.

Vorsichtig kippte er den Umschlag um und ließ das Bild herausfallen. „Scheißkerl!", fluchte er. „Elendiger, verfluchter Scheißkerl!" Auf dem Foto waren er und Tomke zu erkennen. Dann erst bemerkte er, dass auf dem Bild auch etwas geschrieben stand.

‚Ich bin ganz nah, das Netz wird immer enger!'

Das war eindeutig eine Drohung. Hajo wurde kreidebleich. Der Mann mit der Kamera – hatte er sie beide abgelichtet? War das etwa Stolle? Unwahrscheinlich, der Typ sah dem Phantombild in keiner Weise ähnlich.

Was sollte er machen? Tomke informieren? Carsten? Nein!

„Das Ganze muss ein Ende haben, dich hol ich mir!" Hajo stellte sich auf und drückte den Rücken durch. Innerhalb von Sekunden war ein Plan gereift, von dem Tomke, nein von dem niemand etwas wissen durfte.

Hajo griff nach seinem Handy auf der Fensterablage und scrollte nach einem Foto, das er dort abgespeichert hatte. „Ja, da ist es!", stellte er fest. „Okay, der Fotograf, das war nicht Stolle. Er sah dem Phantombild, das auch immer wieder in der Tageszeitung abgebildet wurde, wirklich nicht ähnlich. Entweder war es ein Zufall, dass der Fotograf hier um sie herumgeschlichen war, oder Stolle hatte den Mann beauftragt, sie beide zu beobachten und Bilder anzufertigen.

So oder so ähnlich musste es sein. „Aber ich werde dir einen Strich durch die Rechnung machen, Scheißkerl! Du nimmst mir meine Tomke nicht!"

Er steckte das Foto in den Umschlag zurück und faltete diesen zusammen. Dann verstaute er ihn ganz unten in seiner Toilettentasche. Dort würde Tomke ganz sicher nicht drangehen, nicht mal durch Zufall. Der Plan in Hajos Kopf nahm weiter Gestalt an. Er betätigte die Spülung, putzte sich die Zähne und verließ das Bad.

„Du, Tomke!", rief er Richtung Balkon, „ich habe etwas im Auto vergessen. Bin gleich zurück." Tomke hob als Antwort nur die Hand. Nackt sprang er in seine Jeans und warf sich ein T-Shirt über.

Auf dem Weg durch das Treppenhaus schaute er sich vorsichtig um. Den Fahrstuhl benutzte er nicht, nahm lieber die Treppe. Vielleicht begegnet mir der Mann mit der Kamera, war seine Überlegung. Aber weit und breit war niemand zu sehen.

Das Hotel lag noch im Tiefschlaf. Lediglich an der Rezeption saß jemand vom Service und begrüßte ihn freundlich. Hajo eilte zu seinem Wagen und bediente schon von Weitem die Fernbedienung. Auf dem Weg in den Urlaub hatte er zwar immer wieder gezweifelt, ob seine Entscheidung richtig war, doch nun, nach diesem Vorfall, fühlte er sich bestätigt. Zum Glück hatte Tomke nichts davon mitbekommen.

Hajo klappte das Handschuhfach auf, schob die hintere Abdeckung, die er selbst vor einiger Zeit dort angebracht hatte, zur Seite und zog einen kleinen Revolver heraus. Jetzt musste er dafür nur noch einen Platz finden, an dem er ihn deponieren konnte, ohne dass es Tomke oder auch sonst jemand bemerkte.

Er betrachtete die Waffe. „Mist, ich habe nichts, worin ich sie verstecken könnte." Im Hosenbund, ob vorne oder hinten, würde man sie durch das enge T-Shirt erkennen.

Socken hatte er keine an. Leise fluchend öffnete er Knopf und Reißverschluss seiner Jeans und schob die Waffe hinein. Verdammt, war das kalt! Er schüttelte sich kurz und verschloss die Hose wieder. Hajo musste lachen. Wem es auffiel, der würde die Ausbeulung dort sicher ganz anders interpretieren. Aber egal, die meisten Leute schliefen ja noch.

Hajo lief nun etwas langsamer auf seinem Rückweg über den Parkplatz ins Hotel, vorbei an der Rezeption und ins Treppenhaus. Das kalte Eisen fühlte sich sehr unangenehm an, und Hajo musste an eine Begebenheit von vor vielen Jahren denken. Damals war er mit einer Freundesclique unterwegs gewesen und einer seiner Kumpels hatte die Pistole seines Vaters geklaut, damit angeberisch herumhantiert und sie dann in cooler Manier in den Hosenbund gesteckt. Als er sie wieder herausnehmen wollte, muss er wohl den Abzug berührt haben, sodass sich ein Schuss löste und den jungen Mann böse an seinem besten Stück verletzte.

„Geschafft!", freute er sich, nachdem er oben angekommen war, öffnete die Tür mit der Magnetkarte und schlüpfte hindurch. Nun noch an Tomke vorbei und die Waffe im Raum gut verstecken. Aber auch das war kein Problem, denn als er in das Zimmer trat, hörte er, dass Tomke unter der Dusche stand.

Erleichtert zog er die Waffe aus ihrem bedrohlichen Versteck. Nicht auszudenken, wenn sie losgegangen wäre. Nein, darüber wollte er gar nicht nachdenken.

Eine Stunde später saßen beide – gewaschen und gekämmt, wie Tomke scherzhaft meinte – im Frühstücksraum mit Blick auf das Wasser. Tomke schubste Hajo an und strahlte: „Schau nur." Die Sonne spiegelte sich im Wasser und ließ es wie Gold glitzern.

Sonntagsspaziergang

Hajo hatte keine Ahnung, wie er es schaffen sollte, die Waffe zum Schutz immer bei sich zu tragen, ohne dass es Tomke auffiel. Deshalb ließ er sie heute noch mal im Hotelzimmer, gut versteckt, an der Stelle, wo auch der Umschlag mit dem Bild lag. Nach dem Frühstück hatte Tomke vorgeschlagen, einen Bummel durch die Stadt zu machen und sich anschließend einen der herrlichen Wege rund um das Meer zu suchen. „Gestern sind wir doch an diesem großen Haus genau auf der gegenüberliegenden Uferseite vorbeigekommen. Das ist sicher ein Hotel oder Restaurant. Dort machen wir Pause und trinken etwas, was hältst du davon?“ Hajo war mehr als einverstanden. „Wie du willst, schönste aller Ehefrauen!“, flüsterte er ihr ins Ohr.

Die Geschäfte in Bad Zwischenahn hatten, obwohl Sonntag, fast alle geöffnet, wie das in einem Touristenort üblich war. An einem der Schaufenster blieb Hajo stehen und schlug Tomke vor: „Du, hier hole ich mir einen kleinen Rucksack, in dem wir für unsere Wanderungen ein paar Dinge einpacken können, Wasser, Sonnencreme und so. Hätte ich auch zu Hause dran denken können. Aber egal. Warte, ich bin gleich wieder zurück!“

„Wenn du meinst!“, rief sie ihm nach, „aber ich trage ihn nicht!“ Sie konnte nicht sehen, dass er grinste, denn das genau war sein Bestreben. Tomke sollte mit dem Rucksack nichts zu tun haben, denn hinter dem Kauf steckte der Gedanke, dass er in diesem Rucksack auch die Waffe verstauen und so immer bei sich tragen konnte.

Wenige Minuten später kam er zurück, hatte sich seine Neuerwerbung schon auf den Rücken gepackt und befahl: „Auf geht's, Frau!" Tomke verdrehte die Augen, sagte nichts und dachte nur: Spinner!

Sie schlenderten weiter, holten sich unterwegs ein Eis, genossen es auf einer Bank direkt am Wasser und beobachteten die Menschen. Hajo versuchte so unauffällig wie möglich nach dem Mann mit der Kamera Ausschau zu halten. Tomke hatte zu dem einen oder anderen Spaziergänger ein paar Bemerkungen. So frotzelte sie über diverse Herren in Sandalen und Tennissocken, verfolgte mit ihren Augen schmunzelnd eine tiefgebräunte Lady in Leder mit übergroßem Hut. Ja, sie hatten ihren Spaß. „Schau mal!", meinte Tomke kichernd, „da vorne kommt der Direktor einer Kalkfabrik!", und deutete auf die weißen Beine eines Mannes, die aus einer kurzen Hose herauswuchsen. „Schatz, du bist albern!", stellte Hajo fest und stand auf. „Es gibt doch nichts Schöneres als über die Leute abzulästern!" Im Grunde aber war er froh, Tomke in diesem entspannten Zustand zu erleben. Wann wirkte sie wohl das letzte Mal so heiter und gelöst?, überlegte er.

Bevor sie weitergingen, schaute er sich erneut um, ob der Mann mit der Kamera irgendwo umherstreifte. Aber nichts, Männer mit Kamera, ja; aber nicht dieser.

„Was ist los mit dir?", fragte Tomke dann unverblümt. „Glaubst du, dass ich es nicht bemerke?"

„Was?“, tat Hajo verwundert.

„Nun tu nicht so. Suchst du jemanden oder wartest du auf wen? Ich merke doch, wie unruhig du bist und dass du dich ständig umschaust. Werden wir verfolgt?“

„Nein, Quatsch! Ich genieße die Landschaft, das ist alles.“

„Die Landschaft? Das kannst du deiner Großmutter erzählen. Und jetzt komm, lass uns gehen.“

Hajo war froh, dass sie nicht weiter in ihn drang.

Diesmal gingen sie den Weg um das Meer von der anderen Seite an und nahmen nicht den ausgeschilderten Wanderpfad, sondern machten immer wieder kleine Abstecher, um abseits der Strecke nach schattigen Plätzen zu suchen. Es war heiß und das Paar froh, als es endlich beim anvisierten Restaurant ankam.

„Schau mal!“ Tomke zeigte auf zwei sehr muskulöse Typen mit Sonnenbrillen, die im Sommergarten des Restaurants saßen. „Die Gestalten habe ich gestern schon einmal gesehen. Tolles Outfit bei diesem Wetter.“

„Wem's gefällt!“ Hajo warf noch einen abfälligen Blick zu den beiden und quittierte deren Sixpacks mit Verachtung. Angeber!, dachte er.

Sie suchten sich einen Platz unter einem Baum und bestellten sich als Durstlöscher jeder ein alkoholfreies Weizenbier. Als die Kellnerin ihnen die Getränke brachte, hatte sie auch eine Speisekarte dabei und reichte sie ihnen mit den Worten:

„Wir haben Spargelwochen, wenn Sie mal schauen möchten?“

Ein paar Tische weiter meldete sich ein Handy. Tomke warf einen genervten Blick in die Richtung und hörte, wie sich einer der Muskelmänner in englischer Sprache mit amerikanischem Slang meldete. Sofort fühlte sie sich an ihre Zeit in den Staaten erinnert. Und Claude fiel ihr ein. Sie hatte schon eine Weile nichts von ihm gehört. Von Stolle auch nicht – zum Glück. Ob der sich wohl wirklich endlich vom Acker gemacht hatte? Komischerweise spürte sie genau in diesem Moment wieder die Gänsehaut, die immer dann kam, wenn sie Stolle in ihrer Nähe glaubte. Quatsch, schalt sie sich, der ist weg!

Ein paar Wortfetzen drangen an ihr Ohr, und Tomke meinte, den Namen ihres Hotels gehört zu haben. Ob die beiden Muskelprotze auch dort abgestiegen waren?

Hajo holte sie aus ihren Gedanken zurück, als er ihr mitteilte, mal das stille Örtchen aufsuchen zu müssen.

Anschließend winkten sie die Kellnerin herbei und baten um die Rechnung.

„Keinen Spargel?“, fragte die enttäuscht.

„Nein, heute nicht, aber wir sind ja noch ein paar Tage da“, entgegnete Tomke freundlich.

„Na dann, schöne Zeit, und bis zum nächsten Mal!“ Die Kellnerin wandte sich dann dem Tisch der Muskelmänner zu, die auch bezahlen wollten.

„Weißt du was?“ Tomke drehte sich zu Hajo um, während sie das Gartenrestaurant verließen, und schaute ihn verwundert an. „Ich habe, seit wir hier sind, noch nicht ein einziges Mal auf mein Handy geschaut.“

„Und das will was heißen. Brav, mein Schatz. Ich muss gestehen, dass mir das auch aufgefallen ist, und bin tatsächlich sehr erstaunt.“ Sie gingen plaudernd, sich neckend und lachend nebeneinander her. Passierten Waldstücke, liefen dann wieder am Ufer entlang, bis der offizielle Wanderweg endete und sie am Spielcasino der Stadt ankamen.

„So, nun hat die Ruhe ein Ende!“, stellte Hajo fest. „Wir kommen ins pralle Leben zurück.“

„Aber nur, bis wir im Hotel und auf unserem Zimmer sind, dort ist es doch himmlisch ruhig, so hoch über dem Meer“, freute sich Tomke.

Am Parkplatz des Spielcasinos fielen ihnen wieder die beiden Muskelpakete auf, die sich an einem Auto zu schaffen machten.

„Komisch!“, bemerkte Tomke, „die sind doch nach uns losgelaufen.“ Hajo hatte ganz andere Sorgen. In einiger Entfernung dachte er den Mann mit der Kamera erkannt zu haben. Doch als er wieder hinschaute, war er verschwunden.

Sie machten sich, jeder auf seine Weise, Gedanken über ihre Entdeckung. Tomke hatte ein merkwürdiges Gefühl bei den beiden Typen, und Hajo hielt Ausschau nach dem Kameramann.

Allerdings jeder still für sich, keiner wollte den anderen damit belasten.

Kurz bevor sie ihr Ziel erreichten, bog Hajo Richtung Stadt ab, um ein paar Flaschen Mineralwasser zu holen. „Wir bekommen doch Wasser im Hotel!“, Tomke verstand Hajo nicht. Warum musste er unbedingt welches kaufen? Aber er bestand darauf.

Achselzuckend ging Tomke inzwischen weiter.

Sie hatten sich vorgenommen, anschließend schwimmen zu gehen. Tomke zog sich um und schlüpfte in den hoteleigenen Bademantel, holte ihren Badeanzug aus dem Schrank und suchte nach ihrem Duschgel. In der Dusche befand sich zwar vom Hotel bereitgestelltes, aber ob das auch im Schwimmbad der Fall war, wusste sie nicht.

„Mist, hab ich das etwa vergessen?“ Sie kramte in ihrem Beautycase. „Klar, Mann, wie blöd! Egal“, überlegte sie dann, „Hajo benutzt ja das gleiche. Sicher hat er eine Flasche in seiner Kulturtasche.“

Wo …? Ach ja, da stand sie.

„Ich bin wieder da!“, hörte sie seine Stimme und dann sehr ärgerlich: „Was suchst du in meinen Sachen?“

„Sorry, reg dich ab, ich habe nur das Duschgel gesucht.“ Sie hielt die Flasche hoch. „Darf ich nicht?“

„Doch, entschuldige, Liebes!“ Hajo atmete auf. Wie es schien, hatte sie sein Versteck, ganz unten in der Tasche, nicht gefunden.

Auch Hajo sprang aus seinen Kleidern in den Bademantel und bat Tomke, ihn im Bad alleine zu lassen.

„Ich müsste da mal!“, er deutete auf die Toilette.

„Bin schon weg!“ Tomke zog die Tür hinter sich zu.

Hajo wartete einen Moment, kramte in der Tasche nach der Waffe, klopfte darauf und meinte: „Dich werde ich jetzt immer bei mir tragen.“

Dann zog er auch den Umschlag heraus und wickelte alles in ein Handtuch. Es fühlte sich für ihn besser an, alles bei sich zu haben. Anschließend betätigte er die Toilettenspülung und verließ das Bad.

Das Handtuchpaket steckte er mit einer Flasche Wasser zusammen in den Rucksack, was Tomke mit einem Stirnrunzeln quittierte. Und noch etwas – etwas Grünes hatte er blitzschnell darin verschwinden lassen, wie sie für einen Moment bemerkte.

„Handtuch, Wasser – kann man im Bad gebrauchen, oder?"

Wieder hob Tomke abwehrend die Hände.

„Bitte schön, des Menschen Wille ... Nimm mit, was du denkst."

„Schnack nich, komm!" Er zog Tomke am Arm aus dem Zimmer. „Ich will abtauchen!"

IM SCHWIMMBAD

Die Tür zum Schwimmbad ließ sich mit der Schlüsselkarte des Hotels öffnen und krachte hinter ihnen mit einem lauten Geräusch ins Schloss. Tomke fuhr erschrocken zusammen. „Hosenscheißer!“, schalt sie sich sofort. Ein typischer Schwimmbadgeruch kam ihnen entgegen. Suchend schauten die beiden sich um.

„Da müssen wir lang!“ Tomke zeigte nach links. „Und hier geht's weiter.“ Nachdem sie ein paar Stufen genommen hatten, konnten sie von einer kleinen Empore einen Blick auf das Schwimmbecken werfen. Rechts, durch eine riesige Glasfront, waren auch das Meer und die weitläufige Anlage des Hotels zu sehen.

„In den See springen wäre auch eine Möglichkeit“, überlegte Tomke und schubste Hajo lachend an.

„Meer, Meer, Tomke, wir sind am Zwischenahner Meer!“

„Klugscheißer!“ schimpfte sie.

Von unten drangen Geräusche zu ihnen. War noch eine Person im Bad? Sie lauschten noch kurz, aber dann war alles ruhig. Hajo wollte sichergehen, beugte sich über die Brüstung der Empore und stockte. Aus den Augenwinkeln konnte er erkennen, dass doch jemand da sein musste. Seit er diese mysteriöse Post mit dem Foto gefunden hatte, achtete er auf alles und jeden um sich und Tomke herum.

Na, solange nicht wieder der Typ mit der Kamera auftaucht, dachte er bei sich. Hajo wollte Tomke nicht beunruhigen. „Wir sind wohl allein. Ist ja nix los hier!", stellte er dann fest und warf einen weiteren Blick über den Badebereich auf das Wasserbecken. Von hier aus war nun wirklich niemand mehr zu sehen. Aber das wollte er gleich noch genau überprüfen.

„Kein Wunder, bei diesem Wetter!" Tomke deutete Richtung Glasfront, durch die grelle Sonnenstrahlen drangen. Dann verschwanden beide in der Dusche. Tomke überlegte, ob sie überhaupt einen Badeanzug anziehen sollte, schließlich waren sie alleine im Bad. Oder doch nicht? Aus der Ferne drang ein Ploppen an ihr Ohr. Doch nicht alleine! „Die Champagnerkorken knallen schon, hörst du? Wo ist eigentlich unser Champagner", sang sie übermütig und fragte sich sofort, wie man nur so albern sein konnte. Vor dem Duschraum huschte ein Schatten vorbei und gleich noch ein weiterer. Nun war ihr ihre alberne Singerei besonders peinlich. Dann klackte eine Tür. „Wieder alleine!", trällerte sie erleichtert vor sich hin.

Als Tomke aus der Dusche trat, kam ihr Hajo schon entgegen. Sie standen sich nackt gegenüber.

„Du bist ja schon fertig. Können wir?", wollte sie wissen. Sie wartete seine Antwort nicht ab und rief: „Nacktbadetag?"

„Klar!", kam es von Hajo.

„Besser nicht, vielleicht ist doch jemand da und echauffiert sich darüber. Wir wollen ja nicht gleich zu Anfang des Urlaubs zum öffentlichen Ärgernis werden!" Tomke schlüpfte in ihren Badeanzug und richtete vor dem Spiegel die Träger. Als sie sich umdrehte, stand Hajo vor ihr, bekleidet mit einer quietschgrünen Badehose. Nach kurzzeitiger Schockstarre konnte sie sich nicht mehr halten vor Lachen. „Was, was ist das denn?“, gluckste sie. „Du siehst ja aus wie der kleine dicke Schatz von damals.“

„Das will ich überhört haben!“, tat er beleidigt und spurtete Richtung Schwimmbecken. Er warf den Rucksack auf eine der Liegen und tauchte, mit einem Hechtsprung in das kühle Nass des nierenförmigen Beckens, quer durch bis zur anderen Seite. Tomke benötigte noch einen Moment, um sich zu beruhigen, vor Lachen liefen ihr Tränen über das Gesicht. Dann nahm auch sie die wenigen Stufen zum Becken und sprang hinterher. Als sie nach ein paar Zügen an die Wasseroberfläche kommen wollte, stieß sie mit dem Kopf gegen ein Bein. Hajo befand sich wohl genau über ihr. Mit beiden Händen griff sie nach ihm, zog ihn an den Beinen nach unten und sich gleichzeitig an ihm hoch. Kurz vor dem Ende des Tauchgangs traute sie ihren Augen nicht, denn sie blickte in ein fremdes, verzerrtes Gesicht mit starrer, lebloser Miene, auf dessen Stirn ein großes, schwarzes Loch klaffte. Geschockt riss sie den Mund auf, schluckte Wasser, rang nach Luft, strampelte mit den Beinen, schob den fremden Körper widerwillig von sich weg und hob ihren Kopf aus dem Wasser.

„Hajo!“, schrie sie krampfhaft, und noch mal: „Hajoooo …!“ Hustend, röchelnd und Wasser spuckend, machte sie einen Zug Richtung Beckenrand. Hajo hatte ihr den Rücken zugedreht und hantierte am Beckenrand an seinem Rucksack.

„Was ist los?“, rief er lachend. „Bist du abgesoffen?“

„Ich nicht, aber der da!“ Sie deutete, noch immer Wasser spuckend, entsetzt auf den toten Mann im Pool.

„Wer ist das?“ Nun war auch Hajo geschockt.

„Keine Ahnung!“ japste sie, nach Luft schnappend.

„Aber das Gesicht – ich weiß nicht!“ Tomke stemmte sich am Beckenrand hoch und stieg aus dem Wasser. Die bereitgelegten Handtücher des Hotels lagen auf einem Stapel am anderen Ende des Pools. Tomke erinnerte sich an das Handtuch in Hajos Rucksack. Genau vor ihren Füßen. Sie zog den Reißverschluss auf, griff hinein, zog das Handtuch heraus und … ein Revolver fiel ihr vor die Füße. Ein brauner Umschlag flatterte hinterher und landete am Beckenrand.

Hajo bekam davon nichts mit. Er machte ein paar Schwimmbewegungen zurück und zog den Mann an den Seitenrand, betrachtete ihn genau.

„Hilf mir, hilf mir doch, ihn rauszuholen. Erkennst du das Gesicht nicht?“, rief er keuchend aus dem Wasser. „Das ist Stolle, und hier, die Narbe am Arm, die stammt von mir. Verstehst du? Die Schussverletzung beim Brand in der Scheune. Wir haben Stolle, wir haben ihn! Tomke, hörst du?“

Doch die hörte tatsächlich nicht, war weit weg. Sie wischte sich mit dem Handtuch über das Gesicht, bückte sich nach dem Umschlag und öffnete ihn. Das Foto, die Waffe vor ihren Füßen …

„Hajo“, rief sie völlig fassungslos. „Hajoooo? Was hast du getan?“

Es dauerte einen Moment, bis er verstand, was sie meinte. Hajo schwang sich am Beckenrand empor, ließ Stolle im

Wasser und kam auf Tomke zu. „Du glaubst doch nicht etwa, dass ich den Kerl erschossen habe?"

„Ich weiß nicht, nein", stotterte sie. „Aber was soll ich hiervon halten?" Sie zeigte auf die Waffe und reichte ihm das Foto.

„Das mit dem Bild kann ich dir erklären, und die Waffe hatte ich im Handschuhfach, für alle Fälle. Aber noch mal, ich habe ihn deshalb doch nicht erschossen." Hajo sah seine Frau mit weit aufgerissenen Augen an.

„Und wer hat ihn erschossen?", wollte Tomke wissen.

„Ich weiß es nicht, ich weiß es wirklich nicht, Tomke."

Die fuhr sich kurz über das Gesicht und erinnerte: „Als wir unter der Dusche standen, dachte ich Sektkorken gehört zu haben. Hajo, das waren Schüsse!" Sie sah sich bestürzt um, griff nach der Waffe auf dem Boden und hob sie mit dem Handtuch hoch.

„Du", meinte sie dann, „siehst du das Loch in seiner Stirn? Mein Gott, was ist das denn für ein Kaliber?"

Hajo schaute sich den Mann nochmals genauer an.

„Das ist zwar ein Loch, Tomke, ich glaube aber, von zwei Schüssen, das waren Profis!"

Angespannt, die Waffe gegen den Boden gerichtet, suchte sie mit den Augen das Schwimmbad ab. Hajo tat es ihr nach. Waren die Mörder noch da?

Mit einem Mal fiel ihr Blick durch die große Panoramascheibe des Bades.

Draußen, im Freigelände des Hotels, standen die Männer in Schwarz, die sie schon mehrmals gesehen hatten. Schwarzer Anzug, Sonnenbrille, kurz geschorene Haare.

„Das sind doch die zwei Amis von unterwegs!“, erkannte Hajo.

Beide Männer richteten eine schwere Waffe Richtung Hajo und Tomke, winkten ihnen zu, legten den Zeigefinger auf ihre Lippen und schüttelten den Kopf. Dann drehten sie sich um und verschwanden unversehens hinter einem Bootsschuppen.

„Hajo“, flüsterte Tomke entgeistert, „war das womöglich eine Drohung?“

„Nein“, flüsterte der erleichtert zurück, „ich glaube eher, das waren unsere Lebensretter.“

ENDE

Ende? Nein, wie immer nicht so ganz. Ihr kennt mich. Etwas habe ich noch für euch:

Natürlich waren die nächsten Tage für Tomke und Hajo unruhig. Die Kollegen aus Bad Zwischenahn kamen, Fragen über Fragen mussten sie beantworten. Irgendwann schaltete sich auch Gerdes ein, und so konnten die beiden doch noch einen Teil ihrer Hochzeitsreise genießen.

Tatsächlich hatte der Rechtsmediziner festgestellt, dass Stolle aus einiger Entfernung mit zwei Kopfschüssen getötet worden war. Es dauerte einige Zeit, bis Tomke und Hajo klar war, dass es zwei Geheimagenten aus Amerika waren, die Stolle eliminiert hatten.

Wirklich erholsam gestalteten sich ihre restlichen Tage im Hotel nicht, sie versuchten trotzdem, das Beste daraus zu machen.

Auf dem Heimweg Richtung Carolinensiel saß Tomke sehr schweigsam neben Hajo. Irgendwann fragte er besorgt:

„Was ist los, Frau. Warum schweigst du?“

Tomke atmete hörbar durch: „Ich zweifle!“

„Woran, weshalb? Wie darf ich das verstehen?“

„An allem, Hajo. Vor allem daran, ob ich den richtigen Beruf ergriffen habe.“

„Ach, Tomke, wenn nicht du, wer dann? Wie kannst du zweifeln?“

„Ich habe so viel falsch gemacht, war so oft in Gefahr, ihr wart in Gefahr, Oma und Tant' Fienchen. Für was das alles?“

Wieder herrschte eine Weile Stille im Fahrzeug. Dann wandte sie sich wieder zu Hajo und erklärte:

„Vielleicht mache ich mal eine Weile Pause, ein Sabbatjahr sozusagen. In dieser Zeit kann ich mir überlegen, wie es weitergeht.“

„Okay, wenn du meinst!"

„Eventuell", ergänzte sie, „mache ich es wie Marie und schreibe! Schreibe ein Buch über all das, was ich bisher in meinem Beruf erlebt habe, weißt du?"

„Einen Krimi?", wollte Hajo entsetzt wissen.

„Warum nicht? Genug Stoff habe ich doch. Was hältst du von meiner Idee?"

Tomke war plötzlich euphorisch.

„Natürlich nenne ich keine Namen, verändere die Fälle ein wenig, sodass keiner den Bezug zur Tatsache erkennt. Füge ein paar spaßige Geschichten ein. Vielleicht von Oma und Tant' Fienchen. Ach nein", brach sie dann ab, „die würden mich prompt enterben."

Hajo musste lachen. Tomke schaute begeistert zu ihm hinüber und fuhr fort:

„Eine Geschichte fällt mir gerade schon ein. Als ich vor einigen Wochen zum Mädelstreff bei Cindy im Heimathafen war, du weißt, unser ‚Dicke-Frikadelle-Abend', hatte uns Christian, einer der Mitarbeiter Cindys, erzählt, dass er davon geträumt habe, bei der Arbeit einen Striptease vollführt zu haben. Aber er hatte keinen blassen Schimmer, wie er zu diesem Traum gekommen war. Leider konnten wir ihn nicht überreden, die Vorstellung in die Wirklichkeit umzusetzen. Hätte ein noch lustigerer Abend werden können. Aber wir hatten trotzdem so viel Spaß, kann ich dir sagen. Das ist doch schon eine Idee für einen Nebenschauplatz."

„Übrigens hat Christian im Heimathafen gekündigt."

„Wirklich? Ich hoffe nicht wegen eurer Fopperei", wollte Hajo stirnrunzelnd wissen.

„Nein“, beruhigte ihn Tomke lachend, „einfach nur der Liebe wegen.“

Hajo amüsierte sich köstlich und fuhr Tomke sanft über das Gesicht.

„Wie du denkst, Frau, mach, was du für richtig hältst. Aber wie ich dich kenne, sitzt du spätestens kommenden Montag wieder im Büro – und streitest mit Gerdes über seine Nachfolge.“

Tomke drückte sich tief in den Beifahrersitz und flüsterte: „Warte es ab!“

Jetzt aber wirklich …

ENDE

...UND NATÜRLICH GIBT ES AUCH WIEDER EIN PAAR REZEPTE!

Tomkes Herzbluttorte

Für den Teig:
175 Gramm weiche Butter oder Margarine
150 Gramm Zucker
1 Pk. Vanillezucker
3 Eier
200 Gramm Weizenmehl
2 TL Backpulver
2–3 EL Nuss-Nugatcreme
1 Glas Sauerkirschen
Für rein:
200 Gramm Magerquark
50 Gramm Zucker
1 Pk. Vanillezucker
500 ml Schlagsahne
3 Pk. Sahnesteif
Für oben drauf:
2 Pk. Tortenguss, rot
50 Gramm Zucker
350 ml Kirschsaft
50 ml Kirschwasser (geht auch ohne)
100 ml Schlagsahne

Und so geht's:

1. Für den Teig Butter oder Margarine mit Handrührgerät schaumig rühren. Nach und nach Zucker und Vanillezucker untermischen. Dann die Eier allmählich dazu und ebenfalls unterrühren.
2. Mehl und Backpulver sieben und unter den Teig rühren. Die Hälfte des Teiges in gefettete Springform geben Ø 28 cm, glatt streichen. Unter den restlichen Teig die Nuss-Nugatcreme rühren und auf den hellen Teig geben, glatt streichen.
3. Sauerkirschen abtropfen, Saft auffangen, 350 ml abmessen, wegstellen. Kirschen auf Teig verteilen, ein paar zur Verzierung zurücklassen. Form im Backofen auf Rost schieben und:
4. Ober-Unterhitze 180 Grad, Heißluft etwa 160 Grad Gas Stufe 2–3 (nicht vorgeheizt) für 30 Minuten backen.
5. Boden aus der Form lösen, abkühlen lassen.
6. Für oben drauf: Quark, Zucker, Vanillezucker verrühren. Sahne mit Sahnesteif aufschlagen und unter den Quark heben. Den Springformrand um den Boden legen und Masse darauf verteilen.
7. Für ganz oben drauf: Tortenguss, Zucker Saft und Kirschwasser nach Packungsvorgabe zubereiten, etwas abkühlen lassen und auf Quarkmasse verstreichen.
8. Torte gut 4 Stunden kühl stellen.
9. Sahne steif schlagen und Torte mit Sahnetupfern und restlichen Kirschen verzieren.

Guten Appetit

Übrigens: Einfacher gelangt ihr zu der leckeren Torte, wenn ihr donnerstags nach Carolinensiel ins Puppen-Café kommt, vielleicht habt ihr Glück und trefft Tomke dort an – oder mich beim Recherchieren …

Hüdel un Bern
Ein typisch ostfriesisches Gericht von Oma Jettchen und Tant' Fienchen (geht auch vegetarisch)

Zuerst wird der Hefekloß vorbereitet, dazu:
500 Gramm Mehl
1 Pk. Trockenhefe
2 EL Zucker
1 Prise Salz
250 ml oder etwas mehr lauwarme Milch

1. Die ersten vier Zutaten in einer Rührschüssel mit einem Holzlöffel (Oma Jettchen und Tant' Fienchen bestehen auf den Holzlöffel) verrühren und nach und nach die Milch zugeben. Der Teig muss eine feste Konsistenz haben, also nach Gefühl nur so viel Milch einrühren, bis ein guter, geschmeidiger Teig entstanden ist. Aus dem Teig einen Hefekloß formen, mit einem Handtuch abdecken und etwa eine halbe Stunde „gehen lassen".
2. Dann circa 20 reife Birnen schälen, Kerngehäuse entfernen und vierteln. Die Birnen kommen als Grundlage in einen großen Kochtopf.

3. Wenn der Hefekloß „gegangen“ ist, wird er auf die Birnen im Kochtopf gelegt.
4. Auf den Hefekloß legt man nun z. B. Bauchspeck, kleine Salamiwürstchen oder Kochwürste (oder etwas Ähnliches).
5. Auf den Topfboden kommt etwas Wasser – nur so viel, dass die untersten fünf Zentimeter des Topfs mit Wasser gefüllt sind.
6. Der Topf wird nun auf den Herd gestellt, zuerst mit höchster Stufe, bis das Wasser kocht. Dann den Ofen so weit herunterregulieren, dass der Inhalt langsam vor sich hin köchelt. Der Topfdeckel kann dabei mit einem Handtuch abgedeckt werden, damit der Dampf im Topf bleibt und der Hefekloß nicht zu sehr „trocken kocht“. Nach etwa einer Stunde ist der Hefekloß gar, die Birnen auch.
7. Der Hefekloß und die Fleischbeilage werden nun von den Birnen getrennt und möglichst warm gehalten, bis der Birnensaft fertig ist. Also, ranhalten mit der Zubereitung des Birnensaftes.
8. Den Birnen mit dem Saft aus dem Topf etwas Zimt und Zucker zufügen und mit etwas Stärkemehl verrühren, bis die Flüssigkeit etwas fest wird. Das Stärkemehl hierbei nach und nach beigeben, bis die richtige Konsistenz erreicht ist.
9. Nun ist alles fertig, und es kann serviert werden.
10. Der Hefekloß wird nun in dicke Scheiben geschnitten. Die Fleischbeilage und die Birnen im angedickten Saft zusammen mit den Hüdelscheiben servieren.

Selbstverständlich kann das Gericht auch ohne Fleisch zubereitet werden.

Denn wie meinte der kleine Felix? „Teine tote Tiehe!"

Schmecken lassen und an Ostfriesland denken!

Im Verlag CW Niemeyer bereits erschienen ...

Während einer Hochzeit im Pelikan-Viertel Hannovers wird eine Braut entführt. Es ist jedoch kein harmloser Streich der Hochzeitsgesellschaft. Weitere Frauen verschwinden. Wurden sie entführt? Im LKA Niedersachsen bildet sich die Sonderkommission „Pelikan". Das Team der Operativen Fallanalyse wird in die Ermittlungen einbezogen, obwohl es weder einen Tatort noch eine Leiche gibt. Auf welcher Basis können sie ein Täterprofil erstellen?

Carsten Schütte. Der Pelikan – Ein Profiler-Thriller
384 Seiten. Klappenbroschur. ISBN 978-3-8271-9506-7
E-Book 978-3-8271-8563-1 (Pdf)
978-3-8271-8362-0 (Epub)

#niemeyerbuch

Jetzt kein Buch mehr verpassen

Im Verlag CW Niemeyer bereits erschienen ...

Bauarbeiten in einem vergessenen Park unweit von Bückeburg: Ein Touristenmagnet soll entstehen. Hauptkommissar Hetzer will die Sache inspizieren. Dann der Schock! Nichts ist mehr wie vorher, der verwunschene See längst Geschichte. Auf einer der Inseln entdeckt er eine Metallkiste, deren Inhalt sich als grausig entpuppt. Nun stehen er und seine Kollegen vor einem unlösbaren Rätsel. Während das Team ermittelt, hat das Böse im Schatten leichtes Spiel.

Nané Lénard. SchattenSchuld
384 Seiten. Klappenbroschur. ISBN 978-3-8271-9536-4
E-Book 978-3-8271-8567-9 (Pdf)
978-3-8271-8366-8 (Epub)

#niemeyerbuch

Jetzt kein Buch mehr verpassen

Im Verlag CW Niemeyer bereits erschienen ...

Am Bahnhof Minden begeht ein Mann Selbstmord – angeblich. Die Ereignisse häufen sich und es sieht so aus, als würde in den sozialen Medien gezielt zu Selbstmorden aufgerufen. Doch Videoaufnahmen vermitteln ein anderes Bild. Die Kripo geht von einem Serientäter, einer Gruppe oder mehreren Nachahmern aus. Hauptkommissar Alexander Rosenbaum ermittelt mit dem Team „Bahnsteig" mit zeit- und kräfteraubendem Einsatz.

Andrea Gerecke. Endstation Minden
352 Seiten. Klappenbroschur. ISBN 978-3-8271-9509-8
E-Book 978-3-8271-8566-2 (Pdf)
978-3-8271-8365-1 (Epub)

#niemeyerbuch

Jetzt kein Buch mehr verpassen

Im Verlag CW Niemeyer bereits erschienen ...

Das Szenario vor dem Druidenstein ist an Grausamkeit kaum zu überbieten. Alles erinnert an die Sagen, die sich um den Opferplatz der Kelten und Germanen ranken, und an dem noch heute der Geist der Druidin Herke wandeln soll. Am folgenden Tag stirbt im örtlichen Klinikum ein Archäologe, der von sich behauptet, er habe einst den Dolch der Herke ausgegraben. Werden Hauptkommissarin Nina Moretti und ihr Team die Druidin rechtzeitig stoppen können, bevor sie erneut tötet?

Micha Krämer. Druidenwahn
400 Seiten. Klappenbroschur. ISBN 978-3-8271-9504-3
E-Book 978-3-8271-8561-7 (Pdf)
978-3-8271-8360-6 (Epub)

#niemeyerbuch
Jetzt kein Buch mehr verpassen

Im Verlag CW Niemeyer bereits erschienen ...

Die Kunsthistorikerin Köckel-Simons erleidet einen grotesken Tod – man findet sie aufgeknüpft an einer Tafel im Hörsaal. Die Ermordete wurde von ihren Kollegen spöttisch Mona Lisa genannt. Weil sie rätselhaft und undurchschaubar war? Kommissar Spyridakis ermittelt undercover als Student. Gemeinsam mit seiner Chefin Wunder und seinem Mainzer Kollegen, der als Hausmeister tätig wird, kommen sie einem hochverdächtigen Kunstauktionator auf die Spur ...

Lothar Schöne. Mona Lisa stirbt im Rheingau
416 Seiten. Klappenbroschur. ISBN 978-3-8271-9507-4
E-Book 978-3-8271-8564-8 (Pdf)
978-3-8271-8363-7 (Epub)

#niemeyerbuch

Jetzt kein Buch mehr verpassen

Im Verlag CW Niemeyer bereits erschienen ...

Eine Gruppe von Männern kommt in Hannover zusammen, um eine Feier zum 30-jährigen Bestehen ihres Abiturs zu organisieren. Schon bald wird einer der alten Schulkameraden ermordet.
Der 20-jährige Paul ist Schlafwandler mit einer dissoziativen Identitätsstörung und hat ein E-Book veröffentlicht, in dem ein Schlafwandler mit derselben Störung Männer tötet. Paul hält es für möglich, selbst der Täter zu sein. Er hat das Opfer gehasst ... Und kann sich an nichts erinnern ...

Thorsten Sueße. Hannover sehen und sterben
512 Seiten. Klappenbroschur. ISBN 978-3-8271-9508-1
E-Book 978-3-8271-8565-5 (Pdf)
978-3-8271-8364-4 (Epub)

#niemeyerbuch

Jetzt kein Buch mehr verpassen

Im Verlag CW Niemeyer bereits erschienen ...

Ein idyllischer Morgen in Palma de Mallorca endet für die Passagiere der »Virgin of the Ocean« jäh, als über dem Altar der Kathedrale eine Nonne hängt – ans Kreuz genagelt. Auf ihrem Habit steht das lateinische Wort Peccavi – „Ich habe gesündigt." Nur ein grausamer Ritualmord? Oder gibt es eine Verbindung zu einem spektakulären Kunstraub, von dem auch das Kloster der Gottesfrau betroffen war? Als in Ajaccio – einer weiteren Station der einwöchigen Kreuzfahrt – der Galerist des Schiffs ermordet wird, weiß Kapitän Hauke Jensen, dass ein kaltblütiger Mörder ein perfides Spiel treibt und nicht eher ruhen wird, bis sich das Mittelmeer blutrot gefärbt hat.

Jörg Böhm. Niemandsblut.
432 Seiten. Klappenbroschur. ISBN 978-3-8271-9535-7
E-Book 978-3-8271-8544-0 (Pdf)
978-3-8271-8343-9 (Epub)

#niemeyerbuch

Jetzt kein Buch mehr verpassen

Im Verlag CW Niemeyer bereits erschienen ...

Endlich ist ein wenig Ruhe in Cosimas Leben eingekehrt. Sie hat mit ihren Eltern und ihrer Vergangenheit als Politikertochter gebrochen und wohnt auf einem Mehrgenerationenhof. Halt findet sie in ihrer Leidenschaft: dem Backen. Alles läuft prima, bis Vincent Kaufmann, Mädchenschwarm aus ihrer ehemaligen Schule, plötzlich wieder in ihrem Leben auftaucht ... Einfach so, aus heiterem Himmel? Daran glaubt Cosima nicht. Vor allem, weil ihre Väter in einigen Angelegenheiten gemeinsame Sache machen und sich dabei nicht immer an die Spielregeln halten ...

Britta Orlowski. Ein Kuchenstück zum Liebesglück
368 Seiten. Klappenbroschur. ISBN 978-3-8271-9503-6
E-Book 978-3-8271-8560-0 (Pdf)
978-3-8271-8359-0 (Epub)

#niemeyerbuch

Jetzt kein Buch mehr verpassen

Im Verlag CW Niemeyer bereits erschienen ...

EINE INSEL, ZWEI HERZEN UND EIN CHAOS DER GEFÜHLE

Männer und Liebe sind seit Jahren kein Thema für Jule Petersen. Ihr ganzer Lebensinhalt ist ihre beschauliche Pension auf Amrum, um deren Zukunft sie sich sorgen muss. Als sich im Winter der überaus attraktive Ben gleich für mehrere Wochen bei ihr einquartiert, erweist er sich als ihr Rettungsanker – und das nicht nur in finanzieller Hinsicht. Auch wenn sie sich anfangs dagegen wehrt, kann sie sich seinem Charme nicht entziehen. Dann aber stellt sich heraus, dass Ben ein ganz anderer zu sein scheint, als er vorgibt und Jules kleine Welt bricht erneut zusammen ...

Rosita Hoppe. Glück am Meer
352 Seiten. Klappenbroschur. ISBN 978-3-8271-9478-7
E-Book 978-3-8271-8537-2 (Pdf)
978-3-8271-8336-1 (Epub)

#niemeyerbuch

Jetzt kein Buch mehr verpassen

Im Verlag CW Niemeyer bereits erschienen ...

Bei einer Schießerei auf dem Klütturm in Hameln kommt ein Mann ums Leben. Ein Verkehrswissenschaftler aus Wuppertal. Während die Mördersuche auf Hochtouren läuft, wird ein wohlhabendes Unternehmer-Ehepaar kaltblütig in seiner Villa erschossen – hat der Killer wieder zugeschlagen?

Lokalreporter Frank Dirzius gerät unter Mordverdacht. Die Kommissare Sophie Stein und Karl Brauer ermitteln in Wuppertal – Grundmann und Maja Klausen im Weserbergland. In seiner Heimat war der Tote umstritten: Er plante den Bau einer Seilbahn, die vom Zentrum der Schwebebahnstadt auf die Südhöhen führen sollte. Doch warum starb er ausgerechnet in Hameln?

Andreas Schmidt. Höhentod
400 Seiten. Klappenbroschur. ISBN 978-3-8271-9531-9
E-Book 978-3-8271-8540-2 (Pdf)
978-3-8271-8339-2 (Epub)

#niemeyerbuch

Jetzt kein Buch mehr verpassen

Im Verlag CW Niemeyer bereits erschienen ...

Ein blutrünstiges Wolfsrudel hetzt ihn erbarmungslos durch den Wald. Er vernimmt das schnelle, gleichmäßige Atmen der Meute in den Sekunden, bevor die Tiere ihn zu Boden reißen. Der Alpha-Rüde setzt blitzschnell den Kehlbiss, Blut spritzt und läuft an seinem Hals herunter. Als sein Kehlgangsknorpel wie ein großer Kloß in seinem Hals verrutscht, kann er endlich dem Traum entfliehen und schreckt schweißgebadet auf. Der Wolf ist da!
Gravenstedt ist in heller Aufregung. Wolfsberaterin Henrike Schnabels hat es schwer, die aufgebrachten Dorfbewohner zu beruhigen. Ihr plötzliches Verschwinden und ein Toter im Wald stellen Kommissarin Sabine Lüschen vor ihre größte Herausforderung.

Jutta Gerecke, Uwe Jark, Werner Kunst. Der Schafe Tod
416 Seiten. Klappenbroschur. ISBN 978-3-8271-9534-0
E-Book 978-3-8271-8543-3 (Pdf)
978-3-8271-8342-2 (Epub)

#niemeyerbuch

Jetzt kein Buch mehr verpassen

Im Verlag CW Niemeyer bereits erschienen ...

DAS STILLE ECHO DER FLUT ... KANNST DU ES HÖREN?

Skylar wollte immer mehr sein als die Geräuschlosigkeit ihres Körpers. Aus ihrer Gemeinschaft verstoßen, macht sie sich auf die Suche nach ihrem verschollenen Bruder und findet Arbeit an Bord eines Schiffes, dessen Besatzung ihr nicht fremder sein könnte. Die seltsame Sprache der Seemänner und ihre völlig unverständliche Kultur schüchtern sie ein. Dennoch beginnt sie in den Geschichten der Seemänner sich selbst und ihre vom Meer bedeckte Welt anders zu sehen. Ihre sturmgetriebene Reise führt sie schließlich an einen unmenschlichen Ort. Bei ihrem Versuch, sich ein neues Leben aufzubauen, stößt sie jedoch auf ein Netz aus Lügen und Schweigen. Zu spät begreift Skylar, welche Rolle sie selbst darin spielt ...

Kerstin Merkel. Silens
896 Seiten. Paperback. ISBN 978-3-8271-9486-2
E-Book 978-3-8271-8546-4 (Pdf)
978-3-8271-8345-3 (Epub)

#niemeyerbuch

Jetzt kein Buch mehr verpassen

Im Verlag CW Niemeyer bereits erschienen ...

Auf der Nordsee wird ein Kutter von einer Riesenwelle verschluckt. Im Weserbergland und in Ostfriesland geht ein Psychopath auf die Jagd nach jungen Frauen. Er will seine Fantasie ausleben, seinen Opfern beim Sterben zuzuschauen. Was haben das Schiffsunglück vor der ostfriesischen Küste und mehrere Frauenmorde im Weserbergland und an der Nordsee miteinander zu tun? Wird es Kommissarin van Dyck und ihrem Chef Brenner gelingen, den Serientäter zu fassen?

Ulrich Behmann. Dezembertod
448 Seiten. Klappenbroschur. ISBN 978-3-8271-9505-0
E-Book 978-3-8271-8562-4 (Pdf)
978-3-8271-8361-3 (Epub)

#niemeyerbuch

Jetzt kein Buch mehr verpassen